Persécution

Alessandro Piperno

Persécution

Le feu ami des souvenirs

Traduit de l'italien
par Fanchita Gonzalez Batlle

Liana Levi

Illustrations intérieures de Werther Dell'Edera

Titre original: *Persecuzione*
© 2010 Arnoldo Mondadori Editore S.p.A., Milano
© 2011, Éditions Liana Levi, pour la traduction française
ISBN: 978-2-86746-574-1
www.lianalevi.fr

À Simona

Est-ce la honte ou la stupeur
qui t'a fait garder le silence?

BOÈCE, *De consolatione philosophiae*

Première partie

C'est le 13 juillet 1986 qu'un désir inconfortable de n'être jamais venu au monde s'empara de Leo Pontecorvo.

Un instant plus tôt, Filippo, son fils aîné, s'autorisait la plus mesquine des lamentations puériles: contester la toute petite portion de frites que sa mère avait fait glisser dans son assiette, en regard de la générosité inouïe qu'elle avait témoignée à l'égard de son petit frère. Et voilà que quelques secondes plus tard le présentateur du journal télévisé de vingt heures insinuait, devant une considérable tranche de la population, que Leo Pontecorvo ici présent avait entretenu une correspondance dépravée avec la petite amie de son fils cadet, âgé de treize ans.

Autrement dit, de ce même Samuel, avec son assiette pleine du trésor doré et croustillant qu'il ne mangerait jamais. Hésitant probablement quant à savoir si la célébrité soudaine que lui apportait la télé serait archivée par ses amis dans la case à ragots rigolos ou dans celle, encore vide, destinée à recevoir l'image la plus irrémédiablement merdique qui puisse être accolée au jeune garçon d'une tribu gâtée et indolente.

Inutile d'espérer que l'âge tendre de Samuel l'ait empêché de deviner ce qui avait instantanément été clair pour tout le monde: quelqu'un à la télé sous-entendait que son père avait baisé sa petite copine. Quand je dis «petite copine», je parle d'un oisillon de douze ans et demi aux cheveux couleur citrouille et au museau de fouine parsemé de taches de rousseur; mais quand je dis «baiser» je parle bien de baiser. Et

13

donc de quelque chose d'énorme, d'extrêmement grave, de trop brutal pour être assimilé. Même par une épouse et deux fils qui se demandaient depuis quelque temps déjà si ce mari et père était réellement le citoyen irréprochable dont il avait toujours été naturel de se sentir fiers.

«Quelque temps déjà» fait allusion aux premières complications judiciaires qui l'avaient assailli, imprimant la marque infamante du soupçon sur la carrière d'un des maîtres les plus novateurs de la cancérologie pédiatrique du pays. Un de ces médecins-chefs qui, lorsque la vieille infirmière en dressait le portrait à une nouvelle collègue, méritait des commentaires tels que: «Un vrai monsieur! Il n'oublie jamais de te dire "merci", "je vous prie" ou "s'il vous plaît"… en plus, il est tellement sexy!» Et dans les salles d'attente étouffantes de l'hôpital Santa Cristina, où les mères échangeaient leurs expériences angoissantes du cauchemar qu'était devenue la vie de leurs enfants malades, il n'était pas rare de tomber sur des dialogues tels que:

«Il est tellement disponible. Tu peux l'appeler à toute heure du jour et de la nuit…

– Je le trouve rassurant. Toujours souriant, optimiste.

– Et puis, il sait y faire avec les enfants…»

Tandis que la sonnerie du téléphone commençait à donner un rythme de folle frénésie à une honte inconcevable deux secondes plus tôt, Leo, au comble du désarroi, sentit que le repas qu'il venait d'avaler était le dernier que ses proches lui accorderaient. Puis il considéra les milliers d'autres choses qui désormais lui seraient inaccessibles. Et c'est peut-être pour ne pas s'effondrer, pour ne pas succomber sous le poids de la panique ou du sentimentalisme, pour ne pas fondre en larmes comme un bébé devant ses fils et sa femme qu'il se réfugia dans une pensée absurde et haineuse.

Finalement, elle avait réussi: la gamine, que son fils avait fait venir chez eux environ un an plus tôt et que Rachel et lui

– le couple le plus ouvert et le plus tolérant de leur milieu –
avaient accueillie sans histoires, avait réussi à détruire leur vie.
La sienne, et celle des trois personnes qu'il aimait le plus.

Alors, c'est comme ça que ça doit finir? s'était surpris à
penser Leo, qui pataugeait de plus en plus dans son désir
désespéré de n'avoir jamais existé.

Mauvaise question, mon vieux. À quoi bon parler de fin
alors que nous n'en sommes qu'au début?

Tout cela arrivait à point nommé.

Celui où l'Olgiata – zone résidentielle de grand standing
au milieu d'hectares de bois, ponctuée de villas, de jardins perpétuellement fleuris, et délimitée par des murs massifs – se
vidait d'un seul coup. Comme une plage au coucher du soleil.

C'était alors comme si on était pris au piège dans un
immense parc d'attractions après la fermeture. Des traces de
l'énergie athlétique dépensée pendant la journée étaient dis-
séminées partout: le ballon Adidas en cuir coincé dans la haie;
le skate-board épuisé renversé sur le revêtement en terre cuite
de l'allée; la planche en plastique orange flottant sur le miroir
huileux et scintillant d'une piscine; deux raquettes arrosées
par les jets intermittents mis en route automatiquement.

Peut-être pouvait-on encore tomber sur le mordu de footing en short, serviette sur les épaules comme Rocky Balboa,
ou sur le jeune père qui rentrait essoufflé du supermarché,
un paquet de couches-culottes dans une main et une boîte de
préservatifs dans l'autre.

Mais en dehors de ces solitaires en permission – ces
traîtres à la sieste de l'après-midi –, tous les autres s'étaient
terrés presque à l'unisson dans leurs habitations: des villas
aux architectures incohérentes et éclectiques, certaines
sobres et d'autres tapageuses (le style mexicain supplantait
depuis peu la mode chalet des Alpes). En voyant ces maisons

de l'extérieur, on pouvait imaginer les sous-sol. Où tout était prévisible : la cheminée, les plinthes rongées par le vert de la moisissure, les napperons au crochet, les piles d'illustrés, les boîtes métalliques pleines de lavande, la table de billard rigoureusement recouverte d'un drap tel un cadavre à la morgue, un téléviseur ventru d'où se dévidait l'enchevêtrement tentaculaire des fils du VHS et de la console Atari. On pouvait sentir le parfum campagnard hypocrite des bûches, des pommes de pin, des tas de journaux non moins jaunis que les balles de ping-pong cachées dans les coins les plus invraisemblables.

Ce n'était qu'un instant. Un instant en dehors de la galaxie. Un instant de détente surnaturelle. L'instant où la gloire de la famille, quotidiennement célébrée dans ces contrées, atteignait son apogée, à une trentaine de kilomètres du centre de Rome. Un moment réellement émouvant, après lequel tout se remettrait à bouger et à dépérir.

Encore quelques minutes et les habitants de l'Olgiata, orphelins de leurs domestiques philippines en congé dominical, allaient se déverser dans les rues pour occuper militairement, avec leurs voitures étincelantes et leur vitalité effrontée, les parkings des pizzerias des alentours. Car malgré l'impression de satiété que provoquait l'odeur de barbecue répandue dans l'atmosphère, tous étaient décidés à terminer la journée en beauté en se gavant de bruschetta à la tomate et de fraises à la crème.

Mais pour le moment ils étaient encore tous chez eux. Les plus jeunes enfants à se disputer avec leur mère parce qu'ils ne voulaient pas prendre leur bain, les plus grands à se faire réprimander parce que depuis quelques mois ils passaient, eux, trop de temps dans la salle de bains. Quant aux parents, il y avait celui qui se relaxait en caleçon et T-shirt avec un verre de chardonnay, jambes croisées au bord de la piscine. Celui qui n'arrêtait pas de froisser les oreilles de son labrador. Celui qui hésitait à abandonner sa partie de canasta. Celui qui préparait des amuse-gueules pour les invités, à base d'olives et de mini-feuilletés à la saucisse. Celui qui faisait sa valise en prévision de voyages lointains. Un autre qui choisissait ses vêtements pour le lendemain... Tout était promesse, tout était contenu dans une attente romantique. La seule anxiété était celle que cause la crainte de ne pas réussir à savourer à fond la lumière tiède et cuivrée de cet instant privilégié. Or, cette fois-ci – quel hasard! – cet instant avait précisément coïncidé avec, sur les écrans recevant la même chaîne (l'offre était assez réduite à l'époque), l'apparition simultanée de la photo de Leo: floue et impitoyable, suspendue comme elle était sur l'épaule droite de l'impeccable présentateur du journal télévisé.

Une photo qui ne rendait pas justice à notre homme. Une photo que devant leur écran aucune des personnes qui connaissaient bien le professeur Pontecorvo n'aurait trouvée ressemblante. À mi-chemin entre une photo de passeport et une photo d'identité judiciaire, Leo y apparaissait jaunâtre et épuisé. Rien à voir avec l'homme de quarante-huit ans qui traversait l'heureuse période de la vie masculine où la nature semble avoir trouvé l'accord parfait autant qu'éphémère entre énergie juvénile et virilité accomplie. Bien qu'au bout de presque un demi-siècle de surmenage la colonne vertébrale de ce beau monsieur dégingandé se soit incurvée sous les quatre-vingt-dix kilos d'un grand corps, majestueux à sa manière, elle restait encore assez droite pour permettre à la silhouette de Leo de se détacher dans toute sa gaillarde autorité. Hors d'Italie, la beauté de son visage aurait été qualifiée d'«italienne». En Italie, en revanche, on l'aurait traitée de «moyen-orientale». Des cheveux frisés en tout point semblables à ceux qu'aurait pu arborer le figurant d'un film sur la vie de Moïse; une peau olivâtre qui prenait instantanément des tons cuivrés au contact du soleil; deux formidables perles vertes dans des yeux en amande; des oreilles non moins robustes que le nez (fervent tribut à sa judaïté); et ces lèvres – le secret était là tout entier, dans ces lèvres – voluptueuses, ironiques, boudeuses.

Telles étaient les largesses de la nature dont cette photo n'avait pas su rendre compte. (J'ai suffisamment bien connu Leo Pontecorvo pour pouvoir dire que le drame de cette apparition à la télé fut aussi une tragédie pour sa vanité.)

Même si, somme toute, une représentation aussi infidèle avait un sens. Elle exprimait une menace. Un saut qualitatif dans la sauvagerie de l'agression dont Leo était victime depuis quelques semaines. Et surtout elle voulait signifier quelque chose de très précis et d'extrêmement troublant: cette fois Leo Pontecorvo ne pouvait ni ne devait se faire d'illusion; il fallait cesser d'espérer, ne pas s'attendre à des facilités. Ils iraient le débusquer jusque chez lui, peut-être le soir même. Au cœur d'un été splendide et féroce. Tel était le sens de cette photo. Ce que lui promettait cette photo, brutalement apparue sur l'écran.

Ils allaient le chasser par la force de son intimité domestique, comme un rat de sa cachette. Pour le livrer en pâture à la vindicte publique tel qu'il apparaissait à présent: pieds nus, en bermuda kaki et chemise bleue froissée, d'une maladresse désastreuse sur le tabouret de la cuisine élégante donnant sur un jardin qui, comme tous les autres autour, profitait dans une paix royale des derniers instants caramélisés du jour.

Non, ils ne se laisseraient pas intimider par la demeure qu'il s'était fait construire en son temps dans le ventre luxuriant de l'Olgiata à l'image de l'être humain qu'il aurait voulu incarner: sobre, moderne, éclectique, ironique et surtout transparente. Une maison de styliste plus que de ponte de la médecine, dont les immenses baies vitrées laissaient deviner le confort de la vie à l'intérieur, surtout le soir quand les

18

lumières étaient allumées: une impudeur que Rachel – une femme que sa culture n'avait pas préparée pour vivre en vitrine – avait tout fait pour neutraliser au moyen de grands rideaux dont l'installation au début de chaque automne était l'occasion d'une des querelles conjugales les plus classiques.

D'ailleurs, quand Leo avait décidé d'aller habiter là, dans un tel endroit, dans une maison de ce genre, il avait rencontré des résistances beaucoup plus fermes que celle des rideaux de sa jeune épouse dévouée, du moins jusqu'à présent.

«Si seulement tu m'accompagnais... tu verrais que cet endroit donne une sensation unique de protection.»

C'étaient les mots que Leo se rappelait avoir dits à sa mère une vingtaine d'années avant ce soir fatidique, quand il lui avait annoncé son intention de vendre l'appartement dans le centre qu'elle avait généreusement, mais imprudemment, mis à son nom, pour acheter un terrain dans l'Olgiata sur lequel construire la «maison qu'il nous faut».

«Et de quoi précisément devriez-vous vous protéger?»

Leo avait perçu dans la voix de sa mère une pointe d'agacement, expression de l'intolérance croissante de cette femme à l'égard de son fils unique: ce *bekhor*[1] qui, à l'entendre, savait de moins en moins se débrouiller seul en grandissant.

«Ce ne serait pas une idée de ta femme? avait-elle renchéri. C'est elle qui t'a mis dans la tête d'aller vivre dans la steppe? Encore une de ses machinations pour te maintenir à bonne distance de moi? C'est elle qui joue au tir au pigeon avec mon argent, avec ma patience, avec mes sentiments?

– Voyons, maman. L'idée est de moi. Laisse Rachel en dehors.

– Pas avant que tu puisses m'expliquer ce prénom de Rachel! On le croirait sorti directement des pages de la Bible...»

---

1. *Bekhor*: en hébreu, premier-né.

Se pouvait-il que lui, qui avait réussi à se faire prendre au sérieux par les sévères commissions qui l'avaient jugé apte à occuper un poste de prestige à l'hôpital; lui dont la profession prévoyait de devoir annoncer à des parents effondrés et incrédules que leurs jeunes enfants étaient condamnés; lui, capable d'inspirer la crainte à des étudiants qui avaient presque son âge, et que beaucoup considéraient déjà comme l'héritier désigné du fief académique du très puissant professeur Meyer; se pouvait-il que ce *lui* ne réussisse pas encore à tenir tête à une mère de plus de soixante-dix ans?

Certes, s'il y était parvenu, il n'aurait pas éprouvé le besoin de lui faire part de ses intentions immobilières. L'appartement dans le centre était à lui, elle l'avait mis à son nom, alors pourquoi faire traîner les choses? Pourquoi ne pas le vendre, un point c'est tout? Pourquoi essayer puérilement d'avoir son accord? Et pourquoi, alors qu'il savait qu'il était impossible à obtenir puisqu'elle l'avait refusé, pourquoi se mettait-il en colère?

Le don de sa mère pour l'exaspérer. Le talent de sa mère pour l'acculer. Pour qu'il se sente le fils capricieux qu'au fond il n'avait jamais été. Le charisme de cette femme. Son entêtement. Sa vocation à l'ingérence. Sa conviction inébranlable, impérieuse, d'être du côté de ce qui est juste. Le tout assaisonné de sarcasmes qui s'étaient terriblement aiguisés ces derniers temps – depuis que son fils lui avait appris, non sans embarras, que Rachel Spizzichino serait bientôt sa belle-fille.

Aussi s'était-il réfugié dans cette histoire de protection et de sécurité.

Harcelé par sa mère, qui continuait, avec ses railleries, à exiger des explications sur son idée saugrenue d'aller vivre «dans la steppe», Leo s'était mis à bafouiller une évocation emphatique de l'époque dangereuse dans laquelle ils vivaient, de tout ce maudit antagonisme politique, de son vieux rêve de vivre dans un endroit plein de verdure, de la responsabilité que sa jeune épouse et lui se sentaient déjà vis-à-vis des enfants à venir, et d'un désir de protéger ses petits qu'avait titillé sa visite dans ce lotissement doté de postes de contrôle, de vigiles, de murs d'enceinte, de pelouses vertes et d'équipements sportifs, dans la sécurité la plus absolue…

« Si tu veux des hommes armés et des barbelés, alors autant t'en aller vivre en Israël comme cette illuminée, ta cousine! avait-elle remarqué de plus en plus ironique.

– Un véritable paradis terrestre, maman… » insistait Leo en feignant de n'avoir pas entendu la plaisanterie de sa mère.

Et plus Leo parlait, plus il bafouillait, et plus il bafouillait, plus il voyait la dérision durcir le visage de sa mère dans une expression de plus en plus agacée et dégoûtée. Une expression de méfiance hautaine qui proclamait en grosses lettres:

IL N'EST PAS D'ENDROIT AU MONDE QUI PUISSE GARANTIR UNE PROTECTION, NI À TOI NI A PERSONNE D'AUTRE!

Et si Leo, à présent – pendant que le journaliste, après avoir lâché sa bombe nauséabonde dans la cuisine proprette de la famille Pontecorvo, parlait des incendies qui ravageaient le maquis sarde –, avait eu la lucidité de repenser à la discussion qu'il avait eue vingt ans plus tôt avec sa mère, eh bien, il aurait peut-être apprécié rétrospectivement la manière implicite et irréfutable dont cette femme, qui nous a quittés depuis longtemps, avait cherché à le mettre en garde. Alors seulement, Leo – un pied dans la tombe et l'autre enfoncé dans un terrain mouvant et dangereux – aurait été en mesure de comprendre à quel point sa mère avait raison: il n'existe pas un seul coin de l'univers où un être humain, cette entité prétentieuse et ridicule, puisse se dire en sécurité.

C'est tellement vrai que le téléphone, implacable, n'arrête pas de sonner. Un tas de gens là dehors veulent parler aux Pontecorvo de ce qui arrive aux Pontecorvo. Bizarre, attendu que la seule chose sur laquelle, à l'intérieur, ils sont tous d'accord, c'est le désir de couper toute communication avec l'extérieur, pour l'éternité. Mais pourquoi, si tout ce que renferment le vaste espace lumineux délimité par les grandes baies vitrées de la maison, la haie qui borde la propriété des Pontecorvo, les murs d'enceinte du lotissement, est à sa place (et tel qu'il doit être), le reste de la planète paraît-il fou?

En réalité, s'il y a une chose qui ne cesse de tourner à la folie depuis quelque temps, c'est bel et bien la vie des Pontecorvo. Depuis que le service hospitalier que Leo a créé a été mêlé à un scandale de dessous-de-table, factures gonflées, places monnayées, patients (tous mineurs en fin de vie) dirigés par des manœuvres frauduleuses sur des cliniques privées, la situation n'a cessé d'empirer. Prenant chaque fois un caractère sinistre imprévisible et de moins en moins digne. On a même insinué à un certain moment que l'ascension universitaire de Leo découlait de ses sympathies craxiennes (ou, pour être plus précis, de la sympathie qu'avait pour lui Bettino Craxi lui-même). Ensuite, un assistant écarté en son temps de l'université pour négligence l'a accusé par dépit de lui avoir prêté de l'argent à un taux usuraire.

Et pourtant, toutes ces graves accusations, qui mettent sa carrière en danger, semblent bien insignifiantes à côté de cette dernière infamie. Peut-être parce qu'il n'est rien de pire que Leo jouant les Cyrano avec une fillette de douze ans. Quelles lettres répugnantes ! Bourrées de « ma petite » et de « chère enfant » avec lesquels les adultes s'adressent à des partenaires consentantes de leur âge, mais qui, cette fois, précisément parce qu'ils correspondent à l'âge et à la taille de la destinataire, paraissent écœurants. Les larges extraits de cette merde épistolaire, qui occuperont très bientôt les pages centrales des plus grands quotidiens.

Leo, on dirait que tu as violé le seul tabou qu'il ne fallait pas. Douze ans, Dieu du ciel. Convoiter une gamine de douze ans. Séduire la petite fiancée de douze ans de ton fils. Ça n'est pas du tout une question de sexe. Tu le sais bien, de nos jours, personne ne se détruit pour une partie de jambes en l'air. Il arrive même souvent qu'elle soit à l'origine de grands succès. L'ennui, c'est l'âge de la présumée victime déflorée. Là est toute la différence.

À ce stade, et à la lumière du crime que les gens te collent sur le dos, aucune de tes qualités d'homme mesuré et civilisé ne sera considérée autrement que comme une faute ou une circonstance aggravante. Tout ce que tu as fait de bien jusqu'ici va passer pour la bizarrerie d'un pervers. Parce que personne là-dehors ne s'interrogera sérieusement sur le bien-fondé de l'accusation. Au contraire, ils choisiront de croire à cette histoire, en raison même de son invraisemblance. C'est comme ça que ça fonctionne chez nous. Et précisément parce que les gens ne demandent qu'à croire au pire, tout le mal qu'on dit sur un individu (surtout s'il a tiré quelques bonnes cartes au Monopoly de la vie) est immédiatement accepté comme vrai. C'est ainsi que les ragots deviennent homicides. Et que les capillaires du corps social se gonflent, presque jusqu'à l'explosion.

Et d'ailleurs, comment pourrais-tu demander au monde d'accepter ce qu'aucune des trois personnes qui ont pris un coup sur la tête et sont avec toi en ce moment dans la cuisine n'apprendra jamais à te pardonner?

La respiration haletante de Samuel. Un souffle syncopé qui fait sur Leo l'effet légèrement terrorisant que provoque une turbulence chez un passager qui a peur de l'avion. Leo pense à la boulette empoisonnée qu'il a servie à ce garçon. Le pays tout entier qui dès demain jasera sur comment ton père a sauté ta fiancée. Le genre de chose dont on ne se remet pas.

Le silence suspendu dans lequel la cuisine est plongée pendant ces longues minutes est rompu par le crachotis de la cafetière, impatiente d'annoncer à l'assistance que le café est sorti jusqu'à la dernière goutte et que si quelqu'un ne se décide pas à éteindre en dessous elle ne pourra plus se retenir et explosera.

«Maman, pourquoi on n'éteint pas la cafetière? Eh, maman, pourquoi on n'éteint pas? Il ne vaut pas mieux éteindre, maman?»

C'est la voix de Filippo. Une pleurnicherie répugnante. Plus infantile que celui qui s'en sert. Leo voudrait seulement que Rachel le fasse taire. Et c'est ce que Rachel fait, en se levant comme un automate et en tournant le bouton de la cuisinière. Rachel, Dieu du ciel, Rachel. C'est alors que Leo se souvient. Qu'il essaie d'imaginer ce qui lui trotte dans la tête. Et c'est au même instant que l'avion tombe.

Leo sent qu'il la hait comme il n'a jamais haï personne d'autre. Il l'accuse de tout: d'être là, et de ne pas y être suffisamment, de ne rien faire mais aussi de tout faire, de se taire, de respirer, d'avoir préparé un dîner aussi appétissant, d'avoir allumé la télé sur cette chaîne-là, d'avoir la manie de regarder dix journaux télévisés par jour, de ne pas se lever pour répondre au téléphone, d'avoir donné naissance à deux fils dont il ne supporte pas la présence à ce moment précis, de ne pas faire taire Filippo, de ne pas voler au secours de Samuel en état de catatonie…

C'est elle qui a mis dans la tête des garçons l'idée qu'il est un grand homme. Comment ce dieu vénéré peut-il révéler sa propre fragilité? Comment peut-il faire la seule chose qu'il a envie de faire: éclater en sanglots? Comment peut-il se disculper en recourant à des excuses banales, en se présentant sous les apparences inacceptables de la victime d'un gigantesque malentendu?

Car il s'agit d'un malentendu, non? Leo ne sait plus. En ce moment, il est désorienté. Mais oui, il suffirait de jeter un coup d'œil aux lettres en question – qu'il a écrites et envoyées à Camilla (c'est vrai, il ne peut pas le nier) – pour comprendre qu'elles sont le contraire de ce qu'elles paraissent. Non, mon petit, ton papa n'a pas baisé ta fiancée. Et si c'était elle qui avait baisé ton papa chéri?

Tout comme il suffirait d'un coup d'œil sur les accusations pour constater qu'elles sont le résultat d'un mélange de bêtise et d'irresponsabilité plus que le fruit de la malhonnêteté. Cela au moins, Rachel doit forcément le savoir. Elle connaît la légèreté de son mari. Elle s'en est toujours plainte, souvent même avec tendresse. Et néanmoins elle a fait en sorte que Filippo et Samuel ne puissent même pas l'imaginer. Tu vois? C'est sa faute. Tout est la faute de Rachel.

Que fait Leo? Ce qu'il sait faire le mieux: rejeter la faute sur les autres. Renvoyer la balle. Il s'agit au fond de la même technique (revue et corrigée) que celle qu'il adoptait tant d'années auparavant pour se défendre des reproches de sa mère.

Quand madame Pontecorvo se fâchait, le petit Leo, pour toute réponse, jouait l'offensé. En forçant sur la bouderie. Jusqu'à ce que sa mère, éreintée par le chantage de son nounours, finisse par céder. Elle fondait dans un sourire de réconciliation. «Allons, mon amour, ce n'est rien. Si nous faisions la paix?»

Alors seulement, notre stratège faisait preuve de magnanimité en acceptant les excuses de sa mère. Eh bien, Leo a fait en sorte que cette scène devienne aussi un classique conjugal.

Ils devaient être nombreux à se demander comment un homme de la classe de Leo Pontecorvo et avec son charme ait pu épouser cette petite Juive de peu. Dont la discrétion pouvait passer pour de l'apathie et le désir de rester invisible pour de la fadeur. Quelqu'un se demandera comment ce bel homme élancé, romantique comme un pianiste slave (cheveux rebelles et doigts fuselés), médecin praticien et professeur à qui la blouse blanche va aussi bien que la queue-de-pie à certains chefs d'orchestre, a pu épouser Rachel Spizzichino, minuscule et tout au plus mignonne.

Vue de l'extérieur, leur relation est tellement déséquilibrée... leurs souvenirs (leurs vies!) parlent des langues si différentes. Ceux de Leo languissent dans la solennité d'un appartement à hauts plafonds à caissons, bourré de lourds meubles marquetés ressemblant à des mausolées et doté d'appareils électroménagers que personne ne pouvait se permettre à cette époque-là.

En ce qui concerne Rachel, bien qu'un quart de siècle se soit écoulé depuis, la chambre où elle a vécu ses dix-neuf premières années très studieuses, avec la fenêtre donnant sur une étroite ruelle du vieux ghetto, continue d'exhaler (jusque dans son souvenir) l'odeur de légumes bouillis et refrits tellement insupportable pour elle (et encore davantage dans le souvenir).

Et pourtant, tout ce qui les séparait alors est précisément ce qui les unit aujourd'hui. Parce que le secret des mariages réussis, des couples heureux malgré tout, est là : ne pas cesser d'être ensorcelé par l'exotisme de l'autre.

Et qui pourrait soupçonner qu'entre ces deux-là les choses ne soient pas ce qu'elles ont l'air d'être ? Que Leo redoute à ce point le jugement de sa femme, et qu'en même temps il en soit aussi dépendant, sur le plan pratique comme sur le plan psychologique, qu'il a reproduit avec elle l'articulation affective qui a régi pendant tant d'années son lien avec une mère hypocondriaque et hyperprotectrice ? Personne de l'extérieur ne pourrait croire que cette nouvelle madame Pontecorvo exerce dans la vie de Leo une fonction guère différente de celle de l'ancienne madame Pontecorvo en son temps. Qui pourrait croire que la nouvelle madame Pontecorvo a hérité de l'ancienne madame Pontecorvo (qui en effet lui était hostile, hostile comme seules certaines belles-mères juives savent l'être) un type de rapports fondé sur le chantage mis en œuvre par un petit garçon talentueux et d'une fragilité capricieuse ?

Ainsi, lorsque Rachel se met en colère contre son mari, celui-ci ne sait rien faire de mieux que se mettre en colère à son tour, en mettant en scène une bouderie qui n'est qu'un peu plus ridicule d'année en année, jusqu'à ce qu'elle, fatiguée de la rancune obstinée de Leo, qui peut durer indéfiniment, parfois des semaines, mette un terme à la querelle avec une plaisanterie, une caresse, un geste délicieusement diplomatique comme lui offrir une barre de chocolat blanc, qu'il adore. En résumé : l'épouse fait preuve de force en se montrant souple, tandis que le mari trahit sa faiblesse en s'accrochant à sa bouderie et en laissant à sa femme l'initiative (que seul un enfant peut considérer comme humiliante) de la réconciliation.

La crise déclenchée par la télévision n'était que la dernière – qui allait se révéler incurable et définitive – de la série qui avait rythmé les semaines précédentes. Depuis que Leo avait commencé à souffrir d'insomnie à cause de toute cette belle collection de chefs d'accusation, et Rachel à le veiller et le rassurer comme une bonne petite maman. Leur vie était donc en train de changer.

Ce soir-là précisément, peu avant d'allumer la télé, Rachel avait mis un terme à une dispute entamée la veille au soir après le départ de Flavio et Rita Albertazzi, les amis de toujours.

Ce n'était pas la première fois qu'une chose *officiellement* agréable telle qu'un dîner avec les Albertazzi offrait à Rachel et Leo un mobile de dispute. Mais cette fois, le sujet de la querelle avait paru si pénible, il avait laissé dans l'air un tel sentiment d'amertume et d'hostilité que Rachel avait éprouvé le besoin d'enterrer la hache de guerre plus tôt que d'habitude.

« J'ai mis quelque chose à réchauffer dans la cuisine. Pourquoi tu ne viens pas manger ? » C'est ce qu'elle lui avait dit après l'avoir rejoint dans le bureau du sous-sol, où son mari avait passé le dimanche à écouter de vieux disques de Ray Charles. Il en avait mis du temps, Leo, pour remplir son bureau-refuge de tous ces disques. Le trésor de sa discothèque était justement sa collection de vinyles de Ray Charles (y compris les plus rares et introuvables), vis-à-vis duquel Leo éprouvait une gratitude mystique. Ne serait-ce que parce qu'il était la seule voix qui réussissait depuis toujours à le réconforter quand il se sentait déprimé ou quand les choses n'allaient pas bien.

« Ça ne me dit rien, je n'ai pas faim », avait répondu Leo en baissant d'un cran le volume de la stéréo.

Et alors cette petite bonne femme, comptant sur une sensualité qu'on ne lui aurait pas supposée, l'avait pris dans ses bras par-derrière avec douceur, avec chaleur, et s'était mise à rire et à se moquer de lui.

« Allons, Pontecorvo, ne fais pas l'enfant. J'en ai assez de deux et ils sont déjà à table là-haut. »

Dans l'intimité elle l'appelait par son nom de famille, comme font entre eux les camarades de classe. Ou encore « professeur », en souvenir du temps où elle avait été son élève à l'université. Autrement dit, des manières délicieusement affectueuses qui pour ce grand sentimental se révélaient irrésistibles, pas moins que le « nounours » que sa mère employait avec lui à une époque.

La voix chaleureuse de Rachel était le signe qu'à ce moment-là son amour pour lui avait pris la forme hypocrite de la pitié. Et allez savoir pourquoi ce qui aurait dû offenser Leo avait le pouvoir de le rasséréner instantanément.

« Bon, je viens, je mets le vieux Ray au lit et j'arrive », lui avait-il répondu, envahi par la douceur que seul apporte le pardon octroyé à celui qui vient de vous accorder le sien.

Cet échange de boutades avait lieu environ trois quarts d'heure avant l'heure H. Ni Rachel ni Leo ne pouvaient savoir que ce serait le dernier geste de réconciliation entre un homme et une femme qui tant d'années plus tôt avaient défié, pour être ensemble, l'autorité de deux familles si différentes. Les Montaigu et les Capulet de leur génération !

Eh oui, car Leo et Rachel avaient surmonté des obstacles et des méfiances de tout ordre pour accomplir leur rêve conjugal

29

contrarié, qui avec le temps, l'acquisition de cette belle maison, la naissance des garçons, les succès professionnels de l'un et l'impeccable gestion domestique de l'autre était devenu de plus en plus éblouissant et exemplaire. Et ils ne pouvaient pas savoir non plus que la dispute à laquelle Rachel venait à peine de mettre un terme clôturait pour toujours (et en beauté) leur histoire d'altercations et de réconciliations (archéologie secrète de tout mariage). Tandis qu'ils se dirigeaient vers la cuisine en continuant à se chahuter comme des militaires en goguette, ils pouvaient encore moins imaginer que le repas qu'ils étaient sur le point de partager, mais ne termineraient pas, allait être leur dernier ensemble, et que les mots qu'ils allaient échanger seraient les derniers de leur vie commune.

Encore quelques minutes, et tout serait détruit. Et bien qu'à partir de ce jour-là Rachel ait choisi de ne parler à personne de ce qui était arrivé – en enterrant l'histoire de son mariage dans son débarras mental destiné aux refoulements et à l'oubli –, très souvent, après la mort de son mari, dans la conversation onirique où elle ne réussira pas à écarter les protestations de ce fantôme lointain, elle se demandera si, par hasard, tout n'avait pas commencé la veille au soir, pendant le dîner avec les Albertazzi; si les premières giclées de boue du raz de marée fangeux qui avait tout emporté ne dataient pas de ce moment-là. Et si les Albertazzi n'étaient pas pour quelque chose dans cette catastrophe.

Ce ne pouvait pas être un hasard si justement à partir de ce soir-là, et surtout après la mort de Leo, Rachel ne répondait plus aux coups de téléphone de Rita, ni aux lettres emphatiques de Flavio, pleines d'offres douteuses d'aide et d'amitié périmée. C'était comme si Rachel avait eu besoin de les rendre responsables de ce qui lui était arrivé. Après avoir porté si longtemps sur ses épaules les devoirs et les responsabilités d'un mariage avec ses hauts et ses bas (comme tout mariage heureux), à présent qu'il s'était terminé misérablement Rachel contre-attaquait; en assimilant ce couple d'amis de son mari, si emblématique et qu'au fond elle avait toujours détesté, sinon exactement aux coupables, du moins aux premiers témoins importuns du coup de théâtre grotesque qui avait transformé sa vie de châtelaine diligente, logée dans la douceur de la belle villa de l'Olgiata, en un pur et simple combat pour la survie.

Deux témoins, justement.

Rita, qui avait d'abord tout fait pour que son mari rompe définitivement avec ce pervers de Leo, pour ensuite, après la mort de ce dernier, s'affirmer comme la plus dévouée et la plus féroce gardienne de sa mémoire.

Et Flavio, qui s'était laissé déborder par la catastrophe naturelle qu'il avait épousée.

Deux témoins à éliminer, de même que toutes les preuves à charge et tous les mobiles d'un crime avec lequel elle ne voulait plus rien avoir à faire. Et avec lequel elle ne réglerait ses comptes que beaucoup plus tard. Il est des choses auxquelles on n'échappe pas. Mais c'est une autre histoire.

Flavio Albertazzi avait été camarade de Leo pendant cinq années de lycée. Et il avait vite appris que la meilleure façon d'exorciser le sentiment d'infériorité provoqué par l'aisance dans laquelle baignaient ses camarades de classe était de leur jeter son indigence à la figure sans retenue. Une stratégie qui, si elle l'avait tiré de plus d'un embarras à l'époque, était devenue une habitude passablement imbuvable à présent que, grâce à sa détermination, à son abnégation et à ses solides capacités intellectuelles, il avait gagné une place en vue dans la société en rendant prospère son compte en banque et exemplaire son ascension sociale. C'était du moins l'opinion de Rachel, élevée dans l'idée que mieux vaut dissimuler sa condition (de quelque nature qu'elle soit) plutôt que de l'afficher.

Flavio s'était présenté la première fois en classe en culotte courte, aussi Leo, en costume bleu foncé, avec pli marqué et revers, s'était-il senti en droit de lui demander : « Pourquoi tu te promènes encore en culotte courte ? » et s'était fait répondre par une question rhétorique qui avait définitivement réglé le contentieux : « Pourquoi tu te mêles pas de tes fesses ? »

Un échange survenu au début des années cinquante que les deux amis avaient continué à raconter pendant les décennies suivantes pour leur plus grand amusement. Une histoire qui amenait Rachel à se poser des questions sur son mari : pourquoi aimait-il autant une histoire idiote qui montrait combien, petit garçon, il avait été un insupportable snob que son ami avait été assez malin pour remettre à sa place ? Ce n'était pour Rachel qu'un des nombreux mystères de cette amitié qu'elle avait fini par subir, comme beaucoup d'autres épouses de sa génération.

Se peut-il que Rachel ait vu ce que Leo ne voyait pas ? Que malgré toutes les années écoulées Flavio le traitait toujours comme un petit con de fils à papa ? Il y avait dans l'ingénuité de son mari quelque chose qui l'exaspérait. Exaspération redoublée par le fait que Leo, contre toute raison, se percevait comme l'homme le plus rusé et le plus blasé de la création. Alors que pour sa femme il était le plus naïf.

Il faut dire que pour Flavio il avait été facile à l'époque de se laisser séduire par les bonnes manières de son ami. La première fois qu'il avait posé ses gros souliers poussiéreux sur le parquet grinçant de chez les Pontecorvo il avait voulu croire que la fascination exercée sur lui par son ami n'avait rien à voir avec le marbre, les boiseries, les tapisseries dont cette maison faisait étalage, mais avec les volumes entassés dans la bibliothèque de l'entrée. De ce gisement culturel provenait l'aisance dialectique dont Leo avait fait preuve très jeune, cette facilité de parole que Flavio lui enviait tant, et sûrement pas d'avoir vécu dans un monde où le caractère fonctionnel d'un objet devait obligatoirement trouver un délicat compromis entre deux choses aussi immorales que la beauté et l'élégance.

Au bout de tant d'années Flavio vivait encore comme une victoire personnelle le fait que son ami ait voulu adjoindre à sa profession médicale une carrière de chercheur et de professeur à laquelle on ne se serait pas attendu de la part de ce beau garçon privilégié et désinvolte.

« C'est incroyable que tu n'aies pas été pourri par tout ce que tu avais, lui disait-il toujours avec satisfaction, surtout à une époque où personne n'avait rien. » Et Leo jubilait, avec la complaisance de celui qui, au fond, n'a jamais cherché à être autre chose que ce qu'il a finalement réussi à être.

De son côté, il avait suivi avec un égal plaisir le parcours grâce auquel Flavio, sixième et dernier enfant d'une famille ouvrière, avait réussi à se faire une place au soleil. Après avoir été un des premiers Italiens diplômés en ingénierie informatique (c'est ainsi qu'on l'appelait à l'époque), il était devenu administrateur délégué d'une entreprise d'avant-garde qui mettait au point des programmes sophistiqués pour Olivetti.

Flavio, tout en professant une adoration pour le progrès scientifique, adoration pas moins fervente que celle de Leo, considérait malgré cela que la société italienne de ces années-là était en pleine *régression*. Bien-être. Vulgarité. Absence d'engagement. (La télé, Dieu comme il détestait la télé !) C'étaient les mots-clés dont Flavio abusait et qui lui offrait un point de départ pour de longues discussions à table avec son ami. Une autre chose dont Flavio avait horreur, c'était le Mondial de foot que l'Italie avait gagné quelques années auparavant en Espagne. Quand les Allemands avaient été écrasés dans une finale glorieuse au stade Santiago Bernabéu de Madrid. Flavio attribuait à cet événement sportif une force symbolique gigantesque mais surtout nocive.

« Ça a donné aux gens de ce pays l'illusion que l'essentiel était de gagner. Ça a développé chez les individus un culte de la compétition et de la victoire. Ça nous a tous rendus un peu américains. Voir un président de la République, un socialiste, un ancien résistant, qui a risqué sa peau pour vaincre le nazisme, brandir cette coupe super vulgaire, la Toison d'or... Un spectacle sans dignité. Pas étonnant que la finale de Madrid ait été un des événements les plus suivis dans l'histoire de la télévision italienne. Comme tu vois, "*tout se tient*[1]" ! »

Leo, qui n'était pas moins mordu de foot que maniaque de la modernisation du pays, se retrouvait ainsi à défendre bec et ongles les héros de Madrid et les motivations de la télé. (Comment pouvait-il savoir que celle-ci allait le lui rendre aussi bien ?)

Flavio, au contraire de Leo, n'élevait pas la voix. Il vous épuisait avec son calme, avec le temps qu'il mettait à conclure des raisonnements aussi carrés que son visage satisfait. Fidèle aux principes marxistes, il doutait de tout et adressait à son interlocuteur un tas de questions rhétoriques.

Mais lui aussi avait un point faible.

Rita, sa femme. Que Flavio aimait plus que les mathématiques et que ces idées politiques empreintes d'un pragmatisme de façade et velléitaires dans leur contenu. Une femme grande, aux cheveux frisés, anguleuse, toujours au bord de la crise de nerfs, dont la maigreur cruelle était en totale contradiction avec une gourmandise vorace. Les cigarettes fines qu'elle avait

1. Tous les mots ou expressions en italique suivis d'un astérisque sont en français dans le texte.

34

tout le temps entre les mains étaient esthétiquement assorties à ses doigts osseux et pointus. Certaines fois, en la regardant à contre-jour, on aurait dit un squelette fumant. D'autres fois, sous une lumière trop jaune, elle pouvait ressembler à une tenancière de bordel de Toulouse-Lautrec.

Pour Rita, épouser Flavio avait été un des pieds de nez les plus réussis envers ses richissimes parents. Bien qu'elle ait coupé les ponts depuis longtemps avec sa famille – une dynastie qui avait gagné énormément d'argent en viabilisant d'immenses terrains aux portes de Rome –, Rita semblait n'en avoir pas moins hérité et appris de ces « spéculateurs » l'arrogance et une intolérable absence de tact. Ses raisonnements urticants, au contraire de ceux de son mari, étaient surtout étayés par la force de ses préjugés et la violence de ses nerfs qui lâchaient. C'est la chatte, pensait parfois Leo. La chatte, l'organisme le plus irrationnel créé par mère Nature, qui la fait parler.

L'indignation de Rita face à l'inégalité était un prétexte pour dire des choses extrêmement désagréables sur un ton strident et plein d'orgueil. Pour elle il n'y avait pas de limites, peut-être parce qu'elle avait dû perdre tout contrôle pour combattre la famille d'où elle venait, ou peut-être parce que sa famille lui avait appris, par l'exemple, à pratiquer la démesure.

Elle avait fréquenté en son temps la faculté des lettres, sans grand profit. Et elle se vantait encore impunément d'avoir contesté un professeur titulaire d'une chaire, plein de poussière et de morgue, qui avait infligé aux étudiants un programme sur Montale, poète bourgeois, décadent, réactionnaire !

Rita se rappelait ces exploits avec un plaisir acide… signe d'un ressentiment qui avait fini par la dévorer.

Rachel, moins sociologue que le narrateur de cette histoire, était convaincue que la grande douleur cachée qui secouait le corps osseux de Rita tenait dans sa déception de n'avoir pas eu d'enfants.

35

« Si elle avait eu des enfants, disait-elle parfois à son mari, elle ne serait pas là à se rappeler ces anecdotes méprisables. »

Les enfants, oui. Les enfants expliquaient tout, du moins pour Rachel. C'est précisément la raison pour laquelle, lorsque les Albertazzi dînaient chez eux, Rachel faisait en sorte que Filippo et Samuel ne viennent pas leur dire bonjour, et qu'il soit encore moins fait allusion à eux. Elle ne voulait pas infliger une souffrance à Rita, ni voir sa prétendue amie exorciser sa propre douleur dans des commentaires hostiles sur le léger embonpoint de Filippo ou la passion efféminée de Samuel pour les comédies musicales. C'était comme si Rachel faisait tout pour éprouver de la pitié pour cette femme. La pitié était pour elle le moyen de se protéger contre l'irritation que chaque manifestation de Rita lui occasionnait. Et sa façon d'évacuer ses mauvaises pensées.

Rachel avait eu du mal à s'habituer à ces gens-là après que Leo eut fait le vide autour d'elle. Elle était restée traumatisée autant par leur snobisme culturel que par leur extrémisme politique. Le père de Rachel, monsieur Spizzichino, était trop occupé à s'assurer une position pour cultiver des idées politiques. Pour lui, la religion disait à peu près tout ce qu'il y avait à savoir sur ce qui est juste et ce qui ne l'est pas. Et elle avait été élevée dans l'idée que quiconque parlait trop de certaines idées abstraites devait être considéré comme un pitre. Le mot « communiste » était à peine mieux toléré chez les Spizzichino que le mot « fasciste », et seulement parce que les communistes, du moins en Italie, n'avaient pas persécuté les Juifs (en tout cas, à la connaissance des Spizzichino) et n'avaient pas eu l'effronterie de s'allier avec Hitler.

Si cette méfiance de Rachel valait pour tous les amis de son mari, elle visait surtout Rita. Il y avait chez cette femme trop d'incohérences douteuses pour ne pas irriter un être simple et loyal comme Rachel. Et souvent elle en voulait aussi à Leo de son indulgence, de son incapacité à s'indigner de certaines contradictions flagrantes dans le caractère de son amie et son comportement.

Rachel se rappelait le jour où Rita avait fait une scène dans un restaurant parce que quelqu'un s'était permis de faire entrer un chien. Rita ne supportait pas les chiens, en tout cas en ce temps-là. Ou plutôt, elle en avait peur. Et c'est pourquoi elle avait fait une telle comédie: c'était indécent, mais comment les gens pouvaient-ils? et le respect alors?... Tout ça avait été très déplaisant, y compris la réaction non moins violente du propriétaire du chien.

Rachel ne supportait pas les situations embarrassantes en public. C'était une femme timide, réservée. Quand on lui faisait du tort, on ne pouvait pas s'attendre à une réaction tapageuse ou seulement explicite. Un restaurateur l'avait traitée de façon impolie? Eh bien, il ne la revoyait plus dans son établissement. Elle ne pardonnait pas la mauvaise éducation. Au point que, si son mari retournait par erreur avec elle dans un endroit qui figurait sur sa liste noire, alors oui, elle faisait une scène; mais pour ne pas y entrer. Telle était son intransigeance sur certaines choses. Sa mémoire.

Pour le reste, elle était prête à accepter n'importe quel abus d'un serveur, d'un client ou du propriétaire d'un restaurant. Elle supportait sereinement des retards ou des négligences dans le service. N'importe quelle addition astronomique injustifiable. Tout plutôt que réagir. Que polémiquer. Que mettre un autre être humain en situation de se sentir réprouvé.

Elle gardait un souvenir trop brûlant de son père, qui après un repas au restaurant examinait l'addition ligne à ligne avec ses petites lunettes de boutiquier. Sans parler des occasions où il trouvait une erreur, appelait le patron et la lui signalait avec quelque impolitesse. Rachel s'était juré depuis: jamais plus. Jamais plus je n'assisterai à ces scènes.

Jamais plus je n'éprouverai cette gêne. Jamais plus je ne serai humiliée et jamais plus je n'humilierai.

Un serment auquel elle avait pu se tenir jusqu'à ce que Rita entre dans sa vie. Une excitée. Quelqu'un qui aimait les disputes. Qui adorait insister sur les défaillances de son prochain. Comme cette fois-là avec le propriétaire du chien.

«Mais est-ce pensable? avait-elle dit à haute voix. Est-ce pensable que quelqu'un soit assez grossier pour faire entrer un animal dans un restaurant? Mais qu'est-ce que c'est que cette éducation? Je n'arrive pas à comprendre ce qui passe par la tête des gens... Et personne ne lui dit rien?» Et non contente de sa sortie, quelques secondes plus tard, en élevant exprès la voix de quelques décibels, elle avait ajouté: «Je conseille à toutes les personnes présentes de ne jamais remettre les pieds dans ce restaurant!»

Le problème, c'est que cette fois Rita était tombée sur un de ses semblables (et il y en a des tas), qui avait contre-attaqué. «Au lieu de faire toute cette scène, vous ne pouviez pas me demander poliment de faire sortir le chien?

– Est-ce que je vous parle? Je ne crois pas. Je parlais à mes amis. Mais puisque c'est vous qui m'adressez la parole, alors sachez que vous n'êtes qu'un grossier personnage. Un véritable mufle. Comme j'en ai connu peu dans ma vie.» Flavio et Leo étaient intervenus pour éviter que les choses ne dégénèrent.

Au fond, rien d'inhabituel.

Sinon que le destin avait voulu que quelques années après l'épisode du restaurant, Rita (désormais condamnée par la vie à ne pas avoir d'enfants) reçoive en cadeau de sa sœur un chiot bobtail. Passé le premier désarroi, et surtout après quelques jours de cohabitation forcée avec l'affectueuse petite chienne, elle s'était attachée de tout son être à cette bestiole. Jusqu'à surmonter d'un coup toutes ses vieilles peurs des animaux en général et des chiens en particulier. À compter de ce jour, elle et Giorgia (c'était le nom de la chienne) étaient devenues inséparables. Rita s'inquiétait beaucoup plus de l'alimentation de Giorgia, du bien-être de Giorgia, de la santé de Giorgia que Rachel ne le faisait avec ses garçons. Cette affection maladive la poussait à emmener la chienne avec elle où qu'elle aille. Comme elle craignait de la laisser seule, elle l'emmenait même au restaurant.

D'ordinaire, les gens étaient beaucoup plus indulgents avec elle qu'elle ne l'était avec eux, mais une fois une dame allergique aux poils de chien avait chargé un serveur de demander à Rita si elle pouvait faire sortir Giorgia. Ils dînaient au restaurant du club de l'Olgiata. Dehors il pleuvait à torrents. Compte tenu de la tempête qui sévissait, la demande d'éloignement de Giorgia avait mis Rita dans tous ses états. Et en donnant à sa voix le ton des grandes occasions elle s'était mise à psalmodier : « Je me demande comment les gens peuvent être aussi cruels. Il y en a qui mériteraient de rester dehors sous la pluie. Ah, la cruauté des gens. »

Giorgia était déjà pelotonnée sous l'auvent du restaurant depuis quelques minutes le regard tourné vers sa maîtresse qui mangeait de l'autre côté de la vitre, et celle-ci n'arrêtait pas de commenter à voix haute l'arrogance avec laquelle cette femme avait exigé que sa Giorgia – l'être le plus exceptionnel, le meilleur, le plus tendre (« le plus propre de ce restaurant crasseux ») qu'elle ait jamais connu – soit expulsée « comme un Juif ».

« Comment cette femme peut-elle toujours se comporter comme ça ? » s'était écriée Rachel le même soir pendant que Leo se déshabillait vaniteusement devant le miroir du petit dressing attenant à leur chambre. « Il y a deux ans encore elle n'arrivait pas à concevoir que quelqu'un puisse même envisager d'emmener un chien dans un restaurant. Tu te souviens de la scène qu'elle a faite ? Maintenant, au contraire, c'est cruel de ne pas les laisser entrer, les chiens. Tout ça parce que le chien qui reste dehors est maintenant le sien. Ça te paraît cohérent ?

– C'est vrai que personne ne te met autant en colère que Rita, avait remarqué son mari avec sobriété.

– Oui, son insolence me met en colère. Son arrogance. Son manque de mémoire. Sa capacité à adapter toutes les situations à sa convenance. Sa façon de nier systématiquement la vérité. Sa prétention à toujours avoir raison… Et cette histoire de Juifs. Comment ose-t-elle comparer la tragédie des Juifs au chien le plus gâté de la galaxie ? »

Leo savait que Rachel avait raison. Il connaissait Rita depuis si longtemps ! Et il savait qu'elle appartenait à cette catégorie assez importante de l'humanité qui façonne les principes à son avantage, parce qu'elle n'a pas la force morale qui pousse les personnes comme Rachel à faire exactement l'opposé. Vous aviez enquiquiné la terre entière pour que les chiens ne soient pas emmenés dans les restaurants ? Bien, alors ça aurait dû vous dissuader jusqu'à la fin de vos jours d'y emmener le vôtre, de chien, dans le cas où un jour vous en auriez eu un.

Mais pas si vous vous appeliez Rita Albertazzi. Quand vous vous appeliez ainsi, vous faisiez uniquement et strictement ce qui vous arrangeait le mieux à l'instant même. Et en vous targuant aux yeux du monde d'une sorte de crédit universel vous vous sentiez autorisée à voir dans celui qui se trouvait sur votre route un ennemi à insulter, à mettre à l'index, à détruire.

Et à propos de convictions, autant Rita valorisait les siennes en leur conférant le sceau de l'inviolabilité, autant elle se montrait irrespectueuse vis-à-vis de celles des autres.

De toutes les personnes (catholiques ou laïques) que Leo avait obligé sa femme à fréquenter et qui regardaient leur

judaïsme avec un mélange de curiosité, d'ironie et de soupçon, Rita était la plus encline à se permettre d'exprimer des
jugements de valeur.

Elle avait téléphoné un jour à Rachel pour lui demander
si elle et Leo étaient libres le mardi soir suivant. Elle avait
invité à dîner des gens qui aimeraient le connaître. Dans ces
années-là Leo avait déjà acquis une certaine notoriété à
laquelle Rita n'était pas du tout insensible, puisqu'elle était
attirée par toutes les formes de célébrité. Même la plus
obscure. Bien qu'elle ait vécu dans l'illusion de s'être débar-
rassée des comportements imprimés en elle par sa famille
qu'elle haïssait si bruyamment, en réalité elle avait hérité
le plaisir et le talent de réunir chez elle des personnes
qu'elle définissait avec emphase comme «sérieuses». Peu
importait que les relations de ses parents détestés aient toutes
été subordonnées à des intérêts économiques et les siennes
au prestige politique, artistique et intellectuel.

Elle tenait particulièrement à cette soirée. Il y avait un
metteur en scène connu. Un éditorialiste éminent. Et surtout
l'ambassadeur de Hongrie («quelqu'un d'admirable, un
polyglotte, un communiste cultivé et tourmenté, pas comme
nos dégonflés». Elle l'avait ainsi défini, dans le style ampoulé
qu'elle employait toujours pour décrire les gens «sérieux»).
En bref, Rita désirait présenter ces personnalités à Leo et Leo
à elles. Depuis qu'il tenait une rubrique dans le *Corriere della
Sera* intitulée *Mieux vaut prévenir que guérir*, Leo était devenu
une star auprès des malades imaginaires du pays.

Rita téléphonait toujours à Rachel pour faire ces invitations. Et Rachel avait l'impression d'être traitée comme une
espèce de service de presse dont l'unique fonction consiste
à mettre des bâtons dans les roues à celui qui veut atteindre
la célébrité. Rachel savait que Rita était en tête de la liste de
ceux qui se demandaient à propos de son mariage avec Leo

comment un homme comme lui avait pu épouser une femme comme elle. Si, par exemple, Leo se présentait à ce dîner sans Rachel, Rita ne remarquerait même pas son absence, mais dans le cas contraire… eh bien, dans le cas contraire Rita devrait se retenir de ne pas la mettre dehors. Elle éprouverait le sentiment d'un chef d'État qui a invité dans son pays un autre chef d'État, va l'accueillir à l'aéroport et ne voit descendre sur la passerelle qu'un obscur secrétaire particulier.

Cette fois, Rachel lui avait répondu: «Malheureusement nous ne pouvons pas mardi.

– Et pourquoi?» avait demandé Rita avec la voix d'une femme qui se noie dans un lac et appelle au secours, et que vous refusez d'aider parce que vous jouez aux cartes.

«C'est Kippour.

– Et alors?

– Et alors nous ne pouvons pas sortir, nous ne pouvons pas manger, nous ne pouvons rien faire.

– Oui, mais excuse-moi… l'invitation est pour le soir.

– Je sais. Mais Kippour dure toute la journée. Vingt-six heures.»

Rachel ne savait même pas pourquoi elle donnait tant d'explications. Sa religion n'était pas quelque chose dont elle aimait parler. Son mari, si. Leo avait toujours la bouche pleine de grands mots: «le peuple du Livre», «le mariage entre le peuple élu et la Révolution française». Si seulement son mari avait respecté la loi mosaïque avec autant de conviction qu'il se gargarisait de l'importance de la culture hébraïque, il aurait été l'homme le plus pieux du monde. Mais Rachel préférait s'abstenir d'en parler. S'il y avait une leçon qu'elle avait apprise en famille, que son père lui avait inculquée, c'est qu'on ne parle pas de certaines choses. Surtout avec ceux qui n'appartiennent pas au «milieu» (euphémisme par lequel le père de Rachel désignait les

Juifs). Mais cette fois, allez savoir pourquoi (sûrement à cause de l'effet que lui faisait cette femme), Rachel *expliquait* plus que nécessaire et elle s'en voulait. Elle allait être punie pour excès d'explications.

« Mais enfin, qu'est-ce que c'est que ces sottises ? Pour une fois ! C'est important. Je ne crois pas que l'ambassadeur s'intéresse à votre Kippour. Il vient d'un pays communiste, où on a aboli certaines sottises.

– Mais nous, ça nous intéresse.

– Vous ? Tu veux dire que ça t'intéresse *toi*. Je sais que ton mari se moque de certaines superstitions. Laisse-lui au moins le droit de vivre sa vie comme il l'entend.

– Je ne l'oblige à rien. »

Vous voyez ? Cette femme vous contraignait toujours à être sur la défensive. Ses manières inquisitoriales vous poussaient à donner des explications que vous n'auriez pas voulu ni dû fournir.

« Ça ne te paraît pas une chose folle ? anachronique ? tribale ?

– De quoi tu parles ?

– De cette histoire de Kippour… Tu ne penses pas que le moment est venu de se débarrasser d'une certaine…

– Écoute, Rita… » et sa voix avait tremblé. Sachant qu'elle était de ceux qui savent retenir leur colère et qui lorsqu'ils perdent patience le font de manière éclatante et à contretemps, Rachel faisait tout pour ne pas exploser. Elle sentait toutefois, au tremblement de sa propre voix, qu'elle atteignait ses limites. Mais avant de pouvoir dire à Rita ce qu'elle avait sur le cœur depuis longtemps – à savoir qu'elle ne pouvait pas se permettre de se mêler de ses décisions et de celles de Leo, ni de parler avec ce mépris d'une chose aussi fondamentale pour elle que Kippour, qu'elle devait cesser d'être aussi indiscrète et importune et de la traiter comme une troglodyte –, l'autre, avec l'intuition caractéristique des femmes habituées à prendre toutes les libertés mais capables de comprendre au ton de leur interlocuteur quand elles ont dépassé les bornes, avait déjà fait marche arrière. (Comme tous les individus réellement arrogants, Rita était une timorée.) Naturellement, elle n'avait pas présenté d'excuses, mais elle avait commencé à se justifier d'une manière finalement plus agaçante encore :

« Très bien, ne venez pas. Je comprends. Si pour toi et Leo c'est important... Mais laisse-moi te dire que je le regrette pour vous. C'était une grande occasion pour ton mari. Je ne te dis pas que j'avais organisé le dîner pour lui, mais peu s'en faut. Tu sais, il ne suffit pas d'avoir une réputation de grand médecin. Il ne suffit pas de tenir dans les journaux *certaines* rubriques un brin trop populaires pour mon goût. Il faut instaurer des rapports (Rita n'aurait jamais employé le mot « relations » et encore moins « amitiés »). Je pense que l'ambassadeur de Hongrie lui aurait offert de nouvelles possibilités. Comme d'aller présenter un cycle de conférences à Budapest. Quelque chose d'important. Qui peut changer la carrière d'un homme. »

C'était là le summum du répertoire de Rita : provoquer en vous un sentiment de culpabilité. Faire peser sur vous ses douleurs et ses échecs. Vous mettre dans l'embarras pour une prétendue défaillance de votre part. Tenter de vous persuader (et avec quel culot !) que c'était elle qui vous faisait une faveur alors que c'était à vous de lui en faire une. Passer pour la bienfaitrice désintéressée alors que son opportunisme battait un nouveau record.

Et puis Rachel ne supportait pas le manque de confiance constamment affiché. La méfiance de Rita était éreintante. Bien que Rachel vienne d'un monde où régnait une défiance diffuse envers son prochain, elle n'arrivait pas à comprendre comment une femme du milieu de Rita pouvait être toujours aussi circonspecte. Rita vivait dans la terreur que quelqu'un cherche à la rouler. Comme le jour où elle avait entraîné Rachel dans un après-midi de shopping; en janvier, au moment des soldes. Un cauchemar. Pas une seule fois Rita ne s'était passée de faire une de ses remarques désagréables. À un vendeur elle avait dit: «Je me rappelle que ces chaussures étaient exactement au même prix le mois dernier sans la remise.»

«C'est une question de principe», s'était-elle défendue en constatant la consternation agacée dans laquelle était plongée Rachel après cette énième discussion. «Je ne supporte pas que les gens essaient de m'avoir.»

Le fait est qu'elle partait du postulat que le pays dans lequel il lui était arrivé de naître, et la ville dans laquelle elle vivait, étaient l'emblème de tout ce qui est saleté et escroquerie. Au point que l'on aurait pu dire que les «questions de principe» étaient pour elle une sorte de parti pris à travers lequel se défendre de toute la violence qu'elle sentait l'assiéger depuis sa naissance.

Cette méfiance à l'égard de son prochain apparaissait à Rachel comme une contradiction irréductible avec la note sentimentale d'émotion qui réchauffait la voix de Rita quand, dans ses laïus politiques, elle parlait des «gens». Comme si le mot «gens» ne recouvrait pas le nombre anormal de personnes qu'elle méprisait et dénigrait, comme si ces serveurs et ces vendeurs de chaussures qu'elle accusait de turpitudes et d'iniquités ne faisaient pas partie des «gens». Pour elle, les «gens» étaient une sorte d'abstraction métaphysique à idolâtrer et non une chose qui avait un équivalent terrestre, très souvent puant et sournois.

«Pourquoi parle-t-elle toujours avec de tels transports des gens en général et si mal des individus en particulier?» demandait Rachel à son mari, exaspérée par les longs dîners avec les Albertazzi.

«Parce qu'elle est communiste», répondait-il laconique.

Finalement, par amour pour Leo et en raison de sa modestie qui la conduisait à aimer ce qu'il aimait et à désirer ce qu'il désirait, Rachel s'était prise d'affection pour Rita et pour son pédant époux. Poussée par la tolérance plus que par l'estime, et par la compréhension plus que par la sympathie, elle avait fini par penser que ce couple d'amis de son mari faisait partie des habitudes rassurantes sur lesquelles tout mariage bourgeois peut compter. Faute d'avoir réussi à trouver des qualités vraiment appréciables dans ce couple, elle s'était attachée aux défauts de l'un et de l'autre.

Que ce soit clair, elle continuait à retenir des bâillements chaque fois que Flavio s'aventurait dans ses divagations philanthropiques, tout comme elle s'obstinait à trouver insupportables les scandales de Rita dans les restaurants et les magasins de chaussures, mais elle acceptait ces choses-là avec la même insouciance qu'elle supportait certains défauts de son mari, de ses fils, de la vie, du monde. Avec le temps elle avait appris à éviter certaines conversations, surtout politiques ; non, elle ne se laisserait plus accuser d'être « réactionnaire » parce qu'elle faisait des remarques de simple bon sens.

Chaque fois que les Albertazzi venaient dîner, elle chargeait Telma (dépositaire à cette époque-là du livre de recettes de la famille Pontecorvo) de préparer la *torta caprese* dont Flavio était fou et la *concia*[1] et les tomates au riz qu'adorait Rita. Tout en l'empêchant de se montrer dans la salle à manger, pour ne pas entendre Rita dire : « Comment acceptes-tu de te faire servir de cette façon par un autre être humain ? Comment peux-tu ne pas lui demander de s'asseoir avec toi ? » Comme Rachel savait qu'elle ne s'habituerait jamais à ce genre de remarques, elle faisait en sorte de ne pas les provoquer.

_____

1. Plat romain juif traditionnel à base de courgettes et de vinaigre.

C'est dans ce contexte que ce samedi-là, à quelques heures du krach définitif, et peut-être par une espèce de prémonition, Rachel avait fait de son mieux pour que les Albertazzi ne viennent pas dîner. Non qu'elle leur en ait voulu pour une raison particulière. Elle éprouvait cependant de l'embarras à devoir affronter la question des premières notifications judiciaires que Leo avait reçues, sans parler des entrefilets qui parlaient de lui dans la presse. Ce ne pouvait pas être un hasard si au cours des jours précédents, depuis qu'elle était rentrée de son séjour habituel d'un mois en Amérique du Sud avec son mari, Rita avait téléphoné plus souvent que d'ordinaire. Il était évident qu'elle cherchait à s'en mêler; si elle la retenait aussi longtemps au téléphone, y compris muette – après avoir reçu toutes les confidences qu'elle pouvait obtenir sauf celle qui l'intéressait vraiment –, c'était parce qu'elle espérait que Rachel briserait la loi du silence et viderait son sac. Rita, à l'évidence, attendait que son amie donne au moins un petit signe d'embarras, et qu'elle se mette à se plaindre sinon carrément à pleurer. Satisfaction que Rachel, naturellement, s'était bien gardée de lui donner.

Mais ce soir-là? Mon Dieu, ce soir-là s'annonçait comme un cauchemar. Allait-elle être capable de contenir son angoisse devant cette hyène de Rita? Arriverait-elle à ne pas tomber dans le piège? Enfin, elle peut-être. Mais Leo? On ne pouvait pas lui faire confiance. Supposons même que Leo se contrôle et que Flavio (l'ami de confiance) respecte sa réserve, comment s'attendre à ce que Rita réussisse à se retenir? Il était dans sa nature haineuse de laisser échapper un commentaire malencontreux.

Rachel repensait à une anecdote que Leo lui avait racontée non sans amusement. Celle du jour où, des années plus tôt, Rita avait invité au restaurant un groupe d'amis choisis, pour fêter la première condamnation de son père. «Il a pris trois ans, ce salopard», ne cessait-elle de répéter, de plus en plus soûle. Et elle avait forcé la dose. «Ce pays commence peut-être à comprendre quelque chose. Ce pays commence peut-être à se racheter!» Jusqu'à ce qu'elle invite ses amis à porter un toast: «Ils se rendent enfin compte de quelle race de criminel il s'agit.»

«Et pourquoi vous êtes-vous prêtés à une comédie aussi répugnante? demandait-elle chaque fois.

— Tu sais, mon trésor, c'était l'atmosphère de ces années-là. Les ennemis, c'étaient les parents. Les grands oppresseurs. À part ta famille, d'une gérontophilie anachronique, pleine de Juifs pieux et respectables, dans le reste du monde être vieux était considéré comme une faute très grave. Paris, Berkeley, Valle Giulia, nous nous y préparions, je ne sais pas si tu me comprends… Rita avait pris ces conneries au pied de la lettre. Et ses parents se prêtaient sans aucun doute à être diabolisés.»

Cette histoire que Leo trouvait si drôle n'avait jamais fait rire Rachel. Peut-être parce qu'elle était une Juive bornée issue d'une famille «gérontophile» comme disait Leo, mais elle ne parvenait vraiment pas à comprendre que quelqu'un puisse fêter la condamnation de son père à la prison. Ou parce que Rachel adorait son père et avait fait de son mieux pour le rendre heureux, mais l'idée qu'une fille à laquelle, au fond, ses parents avaient donné tant de chances puisse nourrir des sentiments mesquins et odieux envers eux, et qu'elle les affiche avec autant d'impudeur lui semblait si morbide qu'elle ne voulait pas en entendre parler.

C'est pourquoi, étant donné ces erreurs et compte tenu de l'avalanche de coups de téléphone des jours précédents, le moins que l'on pouvait attendre ce soir-là d'une femme qui avait fêté avec ses amis la mise en détention de son propre père était qu'elle pose une question déplacée.

Une des choses auxquelles Rachel n'avait jamais pu s'habituer depuis que son mariage lui avait permis d'accéder à un milieu plus élevé que le sien était l'absence à peu près totale de réserve. Ces gens-là ne connaissaient ni limite ni pudeur. Il n'existait rien sur quoi ils ne se sentaient pas autorisés à plaisanter. Les premières années de mariage elle avait cru à l'invention selon laquelle une telle absence d'hypocrisie était le moyen d'affirmer sa liberté vis-à-vis de certaines conventions petites-bourgeoises dans lesquelles elle était restée coincée par une éducation traditionnelle. Elle en était arrivée à se demander si tout dire et ne rien cacher n'était pas un raffinement que ses origines ne lui permettaient pas de saisir. Elle avait très souvent regardé son mari avec stupéfaction quand il lui révélait d'un cœur léger un secret de famille. En d'autres occasions elle était restée bouche bée pendant qu'il disait à son interlocuteur exactement ce qui lui passait par la tête.

Jusqu'à ce que finalement elle comprenne que tout cela ne lui convenait pas. Qu'elle n'arriverait pas à se faire à cette attitude. Parce qu'elle ne lui plaisait pas. Les choses graves, de par leur nature même, doivent être traitées avec tact et circonspection, elles ne doivent pas devenir le sujet de la énième bonne blague à partager avec ses amis et à déballer impunément devant des étrangers pour l'unique raison qu'aucune discrétion ne sera jamais aussi passionnante qu'une confession cocasse. Pour Rachel mieux valait avoir beaucoup de secrets que pas du tout. Par ailleurs cette confusion permanente entre ce qui était sérieux et ce qui ne l'était pas, ce mélange entre le dicible et l'indicible avait fait perdre à ces gens-là le sens des priorités. Trop souvent, ils ne tenaient pas compte de la susceptibilité des autres, par goût de la boutade.

Rachel gardait le souvenir gênant et pénible du jour où celui qui était alors son futur mari avait humilié sans s'en rendre compte la jeune cousine de sa fiancée. Leo et Rachel venaient de se rencontrer. Lui était l'assistant arrogant et irrésistible du professeur Meyer, et Rachel, l'étudiante vive et passionnée à qui Leo, après examen universitaire, avait donné la meilleure note avec félicitations méritées et qu'il avait invitée à sortir. Une relation contrariée dès le début, surtout par le père de Rachel qui, fidèle à une pratique déjà assez anachronique dans ces années-là, avait exigé qu'assiste aux sorties de sa fille et de ce «professeur» la jeune cousine de Rachel, Sara, chaperon silencieux et embarrassé. Leo payait donc le dîner et le cinéma à sa fiancée et à la cousine de celle-ci. Une fois, soit qu'il ait été irrité par la situation, soit par simple goût de la dérision, après avoir encore réglé l'addition dans un restaurant au bord de la mer du côté de Fregene, Leo avait demandé à Sara: «Dis-moi, j'ai remarqué que tu ne fais jamais ne serait-ce que le geste de payer. Tu es seulement misérable ou carrément pauvre?»

Ce que la malheureuse Sara consternée et tremblante de peur ne pouvait pas savoir, c'est que dans le vocabulaire narquois des Pontecorvo le mot «misérable» désignait le genre de personnes, très nombreuses dans leur entourage, qui tout en pouvant compter sur un important patrimoine menaient une vie à la limite de l'indigence par pure ladrerie. Faute de connaître cette nuance lexicale, Sara s'était mise à pleurer. Et Rachel n'avait pas répondu aux coups de téléphone de Leo pendant plusieurs jours. Pour ensuite lui demander, quelque temps plus tard, après lui avoir accordé son pardon avec un soupir: «Comment as-tu pu lui dire une chose aussi méchante? Comment peux-tu humilier quelqu'un de cette façon?

– Ce n'était qu'une boutade. Seigneur, comme vous êtes susceptibles dans les bas-fonds! Pourquoi prendre tout au sérieux? Si tu veux, je lui présenterai des excuses, mais je te jure que je n'avais aucune intention de l'offenser.

« – Tu vois? C'est ce que je te disais: tu n'accordes aucune importance à tes paroles. Donc, pour toi, je viendrais des bas-fonds?

– Voyons, fillette, je plaisantais.

– Est-ce que tu cesseras un jour de plaisanter? »

Vingt ans plus tard, ce jour était arrivé. Mais Rachel n'était pas sûre que Leo s'en soit rendu compte: elle soupçonnait qu'avec les années ce qui paraissait au début un simple penchant pour le jeu deviendrait un mode de fonctionnement dont Leo et tous ses amis se servaient pour esquiver les problèmes graves, ou pour en réduire fallacieusement les proportions. Il n'y aurait rien eu de mal à ça s'il n'était pas tombé sur la tête de Leo une tuile réellement grave et si, justement, ce jeu à la con n'avait pas empêché Leo de la reconnaître comme telle (ou au moins de faire semblant de ne pas la reconnaître).

En effet, bien que Rachel ait su combien son mari avait été littéralement bouleversé par les notifications de délit qu'il avait reçues, elle le connaissait trop bien pour s'étonner qu'il en parle avec légèreté. C'était sa manière de gérer son angoisse en public et en privé, en sous-évaluant délibérément les motifs qui l'avaient suscitée. Et si nécessaire en plaisantant dessus. C'est pourquoi, depuis quelques jours, bien qu'elle se soit rendu compte que Leo souffrait d'insomnie et que dans la journée il sursautait au moindre bruit comme s'il craignait d'être agressé, Rachel avait dû faire semblant de croire à la comédie maladroite de son mari, qui continuait de se déclarer joyeusement indifférent et plein d'espoir. Dieu sait comme elle aurait voulu le secouer. Lui dire que la situation était grave, certes, mais pas irrécupérable. Il suffisait qu'il se conduise comme un homme. Et qu'il arrête de faire de l'humour déplacé.

Comme le matin, quelques jours plus tôt, où il avait commencé à ironiser dès le petit déjeuner aux dépens de Filippo, qui demandait, les lèvres pleines de lait au Nesquik, si c'était au tour de son père de l'emmener au collège. Et Leo, qui avait reçu une nouvelle notification du tribunal avait répondu: «Alors, petite canaille, tu as envie de monter en voiture avec un dangereux suspect?»

D'accord, à ce stade les garçons savaient, ils s'en doutaient, surtout Filippo. (Il avait récemment posé une question à Rachel. Manifestement, un camarade de classe l'avait questionné lui-même.) Rachel avait eu beau décider dès le début de les tenir à l'écart de toute cette laideur, il était impossible qu'ils ne soient pas au courant. Mais à quoi bon certaines blagues? Quel plaisir y avait-il à faire participer deux enfants à ses déboires judiciaires, surtout par des plaisanteries au sens insupportablement caché (et de surcroît pas drôles), qui pourraient les troubler par leur ambiguïté même? Mais en réalité, et malgré les apparences et ses intentions avouées, Leo *voulait* les troubler, tout comme il voulait la troubler elle. Simplement parce que, étant lui-même troublé et ne voulant pas l'admettre, il voulait se décharger de cette nervosité sur ses proches. Si bien que lorsque Filippo, inquiet, lui avait demandé: «Pourquoi tu dis ça?», il avait esquivé la question avec une de ces phrases qui semblent faites pour rassurer mais qui font l'effet inverse: «Rien, rien, c'est pour rire. Tout va bien.»

La mauvaise foi de son mari (qui l'irritait) se manifestait justement dans ces scènes. Lui qui feint la légèreté au moment précis où il rend la situation insupportable. Où il repousse encore la limite de l'insoutenable. Qui prétend être détaché alors qu'il est dedans jusqu'au cou. Qui prétend ne jamais y penser, mais ne fait que la remâcher. Qui prétend n'avoir pas honte, mais que la honte empêche de dormir. Qui prétend ne pas avoir peur et fait dans son froc.

Autrement dit, étant donné les circonstances, il ne manquait plus que Flavio et Rita. Une soirée avec les amis les plus redoutables, les plus imprévisibles. Qui s'annonçait sulfureuse. Et Rachel ne savait pas qui elle devait craindre le plus, Leo ou ces deux-là ; elle était néanmoins certaine que quelqu'un se donnerait en spectacle, et ça, elle devait l'éviter. Non, elle n'était pas prête pour une soirée de ce genre. Parce que le matin même de ce samedi-là, quand il était encore temps de tout annuler, elle avait demandé à Leo s'il ne valait pas mieux remettre le dîner. Elle s'en chargerait. Ce n'était pas à lui de le faire. Elle allait appeler Rita pour…

– Et pourquoi ?

– Eh bien, tu sais, avant tout parce que je suis un peu fatiguée, je n'ai pas dormi de la nuit. Ensuite parce que aujourd'hui Telma non plus ne se sent pas bien. Je ne veux pas lui demander de faire la cuisine.

– Qu'est-ce qu'elle a ? De la fièvre ? Son mal de gorge habituel ? Tu veux que j'y jette un coup d'œil ? », comme si Telma était un appareil électroménager détraqué ou un cheval avec une tendinite.

« Mais non, non, elle est seulement indisposée… une affaire de femme…

– C'est une adulte, elle doit y être habituée. Ce n'est sûrement pas une chose qui l'a jamais empêchée d'assurer ses fonctions.

– Mais cette fois-ci…

– Cette fois-ci quoi ?

– Je la trouve plus fatiguée que d'habitude.

– Elle t'a dit quelque chose ? Elle s'est plainte ? Elle t'a dit qu'elle ne se sentait pas la force de faire la cuisine ?

– Mais enfin, réfléchis, tu crois qu'elle le dirait ?

– Mais toi, avec ton intuition extraordinaire…

– Je comprends certaines choses. Elle est épuisée. Tu sais comme elle souffre de la chaleur. Et puis, excuse-moi, tu n'en as pas assez de recevoir à dîner presque tous les soirs ? Depuis quelques semaines tu n'arrêtes pas d'inviter du monde. Si pour une fois...

– Qu'est-ce que tu veux dire avec ça?

– Ce que j'ai dit. Que depuis quelques semaines tu n'arrêtes pas d'inviter n'importe qui à dîner. On dirait presque que tu ne veux pas rester seul avec moi et les garçons. Comme si nous ne te suffisions pas.

– Et pour quelle raison je le ferais?

– Je n'en ai aucune idée. Ce n'est peut-être que la constatation d'une épouse qui se sent négligée... Allons, je plaisante. Je sais que tu adores recevoir. Et j'aime te faire plaisir. Je sais que l'été tu aimes bien manger dehors, le vin blanc, les pêches en quartiers... et moi, dans les limites du possible je fais en sorte...

– Je t'en prie, ne commence pas avec ta liste de tout ce que tu fais pour moi. Qu'est-ce qui ne va pas? Dis-le. Pourquoi, aujourd'hui, tu n'as pas envie de recevoir nos meilleurs amis, que nous n'avons pas vus depuis un siècle? Pourquoi tu ne veux pas les avoir dans les pattes?

– Je ne vois pas de quoi tu parles.

– Tu le vois très bien. Et tu sais que ça n'a rien à voir avec la chaleur et encore moins avec les règles de la *haver*[1].

– Ne sois pas vulgaire, s'il te plaît. C'est une chose que je ne supporte pas. En tout cas, si tu veux que je te dise franchement ce que je pense... bon, je crois que la raison pour laquelle tu souhaites avoir des gens à dîner tous les soirs c'est pour montrer à droite et à gauche que tes derniers déboires ne t'ont pas du tout touché... Et c'est pour la même raison que pendant ces dîners tu n'arrêtes pas d'en parler, d'en rire, de t'en moquer. Tu as même commencé à boire plus que nécessaire, ce que tu n'avais jamais fait. Le message est clair:

---

1. En hébreu romain, «bonne». Le terme peut aussi prendre une acception péjorative.

"Regardez, le professeur Pontecorvo va bien. Il est toujours le même. Il est indestructible…"

– Donc les règles de la *haver* ne sont que le prétexte inventé par une épouse responsable pour défendre contre lui-même son mari désespéré et alcoolique. Mari dont, à ce que je vois, elle a aussi un peu honte.

– Ne commence pas à dramatiser.

– C'est toi qui inventes des histoires fantaisistes pour ne pas me dire ce que tu penses, et ce serait moi le dramaturge ?

– Et si je te disais que je ne pense pas seulement à toi, mais aussi à moi ? Avoir cette femme à dîner est la dernière chose au monde dont j'ai envie ce soir. Ce qui t'arrive va la faire jubiler.

– "Cette femme" ? "Elle va jubiler" ? C'est ce que tu penses d'elle ? Une femme quelconque qui jubile ? Je m'étonne que tu aies accepté de fréquenter une salope pareille pendant toutes ces années.

– Pour quelqu'un qui a fêté la première condamnation de son père à trois ans de prison ça n'aurait rien d'une nouveauté. Imagine la réception splendide qu'elle donnerait si on le condamnait aux travaux forcés à perpétuité, le pauvre homme.

– Mis à part le fait qu'il n'y a pas de terme qui convienne plus mal que "pauvre homme" pour définir le père de Rita, je t'assure que tu te trompes. Rita m'aime beaucoup, elle *nous* aime beaucoup. Sans parler de Flavio. C'est le seul ami en qui j'ai une confiance absolue. Il se mettrait en quatre pour moi. Il s'offenserait si je le tenais à l'écart dans un moment comme celui-ci.

– Ah, et c'est là ta préoccupation majeure ? L'indélicatesse de tenir un ami à l'écart… ?

– Je n'ai pas dit *seulement* pour ça. J'ai dit *aussi* pour ça. Et puis si Rita ose seulement…

– Si elle ose ?

55

– Je la remettrai à sa place, bordel… mais ça n'arrivera pas. Flavio et Rita me connaissent trop bien pour ne pas savoir que rien de ce qui m'est reproché n'est fondé.

– C'est justement ça…

– Quoi, ça?

– Si tu le penses vraiment, si tu es si sûr de ton bon droit – et je le suis aussi, trésor, je te jure –, pourquoi est-ce que j'ai l'impression que tu ne fais pas le nécessaire?…

– LE NÉCESSAIRE POUR QUOI?

– Non, si tu commences à hurler, la discussion est terminée.

– C'est bon, arrête, je suis calme. Je ne crie plus. Dis-moi, explique-moi; je n'ai pas fait le nécessaire pour quoi?

– Tu prends tout par-dessus la jambe, mon amour. Nous y revoilà. Si tu te trouves dans cette situation c'est aussi parce que tu as trop fait confiance aux autres. Et j'ai l'impression que tu n'en as pas tiré de leçon. Tu continues à trop faire confiance aux autres. Ce qui est admirable. Ça fait de toi un homme extraordinaire. Mais c'est dangereux, et pas du tout adapté à la réalité. Tu te fies trop à ton prochain. À la vérité. Je te l'ai dit mille fois. Tu es l'homme le plus optimiste que je connaisse. On ne peut que louer ta bienveillance, ta bonne foi…

– Et comment crois-tu que l'homme candide que tu décris, cette espèce de niais au grand cœur, aurait fait tout ce qu'il a fait dans sa vie?

– Leo, mon trésor, quel rapport? Je sais que tu n'as pas d'égal dans ton travail. Je l'ai compris à ta façon d'enseigner quand je t'ai connu. Passion, intuition, compétence. Tu nous épluchais les mystères de la physiologie humaine avec un tel charme. Toutes mes amies étaient amoureuses de toi. J'ai encore du mal à croire que le jeune, le très beau, l'inaccessible professeur Pontecorvo m'ait choisie moi… Et quelque chose me dit que tu m'as choisie précisément parce que j'étais celle qui avait le moins à espérer. Mais ça ne signifie pas que tu sois aussi efficace dans la gestion de tout le reste… Et j'ai vraiment l'impression que pour une raison que j'ignore tu sous-évalues cette situation. Et que, dans cette histoire, tu m'as exclue. Pourquoi ne pas me laisser entrer? Pourquoi ne pas me laisser t'aider? Qu'est-ce qui ne va pas cette fois-ci? Je me suis toujours occupée de toi à temps plein, pourquoi pas maintenant? Pourquoi m'avoir empêchée de venir avec toi chez l'avocat l'autre jour? Tu ne sais pas comme ça m'angoisse d'être exclue. De ne pas savoir.

– Écoute, quoi que tu puisses croire, je ne suis ni un crétin ni un naïf, ni un irresponsable. L'avocat de Santa Cristina est excellent. Et il m'a complètement rassuré.

– C'est bien ce que je dis! Comment fais-tu pour ne pas comprendre que tes intérêts sont en conflit avec ceux de l'hôpital? Et que si nécessaire non seulement ils se débarrasseront de toi, mais qu'en plus ils rejetteront toute la responsabilité sur toi?

– Tu vois comment tu es? Tu ne changes pas. Tu t'en prends à Rita. Mais qui est la mesquine, la mal-pensante, la soupçonneuse à présent? Et puis qu'est-ce que tu en sais? Tout l'hôpital est de mon côté. Un tas de parents d'anciens patients se sont présentés pour témoigner en ma faveur. Le doyen de la faculté a pris publiquement ma défense, dans plusieurs journaux… sans compter le collège des professeurs, et même le recteur… Je n'y peux rien si tout ça me rassure. Et si c'est un moment où je souhaite avoir mes amis autour de moi… »

Voilà bien son Leo, l'homme le plus dépourvu de malice qu'elle ait jamais connu. Quel étrange don que d'avoir une telle confiance dans les autres! Mais était-ce seulement un don? Ou bien aussi une tare très grave? Un danger dont il devait se protéger? La magnanimité de son mari (à laquelle on aurait pu donner un autre nom, bien plus trivial). La difficulté de ne pas savoir ce qu'est l'échec. De ne pas avoir étudié comme un perdant. La confiance démesurée dans la bienveillance du destin.

Il est vrai qu'elle avait été élevée dans la terreur. Si Rita lui avait été aussi antipathique les premières fois où elle l'avait vue, c'était parce qu'elle lui était apparue comme la version extrême d'elle-même, transposée de surcroît dans les beaux quartiers. Toute cette méfiance, cette circonspection, cette peur. Rachel les connaissait. Elles lui avaient été inculquées au berceau. Au point qu'elle se demandait parfois si une des nombreuses causes de son immense amour pour son mari n'était pas le fait qu'il lui semblait être une espèce de délicieux antidote fortifiant contre toute la peur dans laquelle elle avait grandi.

C'était comme si son mari, qui menait par profession un combat quotidien contre les caprices irrationnels, pervers et iniques du corps humain, s'abandonnait à une sorte d'idéalisme philanthropique quand il s'agissait de prendre les rênes de sa vie. Comment était-ce possible que son métier ne lui ait rien appris ? Existe-t-il une leçon plus dure que celle donnée dans un service où les enfants luttent pour ne pas crever ? Les lits sales, le vomi, le sang, toute cette douleur enfantine et ce désespoir adulte... Mais, de toute évidence, cela ne lui avait rien appris. Ce n'était pas pour lui la preuve de quoi que ce soit. De toute évidence, rien de tout cela ne l'avait réveillé, ni ne l'avait blindé contre le cynisme de la plupart de ses collègues.

Et dire que dans leur couple c'était lui qui aimait tenir le rôle de l'indécrottable mécréant ; il avait la bouche pleine de mots pompeux et vides de sens pour Rachel tels que « laïcité », « lumières », « agnosticisme ». Et pourtant, à bien y réfléchir, c'était lui le véritable religieux dans la famille. Le seul des deux à croire réellement à une sorte d'Ordre Supérieur, le plus souvent bienveillant, capable de tout arranger.

« Au fond, les nazis ont finalement perdu. Les nazis perdent toujours », lui faisait-il remarquer chaque fois qu'elle lui disait qu'il y avait beaucoup plus d'antisémites qu'il ne le pensait. (Et Rachel ne pouvait pas ne pas se demander : Vraiment ? Les nazis ont perdu ? Comment donc ? Ce n'est pas nous qui avons perdu ?)

Et à présent, face aux horribles choses qu'on écrivait sur lui et aux délits qu'on lui prêtait, Leo avait l'air de se contenter de sa certitude de ne pas les avoir commis. Du moins pas délibérément. C'était suffisant pour lui. Parce que la vérité finirait par s'imposer sans rencontrer d'obstacles.

Sa femme se demandait de plus en plus souvent si cette confiance inconditionnelle dans le monde n'était pas liée à une existence qui avait trop bien marché ; un joli conte fait de rêves réalisés et de promesses tenues. S'il y a une chose toujours en péril, c'est la perfection.

Les Pontecorvo étaient les seuls Juifs qu'elle connaissait qui, pendant que les hommes de main de Hitler et leurs stupides chiens-loups faisaient la chasse aux Juifs dans toute l'Europe, se trouvaient en Suisse, à l'abri, bien au chaud, sans mourir de peur comme tous les autres, comme le père et la mère de Rachel. Leo avait trois ans. Et depuis ces heureux débuts helvétiques dans la vie, les choses n'avaient cessé de bien se passer pour lui. Une enfance et une adolescence enchantées, protégées par une mère qui l'idolâtrait, et couronnées par des études éblouissantes qui lui avaient garanti une merveilleuse carrière sur les traces de sa famille, l'amenant toutefois à acquérir un prestige jamais approché par aucun Pontecorvo. Si l'on prenait les Pontecorvo comme échantillon, la vie – avec son passage chaleureux et indolore d'une génération à l'autre – paraissait une ascension irrésistible vers le bien-être et le bonheur.

C'était donc ça ? C'était de n'avoir jamais perdu que lui venait cette tare ? D'avoir joué sur du velours, d'être comme Gontran, le cousin de Donald, qui l'avait rendu si faible devant l'adversité? C'était l'idée, si vertueuse, au fond, que dans la vie il suffit de bien faire pour obtenir ce meilleur qui le paralysait à présent? C'était ainsi que son mari, après avoir aboli de sa vie l'idée même d'imprévu, réagissait à ce qui s'annonçait d'une impondérable cruauté?

À ce sujet, Rachel racontait toujours à Filippo et Samuel un épisode qui lui paraissait illustrer le caractère de Leo et le sien.

Pour leur lune de miel ils avaient fait le tour de la Scandinavie, où ils étaient arrivés en voiture. Rachel se rappelait ces heures avec émotion. Elle venait d'avoir vingt-cinq ans, c'était la première fois qu'elle mettait les pieds hors d'Italie. Et le faire accompagnée d'un mari de vingt-neuf ans dont elle était amoureuse, que toutes les femmes remarquaient pour sa stature imposante, sa beauté méditerranéenne et son côté professeur distrait… disons-le, ça faisait soudain ressembler la vie de cette jeune femme aux charmantes comédies avec Cary Grant dont elle raffolait. Elle avait enfin droit à un peu de romantisme elle aussi. C'était son tour. Il y avait eu des moments, au cours de ce voyage de noces, où elle s'était sentie comme sa chère Maria Callas, dont elle ne se lassait pas de suivre les vicissitudes dans les magazines féminins. Leo était tellement à l'aise dans le rôle inconscient d'Aristote Onassis – en moins riche, certes, mais mille fois plus maigre –, que, fidèle à un exhibitionnisme mégalomane de famille, il avait organisé les choses en sorte que tout soit digne du conte de fées; de la splendeur décrépite des hôtels aux places réservées à l'opéra de Stockholm, de la mini-croisière dans les fjords à la robe du soir qu'elle avait trouvée sur la bergère Second Empire dans leur suite au Grand Hôtel d'Oslo. Quelle merveille!

Rachel se rappelait néanmoins n'avoir pas profité à fond de la mise en scène réalisée pour elle par son mari. L'idée que Leo avait gaspillé autant d'argent pour des choses qu'elle avait appris à juger futiles, voire carrément immorales, lui avait gâché la fête. Elle en était certaine : tout ce luxe serait puni d'une manière ou d'une autre par une force supérieure. Et la prédiction s'était accomplie au retour quand, arrivés à l'hôtel à Monte-Carlo, avant-dernière étape avant de rentrer à Rome, les deux jeunes mariés s'étaient retrouvés sans un sou.

Les cartes de crédit n'existaient pas encore, et pour expédier de l'argent à l'étranger il fallait du temps et de multiples précautions. Leo avait donc envoyé un télégramme demandant de l'aide à sa mère, en vacances dans la maison de Castiglione della Pescaia qui appartenait à son frère, le prétentieux oncle Enea.

Lorsque Rachel, épouvantée, s'était exclamée : « Crois-tu que ce soit la peine d'appeler ta mère ? Tu veux peut-être qu'elle vienne nous retrouver, toute seule, pour payer la note ? Elle n'a même pas son permis de conduire ! », Leo n'avait pas manifesté la moindre inquiétude.

« Tu ne connais pas l'oncle Enea. Il proposera de l'accompagner. Il ne manquerait jamais une occasion de jouer quelques parties de chemin de fer. »

Rentré à l'hôtel une petite demi-heure plus tard la copie du télégramme à la main, Leo avait donc dit à Rachel : « Tu vois, il n'y avait pas de quoi s'inquiéter. » Et elle l'avait regardé comme s'il était fou. Il n'y avait pas de quoi s'inquiéter ? Un télégramme, c'était tout ce qu'il avait. La copie d'un télégramme dicté par lui, certainement pas un télégramme de réponse. Autrement dit, un espoir. Le message dans une bouteille du naufragé ou de l'amoureux. Qui sait combien d'imprévus pouvaient s'interposer entre l'envoi de ce télégramme et l'arrivée des sauveteurs. Ils pouvaient ne pas le recevoir. Le recevoir en retard. Ils pouvaient avoir un accident sur la route de Monte-Carlo. Ils pouvaient… Mais il y avait aussi autre chose. Que Rachel se gardait bien d'avouer dans la version édulcorée de l'histoire destinée à ses fils: ça ne lui plaisait pas que ce soit précisément la mère de Leo qui vienne les secourir, cette femme qui s'était opposée à elle dès le début, sans s'en cacher. Rachel se sentait incapable de supporter l'air triomphant de sa belle-mère, et les reproches qu'elle allait sûrement lui adresser pour ne pas avoir surveillé convenablement les élans hédonistes de son panier percé de fils.

Alors que Rachel était aux prises avec la pensée de l'arrivée imminente de sa belle-mère, pas moins angoissante que son éventuel refus, elle s'était entendu demander: «Et si nous commandions à dîner dans la chambre? Je n'ai pas envie de sortir.

— Mais nous n'avons pas un sou…

— Pas maintenant, c'est vrai, mais après-demain oui. On ne nous demandera pas de payer immédiatement. Qu'est-ce qui t'inquiète?

— C'est seulement que…

— Seulement que quoi? Voyons, je prendrai un cocktail de crevettes, un verre de vin et une merveilleuse crème brûlée, et toi?

— Rien, trésor, je n'ai pas faim… un café au lait m'ira très bien…» lui avait-elle répondu en serrant dans ses mains les quelques pièces qui restaient.

«Même pas une brioche? Tu es sûre?

— Rien qu'un café au lait, merci.»

Pour ajouter encore: «Je n'ai pas faim.»

Elle racontait à ses enfants qu'en réalité elle avait très faim. Et quelques minutes plus tard, son mari, en peignoir de bain blanc brodé au chiffre de l'hôtel sur la poche, trempait ses crevettes dans la sauce rose en continuant de demander: «Tu es sûre de ne rien vouloir? Tu n'as rien avalé depuis ce matin.»

Et elle, qui regardait par la fenêtre les célèbres lampadaires monégasques (qu'elle associait romantiquement à *La Main au collet*), torturée par les morsures lancinantes de la faim, répétait : « Rien, merci, vraiment, je n'ai envie de rien. »

Cette fois-là Leo avait eu raison. Les scrupules de Rachel s'étaient révélés exagérés. Deux jours plus tard l'oncle Enea et sa sœur dédaigneuse étaient arrivés avec beaucoup d'argent à dépenser. Mais il n'était pas dit que les choses se passeraient toujours de cette façon. Il n'était pas dit qu'il y aurait toujours un génie de la lampe capable de tout arranger.

Cette fois-ci, par exemple, l'enjeu était mille fois supérieur. Il ne s'agissait plus d'une note à régler ni de faire bonne figure devant un concierge snob, mais de leur vie. Et de celle de Filippo et Samuel. Autrement dit du monde entier ! Jamais jusqu'ici il ne s'était produit pareille catastrophe. Ce qui ne voulait rien dire. Il existe des couples privilégiés qui traversent les décennies dans le bien-être le plus prudent et le plus mesuré pour arriver indemnes jusqu'à la vieillesse. Et Rachel avait cru et espéré quelque temps qu'on pourrait dire d'eux qu'ils avaient fait partie de ce club exclusif. Que leur course d'obstacles avait été, comme on dit, « un sans-faute ».

Les choses s'étaient passées autrement. Ces accusations avaient un poids spécifique alarmant dans la vie d'une famille aussi respectable, et Leo exerçait une profession dans laquelle la respectabilité est un facteur déterminant. C'est pourquoi cette affaire était si délicate. Bon, Leo avait peut-être raison : en première instance au moins, tout le monde s'était hâté de prendre son parti, de le défendre. Mais comment pouvait-il être si sûr que rien ne changerait ? Il était évident que les magistrats du ministère public qui s'occupaient de son dossier voulaient l'anéantir. De même qu'il était évident que Leo, comme toutes les personnes puissantes mais pas trop, ne pouvait pas compter sur la bienveillance de la presse, encore moins de l'opinion.

Sans nul doute, si les choses tournaient mal, il ne suffirait pas de l'intervention d'un oncle Enea (d'ailleurs mort depuis quelques années) pour payer la note. Non, cette fois l'affaire était beaucoup plus complexe. Une situation sacrément dangereuse. Aussi incroyable que cela puisse paraître, il existait des fonctionnaires de l'État dont le métier consistait à prouver que Leo était une crapule. Des gens payés pour le mettre sur la sellette. Des limiers impatients de lui sauter à la gorge et ne plus lâcher prise. Des vampires dont la réussite serait de le flanquer en prison après l'avoir saigné, avoir incinéré sa respectabilité édifiée par des années d'effort. Des sophistes de merde, avides de dénaturer la vérité aux dépens de Leo. Contre ces ennemis sournois l'optimisme n'était certainement pas un recours, mais plutôt une entrave.

Et si au contraire Rachel se trompait? Et si le problème de Leo n'était pas un excès d'optimisme, mais bien son contraire, un excès de pessimisme? C'était possible aussi. Elle avait très souvent constaté que derrière certaines fanfaronnades de son mari, derrière la façade éblouissante de toute cette confiance, se tapissait et prospérait, telle une taupe dans les entrailles d'un jardin luxuriant, le sentiment beaucoup plus trouble qui s'appelle la peur.

Était-ce la bonne explication? La peur? Son mari vivait dans la peur. Peut-être, comme toutes les personnes qui ne sont pas habituées aux difficultés, gâtées depuis leur naissance, Leo ne disposait-il pas des outils nécessaires pour exorciser sa peur. Parce que pour ce faire il aurait fallu qu'il la reconnaisse.

Était-ce la peur qui l'avait paralysé? Qui l'empêchait de s'occuper jour et nuit de ses affaires judiciaires? Peut-être. Quelqu'un de moins épouvanté que lui à ce stade aurait passé son temps le nez dans la paperasse. Mais lui remettait à plus tard. Il déléguait. C'étaient les deux choses qui lui convenaient le mieux : retarder le moment de devoir affronter les difficultés et, finalement, les remettre inconsidérément entre les mains de quelqu'un d'autre. Une telle confiance dans l'avocat au service d'un hôpital qui avait tout intérêt à faire retomber la responsabilité sur un médecin et son équipe – un hôpital qui avait déjà publié plusieurs communiqués dans lesquels il affirmait se sentir « partie lésée » –, c'était un suicide professionnel pur et simple.

Mais c'était aussi une façon de se débarrasser de quelque chose qu'il n'était pas en mesure d'affronter. Leo ressemblait de plus en plus au type d'hypocondriaques qui ne font qu'entretenir des fantasmes angoissants sur les maladies les plus disparates et les plus improbables et ne sont pourtant pas disposés (par une espèce de paresse apeurée) à se libérer du tabac et de l'alcool. Et qui, quand apparaissent des symptômes inquiétants, ne trouvent pas le courage de prendre un rendez-vous avec un spécialiste, ni de se soumettre à des examens approfondis. Comme s'ils préféraient l'anxiété de l'incertitude au désespoir de la vérité. Le genre de malade plus ou moins imaginaire qui préfère vivre dans l'ignorance.

Mais bien sûr. Ce avec quoi Leo était aux prises depuis des semaines était une crise de panique rampante. Rachel en avait reconnu les signes qui ne trompent pas : le manque d'appétit alternant avec des fringales féroces. L'insomnie soudain vaincue par de longs sommeils du dimanche. Une cyclothymie angoissante et dérangeante.

Son Leo était un homme si impressionnable ! Si facile à bouleverser ! Un rien le jetait dans la terreur.

Rachel se souvint du jour où, quelques mois plus tôt, une lettre était arrivée, transmise par la direction du *Corriere della Sera,* le journal dans lequel Leo tenait sa rubrique très appréciée *Mieux vaut prévenir que guérir.* Dans un de ses derniers articles, contrairement à ses habitudes, il n'avait pas entretenu ses lecteurs avec la description d'une pathologie particulière et encore moins fourni un catalogue de conseils de santé rabâchés. Il avait dénoncé le « boycottage sournois » par la curie romaine d'institutions scientifiques engagées depuis des années dans l'étude de questions de génétique fondamentales. Leo avait écrit (avec la précaution qu'imposaient sa position sociale et sa gentillesse naturelle) que « le souverain pontife devrait peut-être se montrer plus indulgent à l'égard de chercheurs passionnés qui étudient pour le bien et sûrement pas pour le mal de l'humanité ».

Cette dernière phrase – cette mise en cause directe du pape – avait provoqué la fureur d'un lecteur qui, sous le coup de l'indignation, avait envoyé un mot à Leo (en évitant de l'informer qu'il avait envoyé le même au directeur du *Corriere*), dans lequel il crachait tout son fiel en quelques lignes concises.

En voici les dernières phrases :

Comment le professeur Pontecorvo ose-t-il discourir à propos des actes de Sa Sainteté ? Le professeur Pontecorvo sait-il à quelle Sainte Institution il a osé donner ses précieux conseils ? Et vous, Monsieur le Directeur, comment pouvez-vous permettre que ce soi-disant professeur, ce scientifique hypocrite, ce mécréant en blouse blanche, s'autorise à apostropher ainsi Sa Sainteté publiquement ? Le professeur Pontecorvo ferait peut-être bien de penser aux dérèglements de sa religion et aux crimes commis par ses coreligionnaires en Terre Sainte plutôt que de se mêler de Choses qui ne le regardent pas.

À la place de la signature il était écrit : *Salutations hostiles d'un ex-lecteur.*

Leo n'arrêtait pas de demander à Rachel : « En quoi l'ai-je apostrophé ? Tu peux m'expliquer ? » Il était inconsolable. « Trésor, tu trouves que je l'ai apostrophé ? Si tu le penses, je t'en prie, dis-le-moi. Ce type a peut-être interprété l'expression «boycottage sournois» comme un manque de respect à l'égard du pape. Mais tu es témoin que ça n'est pas vrai. Tu sais combien je respecte… Et tout ce gaspillage de majuscules. Ça ne te paraît pas inquiétant?»

Rachel avait été abasourdie par la réaction de Leo à cette lettre. C'était comme si celle-ci avait réveillé en lui la tendance à l'obsession frénétique que personne ne lui aurait imaginée en dehors de ceux qui le connaissaient intimement. Cet après-midi-là Leo n'avait fait que tourner autour de la grande table en verre au milieu du salon, la feuille de l'inconnu malintentionné dans une main et dans l'autre la coupure de journal avec le texte incriminé. Il s'arrêtait pour relire des passages de l'une et de l'autre, puis il recommençait à tournicoter. Et il n'y avait pas moyen de le calmer. Ni de le faire tenir tranquille. Il n'y avait pas moyen de ramener l'incident à ses modestes proportions.

«Allons, n'exagère pas. C'est un fou, un point c'est tout. Il a un ton de fou. Un style de fou. Pourquoi lui donner tant d'importance? Pourquoi en faire une affaire d'État?

– À cause de cette haine exagérée, mon trésor. De ce ressentiment. De ce ton méprisant. C'est de l'intimidation. Comme si ce type avait une affaire personnelle à régler avec moi. Il fuse de ces lignes une telle haine! Comme s'il voulait que je sois mort. Ce sont des choses que je ne comprends pas.

– Tu ne les comprends pas parce qu'elles sont incompréhensibles. Tu ne les comprends pas parce que tu es un brave garçon. Tu ne les comprends pas parce que tu ne sais pas à quel point un antisémite peut te haïr. Tu ne les comprends pas parce que jamais tu ne ferais ce qu'a fait ce monsieur.

– C'est-à-dire?

– C'est-à-dire lire un article et te mettre en colère au point de prendre un papier et un stylo pour écrire cette lettre immonde.»

À ce stade Leo semblait rasséréné. Mais une seconde plus tard la panique fiévreuse voilait de nouveau son visage.

« Tu sais ce que je crains ?

– Quoi ?

– Comment va réagir le journal ?

– Et comment devrait-il réagir ?

– Eh bien, grâce à moi ils ont perdu un lecteur. Un lecteur papiste, en plus.

– Ils doivent être désespérés !

– Ne plaisante pas. Je t'en prie. Pas maintenant !

– Voyons, professeur, réfléchis ! Tu as idée du nombre de lecteurs d'un journal comme le *Corriere* ? Tu as idée du nombre de lettres de fous qu'ils reçoivent tous les jours ? Leurs corbeilles à papier sont sûrement pleines de ces saletés !

– Et si on me supprime ma rubrique ?

– Pour une idiotie de ce genre ?

– Oui, pour une idiotie de ce genre.

– Je ne pensais pas que tu tenais tellement à ta rubrique. Tu t'en plains toujours. Tu dis toujours que tu n'as plus rien à écrire, qu'elle te distrait de ton travail. Ça ne serait pas un drame. Après tout, tu n'as rien d'un journaliste…

– C'est qu'en réalité je pense qu'elle est importante pour ma carrière. Je la considère comme une sorte d'assurance sur la vie de mon service. »

Rachel savait que sa carrière et son service n'avaient rien à voir là-dedans. Que cette rubrique satisfaisait sa vanité. Mais elle ne trouvait pas gentil de souligner la mauvaise foi de son mari et son narcissisme. En outre, elle était préoccupée par la panique qui l'avait saisi devant une mésaventure aussi anodine. L'équilibre de Leo était-il donc si précaire ?

Rachel avait suivi la décrue de cette petite crise. Sa stupeur en voyant son mari en difficulté n'avait eu d'égale que la surprise de constater que pour le calmer il avait suffi du coup de téléphone hebdomadaire du rédacteur habituel qui lui avait demandé, avec la déférence due à un collaborateur prestigieux, si son nouveau texte était déjà prêt ou s'il y travaillait encore. Un instant après que son mari eut raccroché, Rachel l'avait vu transfiguré : il était redevenu *son* Leo au summum de son équilibre psychologique. En grande forme, prêt à repartir. Rachel l'avait même trouvé plus grand.

Mais ce qui lui arrivait maintenant (les enquêtes sur lui et tout le reste) se révélait cent fois plus grave. Rachel le savait. Néanmoins, les réactions de son mari lui avaient semblé stupéfiantes.

Comme on pouvait s'y attendre, cette fois le journal n'avait pas pu surseoir. Après les premières perquisitions à l'hôpital et à la clinique, Leo avait reçu un appel du directeur qui lui avait gentiment expliqué qu'il valait peut-être mieux «suspendre temporairement, non pas interrompre», sa collaboration. Rachel était présente pendant qu'il se faisait punir comme un écolier après une polissonnerie. Elle le regardait. Il répétait: «Je comprends.» «C'est clair.» «Aucun problème.» «Naturellement, naturellement, c'est l'usage.» «Mais oui, oui, ne vous inquiétez pas.» «Je vous remercie, je suis sûr moi aussi que tout rentrera dans l'ordre.» «Bien entendu, je viendrai vous voir très volontiers.» Il avait gardé son aplomb même après avoir raccroché, comme si ce n'avait pas été sa femme qui se trouvait près de lui mais le directeur qui l'intimidait tant. Ou carrément un parterre de gens qui voulaient mettre sa résistance à l'épreuve. Si Rachel ne l'avait pas connu aussi bien, elle aurait pu croire qu'il était parfaitement calme. Sûr de son affaire.

Dommage qu'elle l'ait connu. Et qu'elle ait donc su que cette attitude si raisonnable n'était que l'autre face de l'angoisse. C'était là le paradoxe. Alors que devant une vétille telle qu'une lettre d'injures anonyme Leo avait trouvé la force d'exprimer son angoisse, confronté à présent à une affaire grave, même l'audace de s'exprimer lui manquait. Pauvre chéri, il devait être si terrorisé qu'il ne trouvait même pas la force de se confier. Il était traumatisé. La consigne était cette fois de se cacher, de sous-estimer, détourner le regard, ne pas rencontrer celui du monstre.

Il y avait eu un autre petit incident que Rachel aurait pu interpréter de la même façon si seulement Leo avait eu le courage de le lui raconter.

C'était arrivé à l'université une dizaine de jours avant le coup de téléphone du directeur du journal qui lui donnait son congé. Pendant un des derniers cours du second semestre. À la mi-mai.

Leo aimait enseigner. Il le faisait scrupuleusement et avec humour. Doué d'une éloquence naturelle, il cherchait à communiquer à ses étudiants le feu sacré qui l'animait tout en faisant preuve de l'abnégation qui l'avait conduit à la chaire. Il avait une voix sensuelle. Que le micro rendait radiogénique. Et il n'était sûrement pas assez naïf pour sous-estimer la puissance de son charme. Qu'est-ce que vous croyez? Il les voyait, les filles du premier rang, les yeux écarquillés et le menton posé sur le dos de la main dans un geste extatique. Il sentait leurs regards, devinait leurs commentaires, interprétait les petits rires coquets qui saluaient chaque fois son entrée dans la salle. Il y avait dans ces cours quelque chose de théâtralement sexuel dont le caractère sacré était sanctionné par le fait que depuis des années ils se tenaient au même endroit, les deux mêmes jours de la semaine à la même heure: le mardi et le mercredi à dix-huit heures dans la salle P10, au rez-de-chaussée de la faculté de médecine.

On peut tout dire de Leo Pontecorvo sauf qu'il était démagogue. Il savait s'y prendre avec les étudiants, mais sans que cela aille à l'encontre du fameux formalisme académique. Il déplorait la promiscuité entre professeurs et étudiants si désastreusement encouragée par la révolution de 68. Mais en même temps il trouvait anachronique tout abus mandarinal. S'il devait interpeller une étudiante il l'appelait «mademoiselle». Avec les garçons, en revanche, il utilisait un «mon garçon» ironiquement paternaliste.

Et pour ce qui était de l'attitude des étudiants pendant les cours il était inflexible. Depuis des décennies (y compris les années soixante-dix contestataires) il consacrait le premier cours à dicter la liste de ce qui n'était pas toléré. Interdiction d'arriver en retard. De partir avant la fin. De mâcher du chewing-gum. De casser la croûte. D'interrompre le cours avec des questions et des commentaires. D'user pour s'adresser au professeur de familiarités telles que «salut». De poser des questions sur les examens en dehors de l'heure où il recevait ses étudiants. Et ainsi de suite... En échange, il s'engageait à être ponctuel, rigoureux, pétillant.

On ne s'ennuyait pas aux cours du professeur Pontecorvo. Avec le temps il avait appris l'art de réduire à l'essentiel toute technicité et à attiser leur attention avec de charmantes anecdotes sur des mères hypocondriaques ou des histoires tendres sur l'enfant malade qui avec sa ténacité et sa combativité avait donné du fil à retordre à tout le monde, à commencer par son médecin traitant.

Cet après-midi-là, pendant son cours, le professeur Pontecorvo avait été assez habile à cacher son trouble. En effet, en voiture pour l'université, il avait reçu un appel plutôt déplaisant de la secrétaire de la clinique : la brigade financière avait fait irruption dans son cabinet quelques minutes plus tôt. Leo lui avait répondu presque impoliment : « Pas maintenant, Daniela ! J'ai un cours...

— Mais, professeur...

— Je vous dis que j'ai un cours. Nous en parlerons plus tard. »

71

Imaginez son état d'appréhension lorsqu'il avait franchi le seuil de la salle de cours. Imaginez comment il devait se sentir pendant qu'il tirait ses notes de sa serviette en cuir souple. Et pendant que, pour retarder un tant soit peu le moment où il allait devoir commencer son cours, il versait de l'eau dans son verre et la buvait nerveusement à petits coups. À sa grande surprise, lorsqu'il avait commencé à parler sa voix n'avait laissé transparaître ni difficultés ni incertitudes. D'un calme absolu. Personne n'aurait pu deviner son état nerveux. Ni imaginer qu'un quart d'heure plus tôt seulement ce fascinant professeur avait été informé que le fisc allait le pressurer. Et encore moins que les dix derniers jours son nom était apparu à plusieurs reprises dans les journaux, associé à d'odieux délits de détournements des deniers publics.

Le week-end à la mer avec les garçons et Rachel (le premier de la saison) avait donné au visage du professeur un teint sportif. D'ailleurs parfaitement assorti à son costume de coton couleur glacier, sa chemise bleue, sa cravate rayée et les mocassins Alden en cuir gras achetés dans la friperie habituelle de Madison Avenue.

En bref, un professeur Pontecorvo au sommet de son efficacité et de son charme. Il avait même donné quelques signes d'exubérance pour expliquer comment une élévation soudaine et excessive du taux de phosphatases alcalines dans le sang d'un enfant de huit ou neuf ans peut autoriser un diagnostic de rachitisme ou d'autres insuffisances osseuses.

Jusqu'à ce qu'il voie un étudiant, un type à la chevelure afro, avec une monture de lunettes pour le moins voyante, qui embêtait une fille. Ils riaient tous les deux au troisième rang. Leo avait même eu une seconde l'idée qu'ils se moquaient de lui. Il avait été tenté de ne pas intervenir.

Rien à faire, il avait perdu patience.

«Vous voulez partager vos confidences avec nous ou vous préférez vous installer dehors?

– Excusez-moi… professeur… c'est ma faute. C'est moi qui lui ai demandé quelque chose.

– C'était d'une importance vitale?

– Eh bien, je lui ai demandé si elle avait un stylo et du papier.

– Ah, c'est ça, vous êtes en train de nous dire que vous vous êtes présenté en cours sans stylo et sans papier.

– C'est que…

– À votre avis, qu'est-ce qui se passe ici, une partie de campagne? Vous avez pris cet endroit pour un terrain de jeu? Pour moi, il ressemble à une salle de cours à l'université. Et au cas où vous ne vous en seriez pas aperçu, nous sommes en plein cours.»

Leo aurait pu en rester là. Il aurait pu s'en contenter. Mais quelque chose l'avait poussé à insister. En adoptant l'attitude du professeur caustique qui lui allait si mal.

«Ne pensez-vous pas qu'une salle de cours est un endroit où on doit apporter son stylo et du papier? Non? Je pourrais me tromper. Vous pourriez peut-être avoir une perception totalement différente de ce lieu. Il a peut-être raison? Qu'en dites-vous, vous autres? Peut-être votre camarade a-t-il raison? Peut-être s'agit-il d'une prairie où camper et se tordre de rire?»

C'était la première fois que les étudiants voyaient le professeur Pontecorvo se laisser aller à de telles pédanteries acerbes. Certes, ils savaient tous qu'il tenait à certains principes. Mais ses semonces avaient toujours le mérite de la légèreté. Comme le jour où une étudiante qui grignotait impunément son goûter sous son nez s'était fait réprimander: «Vous êtes rassasiée à présent? Vous vous sentez mieux? Vous vous êtes restaurée? Vous avez besoin d'un supplément de réconfort? Un café? Une liqueur? Un cigare? Un petit somme?» Et tout le monde avait ri (professeur compris). Parce que les réprimandes du professeur Pontecorvo ne dépassaient jamais les limites au-delà desquelles on touche à la mortification et l'insulte.

Cette fois, au contraire, il semblait désireux de mettre ce garçon en difficulté. Ses mots étaient aigres et l'hostilité imprégnait sa voix. Comme si ces affreux cheveux et cette monture de lunettes ridicule avaient blessé sa susceptibilité déjà éprouvée.

«Alors, vous me répondez? Comment pouvez-vous venir à un cours sans stylo et sans papier? En voilà des façons!»

Ensuite Leo l'avait dit. Il n'avait pas pu se retenir. Il avait laissé échapper le genre de remarque qu'il ne faudrait jamais faire. Parce qu'elle peut toujours se retourner contre vous. Il avait laissé s'écouler quelques secondes avant de demander sur un ton péremptoire: «Vous n'avez pas honte?

– Et vous, professeur, vous n'avez pas honte des milliards que vous vous faites en volant l'argent des contribuables?»

Telle était la phrase dont le souvenir incessant avait tenu Leo éveillé pendant trois nuits consécutives. L'épilogue de l'incident que Leo n'avait pas eu le courage de raconter à Rachel. En effet, il ne lui avait rien dit, mais il n'avait pas cessé d'y penser une seule minute. Ce petit salaud chevelu l'avait mis au tapis devant tout le monde. Il avait fait en salle de cours (autrement dit dans le royaume enchanté où Leo avait exercé pendant vingt ans son pouvoir temporel avec une grande ironie) ce que tous les autres allaient bientôt faire sur la place publique: le juger sommairement et le condamner tout aussi sommairement. C'est pourquoi, les jours suivants, Leo n'avait pas pu se dispenser de passer en revue toutes les réponses qu'il aurait pu donner à ce provocateur.

Contrairement à ce qui se passe d'ordinaire quand nous repensons à une occasion perdue pour répliquer à une provocation par une boutade bien inspirée, à la hauteur de l'outrage qui nous a été infligé, Leo avait fini par se persuader qu'il avait eu la meilleure attitude possible en la circonstance. Il s'était tu. Il avait fait semblant de n'avoir pas entendu et de ne pas avoir été ravagé. Comme si son autorité académique n'avait pas été piétinée à jamais. Il avait repris le fil de son discours là où il l'avait laissé. L'analyse du sang et tout le reste…

Qu'aurait-il pu faire d'autre?

Mais revenons à Rachel et à sa peur.

Rachel regardait son mari et le comparait tout naturellement à son père: Cesare Spizzichino ne se serait jamais comporté ainsi. Mon père aurait pris le taureau par les cornes. Il aurait été furieux, mon père. Ses hurlements auraient fait trembler le cabinet de son avocat. Mon père n'aurait plus pensé à rien d'autre et il aurait élaboré une stratégie pour se sortir du gouffre.

Mais Leo ne ressemblait en rien à Cesare Spizzichino, à présent décédé. Et l'ironie est que Rachel l'avait épousé précisément pour cette dissemblance éclatante. Bien qu'elle ait profondément aimé son père, elle était convaincue que s'il y avait une chose plus pénible que d'être Cesare Spizzichino c'était d'être son épouse ou sa fille. Une expérience qui signifiait vivre toujours dans la crainte d'un accident imminent. Telle était la vie de son père: il attendait (ou appelait?) la foudre qui allait le pulvériser. Il n'y avait rien au monde qu'il n'ait interprété comme une promesse de malheur. L'univers tout entier était parsemé de présages néfastes. Sa pingrerie, par exemple, lui venait du fait qu'il attendait la Grande Crise (ainsi qu'il l'appelait) qui allait changer la face du monde connu. Dans le même état d'esprit où certains écologistes messianiques attendent la grande apocalypse qui anéantira la planète.

Se peut-il que Rachel ne se soit rendu compte qu'à ce moment-là – en constatant la mollesse avec laquelle Leo affrontait la première véritable adversité de son existence de rêve – que toute la peur qu'avait connue son père au cours périlleux de sa vie en décidant de l'affronter avec détermination était précisément ce qui lui avait permis de faire face avec ardeur et virilité aux grandes douleurs auxquelles l'existence l'avait exposé?

Lorsque Stella, son premier enfant, la sœur aînée de Rachel, était morte dans cet accident ridicule (un lit, une couverture et une cigarette meurtrière), Cesare Spizzichino avait prouvé quel homme il était. Devant le corps en cendres de sa fille il avait poussé des cris de porc qu'on égorge. Il avait définitivement perdu le sommeil. Affectivement il ne s'était jamais remis. Mais en dehors de ces réactions tout à fait compréhensibles, à partir du lendemain de la fin du deuil il avait repris les rênes de sa vie pour prendre soin, de toutes ses forces, de sa fille survivante. Oui, il l'avait fait, bien que la mort de Stella lui ait fourni la preuve rétrospectivement irréfutable que sa peur était totalement fondée. Malgré tout, parce qu'il avait étudié toute sa vie le meilleur moyen d'assimiler celle-ci, il avait réussi à réagir avec courage et détermination.

La peur entraîne des comportements contradictoires: elle peut mener à une réaction excessive comme à une absence de réaction. Rachel découvrait une façon très différente d'être épouvanté. Son père se servait de sa peur pour se rebeller, son mari, à l'évidence, se faisait écraser par elle.

Si seulement Leo ne s'était pas caché à lui-même qu'il avait peur, il aurait réagi avec plus de véhémence et de sens des responsabilités. Mais au contraire il ne cherchait qu'à nier, devant les autres et dans son for intérieur, qu'il était terrorisé et qu'en même temps il était gouverné par cette terreur. C'était la terreur qui le poussait à s'entourer de gens dont il n'avait pas besoin. Il ne voulait pas être seul, comme les enfants qui supplient leur mère de rester auprès d'eux pendant qu'ils dorment. Comme certains malades en phase terminale qui font tout pour trouver la force de se lever et de rejoindre leurs amis dans un restaurant, convaincus que la mort n'aura pas le culot de venir les chercher dans cette atmosphère conviviale.

Et Rachel, qui voyait tout cela, désirait seulement défendre Leo autant contre l'irresponsabilité où le conduisait son optimisme que contre la morsure de la peur qui le paralysait.

Voilà pourquoi elle était en colère et avait des frissons à l'idée de cette soirée avec les Albertazzi. Voilà pourquoi Rachel était aussi inquiète. Il y avait des semaines qu'elle avait envie de rester un peu seule avec Leo quand il rentrait de l'hôpital ou de l'université ; pour lui parler franchement, loin de tout regard indiscret d'ami qui juge.

Rachel savait qu'avec les Albertazzi dans les pattes ce serait à elle, et non à Leo, de parer les coups de Rita, cette femme dont le seul intérêt dans la vie avait toujours consisté à démontrer, à elle et au monde, qu'elle était pure et que tous les autres étaient impurs.

« Tu paries quoi que ce soir cette hyène de Rita ne perdra pas une occasion de… ? » avait hurlé Rachel, sarcastique, après avoir compris que le dîner avec Flavio et Rita était inévitable. Et s'être encore une fois pliée aux désirs de son mari.

« Je parie ce que tu voudras. »

Le premier round s'était achevé sur ce pari. Le deuxième avait commencé un instant après le départ de Flavio et Rita, après le défi habituel hommes-femmes à la canasta, où les hommes s'étaient fait battre à plate couture et où tous (à l'exception de Rachel l'abstinente) y étaient allés un peu trop fort avec le whisky. À présent la partie entre Leo et Rachel visait tout entière à déterminer lequel des deux avait gagné le pari.

Les apparences criaient solennellement le nom de Leo : c'était lui le vainqueur. Il n'y avait eu aucune allusion à ses déboires judiciaires ni de la part de Flavio, ni de la beaucoup plus redoutable Rita. On aurait dit que le placide et affectueux Flavio avait donné, pour une fois, une leçon préventive à sa femme, en lui intimant l'ordre de s'abstenir de tout commentaire. Il avait dû lui demander de mettre de côté idées, indignations et intransigeance ainsi que sa passion incorrigible pour les potins et de se montrer compréhensive avec deux amis chers qui traversaient un moment difficile.

Et elle s'était tenue à ses directives.

Il y avait eu de la gêne au début. Surtout dans la façon dont Flavio avait essayé d'éviter le genre de questions avec lesquelles les deux vieux amis se retrouvaient en général. Cette fois-ci il s'était bien gardé de commencer avec le classique : « Alors, professeur, des nouvelles de l'ennemi ? » « L'ennemi » était le terme vague qui désignait pour Flavio n'importe quelle source de tracas : le travail, les collègues d'université, l'administration de l'hôpital Santa Cristina, les résultats scolaires de Filippo et Samuel... bref, la vie de tous les jours. Il craignait sans doute qu'une telle question puisse être mal interprétée par son ami en difficulté qui avait visiblement des soucis. Il était évident qu'il avait des problèmes dans son travail. Feindre de les ignorer n'était pas moins grossier que d'en faire état. Si bien que Flavio s'était borné pour une fois à répondre aux questions de Leo sur son travail. Mais il s'était montré plus prolixe que d'habitude.

Grâce au ciel s'était alors matérialisé dans le salon un plateau d'argent apporté directement de la cuisine, chargé de croustades chaudes à la tomate et à la mozzarella, saupoudrées de poivre et de basilic, sur lesquelles Rita s'était jetée. Rita était une de ces grandes mangeuses qui ne grossissent jamais et qui, lorsqu'on leur demande comment un tel miracle est possible, donnent des réponses sibyllines du genre : « C'est une question de métabolisme. » Quelqu'un de plus malveillant aurait pu avancer l'hypothèse que son corps tout entier était une usine mortellement dangereuse de traitement des déchets. Le feu qui brûlait en elle, les ressentiments, les inquiétudes... Tout ça la dévorait de l'intérieur.

Pourtant, Rita avait paru plus calme que son mari ce soir-là. Et d'une manière générale, plus calme qu'à son habitude. Rachel s'était tue, ni plus ni moins qu'elle ne le faisait toujours.

Pendant un instant seulement, au cours du repas, dans le silence embarrassant à peine égratigné par le tintement des couverts contre les assiettes et la mastication du rosbif, on avait vraiment eu l'impression que le spectre de ce qui arrivait à Leo était là, au centre de la table, marmoréen et goguenard. Mais au dessert, (la torta caprese habituelle), l'atmosphère s'était déjà détendue et Leo et Rita (qui n'arrêtait pas d'ajouter de la crème sur le gâteau) s'étaient mis à parler politique : le sujet qui pour l'occasion leur semblait le plus aseptisé.

C'était l'été 1986. Un an plus tôt s'était achevée la grande bataille pour l'énième référendum qui avait déchaîné la lutte fratricide entre les communistes dans l'opposition et les socialistes au gouvernement. Ces derniers en étaient sortis renforcés par leur victoire. S'il est vrai que le thème n'était pas en soi des plus passionnants, Rita avait montré un acharnement particulier à affirmer qu'avec l'échec de ce référendum les travailleurs avaient subi une des humiliations les plus éclatantes qu'un pays « historiquement fasciste comme le nôtre » leur ait jamais infligée. Ses hyperboles féroces avaient ouvert le débat. Et atteint le comble de la véhémence quand l'affrontement avait fatalement porté sur le personnage de Bettino Craxi – chef prospère de gouvernement en ce temps-là (quinze ans avant de mourir dans son exil tunisien), à l'arrogant charisme sud-américain et au train de vie koweïtien –, capable de concentrer sur lui tant d'amour et de haine, tant de vénération et de mépris qu'il était devenu, dans les familles de beaucoup de ses concitoyens, une sorte de ligne de partage qui divisait des individus pacifiques, jusque-là respectueux les uns des autres, en faisant d'eux des ennemis implacables.

La haine homicide que Rita éprouvait pour Craxi n'était pas moins ridiculement brouillonne que la vénération de Leo à son égard.

« Le fait que mon père, cette merde, l'ait reçu chez lui un jour sur deux est une preuve accablante de ce qu'il est. Il y a quarante ans mes grands-parents accueillaient Benito Mussolini avec la même déférence. Qu'est-ce que j'y peux si ma famille est le sismographe de ce pays ? Si tout ce qui est arrogant, tout ce qui est fasciste, tout ce qui est autoritaire finit tôt ou tard par dîner à sa table ?

– Quelles conneries, Rita. Toujours les mêmes. Les mêmes discours. Nous nous connaissons depuis quand ? Vingt ans ? Trente ? Enfin, depuis que je te connais tu hais tout ce qui est innovation, tu combats tout ce qui tente d'être une saine absence de préjugés.

– Je n'ai pas l'impression que l'absence de préjugés ait jamais été pour toi quelque chose de sain. À moins que tu aies changé d'opinion récemment ? »

Tel est le commentaire présenté sous la forme purement rhétorique d'une question, et donc lourd de sous-entendus ironiques, sur l'interprétation duquel Leo et Rachel avaient commencé à s'entrégorger après le départ de leurs amis.

Rachel était hors d'elle, convaincue que non seulement son mari était responsable de la remarque malveillante de Rita mais qu'il l'avait même méritée d'une certaine façon.

« Qu'est-ce qui t'a pris de t'embarquer dans cette discussion ?

– Et pourquoi pas ? Pour lui permettre de dire des conneries ?

– Tu aurais pu être un peu plus prudent. Tu aurais pu y aller doucement. Toi et ta manie de défendre Craxi, qui n'a jamais rien fait pour toi... »

Son amour pour Craxi. Encore un de ces élans du cœur désintéressés que Rachel ne supportait pas chez son mari. Dans leur milieu, beaucoup de personnes adeptes du clientélisme s'étaient servies de leur fidélité craxienne dans leur vie professionnelle. Pas Leo. Pour lui le nom de Craxi était une pure musique mélodieuse. Un poème de l'intelligence et de la liberté. Qui le poussaient à s'exposer en prenant toujours sa défense, surtout dans les dîners entre amis. Avec une ardeur qui parmi de très raffinés communistes de bonne famille devait apparaître incompréhensible au point d'être mal interprétée.

Comment Leo pouvait-il ne pas comprendre que personne chez ses interlocuteurs n'était assez malin pour croire qu'un homme intelligent puisse aimer avec une passion aussi désintéressée un personnage politique qu'ils considéraient comme un porc, un criminel, un dépravé? Si Rachel avait toujours détesté (en petite jésuite adoratrice de la discrétion et de l'hypocrisie) la façon dont son mari s'exposait face à toutes ces personnes hostiles, dont Rita représentait une espèce de concentré, elle supportait encore moins qu'à présent, avec l'accusation suspendue au-dessus de sa tête d'avoir tiré un bénéfice académique d'une relation avec Craxi, dont en réalité il ne pouvait pas se prévaloir, Leo offre à Rita un tel avantage dialectique. Pourquoi ne pas s'être tu au moins cette fois? Pourquoi tendre toujours le cou à la guillotine de l'adversaire?

« En attendant, tu t'es fait traiter de fasciste.

– Tu vois toujours dans ses paroles davantage qu'elles ne disent.

– Tu as remarqué comment elle te regardait?

– Tu t'en tires avec des impressions pour ne pas admettre que tu as perdu le pari. Tu craignais tellement que ça arrive que tu l'as vu arriver. Mais je t'assure que Rita s'est comportée comme toujours.

– Et ton refrain sur Mitterrand?

– Quoi?

– C'était vraiment nécessaire? Tu ne pouvais pas t'en passer?

– Ça n'est pas moi qui ai commencé. C'est Rita qui a mis Mitterrand sur le tapis, et tous ces ragots scabreux… J'ai horreur des ragots!

– Et tu as marché tout de suite.

– Elle paraissait tenir plus que d'habitude à déplorer la malhonnêteté et la dépravation des socialistes au pouvoir.

– Tiens donc. On se demande pourquoi!

– Pourquoi? Tu veux savoir pourquoi? Je vais te le dire. Parce que "déplorer" est son verbe préféré. Celui qui l'excite le plus. Parce que la vie de Rita serait beaucoup plus morne et incolore si elle n'avait pas quelqu'un ou quelque chose à déplorer…

– Et tu es sûr à cent pour cent que cette fois-ci l'objet de ses lamentations était seulement les socialistes au pouvoir? Que ses cibles principales étaient Craxi et Mitterrand?

– Qui d'autre sinon?

– Eh bien, par exemple le défenseur le plus désintéressé de leur cause. »

François Mitterrand. Une autre passion de Leo. Un autre socialiste en faillite. Et d'une manière encore plus grandiloquente que son cher Craxi, si c'est possible. À la française: Napoléon, de Gaulle, ce genre d'hommes en quelque sorte, vous connaissez les Français… Par ailleurs, la grandeur parfaitement efficace de Mitterrand était un des arguments préférés de Leo, surtout ces derniers temps. Depuis qu'il avait participé à un congrès organisé quelques mois plus tôt par l'institut Gustave-Roussy – un des pôles de cancérologie les

82

plus avancés de la planète, où, entre autre, Leo avait étudié autrefois. Une réunion de brillantes sommités abritée par la Cité des Sciences, un des grands ouvrages inaugurés par Mitterrand durant son septennat. Au dîner de gala Leo avait été présenté à Monsieur le Président, auprès duquel il avait pu faire étalage de son excellent français pendant deux bonnes minutes. Dès lors, son amour pour Mitterrand avait pris la forme avariée de l'idolâtrie.

L'ennui, c'est que madame Pontecorvo désapprouvait la xénophobie de son mari tout autant que ses idolâtries. Elle trouvait les deux à la fois trop naïves et d'un sectarisme agaçant pour un homme de son calibre. Elle avait parfois l'impression que Leo parcourait le monde à seule fin de constater à son retour la banqueroute de son pays. À l'entendre, Rome était le pire endroit du monde. Pas une fois il ne revenait d'un de ses voyages sans faire la liste de tout ce qui marchait mieux en Angleterre ou en Allemagne que chez nous. Il disait des choses telles que: «Atterrir à Fiumicino après une semaine à l'étranger est toujours un traumatisme.» Attitude que Rachel, dans la poitrine de laquelle battait un cœur sobrement chauvin, ne supportait pas. D'ailleurs, dans ces cas-là, il n'y avait pas un argument de Leo qui ne sonne aux oreilles de sa femme comme malhonnête et tendancieux. D'une malhonnêteté tout ingénue, certes, ce qui la rendait encore plus pathétique.

Comme le jour où, mais oui, pendant ce maudit voyage à New York dans lequel il avait réussi à l'entraîner (elle résistait d'habitude à ses invitations, ne fût-ce que pour pouvoir se plaindre ensuite de ne jamais voyager). Rachel était restée abasourdie quand un matin, aussitôt après le petit déjeuner, au sortir du Sheraton, Leo, sur la 7e Avenue, en plein été, à l'heure de pointe, dans un fracas étourdissant, avait murmuré: «J'adore ce parfum!» Cette fois-là, elle n'avait pas pu se retenir devant tant d'aplomb.

« Quel parfum ? Tu délires ? Tu ne sens pas que ça pue ? Une puanteur épouvantable. Il n'y a pas d'endroit au monde qui pue autant.

– Non, c'est le parfum de Manhattan. C'est parce que tu n'as pas assez le sens de la poésie pour le comprendre.

– Je n'ai sans doute pas le sens de la poésie mais ça, c'est une odeur d'ordures. Et à Rome nous en avons plein. Qu'est-ce qui ne te plaît pas dans nos ordures ? »

Telle avait été la réaction de Rachel ce jour-là à New York. Elle n'avait pas accepté que son mari ait été aussi lyrique dans l'estimation de la puanteur new-yorkaise. Et aussi prosaïque dans celle de la romaine.

Rachel avait des difficultés supplémentaires avec Paris. Elle éprouvait envers la période parisienne de Leo le genre de jalousie rétrospective tendre et néanmoins cuisante que les épouses qui ne se sentent pas à la hauteur nourrissent envers la vie que menait leur mari avant leur mariage. À la manière dont Leo parlait du Roussy on pouvait en déduire qu'il s'était bien amusé. Non qu'il lui ait jamais raconté en détail ce qu'il avait fait pendant son séjour parisien. Il n'y avait pas entre eux cette forme d'intimité. Mais Rachel sentait que derrière sa réticence se nichaient des tas de souvenirs coquins qui lui inspiraient de la nostalgie.

Et elle ne se trompait pas.

Il est vrai qu'à Paris, en 1963 – l'année où Leo y avait vécu (Dieu comme ce verbe est approprié !) –, tout le monde baisait. Et Leo n'avait pas pu résister à l'atmosphère générale. Du reste, sexe à part, il ne s'était pas épargné. Ce qui ne doit pas surprendre. Du moins si l'on reconnaît l'importance qu'il mérite au fait que le petit Leo avait passé les premières années de sa vie en Suisse, à trotter en culotte courte dans les prés du petit village perché dans les Alpes où ses parents étaient allés sagement se cacher en 1941. Et qu'une fois rentré à la base il avait vécu un après-guerre beaucoup plus prospère et confortable que celui de la majorité de ses concitoyens. Qui aurait pu être encore plus facile si l'attitude de ses parents ne l'avait rendu intenable.

Ils ne le laissent jamais tranquille. Ne lui accordent pas de répit. Ne le lâchent pas. Ils sont tout le temps sur son dos. Peut-être veulent-ils lui offrir, sous une forme envahissante, toute la protection que les parents juifs de leur génération n'ont pas réussi à garantir – du moins en Europe – à leur progéniture aveuglément massacrée ? C'est de cela qu'il s'agit ? Une sorte de compensation symbolique ? Ou juste le syndrome hyperprotecteur des parents de fils unique ?

Bah ! En tout cas, ça explique l'hypocondrie de son père, le célèbre pédiatre taciturne qui ne cesse de l'examiner, l'ausculter, qui le soumet à des traitements superflus (un jour il avait failli l'envoyer *ad patres* avec un lavement brûlant à la camomille). Ainsi s'expliquent également les attentions étouffantes dont sa mère le comble. Mais ça explique surtout que Leo décampe à la première occasion. Et qu'une fois diplômé en médecine, tout juste inscrit en spécialité de pédiatrie, il accepte sans hésitation la proposition de son maître le professeur Meyer d'aller acquérir de l'expérience auprès de l'institut Gustave-Roussy. Et qu'à Paris il ne se prive de rien.

Il est affecté à une équipe qui étudie en laboratoire et sur le terrain le type très particulier de cancer qui ne frappe que les enfants, le neuroblastome, sur lequel Leo a écrit sa brillante thèse (« recommandée pour publication », par le jury s'entend).

Paris méritait alors toutes les heures sup ! On peut dire que Leo n'avait pas dormi de toute l'année 1963. Comme si un enthousiasme sauvage lui avait permis de réduire ses heures de sommeil à l'indispensable. Toutes les nouveautés qui l'entouraient exigeaient qu'il s'y consacre, car à Paris, malgré l'aspect décrépit de la ville déglinguée, tout se voulait nouveau. Le matin il jetait un coup d'œil aux journaux et c'était une autocélébration continuelle : nouvelle vague au cinéma, nouveau roman, nouvelle morale et nouvelle politique... Sans parler du jazz glacé et alcoolisé comme les Martini on the rocks que Leo avalait d'un trait dans les caves sombres de la rive gauche qui sentaient le bouchon moisi et les cabinets.

Il faut préciser qu'au contraire de la bohème pratiquée par une grande partie de la jeune humanité qui s'était donné rendez-vous à Paris dans cette décennie celle de Leo avait été pour le moins dorée. En effet, grâce au docteur Pontecorvo senior, le portefeuille de notre rejeton en déplacement avait toujours été à la hauteur de la situation. Aucune indigence, donc. Aucune ascèse. Aucune recherche fébrile de vérité dans la misère. Mais plutôt beaucoup de distractions, et pas du tout bon marché.

Ce qui ne l'avait pas empêché d'avoir ses moments de poésie. Parfois – surtout le samedi quand il pouvait se permettre de faire la foire jusqu'à l'aube –, en rentrant chez lui (si l'on pouvait appeler ainsi son studio de quinze mètres carrés rue Jussieu), Leo, un brin ivre, avait l'impression que Paris lui parlait. Après une longue nuit au Caveau de la Huchette il conservait longtemps en lui l'image des joues de grenouille de Dizzy Gillespie qui se gonflaient au-delà du vraisemblable pour permettre à ce poids lourd du be-bop de souffler dans sa trompette comme un ange le jour du Jugement dernier. Il venait tout juste de le voir se produire et il restait incrédule. Mais tu te rends compte, petit ? Le grand Dizzy qui joue pour toi et quelques rares élus ? Et l'odeur de Paris au petit matin – le beurre des croissants à peine sortis du four et l'arôme douceâtre des ordures entassées sur les trottoirs – favorisait les pensées d'épiphanie.

À propos d'odeurs, il y en avait une dont Leo n'allait pas se libérer facilement, et dont il s'était bien gardé de parler à sa femme. Celle qu'il cherchait à chaque réveil entre le cou et la joue de Gisèle Bessolet. C'était le nom de la compagne de dix-neuf ans qui dormait dorénavant chez lui, portée par l'inertie qui semblait la pousser toujours dans la mauvaise direction. En admettant que « dormir » soit le terme qui convient.

Il n'y a pas à dire, cette fille était vraiment courageuse au lit! C'est du moins l'opinion qu'en avait un type aussi inexpert que Leo.

Il faut souligner à ce stade que la sensation d'avoir enfin compris, à vingt-cinq ans, la signification du mot « liberté » (terme dont jouaient ses parents tout émus quand ils célébraient la pâtée que les Alliés avaient flanquée aux Allemands quelques années plus tôt, mais qu'ils tendaient à oublier chaque fois qu'il fallait prendre en considération l'espace d'autonomie à laisser à leur fils), cette croustillante sensation, disais-je, d'avoir découvert la liberté juste à temps n'aurait pas pris le même caractère de résurrection si le cul ne s'en était pas mêlé.

Techniquement, on ne peut pas affirmer que Leo ait perdu sa virginité à Paris, mais psychologiquement c'est vrai. Disons que la famille oppressante dont il venait et la Rome puritaine des années cinquante s'étaient coalisées pour rogner les ailes à sa virilité prometteuse.

Et Gisèle avait contribué à résoudre le problème. Et elle n'avait été que la dernière de la liste de ses bienfaitrices. Au bout de quelque temps à Paris, Leo ne s'étonnait plus qu'aucune des filles draguées dans un bar, dans un jardin, chez un collègue, à l'hôpital, pratiquement n'importe où, n'ait refusé de le suivre à la fin de la soirée. Premières palpitations d'une sexualité en révolte? Premiers signes de la grande dépravation qui allait contaminer les jeunes des années suivantes? Retour enfin, après tant de siècles de mortification, de l'orgasme féminin au centre de la scène mondiale? Appelez ça comme vous voudrez. Notre Leo l'appelait la vie. La vie telle qu'elle devrait être. La vie qui fait qu'on ne devrait jamais mourir.

Le jour, le travail à l'hôpital, dans le dédale de couloirs où on vivait dans une pénombre perpétuelle sous le néon: un travail difficile, sale, éreintant, puant, mais enthousiasmant aussi, d'une certaine manière. Le soir, de la musique et du cul. Qui dit mieux?

Les mois à Paris, Gisèle, le sexe, le jazz, les études, les expériences, le service de cancérologie tellement à l'avant-garde... Ç'avait été son heure de récréation. Qui, comme toutes les heures de récréation, s'était révélée étonnamment brève et d'une insuffisance goguenarde

La mort du père de Leo avait fourni à sa mère un prétexte pour le rapatrier. Et après la *shivah*, la semaine de deuil durant laquelle les parents du défunt doivent rester enfermés chez eux, Leo n'avait pas trouvé le cran de repartir. Il n'avait pas eu le courage d'abandonner sa mère. Il s'était senti responsable du cabinet de pédiatrie de son père. Non, il n'avait pas renoncé à la cancérologie, mais il avait dû dire adieu à Gisèle, à la ville où il avait été libre, à la structure hospitalière au sein de laquelle il pouvait se consacrer dans les meilleures conditions à ce qu'il voulait faire dans la vie.

Puis, grâce au ciel, Rachel était arrivée. Petite, plantureuse et d'origine modeste (elle avait quelque chose de Gisèle!). Avec le temps, le travail aussi avait pris un tour intéressant. Avec son maître le professeur Meyer et une poignée d'autres collègues audacieux, Leo avait contribué à jeter les bases de ce qui deviendrait l'AIEOP: Association italienne d'hémato-logie-oncologie pédiatrique; les premiers protocoles de lutte contre la leucémie avaient été élaborés... Alors, et extrême-ment tôt, étaient arrivés la chaire, le poste à l'hôpital, la proposition de la clinique Anima Mundi d'abriter entre ses murs luxueux le cabinet de pédiatrie que Leo avait hérité de son père. Et Rachel avait découvert entre-temps qu'elle était enceinte.

Mais alors même que tout semblait s'être bien mis en place, la sirène parisienne avait chanté à nouveau, cette fois-là sous les traits séduisants d'une offre de travail qu'il était presque impossible de décliner. Non seulement ils le voulaient à Roussy, l'hôpital de Villejuif où Leo avait travaillé dur et avec ardeur, mais ils étaient disposés à lui donner un poste à responsabilité assorti d'un joli paquet d'argent. Il était l'homme qu'ils cherchaient. Leur premier choix.

Malheureusement, cette fois, outre la vieille madame Pontecorvo, s'en était mêlée aussi la jeune madame Pontecorvo. Belle-mère et belle-fille, exceptionnellement alliées, avaient tout fait pour s'y opposer. Rachel n'avait pas envie d'abandonner son père veuf. Elle savait qu'après avoir perdu son épouse et une fille il considérait le mariage de sa cadette comme une sorte de trahison. Il ne manquait plus qu'elle s'en aille à Paris. La mère de Leo, de son côté, ne pouvait pas tolérer que son fils reparte vivre en France, et probablement pour toujours. La force impétueuse de ces boycotts croisés avait fait le reste pour pousser Leo à renoncer la mort dans l'âme à une telle chance. Ce qui avait représenté pour lui, et pas seulement sur le plan professionnel, quelque chose de plus qu'un simple regret ou qu'une occasion perdue.

Le récent congrès parisien, les trois mots échangés avec Mitterrand, la visite à ses collègues du Roussy, le steak tartare de la nostalgie dévoré à la terrasse de la brasserie rue Jussieu («Exactement comme avant!»)... Tout avait été prétexte à un «amarcord» enivrant. Il en avait parlé pendant des jours. Réveillant ainsi chez sa femme la vieille jalousie de fille du peuple qui voit son prince charmant s'enfuir dans des lieux auxquels elle n'a pas accès.

Mais pour une fois, en entendant son mari parler à tort et à travers devant les Albertazzi sournois de Mitterrand et de la Cité des Sciences, de tartare et autres sottises parisiennes, et faire avec tant d'enthousiasme l'apologie de Craxi, de Mitterrand et des socialistes au pouvoir, Rachel avait oublié sa jalousie. Elle était concentrée sur sa propre colère et sa propre incrédulité. Pourquoi son mari perdait-il encore une fois une occasion de se taire? Pourquoi prêtait-il le flanc à la médisance? Pourquoi ne se protégeait-il pas? Pourquoi ne faisait-il pas le modeste? Pourquoi ne changeait-il pas de sujet? Pourquoi donnait-il tant de détails sur les jours magnifiques passés à Paris? Dans le merveilleux Paris de Mitterrand? Pourquoi s'enflammait-il tellement à propos de Mitterrand? Pourquoi le défendait-il contre les attaques insidieuses de Rita? Pourquoi, au moment où il aurait dû se taire, se cacher, se faire tout petit, il continuait à radoter, à se pavaner, à en rajouter? À quoi rimait cette maudite opération kamikaze?

C'est vrai, techniquement Leo avait gagné le pari: ni Flavio ni Rita n'avaient fait la moindre allusion à ses ennuis avec la justice. Mais comment son mari pouvait-il ne pas s'être rendu compte qu'en réalité ils n'avaient parlé de rien d'autre pendant tout le dîner? Comment ne comprenait-il pas qu'en défendant Craxi et Mitterrand avec autant de passion il n'avait fait que s'accuser lui-même?

C'est pourquoi Rachel était aussi furieuse à présent. C'est pourquoi elle le harcelait aussi violemment.

«Était-il vraiment nécessaire de s'échauffer autant?

– Je n'ai aucune envie de me cacher. Je n'ai rien fait dont j'aie à me cacher. Que Rita pense ce qu'elle voudra, je ne vais sûrement pas prendre des précautions parce que des gens comme elle croient certaines choses sur moi...

90

– Je me serais attendue à un peu de discrétion, au moins ce soir.

– Discrétion. C'est ton mot préféré. Tu lui as voué ta vie. Toi et ta mentalité populaire. Ne te fais pas remarquer. Cache-toi comme un rat d'égout. N'attire pas l'attention. Ne dis jamais ce que tu penses, sous peine de te faire taper dessus. Pour moi c'est différent.

– Mais non, non, ça n'est pas ça. C'est que…

– Et alors c'est quoi? Tu peux me dire comment j'aurais dû me comporter?»

Rachel aurait voulu répondre: «Contrition. Prudence. Loi du silence.» C'était ce que lui avait enseigné cet expert en malheurs qu'était Cesare Spizzichino. Mais Rachel ne parvint qu'à demander:

«Et la honte? Tu n'éprouvais aucune honte?

– De quoi, bordel? Dis-moi de quoi!

– De tout ça! De tout ce qui t'arrive!» aurait voulu dire Rachel, mais une fois de plus elle n'avait rien pu répondre.

«Toi, je ne sais pas, mais moi, je n'ai à avoir honte de rien», avait répliqué Leo très en colère. Et pour la première et dernière fois de sa vie il s'en était fallu d'un rien qu'il ne la frappe avec toute la sauvagerie qu'il avait dans le corps.

Mais à présent que le pays tout entier est au courant des tourments que tu as infligés à une enfant, liée sentimentale-ment (quelle expression impropre pour désigner le lien entre deux morveux) à ton fils… Alors, oui, mon vieux, il y a main-tenant quelque chose d'énorme dont tu dois avoir honte. Quelque chose de tellement colossal que personne dans cette cuisine ne parvient à ouvrir la bouche. Maintenant que quelqu'un a trouvé la force d'éteindre la télé et le feu sous la cafetière noircie, que tout est plongé dans un silence désolant, tu te demandes si utiliser ta technique habituelle et te fâcher contre eux comme un petit garçon peut marcher. Et tu te réponds que non, cette fois-ci ça ne marchera pas. Que c'est allé trop loin pour qu'une telle chose puisse marcher. Que c'est un procédé bon pour les temps de paix, mais pas pour la guerre qui t'attend. Cette fois-ci, aucun de ceux que tu aimes le plus n'a d'odorants rameaux d'olivier en réserve pour toi. Cette fois-ci, ton vieux truc cent fois éprouvé de la bouderie n'aura aucune efficacité. Cette fois-ci, en admettant que tu ne veuilles pas passer le reste de tes jours dans la solitude, entouré d'une épaisse hostilité, ce sera à toi de présenter des excuses, à toi de prendre la voie impossible de la détente. À toi de reconquérir les tiens.

Ces lettres ridicules, ces lettres qui ne comptent pas, ces lettres avec lesquelles la petite psychopathe te faisait chanter et dont elle se sert de cette manière indécente. Pourquoi n'en as-tu pas parlé plus tôt à Rachel? Pourquoi n'en as-tu pas parlé aux enfants quand tu pouvais encore le faire? Pourquoi, cette fois encore, as-tu attendu sans bouger que les événements se précipitent? Je sais, tu voudrais leur dire maintenant que tout est arrivé comme tant de choses dans la vie de la plupart des gens; par un enchaînement de malentendus incontrôlables. Et que la vie est en train de te jouer un sale tour. Que tu risques d'être détruit par ce que, faute d'avoir su en évaluer les conséquences, tu avais pris pour le comportement d'une enfant bizarre. Et que si quelqu'un a été séduit, convoité, dupé dans cette méchante histoire… eh bien, il a ton nom et ton aspect, dont tu as toujours été trop fier depuis l'époque parisienne et qui, au vu de ce qui se passe, te paraissent répugnants. Et pourtant tu sais aussi que si tu ne leur en as pas parlé plus tôt c'est parce que tu étais convaincu qu'ils ne te croiraient pas.

Mais si tu craignais déjà qu'ils ne te croient pas, comment penser qu'ils te croiront maintenant? Maintenant que le bubon a éclaté. Maintenant qu'il est évident que tu cherches à te défendre en inventant des vérités de substitution. Comment exiger de Rachel, Filippo et Samuel qu'ils ne se contentent pas des apparences paresseuses et qu'ils décident de croire à tes vérités tellement improbables si tu as été le premier à ne pas te fier à leur capacité de compréhension alors que la situation était beaucoup moins compromise? Et si tu ne peux pas espérer être cru des trois seules personnes qui auraient intérêt à le faire, comment espères-tu que le reste du monde t'écoute et te fasse confiance? Comment peux-tu demander l'indulgence aux indifférents, aux hostiles, à tous ceux qui sont là comme des vautours, attendant que ce grand homme de professeur Pontecorvo fasse un faux pas?

Le voilà le faux pas. Ils n'ont plus qu'à te mettre en pièces, se venger de tout le succès que tu as eu, de tout le bonheur que tu as conquis.

Tu le sens, maintenant, ce frisson de terreur? Tu as finalement compris que tu dois craindre pour ta sécurité? Tu le sens que le monde entier se prépare à t'exécuter? Cette pensée donne un tel vertige (le monde entier, veux-je dire) que tu perds l'équilibre.

Il y a là dehors un tas de gens pleins de haine. Le plus curieux c'est que pour te haïr ils n'ont pas besoin de savoir si tu es innocent ou coupable. Ils te haïssent, un point c'est tout.

Ils se serviront de cette histoire pour assouvir leur ressentiment pantagruélique et pour se complaire dans leur indignation. Pour faire courir les bruits les plus invraisemblables. C'est ce que les gens qui haïssent font le mieux. Te détruire avec les armes légères des racontars. Te faire passer pour un pervers pathétique. Pour un parasite qui a feint trop longtemps d'être un bienfaiteur avant d'être démasqué. Ils passeront ensuite à l'artillerie lourde. Ils se serviront de cette gamine. De cette petite garce précoce. Pour te frapper. Ils ne la montreront pas en public. Ils feront en sorte qu'elle agisse *in absentia*. Ils la cacheront et ne s'en serviront que pour te désintégrer. On lui garantira un maximum d'invisibilité et de confidentialité, pendant que tu mériteras un maximum d'exposition. Ils effaceront ainsi tout ce que tu as construit. Ils diront que tu es un voleur. Un malhonnête. Un dissolu. Et ils le feront pour soulager leur conscience, pas moins chargée que la tienne. C'est le sport préféré des haineux. Laver la conscience de tous avec le scalp de quelque puissant tombé en disgrâce.

Et toi, qu'as-tu à leur opposer? Rien. Comment te défendre de ce qui semble irréfutable? De tes lettres à une mineure, de l'argent prêté, de l'argent volé, de tout le reste? Le déséquilibre entre toi et cette gamine. Tout est là. C'est l'arme la plus meurtrière dont ils disposent. Ton pouvoir dans la société face à la fragilité d'une fillette de douze ans. Sa force résiderait-elle dans sa plus grande faiblesse? Oui, c'est comme ça que ça fonctionne à l'extérieur de cette demeure confortable saturée de tapis et de décorum bourgeois dont tu croyais naïvement qu'elle te protégerait jusqu'à la tombe.

Mais à présent ta tombe est de plus en plus proche. Elle te serre de si près que tu sens déjà une puanteur de cadavre.

Un abrégé d'excuses sordidement semblables à celles de n'importe quel violeur en série, c'est tout ce que tu as dans ta manche? Tu peux le craindre. Tes justifications – si réelles et incontestables pour toi – sont précisément celles que les autres ne seront pas disposés à écouter. Tout ce que les gens désirent qu'on leur raconte, on peut le découvrir dans les plis de la lamentable correspondance dépravée dont tu as été l'un des auteurs imprudents.

Et cet échange de lettres raconte une histoire tout à fait différente de celle que tu voudrais raconter, et de celle que tu es certain d'avoir vécue. La seule histoire *vraie* – c'est-à-dire celle à laquelle tous croiront – parle de la manipulation exercée par un quinquagénaire au faîte de la réussite (déjà accusé de plusieurs délits intolérables) sur une adolescente de douze ans qui a déjà eu ses premières règles. Et qui, par ailleurs, était la petite fiancée de son fils. De quoi vous retourner l'estomac.

Le moment est peut-être venu d'en prendre conscience : il n'y a rien à faire, tout est inutile. Tu es acculé. Piégé comme tu n'aurais jamais imaginé pouvoir l'être. De plus en plus certain que crier ton innocence, expliquer à ta famille que c'est *elle* – elle, Camilla –, et non toi, qui a commencé, qui a continué, et surtout qui s'est acharnée presque jusqu'à la torture, ne servira à rien. Rien désormais ne pourra te sauver de la condamnation qui dans les petites têtes inexpertes et candides de tes fils et celle, plus sage, de ta femme, est sûrement déjà décidée et infligée. La seule chose qui te reste est cette envie de pleurer. Une envie irrépressible et enfantine de te mettre à pleurnicher, de laver ton organisme dans les larmes et de ne plus t'arrêter. Mais cela, au moins, tu peux le leur épargner.

C'est ainsi que Leo Pontecorvo, au lieu d'inviter sa femme et ses enfants à considérer ce qui se passait dans sa complexité, au lieu de les rassurer par des formules telles que : « Du calme, tout va s'arranger, les malentendus sont faits pour être dissipés », au lieu d'afficher le calme olympien que deux d'entre eux considéraient encore quelques minutes plus tôt comme son signe distinctif, au lieu de se retrancher derrière son optimisme proverbial, n'avait rien su faire de mieux que de se lever, ouvrir la porte de la cuisine qui donne sur l'escalier étroit conduisant au sous-sol, hésiter quelques secondes comme quelqu'un qui va se suicider en se jetant dans le vide, et se précipiter en bas, dans la partie de la maison destinée à sa détente, pour se cacher, se terrer, loin des êtres qu'il craignait le plus au monde à ce moment-là. Plus que les juges, que les journaux, que l'opinion publique, que le père et la mère de Camilla, que tous ceux qui étaient impatients de lui faire la peau. Il s'était enfui comme un voleur pris en flagrant délit.

Et il avait beau s'obstiner à se répéter que cette fuite visait à épargner à Rachel et aux garçons le spectacle obscène de son effondrement nerveux, la vérité est que dans le moment le plus important de sa vie il avait adopté la conduite qui l'arrangeait le mieux, qui lui ressemblait le plus: la lâcheté. Fuir signifiait rester fidèle jusqu'au bout au petit garçon qu'il n'avait pas cessé d'être un seul instant en un demi-siècle d'existence – en dépit de son âge respectable, de ses succès flatteurs, professionnels et académiques, de l'argent qu'il avait gagné, de son train de vie assuré pour lui-même et pour ceux qu'il aimait.

Leo Pontecorvo, le petit garçon à sa maman jamais grandi !

Deuxième partie

Sept mois avant de fuir (littéralement) la cuisine, les siens et ses responsabilités, Leo avait fui, dans un sens figuré beaucoup plus inoffensif, la routine de la ville en emmenant sa famille à Anzère, un pittoresque petit village adossé aux Alpes suisses, comme tous les ans d'ailleurs.

C'est là que les Pontecorvo se transféraient chaque Noël pour presque deux semaines. Ils louaient un chalet isolé orienté au nord, comme tout ce qui est beau et glacé, et oubliaient qu'il existait autre chose au monde que cette fête de silence, de blanc et de douceur.

Bien que relativement jeune, Leo était déjà depuis quelques années ce que l'on appelle un éminent médecin. Au point qu'il émanait désormais de sa personne l'aura d'autorité que dégagent les conférenciers grands et voûtés qui avant de parler farfouillent dans leur poche intérieure à la recherche de leurs lunettes.

La petite photo illustrant sa chronique sur la santé dans le *Corriere* et quelques apparitions occasionnelles à la télé lui avaient fait découvrir le plaisir d'être reconnu au restaurant ou dans le train ; il ne lui déplaisait pas d'être la vedette de belles hypocondriaques d'âge mûr à la coiffure raide et au sourire affecté. Et une telle célébrité passive n'avait pas fait de lui une baudruche gonflée. Au contraire, on pouvait dire que le charisme de Leo était mis en valeur par l'habitude (ou, si vous préférez, la coquetterie) de ne pas la ramener. Oui, le professeur

Pontecorvo était un de ces pontes qui ont élaboré une manière assez sophistiquée de la ramener en ne la ramenant pas.

Une carrière diversifiée (où la cancérologie constituait la planète autour de laquelle tournaient d'étincelants satellites) avait fait de lui un homme plus qu'aisé. Il aimait se vanter devant ses collègues plus jeunes, avec un mélange de cynisme et de vanité, que le salaire de l'université (il avait une chaire depuis un bon bout de temps à présent) lui servait tout au plus d'argent de poche.

Il aurait sans doute pu se passer de certaines plaisanteries dans un monde qui ne pardonnait la richesse qu'aux plus de quatre-vingts ans, c'est-à-dire à ceux qui avaient le bon goût de ne plus pouvoir jouir de ses bienfaits.

Tout de même, malgré cette prospérité et quelques blagues malvenues, et grâce à Rachel (qui avait les pieds sur terre), les Pontecorvo n'aimaient pas faire étalage de leur argent. En dehors de Samuel, qui s'extasiait avec une passion précoce devant tout ce qui était cher et surtout le paraissait, les autres ne s'étaient pas trop laissé contaminer par la religion hédoniste professée ces années-là par beaucoup de familles de leur milieu.

Par exemple, ils ne seraient jamais allés en vacances «là où il faut pour qui il faut» (comme le conseillait un spot publicitaire alors très en vogue sur la toute récente télé commerciale), où Samuel aurait volontiers rejoint ses camarades de classe. Pas de Cortina, pas de Saint-Moritz ou équivalents. Certaines formes de tape-à-l'œil n'étaient pas admises à la cour des époux Pontecorvo. On aurait pu objecter qu'aller tous les ans dans un trou agréable et ignoré comme Anzère pouvait être considéré comme un signe de snobisme à la puissance deux. Mais peu importait aux Pontecorvo. Qui se jugeaient à la fois au-dessus et au-dessous de certaines questions. Ce qui comptait c'était qu'ils avaient consolidé désormais des habitudes sacrées qui donnaient à leur séjour à Anzère une légèreté insouciante.

Rachel commençait tôt sa journée de neige. En buvant à petites gorgées «dans une paix royale» une pleine cafetière (elle l'apportait d'Italie comme une émigrée), et en jetant de temps en temps un coup d'œil à la vallée en forme d'amphithéâtre dont les gradins étaient des sommets anguleux, uniformément enneigés et à cette heure-là, quand il faisait beau, laqués de rose et de gris perle. Les garçons aussi aimaient se lever tôt, mais pour d'autres raisons que leur mère : ils voulaient arriver (on se demande pourquoi!) sur les pistes avant tout le monde. Ils avaient l'air d'éprouver une satisfaction toute personnelle à constater que la berline de leur père (arrivée en train avec eux) trônait solitaire sur le parking glacé au pied des remontées mécaniques. Et ce n'était que la première course qu'ils gagnaient dans une matinée consacrée à la compétition.

Leo n'était pas fou de ski et, en réalité, avec ce froid et la fatigue accumulée durant l'année, il aurait aimé prendre son temps. Il ne voulait cependant pas décevoir Filippo et Samuel. On aurait dit que pour ses fils il n'existait rien de plus sensationnel que de pouvoir partager le sport avec lui. Vous auriez dû voir comment ces gamins se pavanaient quand Leo, au début de chaque été, leur accordait les trois premières et dernières minutes de «passes et tirs au but» de la saison. Là, dans le jardin de la maison, jusqu'à ce que ses poumons rongés par le tabac et les protestations lancinantes de sa rate le contraignent à jeter l'éponge, Leo assistait au spectacle de ses garçons qui s'exhibaient pour lui avec la fougue d'un milieu de terrain des minimes toujours prêt à se jeter sur le ballon pour impressionner l'entraîneur de l'équipe A. Ses garçons : hyperactifs, enthousiastes, pleins d'entrain et de santé, qui lorsqu'il renonçait le regardaient tellement déçus !

Sur les pistes de ski l'ambiance était la même. Ardeur, adrénaline, esprit de compétition. Filippo se moquait de son petit frère qui avait peur de sauter. Semi, de son côté, ne supportait pas que Filippo, qui skiait pourtant depuis beaucoup plus longtemps que lui, ne garde pas ses skis serrés. Et pendant qu'ils se chamaillaient, leur père se traînait. L'ennui c'est que si Filippo et Samuel étaient à l'âge où on ne connaît même pas le sens du mot «fatigue», au point de pouvoir skier neuf heures d'affilée, pour Leo rien ne valait le silence dont il jouissait pendant les remontées en téléski. Il renversait la tête en arrière, ôtait ses gants, effritait avec ses bâtons les amas de neige qui se trouvaient le long de son parcours. Il allumait un cigare. Il inspirait et expirait intensément le cocktail aphrodisiaque de fumée dense et d'air léger. Il sentait les muscles de ses jambes engourdis par une soudaine bourrasque de gel et, lorsque la montée devenait plus raide, il se ressaisissait et évitait de justesse de tomber.

Suivre les envies de compétition de ses fils lui devenait plus difficile chaque année. Jusqu'à une époque récente c'était lui qui instruisait, attendait, stimulait. Depuis quelque temps les rôles s'étaient renversés. Entre-temps, apparemment, son style s'était démodé. Et Filippo et Samuel ne cessaient de le lui faire remarquer avec des remontrances impatientes: «Avance, papa!… » « Dépêche-toi, à ce rythme on n'arrivera jamais! »

Heureusement, son autorité était encore suffisamment intacte pour lui permettre d'imposer un arrêt buffet à l'heure du déjeuner dans le refuge habituel. Une bicoque recouverte de lattes en bois sombre, accrochée agilement sur l'arête glacée, à quelques dizaines de mètres du télésiège d'une des pistes les plus accessibles. L'intérieur, plus spacieux qu'on ne l'imaginait de l'extérieur, était accueillant même le week-end chargé de Noël, où s'entassaient des skieurs qui avec leurs grosses chaussures et leur combinaison argentée ressemblaient aux participants d'un meeting de robots, d'astronautes ou de chevaliers en armure. Ainsi, pendant que les garçons prenaient un sandwich et un Coca, lui s'accordait une omelette au bacon et aux champignons, avec du rösti et deux petits verres. Le tout accompagné du commentaire habituel: «Surtout, pas un mot à la vieille», à propos du repas pas vraiment casher qu'il venait de faire.

La valse de l'alcool dans son corps lui permettait de profiter de la dernière descente après le déjeuner. Il ne skiait pas l'après-midi. Les garçons n'essayaient même pas de le lui demander.

La journée à la montagne du professeur prenait alors un tour qui lui convenait décidément mieux. À la maison l'attendait une longue station sur le trône, suivie d'une douche brûlante de dix minutes au moins, jusqu'à épuisement de l'eau chaude. («Jusqu'à épuisement du glacier», disait Rachel pour se moquer de lui, toujours étonnée de l'utilisation excessive que faisait son mari des ressources naturelles de la planète.)

«Pourquoi ne nous ferions-nous pas un bon café?» C'était la question rituelle de Leo à Rachel dès qu'il sortait de la salle de bains, fleurant l'eau de Cologne et le talc, cigare aux lèvres. Ils savaient aussi bien l'un que l'autre que ce qui clochait dans cette question était l'utilisation de la première personne du pluriel. Ce choix grammatical œcuménique était une hypocrisie et une imposture: le café, dont il était le seul à avoir besoin, c'était elle qui le ferait. Si Leo ne le lui demandait pas sur le ton impératif qu'aurait employé son père avec sa mère des années auparavant, c'est parce que les temps avaient changé. Comme si, depuis, une ère géologique était intervenue dans le calendrier particulier des coutumes humaines. Formulée avec cette ambiguïté, la demande de Leo indiquait que l'ascension de la femme contemporaine vers la parité se trouvait dans une phase intermédiaire. La femme continuait pour le moment à faire le café, mais au moins c'était demandé gentiment, et surtout avec des modalités qui laissaient transparaître une petite gêne chez le mari. À ce train-là, les épouses de Filippo et Semi – quand ces deux vieux garçons impénitents seraient mariés – obligeraient leurs dociles conjoints à faire le café, et plus que probablement ils ne piperaient pas.

Après le café et un petit somme sur le canapé devant le feu, Leo descendait au village avec Rachel. Pendant qu'elle faisait quelques courses, lui, affichant une attitude cosmopolite qui ne correspondait malheureusement pas au niveau de son anglais, achetait les journaux britanniques et américains. Transi de froid, il s'asseyait sur un banc et les lisait avec d'énormes difficultés en rêvant d'un dictionnaire.

Sur le chemin du retour, tandis que les montagnes à l'horizon disparaissaient derrière un rideau de ténèbres, le petit village s'illuminait. Les vitrines des magasins de la rue principale se mettaient à scintiller. Les précieuses marchandises étendues mollement entre nœuds de ruban rouge, coffrets en bois, boules dorées, pommes de pin et rameaux de sapin, ne demandaient pas mieux que de prendre un peu l'air, d'être adoptées, et si possible voyager dans d'autres pays. Et par chance pour elles le pigeon n'était pas loin !

« Ne me dis pas que cet appareil-là est le dernier modèle de Nikon… » « Pas mal ce pashmina ! Couleur saumon, un cachemire très fin. » « Et ces Persol modèle Blues Brothers ? Je me trompe ou c'est Semi qui nous casse les pieds en répétant qu'il a besoin de lunettes de soleil ? »

Qui, à ce moment-là, ne rêvait pas de lunettes de soleil dernier cri ? Qui ne rêvait pas de faire des cadeaux ? À présent que le monde s'était plus ou moins pacifié, qu'il offrait tant de possibilités, faire des cadeaux était la meilleure façon de montrer aux personnes aimées que le pire était passé et qu'elles comptaient pour vous. Une euphorie du don devant laquelle Leo (un sentimental, au fond) était sans défense. Qu'y faire si ces vitrines de fête lui donnaient envie de rappeler à sa femme combien elle lui était indispensable, à ses fils combien il était content d'eux et à lui-même combien il s'aimait?

Le manège habituel commençait. Son insistance, les refus de Rachel. Ses certitudes, les incertitudes de Rachel. Un manège à l'issue déjà prévue: à la fin, il mettrait la main sur le pashmina saumon et sur le Nikon. Et c'était bien ainsi. Il n'avait besoin de rien d'autre. Rien d'autre ne l'intéressait davantage à ce moment-là que photographier avec son nouveau Nikon sa femme portant le non moins nouveau pashmina saumon. Il savait que pour réaliser ce rêve il devrait affronter et vaincre les objections ressassées par la bénéficiaire d'autant de générosité. En effet, elles ne se faisaient pas attendre: «Leo, tu ne le trouves pas un peu trop cher? Et un peu voyant? Tu es vraiment sûr que c'est mon style?»

En sortant du magasin les paquets à la main, il se rengorgeait tandis qu'elle rentrait la tête dans les épaules et baissait les yeux comme si elle avait craint que le Dieu d'Israël la retrouve là – dans ce coin glacial de paradis –, décidé à la punir pour sa vanité et son idolâtrie.

De retour au chalet, pendant que les garçons prenaient une douche et que Rachel déballait ce qu'ils venaient d'acheter pour le dîner et le mettait dans les assiettes (cuisiner n'était pas son fort), Leo terminait la lecture des journaux près du feu, transfiguré par la brume laiteuse d'un cigare Antico Toscano. Ou bien il montrait aux garçons en peignoir de bain ses dernières acquisitions. Ou encore il se battait avec son nouveau Nikon pendant que Samuel, avec sa vision de onze dixièmes, lui lisait le mode d'emploi. Tout cela en attendant de remettre triomphalement les pieds sous la table. Pain frais, fromages, vin rouge, et un dessert où sourdaient des nostalgies austro-hongroises. Et finalement dodo.

Et ça tous les ans, depuis des années, merveilleusement immuable.

Se peut-il que tout ait commencé précisément ici? Dans une ambiance aussi claire et inoffensive? Qu'*ici* ait commencé la sédimentation du grand malentendu que, sept mois plus tard, Leo ne trouverait pas la force morale d'expliquer à sa famille?

Il se torturait déjà depuis quelques minutes avec un tas de questions difficiles. Depuis qu'il avait réussi à se traîner à grand-peine dans la petite salle de bains du sous-sol. Il est maintenant debout. Devant la glace. Il pisse dans le lavabo comme le font les adolescents et les hommes ivres. Il a dans la bouche un goût de cerise pourrie.

L'idée de pouvoir donner des réponses appropriées à l'interrogatoire inutile qu'il s'inflige n'est pas plus raisonnable que l'espoir d'arriver à relever la tête pour demander au miroir ce qu'il est devenu entre-temps. Son visage révélerait probablement son effort épuisant pour s'endormir. Deux nuits et deux jours. Ou si vous préférez, quarante-huit heures. Il lui en avait fallu autant pour rompre le siège de l'insomnie.

Ce qui signifie qu'après ce sommeil nullement réparateur l'exil dans le studio en sous-sol va en être à deux jours et demi. Les deux jours et demi d'insomnie continue les plus longs de sa vie. Les plus intéressants et les plus triviaux. Les plus significatifs et les plus inutiles. Les plus indiscutables et les plus mystérieux... bref, les « plus » en tout.

En tout cas, Leo est encore assez lucide pour comprendre que l'insomnie ne venait pas seulement de l'angoisse de tout ce qui s'était passé et de tout ce qui allait se passer. Il y avait eu aussi un empêchement technique: dans les moments de crise, en effet, il lui était impossible de se détendre si Rachel n'était pas à portée de main. Poser ses doigts sur la hanche

106

de sa femme, glisser jusqu'à la cuisse, s'attarder sur ces surfaces douces et familières était le seul tranquillisant dont Leo ait abusé pendant toutes ces années de mariage. Mais Rachel, à ce qu'il semblait, n'était pas disponible cette fois-ci (sans parler de sa hanche et de ses cuisses).

Leo l'avait attendue quelques minutes, après s'être enfui de la cuisine. Embarrassé, terrorisé, incapable de croire qu'il pourrait de nouveau croiser son regard, mais il l'avait attendue. Elle va descendre. Nous nous disputerons. Nous hurlerons. Nous nous en dirons des vertes et des pas mûres. Nous en viendrons peut-être aux mains. Mais à la fin elle me laissera l'occasion de m'expliquer. Et les choses s'arrangeront... Leo en avait été de moins en moins sûr à mesure que les heures passaient. Que l'obscurité extérieure et l'angoisse intérieure s'épaississaient.

Puis il avait eu un vertige. Il avait senti ses membres s'engourdir. La fatigue? Et il s'était rappelé la discussion qu'il avait eue avec sa femme, en présence d'un marchand de meubles musclé, à l'époque du nouvel aménagement du sous-sol: Rachel qui veut acheter un horrible petit canapé-lit, Leo qui a juré un amour éternel à un Chesterfield inutile et hors de prix, en cuir rouge sang.

« Écoute, tu as meublé l'étage au-dessus comme une navette spatiale. Laisse-moi au moins appliquer en bas le sens pratique que tu méprises tant. » Heureusement que cette fois-là il avait cédé! Sinon il n'aurait pas cette couche de secours à sa disposition.

Après avoir transformé le canapé en lit, Leo s'était donc couché, sûr de s'écrouler. Mais quelque chose était allé de travers. Et le calvaire avait commencé, à la recherche du sommeil impossible.

Tout ça parce qu'il avait fait l'erreur d'éteindre la lumière. Dans le noir, l'espace s'était dilaté d'une façon effrayante: la pièce était devenue aussi immense que la caverne de Polyphème. Quand il était un enfant insomniaque, sa mère lui racontait toujours cette fichue histoire d'Ulysse et de Polyphème. On aurait dit qu'elle le faisait exprès. (Leo n'avait jamais réussi à comprendre si cette femme l'avait trop ou trop mal aimé.) Mais pourquoi se souvenir à ce moment précis de Polyphème et de sa caverne, après n'y avoir plus pensé pendant des siècles ? Une caverne à la taille d'un géant dont la sortie était gardée par un molosse tout aussi géant. Enfants de tous les pays, connaissez-vous une chose plus terrorisante ?

Bref, une seconde après avoir éteint la lumière Leo avait senti l'oreiller gonfler sous sa tête de façon troublante. Il avait compris la solitude qu'un tout petit poisson doit éprouver dans l'immensité de l'océan. Mais au moment même où Leo, pour ne pas s'égarer dans une énormité aussi vide, avait réussi grâce à une habile manipulation à rendre ses dimensions à l'oreiller et à se réapproprier l'espace environnant, sa respiration s'était bloquée, comme si la caverne gigantesque s'était ratatinée brutalement. Encore quelques secondes et il allait être broyé.

Alors, de plus en plus en manque d'oxygène, il s'était levé, avait allumé la lumière et recommencé à marcher. Le secret était là : marcher, se fatiguer, comme les enfants. Et comme les enfants garder la lumière allumée. Puis se jeter de nouveau sur le lit en attendant le bon moment.

Ne pas penser. Ne pas penser à lui-même. Oublier qui il était pendant un merveilleux instant. Oublier l'histoire dont il était le protagoniste incrédule. Tout d'un coup, après deux jours de calvaire, la magie lui avait réussi. Leo avait su tout oublier : pourquoi il était là, ce qui s'était passé, ce qu'il risquait ; et Rachel, les garçons, le journal télévisé, les collègues, les patients, l'université, cette maudite gamine, cette maudite gamine, cette maudite gamine… Comme si son organisme se refusait à être toujours vigilant. Comme si son cerveau et son corps faisaient appel à la ration congrue d'oubli et d'inconscience qui nous permettent de ne pas devenir fous.

Et Dieu sait si Leo les payait chers, ces instants de répit! Les retours étaient épouvantables. C'était d'habitude un détail concret placé là, à l'horizon de son paysage mental abstrait, qui remettait en route la machine à torture: les frites de Filippo, la respiration haletante de Samuel, le mutisme de Rachel... Alors, tel le type à qui on a diagnostiqué une maladie mortelle et qui au réveil d'un sommeil tranquille se rappelle soudain la sentence de mort qui pèse sur sa tête, Leo sentait la vague de panique le submerger d'un seul coup. Une vague atypique qui ne venait pas de loin. Mais de l'intérieur. Le cauchemar concentré dans quelques centimètres carrés au niveau du sternum. Ses jambes flageolaient, ses oreilles bourdonnaient, son sang brûlait. Leo se serait tapé la tête contre les murs pour pouvoir la vider de nouveau. Mais c'était devenu impossible. On ne retournerait plus en arrière. Et Leo Pontecorvo n'est plus un être humain. Leo Pontecorvo n'est que son embarras. Que sa honte. Que sa terreur.

Alors il se mettait à répéter, ou peut-être à prier: «Ils vont me mettre en pièces... ils vont me mettre en pièces... ils vont me mettre en pièces...» Ces mots, cent fois moins forts que leur signification, se révélaient paradoxalement un exorcisme efficace.

Puis, après presque deux jours de lutte, alors qu'il était certain de ne pas y arriver – il ne pourrait plus jamais dormir parce que l'insomnie était son châtiment, sa condamnation à mort –, Leo s'était endormi.

Il est maintenant réveillé depuis quelques minutes. L'aube se fait attendre.

Il a dû rêver d'un fleuve de larmes. Dans son rêve il n'arrêtait pas de pleurnicher. C'est pourquoi, dès son réveil, il avait touché ses joues et constaté qu'elles étaient parfaitement sèches. Aussitôt après, sa main gauche avait couru chercher un peu de tiédeur entre ses genoux. Pendant que l'autre, poursuivant sa course vers le nord, avait atteint son crâne, c'est-à-dire la surface frisée sur laquelle ses doigts s'étaient attardés, dans un geste méditatif, pendant deux nuits et deux jours.

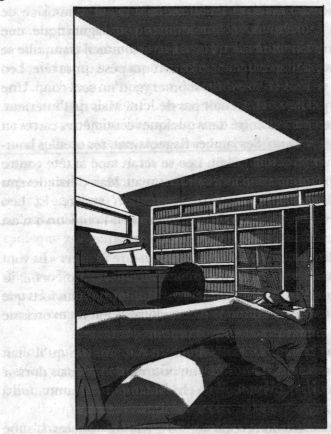

Cette même main saisit une petite bite réduite à son minimum historique et la pointe vers le fond du lavabo.

Et c'est pendant que la vessie de Leo se vide qu'Anzère lui revient à l'esprit (dans un de ces flashes dont les films abondent et dont la vie est si avare). La lumière et la neige d'Anzère. Peut-être parce que son cerveau, pendant ces jours de soliloque désespéré, avait été de plus en plus attiré par les contraires: le grand et le petit. La paix et la terreur. Le sommeil et la veille… Et quoi de plus contraire aux ténèbres épaisses dans lesquelles il s'était réveillé que les jours étincelants à la montagne? Se peut-il que toute cette lumière joyeuse et partagée soit impliquée dans cette obscurité et ce silence? Se peut-il au fond que pour expliquer pourquoi il se trouve là maintenant – en exil, terrorisé, en train de pisser dans le lavabo et décidé à ne plus jamais se regarder dans la glace – il faille interroger une chose aussi dénuée de pathos, aussi paisible et reposante, aussi sidérale et sublime que ses *dernières* vacances avec sa famille dans les neiges suisses?

Pour être plus précis, la série d'événements équivoques qui allait se conclure à la montagne avait été préparée, pour ainsi dire, par un état de tension. Rien de grave. Une petite querelle conjugale qui avait échauffé les esprits deux semaines avant le départ pour Anzère.

Tout avait commencé avec la question posée par Samuel à sa mère: cet enfant gâté voulait emmener Camilla en Suisse. Rachel lui avait répondu qu'il n'en était pas question.

«Pourquoi non?»

Comment donc «pourquoi non»? Il fallait en plus donner une explication? Parce que lui et Camilla étaient trop petits pour partir en vacances ensemble. Parce qu'une telle cohabitation aurait gêné Filippo et papa, et qu'elle ne pouvait pas le permettre. Rachel était étonnée que les parents de Camilla aient donné leur accord. Et que pour Noël ils se privent de leur fille d'un cœur léger.

«Son père a dit qu'elle pouvait.

– Et moi je te dis non! Et on n'en parle plus.

– Alors je vais demander à papa. »

Il lui avait demandé. Leo n'avait pas trouvé l'affaire aussi inconvenante; que Samuel emmène quelqu'un ne lui déplaisait pas du tout. Pour la même raison que certains samedis de juin il aimait que les amis de ses fils envahissent sa maison et restent pour dîner. «Avoir la maison pleine»: c'était une des expressions préférées de Leo. Surtout si elle était remplie d'amis de ses fils. Non qu'il ait été présent. Il se gardait bien d'aller plus loin que les deux ou trois phrases rituelles. Mais en même temps, l'idée qu'une demeure aussi inutilement vaste soit à la disposition de tant d'enfants pour leur amusement lui remplissait le cœur d'une chaleur inavouablement sentimentale. Il y avait aussi l'énergie que Leo sentait se répandre. L'énergie de l'adolescence. Quelque chose de tellement radieux, éphémère et puant que même ses plus jeunes étudiants l'avaient déjà perdu. Et en même temps quelque chose de tellement inéluctable qu'il irradiait jusqu'aux couloirs de son service, pleins de petits patients malades.

Bref, la présence de Camilla à la montagne avait le mérite de s'annoncer comme énergétique. En outre, Leo pensait que si Camilla venait, ses fils lui consacreraient leur attention. Ils le laisseraient peut-être tranquille. Avec Camilla dans les pattes, ils n'exigeraient peut-être pas qu'il skie.

Leo avait donné son accord. Tout en sachant que ce serait une atteinte à sa vie conjugale.

Les disputes. Leurs exténuantes et belliqueuses disputes. Les fréquentes oppositions conjugales entre Leo et Rachel, dont j'ai déjà donné quelques échantillons, semblaient reproduire à petite échelle et sous une forme parodique le contentieux qui s'envenimait, dans ces années-là, au sein d'une communauté juive microscopique mais aguerrie comme celle de Rome entre deux conceptions de son identité.

À commencer par le premier litige, le plus ancien, qui les avait opposés l'un à l'autre à l'aube de leur vie conjugale, le jour où Rachel avait découvert qu'elle était enceinte : le prénom à donner au fils qu'elle portait et, après lui, au petit frère ou à la petite sœur qu'ils lui offriraient. Leo trouvait pompeux les prénoms bibliques que les Juifs donnent à leurs enfants partout dans le monde. Il était en faveur de quelque chose de normal, d'aseptisé, des prénoms du genre Fabrizio, Enrico, Lorenzo. Acceptables, sobres, qui n'engagent à rien. Un prénom qui ne les identifie pas immédiatement (le nom de famille était déjà là pour ça). Des prénoms qui fassent d'eux des citoyens audacieux du XXIe siècle. Rachel, comme il fallait s'y attendre, voulait que ses fils portent un de ces prénoms hébraïques prétentieux tels que David, Daniel, Saül… Pour certaines choses cette femme perdait tout sens de l'humour. La solution du dilemme, comme vous l'aurez déjà facilement déduit, avait été digne de Salomon : le premier fils avait reçu un prénom grec et le second un prénom biblique. Mais cela n'avait tout de même pas réussi à résoudre la querelle intestine. Cette espèce de discorde rampante qui plaçait toujours Leo et Rachel sur deux barricades opposées.

L'attention portée aux Juifs à la suite des informations bouleversantes sur leur déportation et leur extermination avait monté la tête de l'espèce dite «Juif romain». En le désespérant et le revigorant en même temps. Le Juif romain avait ainsi découvert qu'il existait dans des pays lointains des Juifs bien plus juifs qu'eux : rigoureux et pittoresques, tragiques et brillants, ces ashkénazes – avec leur vie friable, magique, ésotérique toujours au bord du désastre – paraissaient mille fois plus à la hauteur, infiniment plus que le Juif romain ne s'était jamais senti, du rôle de victimes sacrificielles et de héros pacifiques que l'Histoire a assigné aux Juifs.

La constatation de cette infériorité avait développé chez les familles les plus religieuses un esprit d'émulation qui s'était traduit par l'importation d'un ensemble d'habitudes et d'interdits disparus de notre tradition depuis des siècles. Toutes ces contraintes alimentaires, ces lumières éteintes le soir de shabbat, ces jeûnes de prière le jour de Kippour, ces vestes déchirées pendant le deuil n'étaient qu'une citation postmoderne (littéraire et cinématographique) d'un judaïsme tribal qui n'avait pas grand-chose à voir avec celui que cultivaient les Juifs romains depuis les temps désormais lointains où Titus les avait déportés à Rome. Les contraignant à subir pendant les deux millénaires suivants des vexations de bas étage en plein cœur décrépit de la chrétienté.

Le fait est que ce phénomène de radicalisation du judaïsme romain avait produit à l'opposé, dans les âmes plus laïques et plus éclairées de la communauté, un mouvement de dérision et d'intolérance. Un esprit sarcastique que Leo incarnait à la perfection, tout comme Rachel interprétait le rôle de la Juive romaine ressuscitée.

C'est sur ce terrain que s'affrontent les époux Pontecorvo. Elle ne cesse de trouver de nouvelles manières de rendre la vie de sa famille moins confortable en déterrant des traditions qui, au fond, ne la regardent pas davantage que la tunique blanche et les sandales portées par les matrones romaines de l'époque d'Auguste. Pendant qu'il fait le compte de tous les Juifs sécularisés dans le monde qui ont réussi dans le cinéma, en littérature, en médecine, en physique, etc., en oubliant qu'il n'y a pas l'ombre d'un Juif romain aussi *à la page**, et en surestimant par la même occasion ses propres mérites professionnels au point de se sentir membre de l'internationale juive de la réussite.

Et pourtant, même si les prises de bec entre Leo et Rachel semblaient ne porter toujours que sur cette autre façon de vivre le judaïsme, en réalité elles ne faisaient que dissimuler les véritables raisons d'une telle agressivité réciproque : à savoir l'appartenance à deux classes sociales différentes, et dans une certaine mesure antithétiques. Autrement dit, les dissensions religieuses étaient le couvercle qui cherchait à fermer le chaudron bouillonnant du conflit de classes. Au fond, il n'y avait pas grand-chose de plus à savoir sur leur relation. La différence de classe sociale expliquait en général beaucoup plus que tout le reste. Elle expliquait par exemple pourquoi le père de Rachel avait empoisonné avec autant d'interdits la vie de sa fille de vingt-quatre ans afin que celle-ci, à deux doigts d'être diplômée en médecine, cesse de fréquenter une fois pour toutes ce joli cœur de professeur.

Ce même Leo Pontecorvo qui, encore assistant non rétribué à cette époque-là, l'avait conquise en l'initiant à l'autre moitié de l'univers faite de facilités et de plaisirs quotidiens que cette jeune fille, grandie dans l'austérité imposée par son père et rendue romantique par une indigestion de comédies hollywoodiennes, n'imaginait pas pouvoir être à portée de main. L'appartenance à deux mondes différents expliquait aussi pourquoi, de l'autre côté de la barricade, l'hostilité n'était pas moins féroce : au point que la mère de Leo, prenant pour prétexte la mort récente du mari d'une amie chère, s'était présentée en deuil au mariage, conflictuel à plus d'un titre, de son fils avec « la fille d'un vulgaire réparateur de pneus ».

Rachel devait cette appellation à la profession de son père – représentant typique de la catégorie des « Juifs du peuple » tellement méprisés par les Juifs aisés –, qui avait entamé son ascension économique dans l'immédiat après-guerre quand, avec un frère non moins entreprenant que lui, il avait acquis l'outillage pour réparer les pneus des remorques de camions.

C'est précisément à ce moment-là, époque de la motorisation de masse, que Cesare Spizzichino avait loué un bout de terrain dans la via Tiburtina, non loin de chez Pirelli, où il avait monté sa petite affaire, devenue entre-temps la plus florissante de la région. Le fait est que plus le portefeuille de monsieur Spizzichino gonflait et la prospérité l'inondait, plus celui-ci désirait échapper à ses origines très modestes. Aussi avait-il confié à ses deux filles la mission d'acquérir un peu de respectabilité sociale, si chère à tous les parvenus du monde, grâce à leur instruction et leur culture. Stella et Rachel Spizzichino étaient les deux premières diplômées de la famille, la survivante en médecine, la morte, en pharmacie. Un succès qui emplissait le corps massif de monsieur Spizzichino d'une telle fierté qu'il en avait les larmes aux yeux.

Une histoire complètement différente de celle des Pontecorvo. Auxquels l'exercice de la profession médicale depuis au moins quatre générations avait apporté, outre l'assimilation, une bonhomie sobre que certains auraient pu appeler de la condescendance, voire de l'indifférence.

Que ces deux mondes différents jusqu'à être presque contradictoires – à présent réunis par un mariage qui résistait obstinément grâce à un sentiment très fort – aient saisi tous les prétextes déraisonnables pour s'affronter n'est pas si difficile à expliquer ni à comprendre : quoi qu'en pensent certains esprits éclairés, il n'est rien de plus indigeste que la différence, ni de plus réconfortant que de combattre ce que l'on ne parvient pas à comprendre. S'aimer et ne pas se comprendre était le destin et le secret de Leo et Rachel, et de beaucoup d'autres couples heureux, résolument indissolubles, de leur génération.

L'automne précédant les vacances de Noël en Suisse, la sérénité conjugale de Leo et Rachel Pontecorvo avait été mise en péril par ce qui allait entrer dans l'Histoire comme la « Crise de Sigonella ».

Dans la nuit du 10 au 11 octobre, les carabiniers, au service du gouvernement italien de Bettino Craxi, avaient disputé

116

l'arrestation d'une poignée de terroristes palestiniens à la Delta Force américaine – dirigée à des milliers de kilomètres de distance par un Ronald Reagan non moins résolu et non moins belliqueux. Le théâtre de ce psychodrame international avait été la petite piste d'atterrissage de l'aéroport militaire de Sigonella. Sur cette bande d'asphalte rafraîchie par le vent parfumé de la nuit, il s'en était fallu d'un cheveu que les troupes italiennes et américaines se tirent dessus. Pour un très beau butin, certes. Les terroristes arrêtés étaient responsables du détournement du bateau de croisière italien *Achille Lauro*, et l'épilogue avait été l'assassinat du Juif américain paraplégique Leon Klinghoffer.

L'intérêt pratique et symbolique des Américains à arrêter les assassins d'un de leurs concitoyens était évident. Tout comme était évident l'intérêt des Italiens à faire valoir leurs droits dits territoriaux. Finalement, les militaires italiens, sans avoir recours aux armes mais forts de leur orgueil national et du droit international, avaient eu le dessus, comme David sur Goliath. Ce qui avait littéralement indigné Rachel, et déversé dans les vaisseaux sanguins de Leo la fierté patriotique.

Aussi grave qu'ait été le désaccord entre les diplomaties italienne et américaine, il n'avait jamais égalé, même aux moments les plus dramatiques, la violente polémique qui avait secoué le salon des Pontecorvo au cours de ces journées-là à propos de ce même contentieux. Comme si l'affaire Sigonella avait concentré les motifs préexistants d'opposition entre deux époux en conflit permanent. À commencer par leur jugement humain et politique sur Bettino Craxi, pour finir par des sujets beaucoup plus contraignants tels que judaïsme et antisémitisme, il n'y avait rien sur quoi Leo et Rachel trouvaient un point d'accord.

Rachel estimait symbolique (une manière de boucler la boucle) que ce politicard, adoré de Leo, se soit sali en commettant le crime qu'elle considérait comme le plus infamant de tous: l'antisémitisme. Tandis que pour un homme comme Leo Pontecorvo, qui depuis sa majorité avait dans son portefeuille la carte du parti socialiste et qui, bien qu'il n'ait jamais milité, suivait la vie du parti avec autant de sentimentalisme clanique qu'un supporter son équipe de foot, voir Bettino Craxi s'exprimer, sur la piste de Sigonella, au zénith de sa virilité bouillonnante, disons que ç'avait été une fête.

Un socialiste au pouvoir, un socialiste qui défend ses valeurs socialistes, un socialiste moderne qui veut moderniser la gauche, un socialiste qui a horreur des communistes qui le lui rendent bien, un socialiste que tous respectent et craignent et qui, grâce à ce respect et à cette crainte, a les épaules assez larges pour supporter n'importe quelle médisance conformiste... Et maintenant, enfin, un socialiste qui repousse ces arrogants Américains, qui ne se laisse pas humilier par ce cow-boy, ce petit acteur de rien du tout, ce Ronald Reagan. Il y avait de quoi avoir un orgasme.

Comme vous voyez, l'amour de Leo pour Craxi était tel qu'il avait supplanté sa xénophilie, et réveillé en lui des sentiments chauvins. La bienveillance de Leo à l'égard de Bettino Craxi, qui frôlait quelquefois la complaisance, trouvait un équivalent sirupeux dans le sentimentalisme de Rachel vis-à-vis des Juifs. Ce qui explique pourquoi la dispute à propos de l'affaire Sigonella avait atteint un tel niveau d'exaspération.

Le lieu où ils s'étaient affrontés était leur préféré à tous les deux. Après sa douche, Leo se rasait (il le faisait toujours le soir) devant la glace embuée. Pendant que Rachel, dans le petit dressing contigu, choisissait ce qu'elle porterait le lendemain (corvée insupportable pour elle). Ce n'est qu'à la fin du dialogue ci-dessous qu'ils s'étaient retrouvés face à face dans leur chambre: lui le cou entaillé, elle en chemise de nuit, ses vêtements rageusement roulés en boule dans une main.

« Qu'est-ce que l'antisémitisme vient faire là-dedans ? Pour vous, le monde se divise entre Juifs et antisémites.

– Pourquoi tu en parles comme si ça ne te regardait pas ? Comme si tu n'étais pas du milieu ? Imagine qu'à la place d'un paraplégique juif il y ait eu une belle fille catholique… de Catane, par exemple, est-ce que ton héros, ton condottiere, aurait fait preuve d'autant d'indulgence pour ces assassins ?

– Quelle indulgence ? Mais de quelle indulgence tu parles, bordel. Je n'ai vu aucune indulgence. J'ai plutôt vu une grande sévérité. De la part d'un chef de gouvernement fatigué de cirer les pompes aux Américains.

– Ces mêmes Américains qui ont empêché les nazis de finir le petit travail qu'ils avaient commencé ? C'est de ces Américains que tu parles ? Mais qu'est-ce que tu en sais ? Qu'est-ce que vous en savez, vous qui étiez à la montagne au milieu des vaches, en train de jouer au bridge ?

– Je dois avoir honte de la clairvoyance de mes parents qui ont filé au bon moment ? Tu veux me rendre responsable de ça aussi ?

– Je dis seulement qu'il s'agit des mêmes Américains qui nous ont libérés. Qui nous ont sauvés ! » (Ici, pour la première fois, la voix de Rachel avait tremblé.)

« Et nous devrons le payer encore combien de temps ? L'*Achille Lauro* est territoire italien. Ainsi que l'aéroport où ces salauds voulaient faire leur énième coup de main impuni. Pourquoi je ne devrais pas me réjouir que cette fois ils aient trouvé sur leur chemin un gouvernant responsable ? Qui a des couilles. Qui ne se laisse pas intimider. Qui sait comment tenir tête aux fascistes.

– Et ce seraient qui les fascistes ? Les Américains ? Eh bien mon trésor, j'ai l'impression que tu as les idées un peu confuses. Parfois tu parles comme Rita et Flavio. Ici, les vrais fascistes sont les pirates qui se sont emparés d'un bateau plein

119

de braves gens et qui, au milieu de tous les voyageurs, tirent comme par hasard dans la tête d'un Juif. Tout ce que je sais, c'est que ton messie a fait en sorte que le type qui a tué l'énième Juif innocent s'en sorte.

– Personne ne s'en est sorti. Personne. Ces salauds sont maintenant entre nos mains!

– Et Abou Abbas, alors?

– Quoi, Abou Abbas?

– Ils ne l'ont pas fait s'échapper, Abou Abbas? Tu sais où il est maintenant, Abou Abbas?

– Je ne sais pas. Mais je suis sûr que tu vas me le dire.

– Il mange de l'agneau à la cannelle et boit du thé à la menthe à notre santé! Voilà où il est! Il se la coule douce avec ses copains bédouins en bénissant le miséricordieux peuple italien antisémite! Et il a à sa table les commanditaires de ce nouveau massacre de Juifs.

– Je te rappelle qu'il n'y a pas eu de massacre. Une seule victime…

– Mais tu t'entends? Tu parles comme eux! Un seul Juif, ça ne te suffit pas? Pour que tu sois scandalisé tu as besoin qu'ils les tuent par camions entiers?

– Ça n'est pas ce que je dis. Je te fais seulement remarquer que chaque fois que nous parlons de certains sujets tu te laisses emporter par l'exagération. Et tu n'es pas comme ça. Normalement l'exagération est une de *mes* prérogatives. Mais quand il s'agit de Juifs ou d'Israël, alors tu me bats. Comme le jour où tu voulais que j'abandonne tout – hôpital et patients – pour aller chercher les garçons à l'école parce que tu avais peur que la manifestation contre l'occupation du Liban puisse les atteindre, on se demande comment.

– J'avais toutes les raisons d'être inquiète. Un camarade de Filippo lui avait dit que nous étions des assassins.

– Des conneries.

« – Ça te paraît aussi une connerie que cet enfant soit mort ?

– Quel enfant ?

– Stefano Tachè. Ces porcs l'ont massacré… Quand je pense que ce jour-là je devais aller à la synagogue avec Semi… » La voix de Rachel avait tremblé une deuxième fois. Mais la colère avait encore supplanté l'émotion.

« Ça ne te fait pas bouillir le sang, l'idée que ce porc est maintenant chez lui, reçu comme un patriote parce qu'il a nettoyé le monde d'un Juif de plus ? Et que les parents de Klinghoffer, au contraire, doivent s'écraser comme toujours ? Un pauvre homme dont les seules fautes étaient d'être juif et innocent. C'est pour ça que tu te réjouis ? Parce que ton beau gouvernement socialiste fait en sorte que les assassins des Juifs puissent rester impunis ? D'après toi, c'est de ça que nous avons besoin ? D'un autre gouvernement antisémite ? »

Après quoi Rachel n'avait pas pu résister ; elle s'était mise à sangloter. Alors seulement, Leo, pour qui les larmes de Rachel étaient au moins aussi insupportables que le fait de les avoir lui-même provoquées, avait mis fin à l'affrontement en la prenant dans ses bras. « Allons, trésor, tout va s'arranger… »

Deux mois à peine s'étaient écoulés depuis que Leo et Rachel s'étaient écharpés à cause de l'affaire Sigonella et voilà qu'à présent, à la veille des vacances de Noël, ils s'affrontaient de nouveau sur l'opportunité d'emmener avec eux la petite copine pubère de Samuel. Avec peut-être moins d'âpreté, mais pour des raisons qui allaient avoir sur leur vie des effets beaucoup plus dévastateurs que la mort du malheureux Leon Klinghoffer. Le ton était, comme toujours, sarcastique et mélo-dramatique. Le lieu, cette fois, l'intérieur d'une Jaguar lancée à cent trente à l'heure sur la Nuova Cassia.

« Je me refuse à emmener en vacances la petite copine de mon fils de douze ans.

– Ne sois pas ridicule. Qu'est-ce qu'ils peuvent faire? Ils le savent qu'une louve veillera sur la virginité de son louveteau la bave à la gueule! Tu ne le croiras pas, mon trésor, mais la permissivité offre des avantages stratégiques inimaginables. Elle tue dans l'œuf tout désir de transgression. La permissivité, c'est le pied.

– La question n'est pas d'être permissifs ou non. Tout ça est embarrassant, et ridicule. Un mauvais message envoyé à Samuel.

– Oh, toi et tes messages.

– Tu te rappelles comment nous avons dû gagner le droit de faire un voyage ensemble?

– C'est pour ça que tu veux te venger sur Samuel?

– Je ne veux pas me venger. Bien au contraire. Je veux qu'il comprenne la valeur de certaines conquêtes.

– Conquêtes? Tu veux faire de lui une espèce de Christophe Colomb?

– Mais enfin, pourquoi on ne peut jamais parler sérieusement avec toi? Je répète: nous avons dû en baver.

– C'est vrai, seulement parce que ton père ne voulait pas te lâcher! S'il n'avait tenu qu'à lui, tu aurais fini comme le cheval du pharaon: ensevelie à ses côtés... Je t'ai sauvé la vie! Ensuite ça n'était vraiment pas ma faute si Meyer n'avait pas envie de donner ses cours et m'y envoyait à sa place. Eh oui: à vingt-huit ans j'enseignais déjà, et j'arrivais à la faculté avec une voiture sport comme Dustin Hoffman. Et tu étais l'étudiante virginale sur laquelle le professeur dépravé a planté ses griffes. Dieu sait si j'ai dû la gagner à la sueur de mon front, mon trésor! Je parle de ton consentement, de ton amour...

– Comme tu es vulgaire!

– Tu te rends compte que notre premier voyage non clandestin a été notre lune de miel?

– Tout juste. Et il a été si beau, si libérateur...

122

« – Tu as raison, Samuel et Camilla devraient sans doute se marier…

– Allons, je t'en prie. Tu sais combien ça m'exaspère quand tu ne prends pas ce que je te dis au sérieux. Les choses que tu obtiens en te battant sont beaucoup plus excitantes, c'est ce que je pense.

– Je sais que c'est ce que tu penses. Les grands stéréotypes. Si tu veux, nous pouvons enfermer Semi dans le cagibi pendant un an. Quand il en sortira il sera plein de vie…

– Arrête !

– D'accord, excuse-moi. J'ai du mal à parler sérieusement de ce que je considère sans gravité.

– Parce que dans ton enthousiasme infantile tu n'as pas tenu compte des questions pratiques.

– Telles que ?

– Le chalet n'est pas assez grand. Il n'y a qu'une seule salle de bains. Camilla est une adolescente, un âge difficile : elle a besoin d'intimité. Ce sera aussi gênant pour nous que pour elle de partager la salle de bains. Et où allons-nous la faire dormir ?

– Eh bien, Filippo et Samuel se sacrifieront en dormant sur le canapé-lit du salon et laisseront leur chambre à Camilla.

– Mais enfin ! Derrière ta condescendance de façade, tu ne sens pas toi aussi que quelque chose ne va pas ? »

Bien sûr qu'il le sentait. Et sur le plan théorique il aurait même été prêt à lui donner raison. Néanmoins, il ne cédait pas, pour les raisons habituelles qui font que les maris et les femmes ne se rendent pas : entêtement, orgueil, désir d'avoir le dessus sur l'adversaire. Et il avait finalement gagné. Sa motion était passée, en quelque sorte. Sa dialectique taquine avait démonté les vieilles angoisses maternelles et les diktats puritains de Rachel.

Et comment pouvait-il le savoir, le pauvre homme, qu'en gagnant dans cette petite escarmouche conjugale il avait jeté les bases, tel un général peu clairvoyant, de sa défaite dans la bataille la plus importante de sa vie?

Et tout ça parce que Camilla avait choisi une façon assez bizarre et compromettante de le remercier. Pour son soutien, j'entends.

Pourquoi s'étonner? Cette adolescente était un petit personnage réellement extravagant. La seule chose que Camilla partageait avec ses contemporaines était l'âge. Par rapport aux amies de ses fils sur lesquelles Leo tombait de temps en temps, et aux fillettes hospitalisées dans son service, Camilla ressortait comme une de ces tomates à la forme irrégulière jetée au milieu d'un tas de spécimens rendus luisants et modelés par quelque cosmétique industrielle, mais aussi, malheureusement, sans saveur. Camilla appartenait à ce genre de fillettes que l'on décrit en usant de comparatifs: «Elle est grande pour son âge » ou «Elle est petite pour son âge». À côté d'elle les autres se ressemblaient d'une manière décourageante, toutes avec ces cheveux d'un blond soyeux qui les assimilaient aux filles impeccables avec lesquelles Leo s'était retrouvé en classe au début des années cinquante et pour lesquelles il n'éprouvait aucune nostalgie.

Le monde reculait-il au lieu de progresser? Étaient-ce les abus de baise des vingt dernières années qui avaient entraîné cette espèce de restauration dans le monde magique de l'adolescence? La fin de la fête d'anniversaire de Samuel à laquelle Leo avait assisté un après-midi en rentrant chez lui plus tôt que d'habitude lui avait paru si tristoune et anachronique: ballons, gobelets en carton et couverts en plastique, bouteilles de Fanta et de Coca Cola, et tous ces adolescents intimidés par l'idée même de se mélanger, les filles d'un côté du salon et les garçons de l'autre, comme à la synagogue. Mais bordel où était passée la révolution sexuelle? Et l'alcool? Et l'herbe?

Bien entendu, Leo ne s'était pas attendu à une orgie. Et il ne l'aurait pas souhaitée, encore moins chez lui. Mais il n'avait pas voulu non plus de cet embarras diffus et castrateur.

Le plus intolérable était l'enclave de blondinettes à serre-tête roses, jeans resserrés en bas bordés par un tissu motif cachemire, et larges pulls difformes comme si elles venaient de les voler à un père ventripotent. Elles ressemblaient moins à des filles qu'à des nounours. À des peluches pomponnées. Si bien qu'il les avait surnommées secrètement les filles-peluches.

Un style répandu non seulement dans son milieu social, mais un peu partout: il suffisait de faire un tour dans le centre un samedi après-midi pour tomber sur des clones à peine plus vulgaires. Le monde s'uniformisait. Les différences de classe disparaissaient, du moins esthétiquement, et les modes, bien que respectueuses d'une structure pyramidale, découvraient l'avantage de l'œcuménisme.

Supposons qu'un négociant doté d'intuition ait acquis un stock de sweat-shirts blancs ou roses avec une grosse inscription sur le devant et qu'il ait réussi à convaincre les filles les plus à la page du quartier le plus en vogue que ces bouts de tissu étaient vraiment sexy, eh bien, vous pouviez être sûrs qu'en quelques mois ce sweat-shirt aurait envahi les rues de Rome comme une pandémie mortelle, et se propagerait dans tout le pays en une semaine, contaminant des millions de gamines. C'est ainsi que les filles-peluches dont débordaient le salon et le jardin de Leo cet après-midi-là pouvaient être considérées, vu leur origine sociale, comme d'authentiques façonneuses du goût.

Il s'agissait par ailleurs de filles bien élevées et respectueuses, dont la seule faute (en admettant que c'en soit une) était de s'être rebellées contre vingt ans de rébellion en se réfugiant dans un conformisme qui, à la différence de celui

125

des générations précédentes, avait au moins l'honnêteté de se montrer comme tel. C'est curieux que très souvent les époques les mieux pensantes soient aussi les moins hypocrites.

Et pourtant cela avait fait plaisir à Leo (et d'une certaine façon à Rachel) que la première fille que leur Semi ait invitée chez eux n'ait pas été une fille-peluche. Les époux Pontecorvo avaient l'esprit suffisamment philistin pour croire que l'originalité était bonne et instructive en soi.

S'il y avait un art dans lequel cette adolescente excellait, c'était une aptitude extraordinaire à disparaître. À ne pas se faire remarquer. Il n'y avait rien dans sa personne qui n'ait semblé indiquer une recherche fébrile d'anonymat : la couleur de ses vêtements (par ailleurs austères et modestes), qui hésitait toujours entre différentes nuances de gris. Le corps souple et délié comme du réglisse : une maigreur si effrayante qu'elle faisait penser à certaines poétesses diaphanes du début du siècle mais aussi à de petites Pakistanaises sous-alimentées. Les cheveux souples et vigoureux, trop roux pour ne pas obliger cette petite maoïste à les humilier avec une espèce de chignon de paysanne. La couleur de la peau – lait en poudre –, anonyme et reposante. Sans parler de ce silence obtus et obstiné derrière lequel elle se retranchait comme une tortue dans sa carapace.

C'était peut-être pour cette raison que Leo et Rachel ne l'avaient presque pas remarquée lorsque, deux mois auparavant, Semi l'avait invitée chez eux pour la première fois. Quand au cours du dîner à quatre auquel les avait obligés Semi, eux, pour ne pas heurter la susceptibilité des deux tourtereaux accomplis, avaient contenu des gestes de tendresse et leur hilarité pour les remettre à plus tard, lorsqu'ils seraient couchés, enfin seuls. Ils venaient tout juste de se débarrasser de la tenue élégante que Semi, allez savoir pourquoi, avait exigée de tous les convives de ce dîner surréel. Pelotonnés sur leurs draps de lin, ils n'arrêtaient pas de rire et de faire des commentaires :

«Tu as vu comme il avait du mal à respirer, le petit bonhomme? Tu as remarqué comme sa voix tremblait? Et quand il lui servait de l'eau? Et comme il a posé sa serviette sur ses genoux…

– Mais dis-moi, c'est toi qui lui a acheté ce veston blanc? Il ressemblait au domestique nain de cette série télé avec laquelle les garçons me torturent… Je le déteste cet horrible nain! Lui et sa tapette de patron.

– Je n'arrive pas à croire que notre Semi…

– Quoi, notre Semi? Nous sommes faits comme ça, nous les hommes Pontecorvo. Précoces, décidés, entreprenants, habillés de blanc et fonçant sur notre proie… mais aussi extrêmement bien élevés.

– J'ai bien failli prendre cette frimousse embarrassée entre mes mains et la couvrir de baisers…»

Vous voyez? Pas un mot sur la gamine. Pourquoi faire attention à un petit être aussi incolore quand on peut se pâmer devant son merveilleux fils? Habillé en play-boy sud-américain. Ses cheveux blonds et ondulés de collégien. Son nez, dont le profil légèrement busqué trahit l'origine ethnique et allège sa beauté en la rendant drôle, sympathique et d'une certaine façon romantique.

C'était une splendeur. Et Leo et Rachel s'étaient délectés de le constater. Ils avaient trouvé tout à fait naturel de commenter l'attitude de Samuel et de négliger celle de Camilla. La logorrhée qui s'était emparée de Semi pour énumérer les diverses qualités de Camilla était mille fois plus intéressante que la manière toute simple dont celle-ci repoussait tous ces compliments avec un regard plein d'incrédulité.

C'est pourquoi ce soir-là, dans leur lit, goûtant le parfum acidulé des draps dont Leo exigeait qu'ils soient changés tous les jours dès qu'il commençait à faire chaud, ils s'étaient mis à commenter l'embarras de Semi. La noblesse de cœur dont cet embarras était le signe. Et ils n'avaient pas vu (comment auraient-ils pu?) qu'il y avait là une gamine destinée à tout anéantir (draps de lin inclus).

La première fois que Leo avait vraiment remarqué Camilla c'était celle où il l'avait vue aux prises avec ses parents. Ils les avaient rencontrés précisément à l'occasion de l'anniversaire de Samuel, quand ils étaient venus la chercher.

À leur arrivée, Leo avait encore son appareil photo pendu au cou. Rachel avait exigé que pour une fois son mari mette au service de sa famille sa passion dilettante (et très dispendieuse) pour la photo. Et elle lui avait imposé le rôle mortifiant du photographe officiel de cette ennuyeuse garden-party où se pressaient les filles-peluches. Car Rachel avait un compte à régler non seulement avec la montagne de photos prises par son mari pendant vingt ans, mais aussi avec toutes les photos qu'il avait refusé de prendre pendant ces mêmes vingt ans. Elle ne supportait pas que Leo ait rempli leur maison de paysages en noir et blanc, de gratte-ciel au crépuscule, de détails insignifiants: paquets de cigarettes écrasés, tasses à café ébréchées, sandales abandonnées sur la plage. Autrement dit, des natures mortes. C'est ça, mortes. C'était le mot juste. Son mari ne photographiait que des choses mortes. Et il y mettait tout le zèle du monde, ce qui était encore plus grave. Mais pas question de lui demander de prendre une photo «normale», que sais-je, de ses garçons qui apprenaient à faire du vélo, de sa femme en robe du soir ou posant devant la tour Eiffel, au Louvre, ou n'importe où. Mais non, rien à faire. Quand on le lui demandait, l'artiste se sentait outragé.

«Quel besoin y a-t-il de prendre des photos qui ressemblent à des cartes postales?» lui demandait-elle exaspérée quand les photos d'un voyage étaient tirées et qu'elle se trouvait devant ce répertoire d'images extravagantes. «En quoi est-ce un souvenir si les gens n'y sont pas?» Une remarque qui provoquait chez l'artiste un nouveau mouvement d'impatience. Comme pour dire : quelle vulgarité !

Mais cet après-midi-là Rachel avait été très claire : «Je ne veux pas de photos de serviettes en papier roulées en boule. Ni de détails floraux. Je ne veux pas de rétrospective complète consacrée aux tuiles du toit. Je veux des photos de mes fils et des amis de mes fils. Entendu?» Entendu. Et le récalcitrant Leo n'avait pu faire autrement que se tenir scrupuleusement aux directives mesquines de sa commanditaire, et passer l'après-midi à photographier ses fils et les amis de ses fils, en gardant un œil sur le héros de la fête et sa petite fiancée.

Du moins jusqu'au moment où, voyant ce couple extravagant d'adultes franchir la grille et venir vers lui dans le jardin d'un air interrogateur et embarrassé, Leo s'était dit avec satisfaction : enfin un sujet intéressant! Au point de leur ordonner «Ne bougez plus!» avec l'autorité du peintre qui après des heures de recherche entrevoit finalement sur le visage de son modèle l'expression voulue. Et ces deux inconnus, ahuris et encore plus embarrassés qu'avant, s'étaient exécutés avec une promptitude toute militaire. Permettant ainsi à Leo de prendre des photos en rafale avec la fougue d'un reporter professionnel. Il faut dire que ces deux-là, encadrés dans le rectangle parfait du viseur, avaient fière allure.

Il s'agissait d'un jeune couple décidément en bonne santé. On pouvait être certain qu'il était le roi du footing et qu'elle se nourrissait de légumes et de salades patriotiques de fraises, melon blanc et kiwis. Le clin d'œil complice adressé par madame au photographe dénotait que les bonnes manières n'étaient peut-être pas son fort, mais elle ne devait sûrement craindre personne en matière d'aérobic.

Tous deux dans des manteaux en mouton retourné. Une tenue injustifiée compte tenu de la douceur du temps printanier. Le regard de Leo s'attarda plus que nécessaire sur les cheveux de l'homme. Ils lui descendaient jusqu'aux épaules, ce qui ne devrait être permis à aucun homme au-delà de l'âge de six ans (à propos, c'était de là que venait tout ce roux). Tout aussi déconcertant, le contraste entre le teint de ces deux quadragénaires, sur lequel la crème bronzante avait laissé un éclat orangé, et le coloris lunaire de leur fille blafarde.

Le heurt chromatique devait être un des nombreux dérivés de l'opposition globale de Camilla contre les individus qui lui avaient donné la vie, en qui elle ne pouvait pas se reconnaître. Elle avait autant honte d'eux qu'ils étaient mal équipés pour comprendre sa bizarrerie. Ce qui expliquait pourquoi ce soir-là elle était si pressée de filer alors qu'ils avaient très envie de s'attarder. Elle n'était pas contente de montrer à ses chers Pontecorvo combien ses parents étaient insipides et ridicules, tandis que ces derniers souhaitaient comprendre ce qu'avaient les Pontecorvo de si spécial pour pousser leur fille unique à passer avec eux le plus clair de son temps.

Considérant ses parents et le sentiment qu'ils lui inspiraient il fut plus facile pour Leo de comprendre pourquoi Camilla, à la différence des filles de son âge pas plus jolies qu'elle, était animée du désir de disparaître et de se cacher. Si le génie de la lampe lui avait accordé un seul souhait, elle n'aurait probablement demandé que: «Fais que je ne sois plus ici.» Et le génie: «Où alors, sinon ici, chère petite?» «Je te l'ai dit: n'importe où, mais pas ici.» Elle était vraiment une «n'importe où mais pas ici». C'est ce qu'exprimaient ses très beaux yeux et son corps qui semblait vouloir se réduire à un segment vertical.

Il suffisait pour le comprendre de voir l'impatience avec laquelle elle cherchait à s'interposer entre les Pontecorvo attentionnés et ses parents. Comme si elle voulait recouvrir de son manteau magique d'invisibilité également ceux qui lui étaient le plus proches au monde et dont elle avait le plus honte. Il était évident que s'il n'avait tenu qu'à elle elle aurait mis le feu à tout. À son père, à sa mère et à ce qui les concernait, y compris la peau de mouton, déplacée en cette saison, la diction de son père qui laissait à désirer, et l'énorme Range Rover hyperaccessoirisée qui les attendait devant la grille des Pontecorvo. Sans parler des manières cérémonieuses de son père, celles du parvenu qui veut impressionner le professeur de renom.

Il s'était surpris à penser avec la compassion de celui qui ne partage pas un destin analogue: ils l'ont perdue trop tôt. Ça peut arriver. Oui, ils ont perdu tout ce que Rachel et moi avons réussi à conserver, pour le moment du moins: l'affection, la vénération de nos enfants. On le voit même à l'hôpital. Il y a des pères et des mères qui gardent encore le contrôle de la situation, d'autres, au contraire, sont totalement à la merci de ces petits monstres. J'ai parfois l'impression d'être resté le héros de mes garçons. Tandis que le destin a été contraire à cet homme et cette femme. Il n'est rien que leur fille ne leur reproche, du moins à en juger par sa façon de les regarder.

Eh oui, ce type ridicule, avec son bronzage d'amateur de voile, ses cheveux de Viking et sa tenue d'Esquimau, n'est plus le héros de sa fille depuis cinq ans au moins. Et à voir la douceur avec laquelle il pose le blouson sur ses épaules pour qu'elle n'ait pas froid, le mépris de sa fille doit être la grande douleur de sa vie. Avivée du fait qu'il s'agit d'une douleur qu'il ne pense pas mériter et dont il n'est en mesure de comprendre ni les causes ni l'étendue. Et merde, il a probablement tout fait pour Camilla, cent fois plus que ses parents n'avaient fait pour lui, et quelle reconnaissance lui montre-t-elle? Un regard plein de honte anxieuse. Et c'est pourtant sur la honte que Camilla construit aussi précocement sa personnalité. Je jure que si un jour mes fils devaient me regarder comme ça... je jure que...

Ainsi raisonnait Leo, avec une bienveillante commisération, après avoir baissé son appareil photo, s'être aimablement présenté à ces deux nouveaux venus embarrassés, avoir appelé Rachel en lui demandant d'appeler à son tour Camilla, et après avoir remarqué le regard qu'avait eu Camilla en voyant ses parents bavarder avec lui. Oui, tel était le raisonnement de Leo, qui constatait avec plaisir que si Camilla était sur des charbons ardents et faisait tout pour que Rachel et lui ne se rendent pas compte de la médiocrité de ses parents, c'est qu'elle considérait les Pontecorvo comme des personnes d'un certain niveau. Alors que Leo réfléchissait, en jetant un regard apitoyé sur le père de Camilla et un autre beaucoup plus fier sur lui-même, Camilla donna la première preuve de son étrangeté. En s'adressant en français à sa mère et à son père. Il n'y aurait rien eu à redire à ça si par exemple il s'était agi d'un jeu habituel entre eux (comme des personnages de roman russe). Ou dans l'hypothèse où la nationalité française d'un de ses parents l'aurait portée à ce bilinguisme qui transforme certaines familles en une espèce d'agaçante Tour de Babel. Mais il se trouve que ni sa mère, ni encore moins son père, n'étaient français, et qu'aucun des deux ne savait articuler un seul mot de français, sauf peut-être « *merci* », et « *Oui, je suis Catherine Deneuve* * », très répandu à cette époque-là, et tout aussi lassant.

Si Camilla parlait cette langue avec autant d'aisance et une prononciation charmante c'est parce qu'elle fréquentait depuis le début de sa scolarité le lycée français Chateaubriand de la villa Borghese. Rien d'étonnant à ce qu'ils l'aient envoyée là. C'était un établissement très en vogue, et pour ces deux pauvres diables bourrés d'argent mais d'une ignorance désastreuse, l'idée que leur fille allait à Chateaubriand, parlait le français presque comme les Français et fréquentait des enfants d'ambassadeurs et autres, était à pleurer d'émotion. Au point que lorsqu'elle avait six ans ils lui demandaient de parler français rien que pour le plaisir de l'entendre.

Dès lors, et pendant quelques années, dans la petite villa de l'Argentario où ils passaient une grande partie de leurs étés – achetée par le père de Camilla grâce à ses magasins multicolores de cuirs et peaux dans le centre – avait logé une «jeune fille au pair». Une Sabine, une Monique, une Charlotte, dont l'unique obligation était de faire pratiquer le français à la petite. L'ennui, c'est qu'en grandissant la petite en question, profitant de cette présence éphémère, avait exclu ses parents de sa vie au moyen d'une langue qui était à leurs oreilles une musique énigmatique. Si bien qu'un jour, sur la plage, où Camilla et sa jeune fille au pair Monique n'arrêtaient pas de papoter, le père, au comble de l'agacement, avait hurlé: «Ça suffit, bordel!»

Dès lors, Camilla avait pris l'habitude de parler en français à son père chaque fois qu'elle en éprouvait le besoin, et lui, qui ne l'aurait frappée pour rien au monde, laissait courir, humilié.

Devant les Pontecorvo, évidemment, c'était le bon moment. Les circonstances paraissaient le moins appropriées, mais (et c'était le plus troublant) les phrases convenaient à la situation: «*Oui, papa, la fête a été magnifique!*», «*On y va, maman? Je suis très fatiguée*»*.

Leo, qui ne savait rien de toute cette histoire de français, se demanda ce qui lui avait pris. Pourquoi parler à ses parents en français? Pour se tirer à la situationniste de cette impasse? Pour attirer l'attention sur elle et effacer à jamais les objets de sa honte? Ou s'agissait-il plus simplement d'une manière de provoquer chez ses parents un embarras qui les pousse à s'en aller et l'emmener au plus vite pour mettre un terme à ce cauchemar? Leo l'ignorait, mais si cette dernière supposition était la bonne et si telle était l'intention de Camilla, alors elle avait réussi à la perfection. Soudain, avec la hâte de Cendrillon qui abandonne le prince, ses parents étaient partis en vitesse avec la petite excentrique qui continuait à leur parler dans un délicieux français *Ancien Régime**. L'épisode avait été si désagréable que Leo n'avait même pas trouvé le courage de demander à Semi ce qui avait bien pu passer par la tête de sa petite amie. Toutefois, Samuel avait réagi à cette bizarrerie avec une indifférence qui laissait croire qu'il s'agissait là d'une scène ordinaire.

Leo n'avait plus pensé à Camilla et à son excentricité. Du moins jusqu'à ce que Rachel l'informe que leur cadet ne les suivrait en Suisse que si Camilla faisait partie de l'équipée. Leo avait alors commencé à soupçonner cette adolescente un brin bizarre d'être aussi une manipulatrice précoce. Mais il l'avait pensé avec une bonhomie amusée. S'il y avait une chose dont il était fier, c'était sa tolérance.

Cet amour de Samuel, ce garçon exemplaire de douze ans qui dicte des conditions? Qui met ses parents devant une alternative? Un chantage qu'il n'a ni l'autorité ni les couilles de mettre à exécution? Incroyable! Quelle adorable bêtise!

Qu'y faire si cette histoire le faisait rire et l'attendrissait à la fois? S'il ne parvenait pas à partager toutes les inquiétudes qui semblaient angoisser Rachel? Si l'attitude de Rachel lui apparaissait comme une recrudescence de jalousie maternelle?

Que Camilla ait inspiré à Samuel l'idée de se faire emmener en Suisse ne faisait pas de doute. Samuel n'était sûrement pas assez entreprenant pour l'avoir conçue. Mais tandis que cette influence constituait pour Rachel un motif de réflexion inquiète, Leo la trouvait marrante et touchante. Samuel à la merci de cette gamine extravagante, ça valait le coup...

D'après le comportement de Camilla avec ses géniteurs, il était clair qu'elle voulait éviter de se retrouver plongée dans les vacances de Noël habituelles en compagnie de parents qu'elle détestait, tous occupés à déballer des cadeaux monstrueusement chers et à s'empiffrer. L'idée de pouvoir conjurer ce cauchemar était vraiment trop alléchante. Et que les Pontecorvo, pour des raisons évidentes, ne fêtent pas Noël, en dehors de certaines libertés que prenait Leo (quelques cadeaux pour les enfants afin qu'ils ne se sentent pas trop seuls dans ce monde immense de catholiques impénitents) était pour elle une chose extraordinaire. Une occasion à ne pas manquer. Elle avait donc monté son « opération Anzère ».

Qui s'était conclue par un succès.

En Suisse, dans l'isolement et l'intimité de cette situation si nouvelle pour elle mais qui convenait si bien à sa nature, Camilla avait ressenti la nécessité de remercier celui qui l'avait aidée à réaliser un rêve.

Ces remerciements avaient pris la forme d'une petite lettre.

La première, pense maintenant notre reclus – après s'être passé de l'eau sur la figure en veillant à ne pas rencontrer le regard de son sosie verdâtre dans la glace –, qui s'est remis à aller et venir dans la pièce en rêvant d'un café comme l'homme perdu dans le désert rêve du bruissement rafraîchissant d'une fontaine.

Certes, avant même que la lettre ne fasse son apparition, Leo avait pu constater combien sa femme avait eu raison sur tout. La présence de Camilla avait détraqué immanquablement le mécanisme helvétique éprouvé. Filippo s'était indigné de devoir dormir sur le canapé-lit avec son frère. Et Samuel, tout en ne pouvant pas protester (puisqu'il était responsable de la situation), souffrait d'insomnie depuis leur arrivée parce qu'il se sentait coupable d'avoir causé un tel inconfort à son frère ;

lequel avait besoin de davantage de place pour accomplir le rite grâce auquel il avait toujours fait venir le sommeil (se taper la tête sur l'oreiller au rythme de la musique) depuis qu'il était au berceau.

Ensuite, non seulement Camilla ne skiait pas, mais elle n'avait aucune intention d'apprendre. Ce qui signifiait que Rachel devait rester avec elle toute la matinée. Sans parler de la question la plus grave. Camilla était asthmatique (information ignorée des Pontecorvo avant qu'ils ne donnent leur accord pour sa venue). Ses parents avaient fait leurs recommandations. Ce qui avait amené Rachel à apporter un soin particulier au ménage du matin. À toujours avoir à portée de vue et de main le petit inhalateur contenant l'adrénaline. Et, en cas de crise plus violente que d'habitude, les seringues et les ampoules d'hydrocortisone. Sans compter qu'au dernier moment Telma, la bonne, avait déclaré forfait et n'avait pas suivi ses employeurs en Suisse comme elle le faisait chaque année. Et donc que Rachel devait se charger des tâches domestiques dont l'adorable présence dans sa vie de la minuscule Philippine la libérait d'habitude.

Leo, quant à lui, avait dû sacrifier la partie la plus jouissive et solitaire de ses journées à la montagne. Depuis le premier jour à Anzère il n'était plus parvenu à trouver aussi enthousiasmantes la séance sur le trône et la douche interminable. Comment aurait-il pu en profiter sachant que – de l'autre côté de la porte, dans le petit living tiède et humide où le feu crépitait non sans difficultés entre soupirs et hoquets – il y avait cette gamine ? Dont il sentait qu'elle l'attendait. Même si l'idée de se montrer à elle en peignoir n'était pas tellement effrayante (Leo venait du genre de familles évoluées pour qui aucun négligé n'est répréhensible) c'était terriblement embarrassant de devoir la distraire. De trouver quelque chose de sensé à lui dire. De toute façon, cette conversation éventuelle aurait foutu en l'air tout le reste du programme (promenade avec Rachel, journaux, achat des *petits cadeaux**, etc.).

Dès le premier jour Rachel avait voulu donner à Leo une idée de ses après-midi des deux semaines à venir.

Une seconde après le retour de son mari des pistes, Rachel était sortie, non sans lui avoir recommandé de surveiller l'asthme de Camilla. Et Leo connaissait suffisamment bien sa femme pour savoir que le message qu'elle lui avait adressé lorsqu'elle était sortie en claquant la porte était à peu près le suivant: « Tu as voulu l'emmener avec nous? Bien. Tu t'en charges. »

Comment le lui reprocher? Ce ne devait pas être facile d'avoir toujours raison et n'être jamais écoutée.

C'était semblait-il à lui de s'occuper l'après-midi de la petite amie de son fils. De cette embêtante présence couverte de taches de rousseur appelée Camilla. La vraie tuile, gênante à tous les points de vue, dont Leo n'avait pas tenu compte.

Bien qu'il ait eu deux fils à peu près du même âge que Camilla et que son service ait été bourré d'adolescents, bien qu'il ait été habitué à fréquenter les jeunes qui se massaient à ses cours à l'université, Leo n'était pas sûr de savoir comment s'y prendre avec celle-là.

Au fond, tous ses contacts avec le monde de l'enfance et de l'adolescence étaient réglés, pour ainsi dire, par un ordre social rassurant où il jouait un rôle bien défini. Le secret tenait à la solidité de sa position, pas moins immuable que celle de toutes les parties en cause.

Même si ses rapports avec ses fils n'étaient pas empreints du formalisme taciturne entretenu en son temps avec lui par son père (l'impassible professeur Pontecorvo senior), ils pouvaient passer pour « vieux jeu ». Quand Fili et Semi étaient tout petits, Leo aimait jouer à celui qui ne veut pas avoir d'enfants dans les jambes. Si bien que Rachel l'avait affectueusement surnommé «Hérode» : un nom et une réputation qui ne déplaisaient pas à notre homme, au contraire, il s'amusait à le confirmer par des boutades telles que : «Avec le genre de métier que je fais, les vacances, pour moi, c'est de ne pas avoir de gamins braillards qui me cassent les couilles.»

Quant à ses petits patients... eh bien, avec eux Leo pouvait user du paternalisme typique du médecin traitant ; tout comme il pouvait réserver à ses étudiants un ironique conformisme professoral.

Mais qu'inventer pour distraire cette gamine follement silencieuse, si mystérieusement compliquée ? Leo était timide comme le sont certains hommes beaux, grands et étourdis. Et mis devant une adolescente de douze ans avec qui il était censé avoir des conversations légères et désinvoltes, il courait le risque de se retrouver dans la situation de l'adolescent timide et de transformer cette empotée en femme d'expérience dédaigneuse. Il se voyait déjà lancé dans des monologues maladroits. Le plus assommant était que ce qui l'attendait dans le living imprégné de tiédeur – qui lui avait apporté tant de plaisirs les années précédentes – c'était une expérience désagréable de régression à l'adolescence.

La confusion des rôles. Le plus grand des pièges.

Les deux premiers jours il s'en était tiré en la soumettant à une sorte d'interrogatoire au troisième degré à propos de Samuel, en lui demandant quel genre de garçon c'était, comment il se comportait avec les autres. Puis il avait essayé d'élargir le sujet fastidieux en s'informant sur ce que faisaient les adolescents de leur âge et sur ses projets pour l'avenir (quelle belle et grande question à poser à une gamine de douze ans !).

Les réponses laconiques de Camilla embarrassaient encore davantage Leo. Et en plus il y avait ces grands yeux aux reflets d'ambre qui malgré leur regard désemparé fixaient directement l'interlocuteur adulte. Ce qui heurtait Leo d'une manière qu'il n'aurait pas su expliquer.

Le troisième jour il était clair que les sujets de conversation étaient épuisés. Il avait utilisé ses dernières cartouches. Quant à Camilla, Leo commençait à douter qu'elle en ait. Car ce jour-là il avait fait en sorte de prolonger son séjour dans la salle de bains dans l'espoir que l'abondante chute de neige de l'après-midi provoque le retour anticipé de ses fils. Mais elle, pour la troisième fois consécutive, était parvenue à l'agacer avant même qu'il mette les pieds dans le living. Avec cette maudite chansonnette de Noël. Elle l'écoutait sans cesse depuis qu'ils étaient arrivés. Elle avait emporté le 45 tours et avait pris possession du tourne-disque mis à leur disposition par le propriétaire. Et elle repassait continuellement cette chanson sur la platine depuis trois jours. Rien que celle-là. À très brefs intervalles. Constamment. Obstinément. Leo était expert dans ce genre de compulsion infantile : Filippo, quand il s'entichait d'une chanson, la réécoutait jusqu'à la nausée. Toutefois l'obsession de Camilla était exclusive. Il s'agissait de cette damnée chanson (à présent entrée dans les annales) où un George Michael imberbe – doté alors d'une coupe de cheveux digne d'un coiffeur de Rodeo Drive – n'en finissait pas de regretter je ne sais quel Noël d'autrefois.

Telle était la bande-son qui rythmait ce qui avaient été les bons moments de Leo dans la salle de bains. De la musiquette de pédés ! S'il y avait une chose sur laquelle Leo ne transigeait pas, c'était le mauvais goût musical. Autant dire qu'elle faisait tout pour le mettre en colère et se rendre pénible.

C'est dans cet état d'esprit que Leo, le troisième jour, s'était présenté dans le living déjà habillé et les cheveux mouillés. À la vue de cette fille à l'air irlandais du XIXe siècle près du tourne-disque devant le feu, et ne sachant quoi dire, il avait émis une considération si ridiculement littéraire et désuète qu'après avoir parlé il serait rentré sous terre:

« Les frères Goncourt ne se sont pas laissé décourager par la tourmente ? »

Or, qualifier de « tourmente » cette neige tranquille était une coquetterie encore plus pathétique que d'appeler ses fils « les frères Goncourt ». Et pourtant Camilla lui avait souri pour la première fois. Presque avec joie.

« Pourquoi les frères Goncourt ? » lui avait-elle demandé. Une question. Enfin une question. Dommage que Leo n'ait pas su comment y répondre.

Il y avait déjà longtemps que Leo avait surnommé ses fils « les frères Goncourt ». Depuis qu'il avait avoué à Rachel la contrariété que lui causait parfois le lien entre Filippo et Samuel, intime au point de frôler la symbiose.

« Ça ne t'inquiète pas que Samuel n'arrive pas à dormir sans son frère ? Ça n'était peut-être pas une bonne idée de les laisser toutes ces années dans la même chambre dans ces lits superposés.

– Mais non, Semi a seulement un peu peur du noir et du silence. Même s'il ne l'admet pas.

– Peut-être, mais Filippo m'a dit que Semi lui demande tous les soirs de ne pas s'endormir avant lui, sinon il ne parvient pas à dormir. En plus, Filippo a besoin de secouer la tête comme un autiste ou comme un hassid devant le mur des Lamentations... Tu parles d'une association ! Tu ne trouves pas ? Ils sont peut-être nés pour vivre séparés.

– Je te l'ai dit. Les enfants – et Semi est encore un enfant – ont horreur du noir et du silence.

– D'accord, mais tu ne crois pas qu'il est temps que nous les détachions un peu l'un de l'autre ? Écoles séparées, vacances séparées... »

« – Pourquoi tiens-tu tellement à faire une chose aussi cruelle ? Et qui arrivera très vite d'elle-même ? »

Cette constatation amère de Rachel – accentuée par le souvenir glaçant de sa sœur disparue tant d'années plus tôt ? – avait poussé Leo à s'en tirer par une pirouette pédante.

« Parce que je ne veux pas être le père des frères Goncourt. »

Entendons-nous bien, Leo ne savait pas grand-chose des frères Goncourt. Il était le vertueux produit d'études classiques dites « d'autrefois », déjà à son époque, pour lesquelles il était impératif de connaître l'existence des frères Goncourt. Et qui, sans imposer la lecture directe d'une de leurs œuvres, exigeaient que l'on soit informé que c'étaient deux écrivains du XIXe siècle qui tenaient une sorte de journal à quatre mains et baisaient la même fille.

Mais évidemment cette allusion à deux écrivains français (inconnus d'elle par ailleurs) avait fait sur Camilla une telle impression qu'elle gardait un sourire de bonheur comme quelqu'un qui a trouvé son âme sœur après une longue recherche. Une joie tellement intense qu'elle lui avait donné le courage de formuler sa première question :

« Pourquoi les frères Goncourt ?

– Tu ne sais pas qui sont les frères Goncourt ?

– Non, mais d'après leur nom je dirais qu'ils sont français.

– Pour être plus précis, ils *étaient* français. »

Devant le regard interrogateur de la petite, Leo s'était senti tenu de préciser : « Ils sont morts depuis longtemps. »

Mais quand les Goncourt étaient morts ne semblait pas davantage intéresser Camilla que de savoir ce qu'ils avaient fait dans leur vie. C'était autre chose qui avait retenu son attention, comme l'indiquait sa question suivante (elle faisait des progrès) :

« Semi m'a dit que vous aviez vécu plusieurs années à Paris. »

141

Leo trouvait très bien que Camilla le vouvoie. De temps en temps, dans son service, il avait affaire à des enfants, le plus souvent de milieu modeste, qui le tutoyaient. Ce qui, avant même de l'irriter, le mettait mal à l'aise et l'attristait. Mais c'était une fillette bien élevée. Aussi mal dégrossis qu'aient été ses parents, ils lui avaient appris qu'il faut vouvoyer un vieux monsieur comme lui. Par ailleurs, Camilla devait avoir retiré de son élégante école française le goût transalpin pour les formes. Attention à ne pas appeler les professeurs autrement que Monsieur et Madame. Attention à ne pas s'adresser à eux autrement qu'avec un Vous rigide.

« *Plusieurs années ?* C'est ce que t'a dit Samuel ? Que j'ai vécu plusieurs années à Paris ? Quel mégalomane ce gamin ! Un an seulement. J'ai passé un an à Paris.

— Il y a très longtemps ?

— Il y a plus ou moins un million d'années. Tu te rappelles les guerres puniques ? Tu te rappelles Hannibal ? À peu près à cette époque-là. »

Cette plaisanterie l'avait fait rire de nouveau, et cette fois, avait-il semblé à Leo, comme quelqu'un qui est sur le point de se laisser aller. El il avait failli penser : comme c'est bon de faire rire une femme ! Et de voir une femme se laisser aller ! Mais à l'instant même une main imaginaire l'avait attrapé par la peau du cou et une voix tout aussi imaginaire lui avait jeté à la figure : Tu vois des femmes dans ce living ? Non ? Alors sur quelle femme est-ce que tu divagues ?

Mais alors, si Camilla n'était qu'une enfant, pourquoi jouait-il tellement à celui qui a vécu ?

Qu'avait-il dit exactement ? « Tu te rappelles les guerres puniques ? Tu te rappelles Hannibal ? » Et elle avait ri. Elle avait ri parce que les guerres puniques lui étaient familières, contrairement aux Goncourt, elle les avait probablement étudiées tout récemment. À l'évidence, elle était heureuse parce

142

qu'elle avait saisi l'allusion et compris la plaisanterie d'un homme aussi sophistiqué, un homme qui avait vécu toute une année à Paris au temps d'Hannibal.

« Comment est-ce de vivre à Paris ?

– Tu n'y es jamais allée ?

– Jamais. Quoique peut-être l'année prochaine mon école organise… Et alors peut-être… Et puis papa m'a promis que…

– Je t'envie. C'est merveilleux de ne pas encore connaître Paris. »

Nous y revoilà. Il avait rechuté. Il s'était remis à jouer la comédie. En s'écoutant parler, il s'était senti un instant le héros d'un de ces films des années quarante qui plaisaient tant à Rachel et à Samuel, où un Fred Astaire fluet ou un Humphrey Bogart courroucé, généralement des millionnaires en crise, envoûtent par leur charme d'hommes mûrs mêlé de scepticisme une gracieuse jeune fille au sourire comique et à la beauté piquante qui, bien que tout juste sortie de l'orphelinat, a des manières de princesse et une élocution raffinée. Mais en reprenant possession de ses facultés le professeur Pontecorvo avait pensé que personne sans doute n'aurait pu pardonner même à Fred et à Humphrey une remarque aussi pompeuse que : « C'est merveilleux de ne pas encore connaître Paris.

– Vous y allez souvent ?

– Je dois le faire de temps en temps. Dans mon travail c'est indispensable. Mais quand je peux, je l'évite.

– Pourquoi ? »

Pourquoi en effet ? Leo s'était rendu compte qu'il disait la vérité. Il le faisait peut-être au mauvais moment et à la personne la moins indiquée, mais il disait la vérité. C'était vrai, il ne retournait pas à Paris avec plaisir. Et pourquoi donc ? Toujours cette histoire ? Toujours ces regrets ? Allons donc !

143

Au final, le bilan de sa vie de quinquagénaire était plus que positif. Tout chez lui indiquait la joie et la prospérité. Il n'aurait pas voulu changer une seule virgule de sa vie.

Alors pourquoi sa tristesse sous-jacente? Que vient faire la tristesse? Que signifie-t-elle? Je ne voudrais pas que cet apitoiement mélancolique sur soi-même qui pousse à cultiver de fades regrets déplacés soit du toc. La voie que l'on n'a pas choisie et autres conneries romantiques.

En tout cas, et quelle que soit la manière de la voir, une chose restait vraie: Leo ne se rendait pas à Paris avec plaisir. À Milan, oui, à Londres aussi, sans parler de New York et de Vancouver. Mais à Paris, non.

«C'est à cause d'une fille?»

C'était la voix de Camilla. C'était la voix de Camilla qui le rappelait à la réalité en l'arrachant à ses divagations intérieures. Ce qui est bizarre c'est qu'elle l'ait fait avec une question qui n'avait rien à voir avec la réalité. Une question totalement hors de propos.

«Quelle fille? De quelle fille est-ce que tu parles?»

Leo regretta aussitôt le ton agacé de sa voix. Il espérait qu'elle n'avait pas remarqué sa soudaine appréhension.

«Semi m'en a parlé. Il dit que vous aviez une petite amie à Paris.

– Ah! Semi dit ça. Et quoi d'autre?

– Que si vous aviez choisi cette fille il ne serait pas né, alors il est content que vous ne l'ayez pas choisie. Et donc j'en suis heureuse moi aussi.»

Gisèle? C'était de Gisèle qu'elle parlait? De Gisèle que Semi avait parlé à sa petite fiancée? Leo était troublé. Comment se pouvait-il qu'une enfant de douze ans lui parle de Gisèle? Il regarda autour de lui. Il n'y avait rien qui ne s'exprime dans le langage tendre et familier du quotidien. Il se trouvait dans le chalet habituel que Rachel et lui louaient depuis plus de dix ans. Là où Filippo avait pris sa première leçon de ski, où il avait appris à monter en escalier et descendre ensuite en chasse-neige. L'air était plein de la fumée du feu qui s'éteignait. À l'extérieur la neige ne cessait de tomber, avec la grâce insidieuse de certaines symphonies. D'où était sortie Gisèle ? À sa connaissance, personne n'était au courant, il n'en avait jamais parlé, pas même à Rachel.

Ou peut-être que si ? Peut-être lui en avait-il parlé peu après leur rencontre, qui sait ? C'était possible. En lui racontant son séjour à Paris il avait laissé échapper le nom de Gisèle et elle avait fait le reste : en devinant ce que Gisèle représentait pour lui ou plutôt avait représenté. La voie que l'on n'a pas choisie et autres conneries romantiques. D'accord, mais que représentait *vraiment* Gisèle pour lui ? Absolument rien. Une bonne baise. Une bonne baise trop brève. Quand le physique tenait le coup. Quand la bite tenait le coup. Voilà ce qu'était Gisèle pour lui. Alors pourquoi éprouvait-il en y repensant ce sentiment enfantin d'effarement ? Suffit-il vraiment d'une virilité un peu moins impétueuse pour affecter aussi désastreusement un homme mûr ?

Leo se demanda ensuite si par hasard son histoire avec Gisèle n'était pas une de celles que Rachel racontait souvent aux garçons. Les histoires qui enchantaient Filippo. Comme celle du soir à l'hôtel de Monte-Carlo où il avait mangé et elle non. Leo se sentit tout à coup furieux contre Rachel. Son manque de tact. Son aptitude à disséquer n'importe quoi. Son talent pour recycler et manipuler des morceaux de la vie de Leo pour amuser ses fils. Et dire que c'était elle qui l'accusait tout le temps d'impudeur ! Il arrivait que Rachel parle de leur père à leurs enfants comme s'il n'était pas là. Il lui semblait parfois que Rachel ressemblait de plus en plus à la belle-mère qu'elle avait si ardemment détestée.

Ou bien Gisèle n'avait rien à voir là-dedans. Camilla, cette gamine bizarre, inventait peut-être. Elle improvisait. Un point c'est tout. D'après le peu qu'il savait d'elle, l'hypothèse était plus que légitime. Camilla n'avait donné aucun nom. Elle avait parlé de «fille». Qu'il y ait eu une fille était tellement normal et probable qu'un esprit aussi attiré par un romantisme parisien de pacotille n'avait pas dû avoir de mal à l'imaginer. Elle avait imaginé, c'est tout. Pas de panique.

«Qu'est-ce que tu dirais d'un thé?» lui avait alors demandé Leo pour sortir de la petite impasse d'émotions où il s'était fourré.

«Quelle bonne idée… du thé… oui, j'ai envie d'un thé», avait-elle répondu avec enthousiasme.

Cette fois encore la réaction de Camilla avait été surprenante. Pourquoi Leo avait-il l'impression que quoi qu'il lui dise elle l'interprétait de travers? Pourquoi tant d'enthousiasme pour un thé? C'était l'après-midi. Il neigeait. Il faisait un froid de canard. Le thé convenait parfaitement. Alors pourquoi tant de manifestation de joie?

Dans la cuisine Leo était parvenu à se calmer. Il avait mis de l'eau à chauffer. Il avait sorti de leur emballage deux sachets de Twinings Earl Grey. Il avait taillé les tranches de citron et versé un doigt de lait dans un petit pot. Il craignait que Camilla n'apparaisse. Pour l'aider par exemple. Mais grâce au ciel elle n'en avait rien fait. Elle s'était bornée à allumer la stéréo et relancer *Last Christmas*.

En revenant dans le living Leo l'avait trouvée debout près du feu à présent réduit à sa plus simple expression. Elle essayait de le ranimer à la façon désordonnée de quelqu'un qui n'a jamais eu affaire à une cheminée.

«Laisse, laisse…» lui avait-il dit. Et après avoir posé le plateau sur la table basse encombrée de bandes dessinées de Filippo, il s'était approché. Délicatement, mais avec une parfaite correction, il lui avait pris des mains les accessoires en fer forgé. Il lui avait semblé que Camilla avait résisté quelques secondes de trop avant de lâcher prise.

Et pourquoi était-elle restée là toute raide près de lui? Pourquoi n'était-elle pas retournée s'asseoir sur le canapé? Elle était maintenant presque contre lui, penchée sur le feu un morceau de papier à la main.

«Non, non, pas de papier! Il brûle tout de suite et ne sert à rien.» Leo avait senti une de ses petites mains lui effleurer la hanche, comme si en se relevant Camilla avait été tentée de s'appuyer sur lui. Pendant cette opération laborieuse Leo s'était senti menacé par une odeur piquante et acide de fillette maussade, version diluée et féminine du relent de renfermé des chambres de garçons. Et une fois encore il avait perçu dans l'air une impression très désagréable de convoitise. Une impression. Qui maintenant que le feu avait repris et que Leo était retourné s'asseoir ne disparaissait pas. La question était: qui convoitait qui? Sûrement pas lui. Mais par ailleurs rien chez cette fille ne laissait transparaître une volonté explicite ou même implicite de le provoquer. Mais si elle ne le provoquait pas, alors pourquoi s'était-il mis à penser à ce qui jusque-là ne lui avait jamais traversé l'esprit?

C'était comme si Leo venait de s'apercevoir qu'il n'avait pas seulement affaire à une adolescente qui en plus était la petite amie de son Samuel. Mais que si elle se trouvait là, dans le living où les Pontecorvo perpétuaient depuis des années leurs vacances familiales idylliques et sans tache, c'était à lui qu'elle le devait. Exactement, à Leo. C'était lui, le père irresponsable, qui avait permis à son fils en pleine puberté d'emmener sa fiancée en vacances. Comme s'il avait été adulte. Leo comprenait enfin ce que Rachel avait essayé en vain de lui expliquer quelques semaines plus tôt. À savoir que la présence de Camilla était importune. Et que

147

si elle les accompagnait ce serait désagréable. Et que ce n'était pas une question de morale, de puritanisme, de pruderie, et de tous les grands mots avec lesquels Leo avait démoli les objections de sa femme. C'était une simple question de bon sens.

Cette fille était la petite amie de Samuel. De son Samuel, le plus heureux et le moins compliqué de ses fils, le petit garçon à qui tout avait toujours réussi avec une extrême facilité. Ce n'était donc pas si étonnant que Semi ait déjà une petite amie à douze ans. Sa précocité avait toujours été une des deux caractéristiques (l'autre étant l'éclectisme) qui avaient rendu ses parents si fiers de lui. L'unique chose surprenante c'est que ce petit homme si doué ait un père aussi inconscient.

Oui, c'était la petite amie de Samuel. Ce qui signifiait que, même sous une forme embryonnaire, ces deux-là devaient avoir eu des contacts physiques. Cette constatation banale fit de l'effet sur notre professeur. Bon, il était médecin, et médecin pour enfants de surcroît. Il savait et connaissait certaines choses. Il se rappelait le jour où une infirmière avait fait irruption dans son petit cabinet de Santa Cristina, pour lui annoncer tout essoufflée qu'elle venait de surprendre deux enfants dans les toilettes dans des attitudes pour le moins intimes… Mais pourquoi utiliser des euphémismes ? Ils étaient en train de baiser. Ces deux petits leucémiques baisaient. « À la façon des adultes », avait précisé l'infirmière, et il s'était demandé s'il en existait d'autres.

Leo se souvenait d'avoir défendu obstinément – d'abord auprès de l'infirmière puis auprès de Loredana, son amie psychologue – le droit de ces deux pauvres enfants à s'amuser un peu, considérant l'accueil affreux que la vie leur avait réservé. Il se rappelait avec quel acharnement et quelle éloquence il avait défendu les droits de la nature.

Dommage qu'il ne s'agisse plus à présent de deux enfants quelconques. Dommage qu'à présent, en pensant à son Semi avec Camilla, notre grand ponte ait trouvé que quelque chose clochait.

Il s'était soudain senti très mal à l'aise. Ses propres pensées l'avaient embarrassé. Il avait dû détourner les yeux de crainte qu'ils ne se concentrent sur des détails de ce petit corps parsemé de taches de rousseur qui avait reçu les caresses de Samuel et qui sait quoi d'autre.

Il n'est pas de désir sans intimidation. C'est une dure loi naturelle. Si le désir est explicitement agressif, envahissant, brutal, alors ce n'est pas du désir. Et cela explique peut-être pourquoi Leo se sentait si troublé. Au bord de quelque chose qu'il ne connaissait pas ou se refusait à reconnaître.

Était-ce cette sensation de communauté et d'intimité, amorcée par une allusion à deux écrivains français (la France de Camilla, c'est-à-dire la liberté, le monde imaginé par opposition au monde vécu, l'univers fantastique dans lequel elle se retirait pour se libérer de celui, grossier, de ses parents) qui le quatrième jour avait poussé Camilla à lui écrire? Ou l'impression croissante de promiscuité et de transgression que Leo n'avait évidemment pas été le seul à percevoir?

C'est ce que se demande maintenant Leo et ce à quoi il ne peut pas répondre.

Ce troisième jour à la montagne n'avait pas été mal du tout, pense Leo avec le peu d'ironie qui lui reste. Mais les choses s'étaient-elles vraiment passées ainsi? Ou s'agit-il d'une mystification rétrospective classique? Comment appelle-t-on ça? L'esprit de l'escalier? Leo a peut-être simplement besoin de se rappeler ce troisième jour de cette façon. Il a besoin de le dramatiser. De lui donner de l'épaisseur dans le pathos. Parce que s'il ne se le rappelait pas ainsi tout ça n'aurait pas de sens. Ce n'est qu'en surinterprétant que Leo peut se convaincre que les choses n'auraient pas pu se passer autrement. Qu'en aucune manière il n'aurait pu les modifier. Que c'est son histoire, un point c'est tout. Et en prendre son parti.

Si les choses s'étaient passées différemment, ce troisième jour n'aurait probablement pas survécu aussi obstinément dans son souvenir. Il ne serait pas devenu non plus un objet d'étude aussi obsédant. Et il ne se le rappellerait peut-être pas comme ayant le caractère sacré qu'on accorde aux antiques pierres milliaires. Ou il ne se le rappellerait carrément plus du tout. En somme, si cette première lettre n'était jamais arrivée, et si Camilla ne la lui avait pas écrite, poussée par Dieu sait quoi, Leo n'en serait pas, sept mois plus tard, à analyser ce troisième jour avec autant de pédanterie grandiloquente.

En outre, cet inoubliable troisième jour, il s'était passé d'autres choses qui avaient pu la pousser à son geste insensé, d'une audace déplacée. Je parle de la lettre.

Finalement, Fili et Samuel, à cause de la neige qui s'épaississait, étaient effectivement rentrés plus tôt que d'habitude, cinq minutes, pour être précis, après le retour également anticipé de Rachel. En voyant apparaître les frères Pontecorvo transformés en bonshommes de neige ambulants, Leo avait éprouvé un soulagement soudain.

Les cinq minutes passées seul avec sa femme et cette petite n'avaient pas été brillantes.

Rachel était contrariée que Camilla, en la voyant arriver chargée de paquets, ne soit pas allée à sa rencontre et soit restée le nez dans un de ses livres. Leo savait combien Rachel était fâchée que Camilla, depuis leur arrivée, n'ait jamais proposé de l'aider au moins à mettre la table. Si elle l'avait fait, elle l'en aurait sûrement dispensée. Mais que pas une seule fois Camilla n'ait eu ce geste lui paraissait insupportable.

Il s'agissait des petites règles de conduite que Rachel avait apprises dans sa famille modeste et auxquelles elle ne dérogeait pas. Là d'où elle venait, le travail était la seule et unique valeur. C'était ce qui apportait la dignité à la vie des individus. C'est pourquoi chaque fois qu'un menuisier se présentait en début d'après-midi chez les Pontecorvo pour monter une bibliothèque par exemple, accompagné d'un fils ou d'un apprenti adolescent, Rachel entrait haletante dans la chambre des garçons qui s'installaient sur leur lit après le déjeuner pour lire des bandes dessinées ou regarder la télé et leur ordonnait: «Allons, debout, le menuisier et son aide sont arrivés.»

Comme si eux aussi devaient les aider. Si jamais le menuisier et surtout son aide avaient vu ses fils vautrés dans une oisiveté de débauche! Quelle honte! Il était préférable qu'ils se montrent inutilement actifs plutôt qu'occupés à se distraire. Qu'on les trouve au moins debout. Ne serait-ce que par respect envers un garçon de leur âge qui travaillait. C'était pour des raisons analogues que souvent, quand le tapissier (pour donner un autre exemple) venait chercher deux canapés très lourds à recouvrir, Rachel, sur le chemin entre le salon et la camionnette garée dans l'allée, offrait ses muscles pour assister (en réalité pour gêner) l'énergumène ventru que le tapissier avait amené avec lui.

Pour Rachel Pontecorvo il valait mieux donner de soi l'image d'une travailleuse velléitaire ou d'une casse-couilles que celle de la châtelaine oisive qui regarde travailler les autres. C'était l'éthique que lui avait inculquée son stakhanoviste de père et dont Rachel n'avait pas réussi à s'émanciper. Il était donc inévitable que l'immobilité insolente de Camilla la mette de très mauvaise humeur. Mais qu'y faire?

(Enfin, Rachel, vas-y, dis-nous ce qui ne te plaît pas chez cette Camilla. Ce qui te pèse. Exprime tout ton mécontentement. Ne continue pas à te cacher. Ne sois pas hypocrite. Arrête tes élucubrations sur des raisons pratiques ou de principe. Explique ce qui t'est insupportable. Reconnais une fois

151

pour toutes que si au début c'était beau, touchant et même émouvant de voir ton petit Samuel roucouler comme un pigeon amoureux, avec le temps la chose a commencé à te préoccuper. Et que maintenant, malgré l'âge tendre des deux petits fiancés, toute cette affaire prend des proportions nuisibles et inacceptables. Explique à tout le monde pourquoi tes sirènes intérieures hurlent follement depuis quelques semaines. Admets, si tu en as le courage, qu'il y a quelque chose qui ne va pas chez cette petite et qui ne pourra jamais aller. Avoue que, malgré la tolérance irresponsable de ton mari, le fait que Camilla ne soit pas juive est un problème. Un obstacle infranchissable. Bref, pour l'amour du ciel, crache le morceau et dis tout: tu n'as pas mis au monde deux beaux garçons juifs pour les jeter en pâture à la première *fermée*[1] venue!)

Le retour anticipé de Filippo et Semi des pistes avait contribué à alléger la tension qu'avait ressentie Leo, écrasé entre ces deux femmes (l'une était une femme en miniature, mais c'est pareil), toutes deux en ébullition.

Filippo et Semi, du seul fait d'être rentrés, avaient donné à leur mère l'occasion de s'accorder quelques minutes de mauvaise humeur. Tous les ordres qu'elle n'avait pas osé adresser à Camilla elle les réservait à présent à Filippo et Samuel. Ce n'était que fais ci, fais ça. Et en réponse, des nous les casse pas par-ci, nous les casse pas par-là.

Quelques heures plus tard, à table, les garçons s'étaient chargés de finir d'exaspérer leur mère et d'offrir de nouveau à leur père l'occasion de se distinguer héroïquement aux yeux de Camilla.

_____

1. *Fermé* est le terme de dérision qui désigne le non-Juif dans l'argot juif romain, par allusion au fait de n'être pas circoncis.

Filippo et Semi étaient dans l'état d'exaltation qui les poussait souvent à une forme de camaraderie démentielle qui excluait les autres et les poussait à croire que ceux-ci n'étaient pas assez intelligents (ou pas assez bêtes?), en tout cas pas assez préparés, pour prendre part à leur conversation ésotérique d'initiés. Une complicité qui pour cette raison même devenait très vite insupportable et déplaisante.

La vérité c'est que ce langage codé constituait la partie la plus visible et la moins significative de la symbiose entre Filippo et Semi. Un langage qui pouvait se servir d'une foule d'éléments dont les références, si quelqu'un avait vraiment cherché à les retrouver, se seraient révélées inutilement tortueuses: des films pour l'essentiel, mais aussi des phrases de Leo et de Rachel transformées par le temps et par les mille fois où Filippo et Semi les avaient répétées dans les contextes les plus disparates, des expressions caractéristiques de super-héros de bandes dessinées ou de dessins animés à la télé, quelques énormités grammaticales échappées au fruste surveillant d'étude après les cours, une vulgarité particulièrement bien ficelée d'un camarade de classe ou du maître de judo.

Tel était leur monde de carton-pâte. Un univers parallèle constitué d'un radotage inextinguible et pas du tout contagieux auquel il leur était aussi facile de s'abandonner que difficile de renoncer une fois dedans. Un jeu dont la victime préférée était justement Rachel. Laquelle, quand elle était en difficulté, demandait à son mari: «Tu comprends ce qu'ils disent, toi? Moi pas!

– Laisse tomber, ce ne sont que deux imbéciles qui disent des âneries!» L'incompréhension de leur mère ne faisait qu'augmenter l'hilarité des garçons. Alors Filippo lui demandait: «Comment une femme aussi bête que toi a pu mettre au monde deux super-mecs comme nous?» Et Semi se montrait à la fois fier et amusé de l'audace de son frère.

Filippo et Semi étaient donc particulièrement en forme ce soir-là, et particulièrement antipathiques, et tout ce que les autres disaient était matière à de nouveaux sarcasmes incompréhensibles. En l'espèce les cibles désignées étaient Rachel et Camilla (avec leur père, ils n'osaient pas).

Leo avait déjà remarqué le rôle de Filippo dans l'attitude de Semi vis-à-vis de sa petite amie. En l'absence de son frère, Semi se comportait à l'égard de Camilla avec la balourdise maladroite dont il avait fait preuve le soir où il l'avait présentée à ses parents le printemps précédent, durant ce dîner absurde où Leo et Rachel avaient dû supporter l'éclairage aux chandelles et autres niaiseries... Mais en présence de Filippo la façon d'être de Semi avec Camilla subissait une transformation radicale. Il devenait insolent. Parfois, carrément méprisant, il ne répondait pas aux questions qu'elle lui posait. Il arrivait même qu'il s'écarte quand elle s'approchait de lui. C'était comme si Semi avait voulu prouver à Filippo que malgré l'arrivée de cette fille dans sa vie rien n'avait changé entre eux. Qu'il restait du côté de son grand frère. Et que leur lien fraternel ne pouvait sûrement pas être remis en question pour l'exécrable raison qu'il avait cédé à l'amour.

Une autre des techniques utilisées par Samuel pour montrer à son frère le degré de sa fidélité à la cause consistait à mettre Camilla en minorité. Comme ce soir-là, quand après s'être refusé à s'asseoir à côté d'elle à table il s'était mis à la regarder d'un air goguenard. Une attitude qui semblait provoquer chez cette petite, si énigmatique et insensible d'ordinaire, des crises d'abattement. C'était comme si ses yeux enfantins ne cessaient de demander : Qu'est-ce que je t'ai fait ? Pourquoi tu me traites comme ça ? Pourquoi quand ton frère est là tu deviens quelqu'un d'autre ? Qu'est-ce que je ne comprends pas ?

Sa sensation d'être exclue s'était traduite par une tentative assez pathétique, et qui ne lui allait pas du tout, de participer à la conversation. Leo avait remarqué que Camilla essayait de temps en temps d'attirer l'attention de Samuel en lançant un commentaire tout à fait banal. Stratégie suicidaire à en juger par l'attitude de Semi, qui se faisait de plus en plus dédaigneuse. Tout à coup, peut-être en tentant désespérément de se faire remarquer, ou en cherchant délibérément à se moquer de lui, elle avait dit à Samuel: «Tu es tout rouge, tu as pris trop de soleil aujourd'hui!» Leo avait repensé tout naturellement au bronzage terrifiant des parents de Camilla. Et en avait déduit que cette remarque cachait un reproche guère voilé.

Un reproche auquel Semi n'avait accordé aucune importance. Mais qui lui avait donné l'occasion de lui faire une réponse qui allait certainement ravir son frère.

«Trop de soleil, peu de soleil. Trop d'eau, peu d'eau...» avait crié Semi triomphalement.

Et Leo avait reconnu dans cette phrase une réplique de *Bianca*, un film de Nanni Moretti. Un film qui avait énormément plu à ses fils et avait nourri d'une douzaine de nouvelles citations leur très vaste répertoire.

Camilla était restée pétrifiée par cette dernière moquerie, tandis que Filippo était mort de rire. C'est à cause du petit visage triste de Camilla et de la grossièreté gênante avec laquelle ses fils décochaient des vacheries incompréhensibles que Rachel avait demandé à son mari, en lui caressant légèrement la main, d'intervenir énergiquement. Rachel savait combien ses fils respectaient leur père, tout comme elle connaissait le charisme physique (qui frôlait la peur) que la silhouette élancée de Leo exerçait sur Filippo et (surtout) sur Samuel. Leo n'était pas moins énervé que sa femme et ne s'était pas fait prier.

155

« Ça suffit, bon Dieu ! »

Puis il avait attendu que ses fils se taisent avant de leur donner une version plus élaborée de sa semonce :

« Vous trouvez votre attitude convenable ? Vous ne sentez pas que tout ça n'est pas drôle du tout ? Vous ne vous trouvez pas pathétiques à être les seuls à rire de vos blagues et de vos citations ? Vous n'en avez pas assez de vous référer toujours à vous-mêmes ? Je vous assure, et je vous demande de me faire confiance, que vous n'êtes pas spirituels, vous n'êtes pas corrects, vous êtes simplement assommants pour ceux qui vous regardent et vous écoutent. Vous ne réussissez qu'à passer pour des imbéciles. Sans compter que vous finissez par vous répéter. Même les plaisanteries de Mel Brooks, de Woody Allen ou de Nanni Moretti – que, pour la petite histoire, je vous ai moi-même appris à aimer – deviennent imbuvables quand on les répète trois cents fois. Vous devez arrêter. Compris ? »

Ensuite, mais avec une voix qui avait cessé d'être intolérante pour se faire résolument biblique :

« Mais surtout je vous interdis de vous moquer de votre mère, qui parce qu'elle est trop intelligente et trop sensée refuse de vous comprendre. Et je vous ordonne de ne pas exclure notre invitée de la conversation. »

Le grand sauveur. Le héros de ces dames ! C'est ainsi qu'il avait dû apparaître à Camilla. Comme celui qui arrivait à point nommé pour restaurer l'ordre et la chevalerie. Ses paroles avaient eu un effet extraordinaire. Filippo et Semi avaient ricané nerveusement. Sa réprimande avait réussi à les faire taire et à les mortifier. Un changement soudain de registre que Camilla avait constaté encore plus nettement tout de suite après le dîner, lorsque Filippo était sorti avec sa mère faire un tour au village pour chercher un strudel avec de la glace et que Samuel avait recommencé à avoir avec elle la prévenance mièvre de toujours.

Et Leo est obligé maintenant de se rappeler le sentiment de paix qui l'avait saisi ce soir-là, après le dîner, quand il avait laissé Samuel et Camilla vautrés par terre devant le feu. Il entend sa propre voix leur dire: «Ne restez pas si près du feu!» Tout comme il se souvient des cris de Samuel: «Papa, viens, viens papa, s'il te plaît, Camilla ne peut plus respirer! Papa, viens...» L'appel à l'aide qu'il avait entendu peu après être entré dans sa chambre et s'être étendu sur le lit pour lire. Il repense à sa course précipitée vers le living. Il avait trouvé Samuel terrorisé, penché sur Camilla qui se tordait, entre spasmes et efforts pour tousser, cherchant la miette d'oxygène dont chaque centimètre carré de son corps avait de plus en plus besoin à chaque seconde. Le visage congestionné, les mains à son cou, littéralement livides.

Alors toute la timidité éprouvée jusque-là par Leo vis-à-vis de cette petite, qui l'embarrassait allez savoir pourquoi, avait disparu d'un coup. Leo Pontecorvo, le grand pédiatre cancérologue, habitué à gérer des urgences bien plus compliquées, avait fait preuve pendant les minutes qui avaient suivi la violente crise d'asthme (provoquée sans doute par la fumée de la cheminée ou par la nervosité) d'un calme et d'un sang-froid exemplaires.

Il avait ouvert le battant de l'armoire dans laquelle Rachel avait rangé la trousse de secours. Il avait pris l'inhalateur, les seringues et les ampoules. S'était approché de Camilla. Avait écarté Samuel d'un mouvement de bras et accompli tous les gestes nécessaires. En asseyant d'abord Camilla dos au mur, puis en lui enfonçant presque violemment l'inhalateur dans la bouche pour y pulvériser l'adrénaline et enfin, comme cette première intervention semblait n'avoir résolu le problème que partiellement, il avait pris l'ampoule et la seringue et avait procédé – avec quelle promptitude virile! – à une injection du liquide transparent dans les veines de la fillette.

Deux minutes plus tard, tout est terminé. Camilla gît sur le canapé, renversée et haletante. À côté d'elle Samuel ne parvient pas à cesser de pleurnicher et Leo, olympien, dit du ton définitif et assuré qui l'a transfiguré ces dernières minutes: «Je vais vous faire un peu de camomille. Je crains que vous en ayez besoin. »

Étaient-ce le calme et le flegme avec lesquels il avait affronté l'urgence qui avaient tant frappé Camilla? Était-ce son affectation de virilité? Aurait-elle confondu l'efficacité d'un professionnel consommé avec un authentique acte héroïque? Serait-ce un malentendu de cet ordre qui avait inspiré une telle audace à cette petite psychopathe?

Possible. Qui sait combien de fois elle avait vu ses parents, leurs amis, les professeurs se laisser accabler par les manifestations violentes de ces crises qui bien qu'elles l'aient torturée depuis toujours ne l'en terrorisaient pas moins.

À ce moment-là, l'extrême tension se décantait pour laisser place à une grande lucidité, inébranlable, qui lui permettait de voir le père de son Semi s'exprimer dans toute son efficacité posée et poétique. Il l'avait traitée comme elle le désirait. Il l'avait soignée comme elle le désirait. Il l'avait touchée comme elle devait être touchée. Avec des gestes décidés, précis, et pourtant dépourvus de toute violence, dépouillés de toute surexcitation. Était-ce cela qui avait tellement influencé Camilla? En ne tenant pas compte du fait qu'il était sur son terrain? Comme un poisson dans l'eau? Que c'était son métier, une sorte de routine. Mais elle, comment pouvait-elle le savoir?

À moins qu'elle ne l'ait su?

Perturbé comme il l'est maintenant (il s'est de nouveau recroquevillé dans son lit, les deux mains à son cou), au souvenir de tous les événements du passé récent, il est pris du soupçon qu'elle a fait semblant. Qu'elle s'est servie de ses remarquables dons d'actrice et de manipulatrice, ainsi que de son expérience, pour simuler une crise. En sachant qu'elle ne l'atteindrait que de cette façon. Était-ce le cas? L'avait-elle coincé dès le début? Leo ne sait pas. Il ne peut pas le dire. Il est trop seul, trop perdu, trop proche de l'abîme.

Bref, le quatrième jour à Anzère, la première lettre arrive. Premier indice curieux, l'endroit où elle avait été déposée. Leo – en peignoir de bain, serviette sur les épaules et pieds nus – était entré dans la chambre et avait fermé la porte. Il avait ôté son peignoir, l'avait jeté sur le lit en frissonnant et avait ouvert machinalement le tiroir de la commode où Rachel lui avait rangé slips, chaussettes et T-shirts le jour de l'arrivée. En glissant la main pour prendre un caleçon il avait senti du papier sous ses doigts. Probablement une enveloppe. Il l'avait prise, certain qu'il s'agissait d'une erreur ou d'une blague de Rachel. Mais l'inscription au dos, *pour le professeur Pontecorvo*, tracée d'une écriture ronde avec une précision maniérée, lui avait semblé un autre indice sans équivoque (du moins lui semble-t-il aujourd'hui en y repensant).

La chose ne l'aurait pas autant troublé si une heure plus tôt, en entrant dans la salle de bains pour sa douche habituelle, il n'avait pas trouvé une surprise encore plus déplaisante. Posée sur la tablette sous la fenêtre il y avait une serviette périodique, visiblement retirée depuis peu, timidement tachée. L'irritation s'était emparée de Leo. Il avait cru à un oubli de Rachel. Pour estimer ensuite qu'une chose de ce genre n'était jamais arrivée au cours de longues années de mariage et comprendre que cette serviette ombrée de sang appartenait à Camilla. Et mettre l'incident sur le compte de l'étourderie caractéristique d'une adolescente distraite.

Mais maintenant? Eh bien, maintenant, étant donné l'enveloppe et la lettre au contenu sans nul doute déplacé,

159

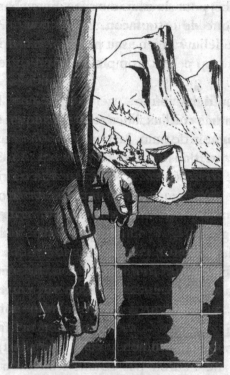

cette serviette usagée prenait une tout autre importance. Avait-elle été abandonnée là délibérément? Mais pourquoi? Pour préparer l'arrivée de la lettre? Une espèce de chasse au trésor parsemée d'indices? Et dans ce cas, quel était le prix à gagner? Ou peut-être s'agissait-il d'un message d'amour perverti, ou d'une menace? Mais au fond que pouvait-on attendre de quelqu'un qui ne faisait que se taire pour retrouver ensuite sa volubilité dans une autre langue? Tout ça était décidément très embêtant. Et même davantage : indécent et inacceptable.

Que devait-il faire? Aller lui rendre la lettre sans même l'ouvrir, la réprimander sévèrement, lui dire de ne plus jamais se permettre de laisser certains petits souvenirs dans la salle de bains ni de mettre la main dans la commode où un adulte entassait ses putains de sous-vêtements… S'adresser à elle aussi durement qu'il l'aurait fait avec un de ses fils, et lui expliquer qu'une gamine de douze ans n'écrit pas de lettres à des messieurs de cinquante.

Voilà ce qu'il devait faire.

En admettant qu'il l'ait fait, que se serait-il passé ? Elle aurait sûrement fondu en larmes. La nervosité de Camilla. Ses réactions bizarrement disproportionnées. C'était une chose qu'il redoutait. Le risque était que Rachel et les garçons la trouvent dans cet état, humiliée, en larmes. Sur quoi il aurait dû expliquer à sa famille plusieurs choses fâcheuses, en partant de ce que Camilla avait fait. Les vacances auraient été irrémédiablement gâchées. Ensuite il aurait forcément dû affronter la rancœur de son cadet et l'irritation de Rachel. Et ça ne se serait pas arrêté là. Il aurait fallu qu'il parle aux parents de Camilla, ce couple tellement fruste (le Viking et sa concubine), et leur expliquer tout le déplaisant de l'affaire. Vu la façon dont ils considéraient leur fille, la justifiaient et lui accordaient tout ; vu le nombre incroyable de fois où ils lui avaient téléphoné depuis qu'elle était là, leur désir de lui faire plaisir en la laissant aller à la montagne bien qu'ils aient été manifestement contrariés, Camilla n'aurait eu aucun mal à les convaincre que c'était lui qui l'avait poussée à un comportement aussi inconvenant. Il essaya de se rappeler si l'après-midi précédent, lorsqu'ils avaient parlé de Paris, il avait dit quelque chose d'équivoque ou qui ait pu donner matière à équivoque.

Toujours planté là, nu, dégoulinant, en train de prendre froid, avec à la main l'enveloppe mouillée elle aussi, toutes ces hypothèses l'angoissaient.

Peut-être valait-il mieux attendre Rachel. Peut-être valait-il mieux mettre toute cette affaire entre les mains de la femme la plus formidable du monde. Oui, bien sûr, ce serait Rachel qui parlerait à Camilla, Rachel qui parlerait aussi avec ses parents. Il ne voulait pas s'en mêler. Et soudain, à l'idée que sa Rachel s'occuperait de tout, comme toujours, il se sentit rasséréné.

Il faut expliquer que si dans sa profession Leo Pontecorvo ne s'embarrassait pas de scrupules et ne manquait pas d'audace, une caractéristique de ceux qui ont fait du chemin, il se révélait craintif et inadapté lorsqu'il était confronté à certaines tâches pratiques.

Il avait été habitué dès l'enfance à laisser à sa mère le soin de gérer toutes les difficultés. Et à se concentrer d'abord sur ses études et ensuite sur sa carrière. « Les chevaux de course n'organisent pas les courses, les chevaux de course courent. » La devise de sa mère toujours si serviable !

Le résultat de tant d'abnégation dans les études et de tant d'inaptitude dans les questions pratiques était paradoxal : aujourd'hui encore, à presque cinquante ans, le grand professeur, l'intrépide novateur, le conférencier fascinant, père adoré et mari fidèle n'aurait pas su dans quelle file d'attente se mettre au bureau de poste pour envoyer une lettre recommandée et aurait eu beaucoup de difficultés à payer une facture. Qu'il suffise de dire qu'il était dans tous ses états chaque fois qu'il devait signer un chèque. Heureusement, lorsque sa mère était morte et qu'il avait croulé sous le poids de toutes ces tâches et de ces responsabilités, Rachel était déjà à ses côtés.

En résumé, cette absence totale d'esprit concret jointe à sa réussite professionnelle avaient fait de lui un homme à la double personnalité. Extrêmement efficace dans ce qui l'intéressait, puérilement inapte à la gestion de tout le reste, face auquel, avec le temps, il s'était mis à éprouver une timidité superstitieuse. Qui vis-à-vis de la forme de bureaucratie la plus agressive et la plus inquisitoriale – à savoir la justice ordinaire – devenait carrément de l'angoisse. Il suffisait qu'une patrouille de la police routière l'arrête pour un contrôle et il perdait ses moyens. Il fouillait alors partout autour du tableau de bord, aussi agité qu'un trafiquant débutant à la douane d'un aéroport international, feignant de ne pas pouvoir ouvrir les deux valises à double-fond bourré de coke.

Tout ça pour expliquer pourquoi, quelques secondes après avoir relié la lettre à la serviette, et les deux à Camilla, Leo s'était mis à trembler. Et pourquoi les suppositions apocalyptiques qui infestent la vie des paranoïaques s'étaient accumulées dans son cerveau surexcité. En le faisant se sentir soudain pris au piège. Et en l'amenant à transformer toute l'histoire au point de se voir déjà sur le banc des accusés. Ça explique aussi pourquoi il lui avait suffi de penser à Rachel pour être tranquillisé et pour évacuer ses angoisses comme les produits ridicules de sa névrose. Mais ça explique surtout pourquoi tout à coup, après avoir longuement tergiversé, il avait ouvert l'enveloppe, oubliant que la condition première pour qu'il soit complètement blanchi était que la lettre soit remise cachetée à Rachel.

Le fait est qu'une fois rasséréné il avait été emporté par la curiosité de voir ce qui était écrit.

Peut-être n'y avait-il aucune malice. Mais alors pourquoi l'avoir mise là? Pourquoi ne pas la lui avoir remise en mains propres? Sans doute l'endroit lui avait-il paru sûr, là où il pourrait la trouver sans que personne d'autre la voie. Mais n'était-ce pas précisément ce que l'on appelle « malice »? Créer une complicité exclusive avec une personne que vous devriez traiter avec les formes. De toute façon, quel sens cela aurait-il de lui répondre à son tour par un petit mot? Aussi froide et polie que soit sa réponse, elle resterait un document compromettant.

Ce serait le billet envoyé par un père de famille à une fillette de douze ans. La preuve qu'il avait répondu (et donc accordé de l'importance) à la provocation d'une gamine. Ils auraient été convaincus aussitôt que c'était lui le manipulateur.

(Vous voyez? Chaque fois que Leo Pontecorvo se trouvait dans une impasse il pensait au monde extérieur à la troisième personne du pluriel. Le monde entier devenait un «ils» qui voulait lui faire du mal, le mettre en difficulté, le piéger.)

Ces nouvelles pensées angoissantes l'empêchèrent au moins de sortir la lettre d'une enveloppe qui était à présent ouverte.

L'incohérence de la chose, c'est que l'inquiétude qui aurait dû le pousser à la précision et à la prudence l'entraînait plutôt vers l'erreur, la négligence, la contradiction. C'était en général la voie au bout de laquelle il trouvait la paralysie. Le cercle vicieux: la grande peur produisait la négligence, la négligence se traduisait par un geste irresponsable. Et le tout débouchait sur la paralysie.

Leo en avait donné la pire preuve peu avant avec Walter, un de ses assistants. Là aussi il avait mis une belle pagaille. Mais oui, Walter, le blanc-bec qui arrivait toujours en retard à l'université et toujours avec le visage défait de celui qui a passé une nuit blanche. Un garçon vraiment doué, de ceux qui plaisaient énormément à Leo et donnaient de l'urticaire à Rachel. («Pourquoi tu l'amènes si souvent à la maison? Pourquoi est-ce qu'il vient toujours manger le soir? Ça ne te dérange pas qu'il nous fasse de la lèche? Ces compliments, ces flatteries. Il est tellement mielleux. – Et ça recommence. Mais arrête enfin, c'est un garçon bien. Il ne ferait pas de mal à une mouche. Il m'amuse. Il sait des tas de choses. Il est très exubérant. C'est sûrement le plus prometteur de tous les étudiants que j'ai eus. Il a des ennuis chez lui. Je l'aide avec plaisir.»)

164

Et voilà que ce type-là, à propos duquel Leo et Rachel se défiaient très fréquemment, sympathique ou antipathique, s'était un jour attardé plus que nécessaire dans le bureau de Leo après le cours. Et pour finir il lui avait demandé de lui prêter de l'argent.

« Il te faut combien ?

– Une belle somme, Leo.

– Oui, mais combien ?

– Près de dix millions. Mais tu sais, si tu ne peux pas…

– Du calme, du calme, je n'ai pas dit que je ne pouvais pas… mais tu dois comprendre que c'est une somme considérable… et que je dois en parler avec Rachel. Tu sais, c'est elle qui tient les comptes… tu me connais, pour certaines choses je suis nul.

– Alors non, merci. Il vaut mieux pas. Je ne pense pas être très apprécié chez toi…

– Ne dis pas de bêtises. Rachel t'adore.

– Non, Leo. Il vaut mieux pas. Je ne veux surtout pas te causer de problèmes avec Rachel…

– Calme-toi. Au fond, l'argent est à moi. Je le gagne à la sueur de mon front. Je t'ai seulement dit que je devrai en parler avec Rachel parce que c'est elle qui s'occupe de la comptabilité… Je peux te demander pourquoi tu en as besoin, au moins ?

– Eh bien, c'est une chose pénible. Mortifiante…

– Ça n'a pas d'importance si tu ne veux pas ou si tu ne peux pas me le dire… c'est seulement que…

– Non, non, je veux te le dire. Au contraire, ça me paraît juste de te le dire, je me dois de ne rien te cacher… Il s'agit de ma mère.

– Ta mère ?

– Ma mère, oui. Depuis que papa nous a quittés, depuis qu'il n'est plus là, eh bien, enfin… elle n'a plus été la même.

Tu sais, ma mère est le genre de femme qui compte complètement sur un homme, de ces femmes qui vivent en symbiose avec leur mari. Qui n'existent pas sans lui. Et sans mon père, ma mère n'existe pas. Je ne peux pas te dire comme c'est dur pour moi d'être le témoin de ce spectacle pénible. Et comme c'est terrible de savoir que je ne peux pas intervenir. D'autant moins que j'ai moi aussi un tas de problèmes à régler.

– Je m'en rends compte.

– Je crois que je me sens coupable. De ne pas avoir été assez présent ces deux dernières années. De ne pas avoir vu ce qui se passait. Ou en tout cas de m'en être aperçu trop tard…

– Oui, mais de quoi ?

– Leo, ma mère est alcoolique. J'ai encore du mal à le croire. Je ne peux pas imaginer que ce dont elle souffre n'a pas d'autre nom que l'alcoolisme. Et c'est exactement comme on le dit. Quelque chose qui commence lentement, dans quoi tu tombes lentement, jusqu'à ce que tu sois dedans jusqu'au cou. Et alors il est trop tard… Pauvre maman, tout a commencé avec ces fichus apéritifs. Tu sais que je ne peux même plus entendre ce mot, "apéritif" ? Il me donne des haut-le-cœur. Quand elle me dit : "Pourquoi ne pas prendre un apéritif ?", je dois me retenir pour ne pas la frapper. Elle a une façon tellement perverse de prononcer ce mot que ça m'exaspère !

– Et maintenant comment ça va ?

– Tu devrais la voir, Leo, on dirait un fantôme. J'ai mis du temps à comprendre ce qui lui arrivait. Un jour elle me dit que ce petit verre avant le dîner lui fait du bien, qu'il la remonte. Parce que le soir est le moment le plus difficile. Et qu'elle a besoin de le surmonter d'une manière ou d'une autre. De se détendre. Et alors c'est le verre de vin, l'Apérol, le Martini avant de se mettre à table… Ensuite, tu sais comment c'est, un verre en appelle un autre… sa vie est devenue un long apéritif exténuant qui commence quand elle ouvre les yeux le matin et finit quand elle s'endort complètement ivre. Tous les matins je la trouve dans un endroit différent de la maison. Son lit n'est jamais défait. Elle préfère s'endormir sur le siège des toilettes. Sur le canapé. Sur le tabouret de la cuisine. N'importe où, mais pas dans son lit. Je mets un peu de temps à la réveiller. Putain, elle ronfle comme un semi-remorque. Dès qu'elle ouvre les yeux elle repart avec ces saletés d'apéritifs. Elle commence tôt et il n'y a pas un moment de la journée où elle ne pue pas l'alcool. Elle n'est jamais sobre. Elle radote. Elle rit. Elle pleure. Elle est paranoïaque. Elle ment, Leo, elle ment sans arrêt. J'affronte ça tous les jours depuis six mois et je commence à croire que ça va mal finir. Que les choses vont se précipiter. Et je n'y arrive plus, Leo. Je n'y arrive plus.

– À qui en as-tu parlé? Avant aujourd'hui, je veux dire.

– J'en ai parlé à Loredana. Je lui ai demandé conseil, une opinion professionnelle: au fond, la dépendance est un trouble psychologique. Elle m'a donné deux adresses de collègues qui dirigent des centres de désintoxication, qui s'occupent des dépendances. Tu sais, les Alcooliques anonymes et autres conneries. J'y suis allé. J'ai vu comment et où ils travaillent. J'ai vu les gens qui les fréquentent. C'est affreux, Leo. Des zombies. Je ne vois pas ma mère au milieu de ces gens-là. C'est une femme délicate, qui n'est pas habituée à souffrir, qui a un rapport difficile avec la souffrance. Je ne peux pas la mettre là, elle en sortirait détruite. Une des nombreuses raisons pour lesquelles elle n'est pas parvenue à se ressaisir après la mort de mon père, c'est qu'en l'absence de ses revenus elle a dû restreindre son mode de vie de manière draconienne. Je crois qu'elle boit pour ne pas voir toute la tristesse qui l'entoure. C'est pour ça que je ne peux pas la mettre dans un de ces centres, avec ces gens-là. Elle n'en sortirait pas vivante. Ou alors elle en sortirait plus assoiffée qu'avant.

— Alors qu'est-ce que tu as décidé?

— Je commençais à désespérer. Jusqu'à ce qu'un ami auquel je me suis confié il y a quelque temps me donne une brochure sur une espèce de clinique. Un endroit merveilleux, Leo. Sur la côte, près d'Amalfi. Une villa rose au bord de la mer. Un jardin donnant sur une crique. Je lis la brochure au moins dix fois de suite et je m'aperçois que nulle part on ne parle d'alcoolisme ni de toxicomanie. Que des euphémismes. Des phrases douces, rassurantes. Je demande à mon ami de quel endroit il s'agit et il m'explique que c'est une clinique privée où vont se faire désintoxiquer les gens importants. Les célébrités peuvent compter sur le maximum d'efficacité et de professionnalisme, mais aussi sur le maximum de discrétion. Le week-end dernier j'ai même fait un repérage. J'ai parlé avec le directeur. Et j'ai tout de suite compris que c'est le bon endroit. Que là-bas ma mère pourra peut-être redevenir ma mère. Tu vois ce que je veux dire? Le problème, c'est que le traitement complet coûte les yeux de la tête. Nous ne pouvons pas nous le permettre, du moins pas en ce moment. J'essaie de vendre une petite propriété que m'a laissée mon père. Tu comprends, je ne veux pas la vendre à bas prix, je ne veux pas avoir le couteau sous la gorge. Et je suis sûr que pour bien la vendre il suffit que j'attende l'occasion favorable. Voilà, maintenant tu connais ma triste histoire. Si tu m'avances maintenant la somme nécessaire pour le premier trimestre, je m'engage à te rembourser tant par mois. Au moins jusqu'à ce que je réussisse à vendre la maison, et je pourrai alors tout rembourser d'un coup. Ton prêt est en sécurité avec moi : personne ne sait mieux que toi combien je gagne peu maintenant et combien je pourrais accroître mes revenus dans les années qui viennent. En plus, je serais fou de flouer mon chef. Et voilà, Leo, je t'ai donné des raisons et aussi des garanties. Une affaire claire, non?»

Une affaire très claire pour Leo, mais résolument sale pour Rachel qui une fois mise au courant par son mari lui avait dit sans essayer de cacher ses sarcasmes:

«Et naturellement tu as accepté sans broncher?

– Qu'est-ce que j'aurais dû faire?

– Ne pas lui prêter, par exemple.

– Sois tranquille. J'ai pris mes précautions. Il n'y a aucun danger. Walter est sur le point de vendre une propriété. Il me rendra tout plus tôt que tu l'imagines.

– Tu l'as vue cette propriété?

– Je ne suis pas agent immobilier.

– Il t'a montré des papiers?

– Je ne suis pas directeur de banque.

– Où se trouve cette propriété, Leo?

– Je n'en ai pas la moindre idée. Sa situation te paraît importante?

– Il me paraît important de savoir si elle existe. De savoir si elle lui appartient vraiment. Si elle n'est pas déjà hypothéquée. Il me paraît important d'être sûr que l'argent que tu lui as donné lui serve vraiment pour l'histoire larmoyante qu'il t'a fait avaler. Ou si c'était le montant exact de sa dette envers un bookmaker ou un usurier. Tu sais, le connaissant...

– Je ne vois pas pourquoi mon assistant, un brave garçon en plus, dont la carrière est entre mes mains, devrait m'extorquer un peu d'argent en me roulant.

– Un brave garçon? Un mégalomane, plutôt. Un baratineur. Un mythomane. En admettant que l'histoire qu'il t'a racontée soit vraie, il ne pouvait pas envoyer sa mère dans un centre? Il devait obligatoirement l'envoyer dans un hôtel cinq étoiles? À nos frais en plus?

– Je suis médusé, Rachel. Médusé par ton insensibilité. Par ton sarcasme… Et laisse-moi te dire, trésor, que parfois ta méfiance me déconcerte. Parce qu'elle se fixe sur des détails sans tenir compte du contexte.

– Et alors, mon cher monsieur du Contexte, sous quelle forme lui as-tu donné cet argent?

– Sûrement pas en liquide. Je lui ai fait un chèque. Une chose officielle, en fait. Tu ne voudrais pas qu'on me prenne pour un usurier.

– Et quand devrait-il commencer à te rembourser?

– Dans un mois exactement. Pour me montrer sa bonne volonté il m'a dit que le premier mois il me rendrait une somme correspondant plus ou moins à une mensualité et demie. Sois tranquille, trésor, je maîtrise. Je te l'ai dit, une affaire claire.»

Très claire en effet. À part le fait que les défaillances académiques de Walter s'étaient répétées de façon de plus en plus choquante et avaient contraint Leo à se débarrasser de son «sympathique» assistant, alors que celui-ci n'avait réglé que la première mensualité.

Une affaire très claire. Dommage que Leo n'ait pas pu savoir que quelque temps plus tard Walter allait l'accuser publiquement d'usure. Et qu'il révélerait à un magistrat que ce sale usurier l'avait d'abord fait chanter puis renvoyé. Et que pour confirmer son accusation il remettrait aux enquêteurs un reçu signé par Leo qui attestait que ce vampire de merde s'était fait rendre une somme de cinquante pour cent plus importante que la mensualité convenue, en profitant en outre de son état momentané d'indigence. Un taux d'intérêt réellement indéfendable.

Un des échantillons les plus significatifs et les plus exemplaires de la crédulité de Leo. Mais aussi un des plus spectaculaires.

Le problème de Leo – dans son travail aussi, à l'hôpital comme à l'université – était que face à des formalités d'ordre bureaucratique il restait tellement hébété que finalement, pour ne plus les avoir devant les yeux, il s'en déchargeait. Chaque fois que quelqu'un lui montrait un document il le signait vite en murmurant: «Occupe-t'en.» Comme si la vitesse à se débarrasser de l'affaire diminuait sa responsabilité. À l'instar de ces boulimiques perpétuellement au régime qui mangent vite avec l'illusion qu'ainsi leur organisme n'arrive pas à enregistrer toute la nourriture qu'ils ingurgitent, Leo consacrait le moins de temps possible aux dossiers que réclamait sa profession.

Sous sa juridiction les plus grandes infamies administratives pouvaient se produire sans qu'il s'en aperçoive. Son comportement à l'hôpital était semblable à celui de certains grands propriétaires terriens d'autrefois: pour ne pas avoir d'histoires et ne pas devoir s'occuper de ce qu'ils ne considéraient pas comme digne de leur lignage, ils déléguaient tout à des régisseurs finauds et malhonnêtes, quitte à se retrouver ensuite dépouillés, après des générations de dilapidations et de vols, avec un patrimoine presque entièrement hypothéqué. Rachel tremblait devant la légèreté de son mari, une négligence à l'opposé de ce qui lui avait été inculqué à elle par un père extrêmement avisé. Mais le grand talent médical de Leo, ses succès en chaîne, le flot d'argent dont il l'inondait ne lui permettaient pas de le réprimander comme elle aurait voulu et dû le faire. Même si de temps en temps elle ne pouvait vraiment plus se contrôler et lui posait des questions pénibles sur la gestion de la comptabilité.

«Pourquoi la clinique n'a pas encore envoyé les factures de novembre?

– Comment veux-tu que je le sache? Si seulement on pouvait travailler en paix sans toutes ces conneries!

– Tu veux dire que tu aurais pu perdre ces factures?»
À quoi il répondait pour en finir, avec l'arrogance caractéristique des balourds et afin de ne pas ouvrir la boîte de Pandore
sur laquelle il posait son précieux arrière-train toute la journée: «Tu crois qu'avec la crème de collaborateurs que j'ai
autour de moi pour s'occuper de mes affaires c'est à moi de
m'inquiéter de ces choses-là? Les factures apparaîtront.»

Je crois que ce tableau peut rendre compte de l'état de
questionnement angoissé qui tourmente Leo, toujours debout
et tenant l'enveloppe (ouverte à présent), dans la terreur
irraisonnée, du moins pour le moment, que dans quelques
secondes des policiers suisses à la mine patibulaire viennent
l'arrêter en l'accusant traîtreusement de détournement de
mineur et de je ne sais quelles autres horreurs.

Et pourtant...

Et pourtant, une curiosité impatiente se fraye un chemin
dans son chaos intérieur. Certes, l'excitation est toujours liée
à l'envie que notre pire cauchemar finisse par se réaliser.
Mais à ce genre d'excitation malsaine s'en ajoute une autre,
beaucoup plus ordinaire, qui a à voir avec la vanité. Oui, exactement. En fin de compte, au-delà des barrières artificielles
dressées par les opportunités, toute cette histoire peut se
réduire à une lettre qu'une femme, même si elle est très jeune,
a écrite à un homme, même s'il est d'un certain âge. Si nous
mettons de côté l'âge de cette femme et de cet homme, si
nous oublions leur position dans le monde et si nous mettons
entre parenthèses les liens familiaux plus étroits, il reste la
substantifique moelle: un mâle et une femelle. L'un en face
de l'autre. Dans ce rapport de séduction permanente à travers
lequel la nature se perpétue.

Or, il n'est pas de mâle qui ne se sente flatté, aussi peu que
ce soit, d'avoir éveillé l'intérêt d'une femelle, même si celle-ci

semble la moins appropriée pour des raisons diverses. Et il faut dire que Leo est enclin (même s'il ne l'admettrait jamais) aux plaisirs de la vanité sexuelle. Je dirais même que la vanité vit en lui avec une telle violence qu'elle l'a empêché, paradoxalement, de tromper Rachel une seule fois depuis leur mariage.

Et je vous assure qu'une telle fidélité est une rareté excentrique dans le monde dans lequel vit Leo et le milieu d'où il vient. Il n'y a pas un vieil ami de la famille ni même un collègue de l'université ou de l'hôpital qui n'ait eu au moins une petite liaison, ou qui n'ait cédé à l'appel d'une petite aventure de congrès ou d'un flirt de couloir. Leo Pontecorvo, non.

Dieu sait qu'il aurait pu !

Mais Leo avait toujours préféré se démarquer avec classe des avantages érotiques incommensurables que représente un poste en vue dans deux lieux de licence aussi emblématiques que l'Université et l'Hôpital. Toutefois, rester concentré et royalement indifférent à tout le reste ne l'empêchait nullement de se rendre compte de l'intérêt sexuel dont il était l'objet de la part des étudiantes les plus intelligentes, des infirmières les plus compétentes et des collaboratrices les plus entreprenantes. Et même des mères de ses patients, quelquefois, surtout quand leurs petits étaient hors de danger. Cependant il n'avait jamais été trop difficile de ne pas profiter de ces avances.

Il trouvait déjà suffisamment gratifiant de sentir à quel point sa position sociale, jointe à un corps robuste et juvénile avec une toison de poils gris bleu sur la poitrine, constituait pour beaucoup de demoiselles une provocation charnelle irrésistible. Les gens sous-estiment l'euphorie érotique que l'on tire du refus de céder aux offres qui pleuvent régulièrement.

Le milieu dans lequel il avait grandi (ces années cinquante juives pleines d'envie de vivre) était trop libertin pour ne pas lui avoir inspiré, par opposition, un dégoût profond pour le flirt, pour les joutes. Il détestait ceux de ses collègues qui faisaient de leur petit pouvoir un moyen de chantage érotique. Tout autant ceux qui foutaient la pagaille dans leur famille pour courir après le joli petit cul d'une minette de banlieue. Tout comme il blâmait ceux qui adressaient des plaisanteries déplacées à des étudiantes ou des infirmières avec des jeux de mots pleins de sous-entendus. Et rien ne lui plaisait tant que de se distinguer de ce genre d'homme. C'est pourquoi ignorer toute provocation sexuelle rejoignait sa notion de virilité. Une question esthétique bien plus qu'un interdit moral. Mais enfin! Il suffisait qu'il s'imagine auprès d'une jeune femme pour se sentir ridicule et voir son corps de quinquagénaire se flétrir instantanément.

Il n'y avait pourtant pas d'exemple où, ayant reçu des avances plus ou moins explicites, il n'ait pas éprouvé, un instant avant de les repousser et un autre après, un certain plaisir sournois: la joie de se sentir encore un homme aussi désirable mêlée à la fierté d'être resté sans trop d'efforts fidèle à son épouse et à ses principes.

(À ce jour encore le matériel humain qui inspirait son activité masturbatoire, modérée mais ponctuelle comme chez tous les hommes d'âge mûr, lui était offert par l'armée parfumée des femmes auxquelles il avait dit non.)

Telle était la coloration que prenaient les sentiments de Leo tandis qu'il tournait et retournait l'enveloppe ouverte et mouillée entre ses mains. Il était excité. Pas par le fait qu'une adolescente de douze ans lui écrive une lettre (il n'y avait rien de désirable chez cette petite ni chez aucune autre de son âge). Mais peut-être parce que ses douze ans étendaient le rayon de son terrain de chasse virtuelle. En flattant l'idée de toute-puissance qui ravage le caractère de beaucoup d'hommes bénis par la réussite. C'était comme si Leo s'était dit: pas seulement des infirmières, pas seulement des assistantes ou des étudiantes. En ce moment de ta vie tu peux les avoir toutes...

C'est probablement pour cette raison qu'après avoir rassemblé son courage et sorti la lettre de l'enveloppe, après l'avoir dépliée avec soin, il avait été aussi déçu face à un mot ainsi rédigé:

Monsieur Pontecorvo,
Je tiens à vous remercier de m'avoir invitée chez vous avec mon Samuel.
L'amabilité de votre famille rend très agréable notre séjour.
Cordialement à vous,

*Camilla**

Il n'était pas nécessaire de parler un français impeccable pour savoir que celui qu'utilisait Camilla dans sa petite lettre aurait été plus adapté à une communication d'affaires qu'à un message privé. Un français bureaucratique, et donc doublement inadéquat. D'autant plus que toute la missive se présentait comme une formalité inutile et redondante. Non que Leo se soit attendu à une confession pure et simple. Mais au moins à un remerciement pour la façon dont il avait remis à leur place ses fils grossiers. Sans parler de l'énergie et de la classe avec lesquelles il lui avait sauvé la vie.

Mais alors pourquoi laisser un billet de ce genre, dénué de tout contenu et de toute révélation, entre ses sous-vêtements et ses chaussettes? Pourquoi l'annoncer par une serviette tachée de sang? Qu'est-ce que tout ça signifiait?

L'idée finit par effleurer Leo que ça ne voulait tout bonnement rien dire. La petite était juste un peu extravagante et très paumée. Il avait été idiot de se perdre dans tant de

175

réflexions inutiles. Qu'attendre d'une gamine qui s'adresse à ses parents en français sinon qu'elle écrive des lettres inutiles en français? Pour elle, c'était visiblement une manière d'être. Elle se réfugiait dans le français chaque fois qu'elle se sentait embarrassée. Elle l'avait fait ce jour-là avec ses parents, elle le faisait à présent avec lui. Après qu'il l'eut vue tellement mal en point, tellement fragile, tellement crachotante...

C'est ce mélange de déception, d'inquiétude, mais au fond un certain soulagement aussi qui le conduisirent au living lorsqu'il se fut rhabillé. Rien dans l'attitude de Camilla ne laissait paraître que quelque chose avait changé. Elle était là, vêtue comme toujours de couleurs pâles, étendue sur le canapé devant la cheminée. Les talons de ses pieds nus qui se balançaient légèrement rougis par l'exposition au feu qui ne crépitait plus. Elle leva le nez de son livre et posa un instant ses grands yeux sur lui, mais elle se replongea aussitôt dans sa lecture. Elle avait apporté avec elle toute la compagnie vulgaire des petits princes, jeunes Bouddha, mouettes Jonathan qui empoisonne les goûts de milliers de lecteurs adolescents. Cette pacotille littéraire occupait une place imposante sur la table basse à côté du canapé.

Elle ne paraissait pas troublée par sa présence. Et ne donnait pas non plus l'impression de vouloir parler. Ce qui signifiait qu'elle n'attendait pas de réponse? Ou qu'il lui suffisait d'avoir apporté vingt minutes de grand désordre dans la vie d'un adulte? Qu'est-ce que c'était, une blague? Elle voulait le mettre à l'épreuve? Se moquer de lui? Tout était possible. Et rien de ce qui allait se passer ne serait sans doute arrivé s'il n'avait pas décidé de jouer à son tour.

Quand Leo se demande pourquoi il l'a fait, pourquoi il a décidé d'entrer dans le jeu, il ne trouve pas de réponse satisfaisante. Rien qu'un catalogue contradictoire d'explications rétrospectives fumeuses. Il avait agi par ennui. Ou peut-être parce qu'il était déçu qu'il n'y ait pas dans la première lettre de Camilla tout ce qu'il avait été sûr d'y trouver. Par défi. Un défi provoqué par le fait qu'elle n'avait pas appuyé sur l'accélérateur comme elle aurait dû.

Cette petite déception aurait réveillé l'instinct libertin qu'il avait contrôlé pendant des décennies avec des hordes de jeunes femmes à ses pieds ? Quoi qu'il en soit, cette gamine à qui il manquait plusieurs cases avait réussi on ne sait comment à obtenir ce qu'aucune n'avait obtenu avant elle.

Mais Leo sait bien que se demander comment elle y est parvenue n'est pas moins oiseux que se demander pourquoi les gens ont un cancer. Dans la nature tout obéit à la logique perverse de la folie. Les cellules de votre prostate ou de votre côlon ne sont pas les seules à devenir soudain folles. Vous aussi vous devenez fou.

Et dire qu'avant de se jeter dans le feu, le prudent Leo avait de nouveau essayé de mettre le destin à l'épreuve. Le matin du cinquième jour il avait glissé sa réponse, ni moins brève ni moins inutile que la lettre écrite par Camilla, dans le même tiroir de la même commode, plein de sous-vêtements et de chaussettes, avant de se rendre sur les pistes avec les garçons.

Un jeu. Rien d'autre qu'un jeu. Une petite moquerie en réponse à une moquerie : voyons si elle est assez habile et assez audacieuse pour se faufiler une fois encore dans ma chambre, et assez perspicace pour deviner où j'ai caché la lettre. Leo l'avait pensé avec amusement. Quitte à vivre toute la matinée dans l'angoisse que Rachel n'intercepte la missive. Alors oui, il aurait été dans le pétrin ! Comment se justifier ? Comment expliquer à sa femme pourquoi il avait caché dans son linge une lettre adressée à la petite amie de leur fils ? Certaines choses sont simplement injustifiables.

D'accord, il n'y a rien dans cette lettre. Il suffit que Rachel l'ouvre pour voir qu'il n'y a rien. Mais rien que de l'avoir écrite, d'avoir songé à l'écrire, et ensuite de l'avoir cachée... eh bien, ça fait déjà de toi un homme déraisonnable et malsain.

C'est ainsi que Leo transformait en cauchemar la matinée de ski du cinquième jour. Vraiment dommage si on pense à toute cette superbe neige fraîche et bruissante sous les skis, au soleil magnifique, au ciel d'un bleu de cobalt intense.

Ça ne lui ressemblait pas de ne même pas pouvoir savourer son omelette et son rösti. Son seul désir était de rentrer voir ce qu'était devenue sa lettre. De vérifier si elle était encore là. Je jure que si je la retrouve là, cette affreuse lettre, je la brûle, en même temps que cette histoire absurde dans laquelle je me suis laissé embarquer.

Il avait failli se casser une jambe en descendant tout schuss jusqu'en bas, imitant les jeunes et oubliant qu'un homme de sa stature peut atteindre des vitesses réellement dangereuses. Tout ça pour savoir au plus vite si l'une des deux, Rachel ou Camilla, avait trouvé la lettre, ou si au contraire elle était toujours là.

Sans parler de la course en voiture sur chaussée gelée, les pieds dans des chaussettes humides attendu que dans sa précipitation il n'avait même pas mis ses après-skis confortables.

Après s'être garé devant le chalet, il s'était donné une contenance. Il avait sorti ses chaussures de gymnastique du coffre et les avait enfilées. Et le cœur battant il était entré dans le chalet.

Le trouver aussi silencieux et en désordre lui avait fait une sale impression. Où étaient-elles allées ces deux-là? C'était la première fois qu'il ne les trouvait pas. Où s'étaient-elles fourrées? Et pourquoi la maison était-elle encore sens dessus dessous? Leo avait couru dans sa chambre. Il avait ouvert le tiroir. L'enveloppe n'y était plus. Quelqu'un l'avait prise.

La porte qui s'ouvrait et l'attitude de ces deux bonnes femmes (une femme et une fillette qui, à en juger par leurs corps fluets et leur air de complicité amusée, pouvaient passer pour mère et fille, ou au moins tante et nièce) avaient mis un terme aux deux heures les plus épouvantables de sa vie. Il suffisait de les regarder – animées, fatiguées, joyeuses – pour comprendre que quelle qu'ait été celle qui avait trouvé la lettre il n'avait pas à s'inquiéter. Et pourtant il était dans un tel état de prostration angoissée qu'il n'avait pas pu s'empêcher de les accabler de toute sa violence contenue:

«On peut savoir où vous étiez passées bordel?

– Tu es fou?… Qu'est-ce qui te prend? Excuse-le, Camilla, mon mari ne parle jamais de cette façon sauf quand il est très en colère. Il suffit de comprendre pourquoi il est si furieux.

– Je ne suis pas en colère. J'étais seulement inquiet. Je rentre. Je ne vous trouve pas. Et tout est en désordre. Avec ce qui est arrivé hier soir à Camilla. J'ai imaginé le pire.

– Tu as raison, trésor. C'est que Camilla a eu tout à coup envie de sortir ce matin. Elle avait l'air si contente. Elle m'a demandé qu'on aille se promener. Et tu sais qu'elle ne demande jamais rien. Alors nous sommes allées en bus jusqu'à Crans et nous avons fait un peu de shopping, comme deux vraies dames. C'est tout. À propos, ils te plaisent? » Et elle avait tiré du sac deux pulls en laine à col roulé, un bleu, l'autre rouille : « Ça pour Fili et ça pour Semi. »

C'était comme si en une demi-journée d'achats toute la méfiance que Rachel avait toujours éprouvée vis-à-vis de Camilla s'était évanouie. Regardez-les maintenant, on dirait les meilleures amies du monde. Cette complicité s'était prolongée tout l'après-midi. Ce soir-là Camilla avait aidé Rachel à préparer le dîner. Et Leo les entendait rire comme deux collégiennes pendant qu'il mettait les bûches dans la cheminée pour allumer le feu. Mais enfin, où était passée la lettre? Il se demanda une seconde si par hasard Rachel, qui le connaissait si bien, avait participé à une mise en scène qui à ce moment-là lui apparaissait de plus en plus comme une plaisanterie. Mais non. Rachel ne faisait pas ce genre de plaisanteries. Leo, quant à lui, avait regretté de s'être montré tellement hors de lui devant Camilla. Qu'un homme de son âge et de sa condition se laisse aller de cette façon était réellement indigne. Il s'était senti ridicule. Ce qui lui arrivait de plus en plus souvent depuis quelque temps. Et ça ne lui plaisait pas du tout.

Bon, il est temps de mettre un terme à cette histoire sordide. Cette petite sociopathe m'a envoyé une lettre absurde, je l'ai remerciée en me conformant à son code (absurde) de comportement. Maintenant ça suffit. L'affaire est close. Mon cher, tu as seulement trouvé le moyen de te torturer un peu avec ta paranoïa. Ça aussi c'est un classique. Reprenons maintenant possession de notre vie. À ce stade, elle ne répondra sûrement pas.

Cher Leo,

Tu ne sais pas comme ça me met en colère de te voir si triste avec ta femme. Je croyais que mon père était l'homme le plus triste du monde. Mais en te connaissant j'ai compris qu'il y a quelque chose de pire. C'est pour ça que je veux te sauver. Te sauver de toute l'horreur dans laquelle tu vis. C'est difficile de te dire ce que j'éprouve. Mais c'est le sentiment le plus spécial que j'ai jamais éprouvé depuis le commencement de ma vie. Je t'aime. Et maintenant je t'aime davantage parce que je sais que tu m'aimes. Je le sais depuis longtemps. Ce jour-là à la montagne je n'arrivais pas à croire que tu m'avais répondu. Mais quand j'ai vu ta lettre alors je me suis dit: il t'aime. Et alors j'ai compris que je devais t'aider à tout prix. Maintenant, à l'âge de douze ans (presque treize) j'ai compris ce que je dois faire dans ma vie. Je dois t'aider à sortir de ce mariage.

Avec tout mon cœur,

Camilla

Je dois t'aider à sortir de ce mariage ?

Et Dieu sait qu'elle allait réussir ! Oui, Camilla allait réussir dans la plus grande, la plus inutile et la plus destructrice des entreprises : arracher Leo Pontecorvo au mariage auquel il avait toujours tenu ; et elle y parviendrait à la manière ridicule et paradoxale qui semblait lui convenir le mieux. Avec ces lettres grammaticalement défaillantes, mièvres et menaçantes. Dont la vie de Leo avait été envahie au cours des semaines suivant le retour de la montagne, comme par une avalanche. Ces lettres de plus en plus longues, de plus en plus passionnées et de plus en plus irritées qui l'attendaient tous les jours dans le dressing, dans le tiroir à linge (la demoiselle n'était donc pas aussi originale qu'elle le pensait), et elles le secouaient immanquablement de haut-le-cœur. Comme le spécimen que j'ai présenté quelques lignes plus haut : la quinzième lettre au total et la huitième depuis le retour d'Anzère.

Des mois de mots, de phrases emphatiques, des mois de syntaxe boiteuse et de vocabulaire approximatif où Camilla avait donné une preuve éclatante de comment son cerveau avait rompu toute relation avec l'univers. De comment la chère vieille notion de « réalité des faits » était tellement dénaturée entre ses mains qu'elle perdait toute signification.

C'est alors, au contact étroit avec cette saleté épistolaire verbeuse, que Leo prit conscience de l'isolement insupportable dans lequel il se débattait, dans lequel nous nous débattons tous. C'est alors qu'il découvrit que sa solitude absolue était couronnée par l'impossibilité de révéler à quiconque la comédie grotesque dont il était un acteur réticent autant que clandestin. Il se trouvait déjà dans la situation de ne pouvoir dire à personne qu'il avait perdu le contrôle, qu'il lui arrivait quelque chose d'incroyable et qu'il ne pouvait rien y faire. Il n'existait pas de confident, de psychothérapeute ni de rabbin à qui il pouvait raconter une pareille histoire.

L'être le plus aimé et le plus protecteur dans sa vie – à savoir Rachel, la femme qui avait admirablement remplacé sa mère – était aussi le dernier au monde auquel il aurait pu la raconter. S'il l'avait fait, il aurait dû lui expliquer trop de choses inexplicables. Avant tout, pourquoi ne lui avait-il pas tout dit quand la première lettre était arrivée ? Ensuite, qu'est-ce qui l'avait poussé à y répondre et à ne pas arrêter de le faire alors que l'histoire prenait un tour de plus en plus absurde ? Il aurait dû lui expliquer comment une gamine avait réussi à mettre un homme comme lui en échec. Et comment un homme comme lui avait fait pour se laisser emberlifico-ter par une gamine. Comment il avait pu se laisser intimider et terroriser de cette façon. Il aurait dû lui expliquer pour-quoi après un examen attentif, les refus qu'il opposait sans cesse à Camilla apparaissaient sur le papier aussi affectés et dénués de fermeté. Il aurait dû dire à sa femme que s'il n'avait pas pris cette rouquine absurde à part pour lui dire: «Écoute, mignonne, tu me casses les couilles. Ne te risque plus jamais à mettre tes lettres délirantes au milieu de mes sous-vêtements et disparais pour toujours de chez moi, de ma vie et de celle de ma famille», c'était par manque de courage, de clair-voyance, de virilité, de force morale, d'audace, de confiance dans ses proches, et ainsi de suite. Et que l'absence de ces qualités, qu'un homme de son âge et de sa condition aurait dû posséder, l'avait précisément poussé à répondre coup sur coup aux lettres de Camilla par des messages où il la sommait avec une grande douceur (ou plutôt, la conjurait) d'en finir avec cette histoire.

Et à ce stade il aurait dû expliquer à Rachel que c'était justement son attitude conciliante et soumise qui avait fourni à Camilla les preuves démontrant l'existence entre eux d'une histoire qui n'avait jamais existé. Des expressions telles que *Il faut en finir à présent*, *Le passé est le passé*, *Nous devons retrouver chacun notre vie*, laissaient penser qu'il reconnaissait implicitement qu'il y avait eu quelque chose entre eux.

Alors Leo aurait dû expliquer à Rachel qu'il avait utilisé ce ton et avait recouru à ces expressions rien que pour lui faire plaisir. Parce qu'il avait peur d'elle. Parce qu'il avait vu comment Camilla se mettait en fureur chaque fois qu'il niait qu'il y ait eu quelque chose entre eux. Il avait été assez irresponsable pour penser: peut-être que si je lui cède un peu, si je lui fais comprendre que je suis désolé, ce sera plus facile de m'en dépêtrer. Mais naturellement, en acceptant de concéder qu'au fond il y avait eu une semi-relation entre eux, il n'avait fait que confirmer pour les futurs lecteurs de ces lettres qu'il avait eu une histoire d'amour passionnée avec une fillette de douze ans, fiancée de surcroît à son fils cadet (comme on se fiance à l'âge de la puberté). L'ennui c'est que lorsqu'il s'était rendu compte de ce qui se passait il était trop tard. Il faut dire que le « trop tard » était arrivé très vite. Cette petite possédait déjà la dizaine de lettres susceptibles de le piéger. Lettres dans lesquelles il lui demandait d'interrompre une relation. Mais n'hésitait plus à rappeler à son interlocutrice que cette « relation » n'avait existé que dans sa tête de petite psychopathe. Là, et maintenant aussi sur papier.

Comme dans ces maladies mortelles qui vous accordent une trêve en simulant une amélioration et vous tuent aussitôt après, Leo eut l'occasion de nourrir un espoir insensé, capable de lui donner l'illusion que la situation se réglait d'elle-même.

Il venait de passer des mois terribles. Pour la première fois, même sur le front professionnel les choses ne marchaient pas comme elles auraient dû. Le fisc, par l'intermédiaire de ses anges vengeurs habillés de gris, procédait à un contrôle à Anima Mundi, la clinique privée où Leo avait son cabinet de pédiatre. Et il était rempli d'une angoisse que vous serez en mesure d'imaginer maintenant que vous le connaissez.

Par ailleurs, l'idylle familiale dans laquelle il avait toujours trouvé un peu de soulagement à ses soucis professionnels paraissait un souvenir lointain. Il n'y avait presque pas de soir qu'il ne trouve son supplice à table. Cette petite garce s'était immiscée dans leur famille d'une façon répugnante. Elle était toujours accrochée à Rachel. Apparemment, après avoir vaincu sa méfiance elle avait carrément réussi à la conquérir. Leo savait à quel point Rachel avait désiré avoir une fille. Elle l'avait à présent.

Tous les soirs Leo espérait qu'aucune lettre ne l'attendait. Tous les soirs il était déçu. Il ne les lisait même plus. Il les ouvrait, était pris de la nausée que provoquent la folie et le mensonge, en parcourait quelques lignes et les cachait ensuite dans le tiroir de son cabinet. Il les enfermait là et adieu.

Il avait résolu de ne plus y répondre, dernière manœuvre désespérée pour se libérer de cette situation. En ne trouvant plus ses réponses, Camilla se lasserait peut-être. Considérant le nombre de lettres reçues les jours suivant sa résolution, on pouvait dire que l'unique résultat de cette mesure punitive avait été de la rendre furieuse. La multiplication de lettres était en soi une intimidation ; Leo n'en lisait depuis longtemps que les trois premières lignes avant de les mettre dans son tiroir. Trois lignes suffisaient désormais pour comprendre le ton général. Et ce nombre déraisonnable de missives semblait décidément menaçant.

Jusqu'à l'arrivée de la dernière lettre. Annoncée comme telle dès l'enveloppe : *Dernière Lettre !* Rien que pour ça Leo l'avait lue jusqu'au bout. Il avait commencé par la regarder avec une réelle épouvante. Que ce soit la dernière lettre, qu'est-ce que ça signifiait ? Qu'elle avait compris l'allusion et savait qu'il n'y avait plus rien à faire ? Que cette folie devait s'arrêter là ? Ou bien que, après cette lettre, elle allait commettre un geste extrême destiné à détruire la vie de tous ? Leo avait joué plusieurs heures avec l'enveloppe jusqu'au moment où, à trois heures du matin, dans les toilettes, pantelant et couvert de sueur, il l'avait ouverte.

La énième missive délirante, insensée, d'un romantisme grotesque dans laquelle Camilla, après un adieu déchirant, présentait une dernière requête qui sur le coup lui avait paru raisonnable.

La petite désirait récupérer ses lettres. Ensuite elle disparaîtrait, avec sa douleur. Elle quitterait Samuel et sortirait de leur vie. Elle soulagerait du poids de sa présence cette famille qui lui avait tant donné. La seule condition qu'elle y mettait était celle-là : récupérer le symbole concret de son amour et de sa souffrance. Ces lettres.

La chose lui avait semblé extraordinairement raisonnable. À la cinquième relecture consécutive de la dernière lettre de Camilla (dernière ! Tu comprends ? Grâce au ciel), il s'était enfin senti un homme libre. Libre de se réapproprier sa vie et d'en faire ce qu'il voulait sans devoir rendre de comptes à cette petite folle. En lisant les quatre derniers mots (écrits en français, naturellement) – *Adieu, mon ange adoré** – il n'avait pas pu s'empêcher de rire. L'indulgence des triomphateurs.

Poussé par sa folle ingénuité habituelle, par sa parfaite candeur, Leo avait donc rendu à son tyran les seules preuves qui attestaient qu'il était victime de chantage et de persécution. Et il les lui avait rendues sans penser qu'un homme responsable, avant de le faire, aurait au moins eu l'intelligence de les photocopier. Sans penser (bien que tous les éléments pour ce faire aient été à sa disposition comme dans une énigme élémentaire pour les petits enfants), sans penser, disais-je, que la correspondance entretenue avec Camilla puisse un jour réapparaître dans sa vie, forte d'une plausibilité contraire au déroulement réel des faits. Sans penser qu'elle (ou son père facile à manipuler) aurait la possibilité de la remettre aux autorités et à la presse, dans une version insidieusement mutilée : en effet, ils allaient pouvoir exclure toutes les lettres de Camilla (*pour protéger l'identité et les sentiments d'une mineure victime d'une manipulation criminelle*, écrirait certainement le journaliste célèbre du célèbre hebdomadaire qui s'occuperait de la célèbre *affaire** Pontecorvo*), et toutes celles dans lesquelles Leo cherchait à se libérer des crocs de cette obsession.

À ce stade, après une mutilation aussi tendancieuse, ne survivrait de la correspondance originale que la répétition dégoûtante de *ma petite* et *chère enfant* avec laquelle le pauvre professeur Pontecorvo avait tenté d'attendrir son tyran.

Répétition qui détachée du contexte d'origine faisait vraiment mauvais effet.

Mais ce ne sont là que des hypothèses (rétroactives de surcroît) émises par le narrateur de cette histoire. Leo ne sait rien. Caché depuis presque trois jours maintenant dans son bunker comme un mafioso, enfermé dans les cachots de son propre château comme un monarque détrôné, il ne sait pas, et ne peut pas savoir, ce qui se passe dehors ni ce qui va arriver (pensez donc, il ne sait même pas ce qui se passe à l'étage au-dessus). Il ne sait pas pourquoi personne ne vient l'appeler, ne vient le chercher. Il en est resté à l'information floue donnée par le journal télévisé. Il en est resté à cette bombe gratuite et vague. Il ne sait rien d'autre. Il ne peut pas. Il ne veut pas.

Il devine qu'au-delà des murs de ses catacombes il y a l'enfer. Que pour lui le monde est dorénavant un lieu hostile. Il devine que l'homme accusé de fraude fiscale, corruption dans l'exercice de ses fonctions, usure, pourra apparaître encore plus immonde à la lumière de la nouvelle accusation horrible qui s'annonce.

Ce qui lui reste – au moment où ses yeux sont blessés par les lumières sanglantes du crépuscule et que le spectre d'une autre nuit sans sommeil se matérialise devant lui – ce sont les quatre-vingt-dix mètres carrés de son sous-sol. Son incurie, sa peur, sa névrose, son irresponsabilité ont fini par être punies. Leo devrait être en colère. Clamer son innocence à l'univers.

Mais il est paralysé. Il n'a pas été formé au ressentiment. Il n'est pas armé pour ce genre d'agressivité, il est inapte à la guerre. Il est comme ces avants-centres qui marquent des buts à la pelle dans les matchs faciles, mais qui, s'ils sont jetés dans des parties compliquées, des combats plus sanglants, disparaissent dans leur coquille de timidité. Il est le type classique qui succombe.

Ce qui le mène à des pensées élevées; il lui semble comprendre ce qu'il a toujours dit ne pas pouvoir comprendre: l'attitude soumise avec laquelle tant de ses coreligionnaires, il y a quelques décennies, se sont laissé charger sans broncher dans des wagons plombés. Traîner vers des terres lointaines et gelées pour y être massacrés comme des rats. Oui, il ne lui reste guère plus maintenant qu'à se laisser massacrer. Sans pour autant oublier que les trois personnes qui lui ont été les plus proches, grâce auxquelles il s'est toujours senti protégé et qu'il a aimées par-dessus tout, à sa manière, en les comblant d'attentions et en leur offrant le confort d'une vie riche de possibilités, sont devenues ses pires ennemis.

Troisième partie

« Je croyais pourtant que le rabbin Perugia t'avait appris qu'une foufoune de douze ans n'est pas casher, mon trésor. »

Une mauvaise plaisanterie lancée à un homme dévasté par l'anxiété et l'insomnie, dont les vaisseaux sanguins sont saturés par les psychotropes qu'il s'est lui-même prescrits, et face à laquelle Leo doit contenir un mouvement de mépris, ainsi que l'envie de tourner les talons. S'il ne le fait pas c'est parce qu'il ne peut pas : c'est lui qui a demandé ce rendez-vous. Lui qui en a besoin.

Et même s'il ne se l'avoue pas tout de suite, il ne s'en va pas parce que cette phrase sent le bon vieux temps, et que Leo, au bout d'un instant de résistance, ne peut que céder à son effet tonique. Il sent une chaleur brûlante monter en lui et dénouer ses organes contractés depuis des jours dans un étau d'acier. Un début de détente dans l'estomac qui le comble d'une paix inespérée, suivie d'une prise de conscience immédiate : il y a des jours qu'il ne mange rien, qu'il ne ferme pas l'œil, qu'il n'évacue pas. Et au même instant Leo comprend : c'est très important et merveilleux pour un homme de pouvoir manger, dormir et déféquer à son aise.

Une foufoune de douze ans n'est pas casher ?

Exactement le genre de cynisme créatif (tendre et primitif au fond) auquel l'avait initié Herrera Del Monte quand ils formaient le duo d'amis le plus mal assorti de la petite bande

191

qui suivait le cours du rabbin Perugia pour préparer leur bar-mitzvah au début des années cinquante.

Que ce soit précisément Herrera Del Monte qui fasse une sortie aussi triviale n'est pas un hasard. Leo est allé le voir à son cabinet. Somptueusement déployé sur deux appartements adjacents, au dernier étage d'un immeuble à l'enduit rose dans la portion la plus glorieuse de la via Veneto – la bande de trottoir fellinien qui sépare le Café de Paris du Harry's Bar.

Après un peu d'antichambre Leo a enfin été introduit dans l'antre obscur où Herrera, son ami d'enfance, passe une grande partie de son temps, de huit heures du matin à dix heures du soir, à seule fin de tirer du pétrin des hommes dont le pouvoir n'a d'égal que leur degré de corruption et d'abjection.

Et il l'a trouvé là, derrière son énorme bureau en verre massif maladivement ordonné et astiqué, tout à fait pareil, trente-cinq ans plus tard, le même gamin courtaud dont la petite taille, proche du nanisme, l'avait désigné comme le parfait martyr à la méchanceté proverbiale des garçons de douze ans: image en miroir de celui qui a du succès, jovialement incarnée à l'époque par Leo, un type longiligne et flamboyant.

Les années lointaines de la prime jeunesse, celles où l'aspect physique fait tout. Où le monde, à ses premières lueurs, semble encore divisé entre dieux et parias. Où les hiérarchies sociales se décident davantage sur la douceur de deux yeux et la délicatesse de pommettes hautes que sur un quelconque critère moral ou la valeur intellectuelle. L'âge où votre apparence dit sur vous tout ce que les autres veulent savoir. Et, sans l'ombre d'un doute, les rapports entre lui et Herrera étaient fondés sur cette perfide contradiction esthétique: la beauté de l'un ne demandant qu'à se mirer dans la laideur de l'autre.

Une laideur que les filles trouvaient révoltante parce qu'elle s'accompagnait d'une négligence insensée vis-à-vis de l'hygiène à laquelle (on se demande pourquoi) beaucoup de garçons défavorisés par la nature se laissent aller (comme pour donner une perfection artistique à leur aspect repoussant). Mais, malgré tout, Herrera avait Leo. Comme certains pauvres d'esprit qui professent une religion fervente, Herrera se complaisait en Leo. En échange, il obtenait de son ami idolâtré la bienveillance affable et affichée que l'on accorde à ses partisans. Du moins à voir ces deux-là de l'extérieur. De près, c'était différent. Leo admirait l'aptitude de ce petit nain à ironiser sur tout et n'importe quoi. À toujours éclairer le côté sombre de l'existence. Du haut de son physique avantageux, Leo avait l'intuition que l'esprit iconoclaste qu'il admirait tant chez son ami résultait d'une vie occupée en permanence à parer les coups portés par la répugnance que son corps provoquait chez les autres.

Coups qui s'abattaient sur un être intellectuellement brillant, à la sensibilité exacerbée par une mère féroce et non moins intelligente que son fils.

Si vous attendez d'une mère protection et hypocrisie, alors gardez-vous d'une femme telle que Maria Del Monte. Elle ne cachait rien à son fils. Au contraire, elle lui rappelait sans cesse que tout serait plus difficile pour lui que pour n'importe qui d'autre. Elle avait pris ainsi le risque de détruire la vie d'Herrera. En ne lui cachant rien. En développant chez lui le sentiment tragique de son inadéquation. En cultivant chez son fils unique, dont elle prétendait ne pas être fière du tout, l'absence préventive d'illusions qu'Herrera utilisait comme rempart pour affronter n'importe quelle adversité. C'est ainsi que grâce à une éducation spartiate madame Del Monte avait fait de son fils un vrai dur.

Leo aimait énormément entendre son ami parler de sa mère. Parce que celui-ci parvenait à le faire de la manière à la fois désacralisante et douloureuse dont Leo aurait voulu parler de la sienne.

« C'est un cas unique d'Œdipe non partagé, disait Herrera. J'adore cette femme, et elle, eh bien, laissons tomber…

– Qu'est-ce que tu veux dire ? lui demandait Leo.

– Tu sais pourquoi elle m'a appelé Herrera ?

– Pourquoi ?

– Sûrement pas parce qu'elle aime le foot ou Balzac. Soyons clairs, ma mère s'en fout, du foot et de Balzac. Elle l'a fait en hommage à mon *r* grasseyé. Elle m'a donné le premier prénom contenant au moins trois *r* qui lui soit venu à l'esprit. La salope voulait manifestement que même la prononciation de son propre prénom soit pour son fils une expérience embarrassante.

– Arrête ! Comment elle pouvait savoir que tu ne pourrais pas rouler les *r* ?

– Calcul statistique. Probabilité génétique. Darwin et toutes ces conneries. Mon père est comme ça, mon grand-père était comme ça. Autrement dit, c'était probable que moi aussi… Et puis qu'est-ce que tu crois ? Ma petite sorcière a des dons divinatoires, ajoutait Herrera avec une tendresse inhabituelle. Et maintenant le voilà, Herrera Del Monte, un nom digne d'un ennemi de Zorro ! »

Pour conclure avec des phrases du genre : « Si cette femme m'aimait un quart de ce que je l'aime… eh bien ça me suffirait ! »

Leo savait que madame Del Monte ne détestait pas du tout son fils. Les punitions et les méchancetés qu'elle lui infligeait objectivement dérivaient d'une conception perverse (et très juive) de la pédagogie qui pourrait se résumer en une phrase toute simple : « Sois tranquille, mon garçon, le monde ne pourra jamais t'infliger d'injustice que ta petite maman ne t'ait déjà fait subir. »

Vous voyez bien que le commentaire sur la passion présumée de Leo pour la foufoune de douze ans est tout à fait dans l'esprit de l'époque lointaine où Herrera lui a appris que s'il y a une chose qui ne mérite pas d'être respectée, c'est votre drame personnel. Et pourtant, ce même commentaire exprime une indifférence totale au tact dont un avocat important devrait user à l'égard de celui qui se présente devant lui pour être assisté.

Et Leo se demande si une telle absence de formes, qui a ouvert une fissure inattendue dans son esprit déjà lézardé, ne fait pas partie d'une stratégie subtile, fruit d'une mûre réflexion. Herrera a peut-être compris avec beaucoup d'intuition que son vieil ami n'a nullement besoin, du moins dans sa situation, d'une consultation professionnelle ni même d'une nouvelle phrase de circonstance, encore moins de la compréhension douteuse que certains pourraient lui avoir manifestée à tout bout de champ ces jours derniers. Il devait aussi avoir fait le plein de réprobation et d'insultes.

Et peut-être, compte tenu, précisément, de l'enfer qu'a dû devenir la vie de son héros d'autrefois au cours des dernières semaines, Herrera a-t-il voulu le plonger dans le climat moral d'alors. L'entraîner loin, dans un monde où être Leo Pontecorvo, c'était beau. Dans une époque où Leo était décidément à l'aise dans son propre rôle. Quand Leo était un jeune garçon heureux, qu'amusaient énormément les plaisanteries nihilistes de son ami malheureux. Visiblement, Herrera n'a rien perdu de ce don. Qui consiste à satisfaire Leo sans aucune complaisance. Au contraire, il l'a carrément aiguisé, ce don, pour en faire un instrument intrinsèque de sa profession. L'art de lire en vous. De comprendre avant vous-même de quoi vous avez besoin. Et de vous le servir avec une rudesse brutale.

Leo est soudain content d'être venu voir Herrera. Après tant de gestes malencontreux, en voilà un judicieux. Il a hésité trop longtemps avant de s'adresser à son vieil ami. Il y a pensé pendant des semaines. Avant même d'être frappé par le cyclone Camilla. De plus en plus convaincu par ce que Rachel lui avait expliqué dès le début : se faire assister par le même cabinet juridique que l'hôpital était un suicide. Et à présent, bien que les calomnies infamantes de la petite n'aient encore entraîné aucune mesure de rétorsion, Leo est certain que quelque chose va arriver. Bientôt le parquet va se manifester. L'affaire est trop grosse pour qu'il ne se passe rien. Et cette fois-ci il doit se montrer préparé. Il a besoin d'un spécialiste de la crasse. Culotté, féroce, implacable. Et il se trouve qu'Herrera Del Monte est un des pénalistes les plus reconnus et controversés de la ville. Un véritable requin du barreau, que les amis les plus éclairés de Leo, ceux qui se donnent des airs, méprisent dans des proportions apocalyptiques. Comme s'il s'agissait d'une espèce de décharge capable de recevoir, désinfecter, recycler et remettre en circulation toute la lie du pays.

Durant les trente-cinq ans écoulés depuis leur bar-mitzvah, il était arrivé plusieurs fois que Leo tombe par hasard sur les exploits publics de son ami. Un jour, dans la salle d'attente de son dentiste, il feuilletait distraitement un de ces magazines pour femmes au foyer quand soudain, sur la page centrale, il s'était trouvé devant une photo assez floue de son ami sur une plage de la côte.

Herrera avait l'air furieux. Un gnome poilu et blanchâtre avec un mignon petit bide. Ses cheveux étaient toujours pareils : en désordre et d'un noir trop soutenu (comme ceux d'un postiche). Le photographe l'avait surpris en train d'étaler de la crème sur les épaules d'une petite starlette de la télévision, alors proie convoitée des journalistes et qui, à en croire la légende, flirtait cet été-là avec *le célèbre pénaliste romain*. Oui, Herrera paraissait vraiment furax. Une main était occupée à étaler la crème et l'autre à protester contre ces maudits fouineurs. Et Leo n'avait pas pu s'empêcher de rire. Il connaissait si bien la fureur de ce petit nain balourd. Sa colère. Il croyait entendre la voix d'Herrera au moment du cliché: stridente, éraillée, tremblante de rage. Peut-être – s'était dit Leo avec sa bienveillance d'autrefois – cette colère venait-elle de la situation misérable dans laquelle il se sentait pris. Le nain et la danseuse. La belle et la bête. Herrera avait trop bon goût et trop conscience de lui-même pour ne pas savoir que cette scène sur la plage était répugnante. Le fait est que même si Herrera avait toujours recherché tout ce qui lui semblait excentrique et original, par une sorte de vocation intellectuelle ou pour protester contre le Créateur, il n'avait manifestement pas résisté à la banalité de convoiter ces grandes perches blondes. Des girafes d'un mètre quatre-vingt-cinq qui auraient dû racheter sa petite taille et qui au contraire ne faisaient que la souligner de façon grotesque.

Dans la salle d'attente du dentiste, Leo s'était rappelé que son amitié avec Herrera Del Monte avait été brisée, justement, par une de ces Walkyries. La raison pour laquelle le souvenir de leur rupture était encore aussi vif chez Leo, longtemps après, tenait à la stupeur mortifiante qu'il avait ressentie en voyant une entente de dix ans s'effriter pour une histoire qui n'aurait même pas mérité une discussion et pourtant…

Non, Leo n'avait pas oublié ce dimanche de septembre. Comment aurait-il pu? Ce devait être au milieu des années cinquante. Ils s'étaient inscrits depuis peu à l'université. Comme tous les dimanches où le Lazio jouait à domicile, Leo s'était présenté devant la demeure seigneuriale des Del Monte, au 15 de la piazza Barberini, monté sur sa Vespa gris métallisé pour attendre que son ami descende. Leo portait sa tenue habituelle: les mêmes jeans et le même polo bleu porte-bonheur depuis que, quelques années plus tôt, son ami Herrera l'avait initié, à sa manière, aux tourments velléitaires du supporter de foot.

Herrera était sorti, moins bondissant et sautillant que d'habitude. C'était le premier dimanche de championnat. Mi-septembre. Ils ne s'étaient pas vus depuis le début de l'été, et Leo se serait attendu à ce que son ami montre davantage d'enthousiasme en le retrouvant. Au lieu de ça, Herrera avait l'air hagard. Leo avait remarqué que le bronzage lui donnait un aspect encore plus invraisemblable que d'habitude. Son nez rouge en patate lui conférait une ressemblance frappante avec Grincheux, un des sept nains. Un Grincheux qui au moins ce jour-là semblait n'avoir aucune envie de ronchonner. Pendant le trajet de chez lui au stade il était resté sur son quant-à-soi. Il s'était laissé transporter sans ouvrir la bouche.

L'attitude d'Herrera une fois arrivé à leur place habituelle sur les gradins n'avait pas été moins indéchiffrable. Il continuait de se taire. Ombrageux. Et dire que le match de ce jour-là – Lazio-Naples – aurait dû exciter ses ardeurs polémiques. Herrera détestait les Napolitains. En fait, il détestait aussi les Florentins. Sans parler des supporters de l'Inter et de la Juventus. Si on y réfléchit, Herrera les détestait tous. Et il avait enseigné à son ami à en faire autant, en lui expliquant qu'être supporter est avant tout une question de haine. Voilà pourquoi Leo se serait attendu à ce que son ami se comporte comme toujours : répertoire d'insultes gratuites adressées aux joueurs de l'équipe adverse mais aussi de la sienne, obscénités fleuries, veines gonflées et gesticulations. Or, là, rien. Il avait encaissé le triste match nul sans ouvrir la bouche. Ce n'est qu'en retournant à la Vespa qu'il avait laissé échapper :

« J'ai dans l'idée qu'une fille me plaît. »

Herrera Del Monte amoureux ? Allons donc, à quoi ça rimait ? Leo ne l'avait jamais vu baver devant aucune. Longtemps il avait même douté que cet article l'intéressait. Il l'avait cru de nouveau quand Herrera lui avait offert des photos de femmes aux seins nus :

198

«Je te les confie, mon ami: c'est ce que la vie m'a donné de mieux.»

Herrera le branleur. Herrera le masturbateur plein d'auto-dérision. Ça avait un sens. Herrera le misogyne. C'était dans l'ordre des choses. Herrera amoureux, non. Herrera taciturne et pâmé disant des choses comme: «J'ai dans l'idée qu'une fille me plaît», non.

Si bien que Leo n'avait pas su quoi répondre, comme si l'autre venait de lui avouer qu'il avait une maladie mortelle.

«Naturellement, ma mère l'a déjà bénie.

– C'est-à-dire?

– Quand elle est de mauvaise humeur elle l'appelle "la 'ngarel[1]". Si au contraire elle est bien lunée, elle l'appelle "khaver". Dans les moments de bonheur c'est "ta grosse Allemande". Elle dit qu'elle sort avec moi pour notre argent. Et autres choses désagréables sur lesquelles je pré-fère glisser...

– Où est-ce que tu l'as rencontrée?

– À la montagne. Elle travaille dans un de ces magasins de province qui vendent de tout. Journaux, cigarettes, jouets, balais... Elle devrait venir me rejoindre en train la semaine pro-chaine. Ma mère a dit que je ne pouvais pas me permettre de l'amener chez nous. Que je ne devais pas prononcer son nom. Tu penses si je m'en fous de prononcer son nom devant elle! Imagine un peu, elle a demandé à mon père de me couper les vivres tant qu'elle ne sera pas repartie et que je ne serai pas revenu à la raison. Et maintenant je suis dans le rouge. Mon Dieu, cette femme veut ma mort. S'il ne tenait qu'à elle je devrais me poignarder à coup de branlettes jusqu'à l'âge de la retraite. S'il ne tenait qu'à elle...»

_____
1. Terme sous lequel les Juifs romains désignent les chrétiens.

L'Herrera d'*antan** était de retour. Il venait tout juste de lui annoncer qu'il y avait une femme dans sa vie, et il continuait à divaguer sur sa mère et ses branlettes.

« Et ton père ?

– Mon père, le pauvre, que veux-tu qu'il fasse ? Elle le tient. Il n'est pas question qu'un ordre de la matriarche soit discuté... Bref, la question est... je voulais te demander de me prêter un peu d'argent. Je te rembourse dès que possible et je te promets qu'en échange un des soirs où elle sera ici je te la présenterai. »

Voilà. Ce n'était pas de commentaires qu'Herrera avait besoin. Il désirait un petit prêt.

« On peut savoir au moins comment elle s'appelle ?

– Valeria. Elle s'appelle Valeria. »

La rupture entre les deux amis était survenue exactement deux semaines plus tard.

Et tout était allé très vite. Ils revenaient du match habituel, sur la même Vespa. Pas même la défaite du Lazio qui venait d'avoir lieu sous leurs yeux ne pouvait expliquer l'humeur sombre d'Herrera. Mais enfin qu'est-ce qui se passait ? Qu'était devenu son Herrera ? Qu'est-ce qu'on en avait fait ? Il n'y avait plus trace d'énergie en lui, comme s'il était desséché. De quoi s'agissait-il ? De la lutte entre sa mère et Valeria ? C'était réellement insupportable. L'être le plus stoïque que Leo ait jamais connu révélait finalement son talon d'Achille ? La seule chose qu'un bonhomme de son genre ne pouvait supporter était le heurt atavique entre les droits de sa mère et ceux de son éros ? Et pourquoi Herrera était-il si distant même avec lui ? Pourquoi se taisait-il derrière lui sur la Vespa ? Pourquoi ne se lançait-il pas dans une de ces invectives pyrotechniques contre la défaite du Lazio et les ingérences de sa mère ? Pourquoi ne se laissait-il pas emporter par un de ces discours qui feraient sûrement de lui un plus grand avocat que n'avait été son père ?

Mais alors même que Leo se posait ces questions sur son ami, celui-ci l'avait blessé avec la phrase la plus insensée qui soit. Herrera était descendu de la Vespa, juste devant la porte de chez lui et comme ça, *en passant**, au moment où il lui rendait l'argent, il avait murmuré : « Je ne veux plus te voir », sur le même ton qu'il aurait pu dire : « On se voit demain » ou « Je t'appelle plus tard ».

Leo avait à peine pu demander : « Pourquoi ? »

– Parce que je l'ai décidé.

– Excuse-moi, mais qu'est-ce que je t'ai fait ?

– Tu ne m'as rien fait. Pas délibérément. Mais tu m'as fait des tas de choses peut-être sans t'en rendre compte. Peut-être par hasard. Parce que tu ne pouvais pas faire autrement. Et c'est ça le plus grave. C'est pour ça que je ne veux plus te voir. »

Leo était resté incrédule. Il n'était pas parvenu à prononcer un mot. Il était offensé. Et s'il n'avait pas été désarçonné il se serait mis en colère. Et Herrera, lui, l'était : tout rouge, congestionné, comme s'il allait exploser. Comme si une conversation aussi pénible l'épuisait. Tout était fini. Point à la ligne. Il n'avait rien à expliquer. Il voulait seulement s'en aller.

« Allons, arrête, ne fais pas l'imbécile. Qu'il se soit passé quelque chose, je le comprends. Mais pourquoi c'est à moi de payer ta mauvaise humeur ? Il me semble que je mérite une explication... Dis-moi au moins ce qui s'est passé ! »

Leo était complètement abasourdi. Et il était pris d'angoisse. Personne ne l'avait jamais lâché. Il ne savait pas ce que ça voulait dire. D'où son trouble. Et puis il était irrité par ses propres paroles, trop pareilles à celles d'un homme qui demande des explications à la femme qui vient de le chasser. Et tout bien réfléchi, son état d'esprit n'était pas si différent de celui d'un mari abandonné sans préavis ni explications.

Et Herrera n'avait fait qu'exacerber chez son ami ce sentiment angoissant d'égarement avec une autre de ses déclarations

201

vagues et énigmatiques: «L'autre soir ç'a été terrible tu sais.»
Et il l'avait dit avec une tristesse si pitoyable.

L'autre soir? Qu'est-ce qui s'était passé l'autre soir? Un souvenir confus était alors remonté, imprécis et incertain comme
la démarche d'un ivrogne. Et en effet, le soir où Herrera lui
avait présenté Valeria, Leo avait absorbé plus d'alcool que
d'habitude et plus que nécessaire. Dans cet état d'altération
éthylique il avait peut-être fait quelque chose d'inconvenant?
Il avait beau s'efforcer de se rappeler, il était presque sûr
d'avoir conservé un niveau de comportement bien supérieur
au minimum requis.

Bien sûr, il avait été stupéfait par la taille de cette fille si
voyante. Avec une voix martiale et un fort accent du Trentin.
Il avait dû se dominer pour ne pas rire en voyant le nain à côté
de la Viking. Une scène digne d'un cirque. Mais bon Dieu il
était sûr de n'avoir pas ri. De n'avoir laissé paraître aucune
pensée potentiellement outrageante. Il s'était très bien tenu.
Il avait seulement un peu bu. Et il avait aussi beaucoup parlé.
Oui, il se souvenait aussi de ça. Comme il se souvenait des yeux
de Valeria. Les yeux de Valeria qui buvaient ses paroles, et
Herrera qui se taisait dans son coin.

Le sentiment d'inadéquation. La sensation de ne pas
pouvoir rivaliser avec un ami aussi beau, aussi bavard, aussi
élégant. C'était ça? C'était pour cette raison qu'Herrera le
renvoyait brutalement, comme une domestique surprise à
chaparder? Sûrement. Leo s'était rappelé tout à coup le vague
sentiment de culpabilité qui l'avait envahi à la fin de la soirée
peu avant qu'ils se quittent, lorsque métamorphosé par
l'alcool et sa grande aisance oratoire il avait raconté à Valeria
une histoire idiote qu'il aurait dû garder pour lui. Le jour où
il avait acheté des cigarettes pour Herrera et où la caissière
du bureau de tabac lui avait dit: «Vous n'avez pas honte
d'acheter des cigarettes à votre fils?» Dieu, comme Valeria

avait ri. C'était affreux. Et Dieu, comme Herrera n'avait pas ri. C'était tout aussi affreux. Pourquoi avoir raconté une histoire aussi sordide? C'est vrai, elle était drôle quand ils l'évoquaient entre eux. Mais la raconter à la copine d'Herrera, sa première, c'était intolérable. Le visage d'Herrera à ce moment-là! Il exprimait une telle honte. Il n'était qu'humiliation et incrédulité.

C'est à ce visage que Leo repensait à présent, après qu'Herrera lui eut dit: «L'autre soir ça a été terrible tu sais...»

Et au même instant il avait compris pourquoi Herrera était toujours si drôle quand il était avec lui, si intéressé par tant de choses et pourquoi, au contraire, en présence d'autres personnes (surtout de sexe féminin) il s'abritait derrière une cuirasse de gaucherie agressive. C'était une question de honte. Il avait honte d'être ce qu'il était. La honte le suivait partout. Se peut-il que Leo ne l'ait compris qu'à ce moment-là? Ils se connaissaient depuis si longtemps. Leurs parents étaient des amis de toujours. Et il venait seulement de le comprendre. Alors pourquoi s'étonner que son ami le liquide sans explications? Il n'y avait rien de surprenant. Et surtout, rien à expliquer. Tout était là, tout près, depuis des années. Il suffisait d'y prêter attention. Sa présence de charmeur ne faisait que rendre encore plus exaspérante la honte d'être Herrera Del Monte.

Comment ne pas y avoir pensé plus tôt?

Ce devait être si difficile, si terrible de vivre cette honte. Vous n'aviez jamais la paix. Il n'y avait aucun être sur la planète qui ne soit prêt à poser sur vous un regard plein d'incrédulité et de dérision.

Ils ne s'étaient plus revus depuis ce fameux dimanche, hors quelques rencontres publiques ou mondaines. Si bien que ce jour-là, chez le dentiste, en voyant la photo d'Herrera dans le magazine féminin, en voyant son ami vieilli mais encore furieux, Leo avait souri avec tendresse. Il est toujours le même, avait-il d'abord pensé: un mélange de honte et de revanchisme. Devant la colère avec laquelle Herrera chassait les photographes, Leo s'était dit: tu n'as pas changé d'un poil, mon ami. Tu as obtenu ce que tu voulais. Tu es riche comme Crésus. Tu es le pénaliste le plus talentueux et controversé d'Italie. Tu peux t'envoyer toutes les Walkyries que tu veux. Mais cette honte – cette honte d'être Herrera Del Monte –, eh bien, elle ne t'a pas quitté.

Alors quoi de plus naturel, au moment où il était dans la pire impasse de son existence, que d'avoir pensé à Herrera. Herrera était ce qu'il lui fallait. Quelqu'un qui non seulement allait pouvoir l'aider à sortir du pétrin, mais aussi pouvait comprendre dans quel état était Leo. En vrai maître de la honte. En expert mondial.

Tout le monde l'avait abandonné. Mais Herrera le soutiendrait. Parce qu'il savait ce que signifie ne pas parvenir à lever les yeux de peur de voir dans le regard d'un inconnu tout le dégoût que votre vue inspire.

Au fond, Leo ruminait depuis longtemps l'idée d'aller le voir. De lui demander son aide. S'il ne l'avait pas fait dès le début c'était à cause de sa négligence habituelle, aggravée par la détresse où il se trouvait. À présent que sa femme avait cessé de l'assister, à présent que Rachel l'avait abandonné, qu'elle se comportait comme s'il n'existait pas, à présent qu'il vivait dans cette espèce de bunker tapissé de disques, de livres et de souvenirs, le professeur Pontecorvo se laissait partir à la dérive.

S'il ne s'était pas produit un fait grave et regrettable, Leo n'aurait pas téléphoné au cabinet Del Monte, ni pris rendez-vous avec Herrera, ni eu la force de monter en voiture pour aller le trouver dans son bunker à lui de la via Veneto polluée et brûlante.

Le matin même, le père de Camilla s'était présenté à la grille des Pontecorvo. En compagnie de sa femme et de son

Beretta adoré calibre 9 acheté pour protéger ses magasins. Son idée était de vider son chargeur sur cette tête de nœud. Et de le faire théâtralement. Aux premières lueurs de l'aube, pour imprimer à sa vengeance une vigueur homérique. Meurtre avec préméditation? Prison? Travaux forcés? Tuer un homme qui n'est pas armé? Le faire poussé par de vagues accusations invérifiables? Et se livrer ensuite aux forces de l'ordre? Ou bien, à la façon de certains tueurs en série, se suicider aussitôt après au cri de «Vous ne m'aurez pas»? Pourquoi pas? Il y a des choses pires dans la vie. Comme de laisser ce cochon impuni. Ils ne sont pas encore venus l'arrêter. Quel pays de merde! Certaines personnes lui faisaient remarquer que Leo ne sortait plus de chez lui. La belle affaire, c'est facile de vivre enfermé dans ce palais!

Le père furibard de Camilla disait depuis des jours à qui voulait l'entendre que ce porc devait payer. Comme s'il nourrissait l'indignation prétentieuse et un tantinet exhibitionniste propre aux hommes incultes et virils à l'excès. Qui le poussait à se réfugier dans un échantillonnage de phrases toutes faites et mélodramatiques du genre: «Je veux le voir mort!», « Suspendu à un croc de boucher comme un quartier de bœuf», «Pour certains délits il faudrait la chaise électrique», «Ce qui est impardonnable c'est de trahir la confiance», «Ça, c'est une maladie», «Rien que de penser à ma petite»… Et le reste à l'avenant. La vérité, c'est que le père de Camilla était impatient de se pavaner devant une fille adorée qui le rejetait et le méprisait depuis trop longtemps.

Le voilà donc dans son pitoyable numéro. Il s'était d'abord accroché à l'interphone, puis il avait commencé à brailler:

«Viens dehors, tête de nœud! Dehors! Essaie de sortir… je t'attends et je vais te faire voir… »

Et Leo, pas moins enclin à cette époque aux gestes mélodramatiques, ne s'était pas fait attendre. Il ne demandait pas mieux que de faire quelque chose de téméraire après une nouvelle nuit sans sommeil. Il s'était donc présenté en T-shirt et caleçon face à celui qui se préparait à être son assassin.

Tel était le tableau peu convenable servi pour le petit déjeuner au très convenable voisinage : un homme au bronzage exceptionnel, aux longs cheveux roux, pistolet au poing, et un professeur Pontecorvo méconnaissable en tenue négligée.

Son amaigrissement spectaculaire et une petite barbe hirsute le font paraître efflanqué, et de plus en plus ressemblant à un personnage en pénitence du Greco. Il porte écrit sur sa figure : « Tire. Je t'en prie. Tire, qu'est-ce que tu attends ? C'est ce qu'ils veulent tous. C'est ce que nous voulons tous les deux. » Et pour être encore plus clair, Leo s'agenouille. Devant son bourreau, il s'agenouille. Pas comme quelqu'un qui en appelle à la pitié, mais de l'air posé, docile et impatient du condamné à mort qui ne demande qu'à en finir au plus vite. Le geste courtois et implacable de qui est prêt au martyre.

Ironie du sort, Leo a choisi pour s'agenouiller le petit bout de terrain où quelques mois plus tôt, à la fin de la fête d'anniversaire de Samuel, il avait accueilli les parents de Camilla en leur demandant de ne pas bouger pour qu'il puisse les photographier. C'est ainsi que Leo s'agenouille à l'endroit même où il a pu auparavant jouir du doux sentiment de supériorité que lui avait inspiré la vue de ces deux rustres embarrassés. La situation est maintenant résolument renversée, et à son désavantage. Maintenant c'est lui qui doit avoir honte. C'est lui qui est à leur merci. Lui qui dépend de leur bon plaisir. Avec la même bonne grâce qu'eux lorsqu'ils s'étaient mis à la disposition de son appareil photo il se met maintenant à la disposition de leur pistolet. Mais photographier quelqu'un est une chose, et lui tirer dessus en est une autre. Cette constatation banale explique pourquoi ce fanfaron n'y arrive pas. Pourquoi il n'arrive pas à faire ce qu'il est venu faire. Pourquoi il n'arrive pas à lui tirer dessus.

Démoralisé par tant de docilité éplorée, stupéfié par tant de courage nippon, ou conscient soudain des conséquences d'un acte de ce genre accompli devant un parterre aussi nombreux, il baisse son arme, ses joues se couvrent de larmes et il se met à pleurnicher comme un enfant. En avalant ses mots. Et après lui sa femme se met aussi à sangloter : « Je t'en prie, mon chou, allons-nous-en, laisse-le… mon amour je t'en prie, ça ne sert à rien… tu ne vois pas que c'est un ver… tu ne vois pas, mon trésor… »

Et Leo pleure aussi. Non plus à genoux, mais carrément à quatre pattes. Il pleure. Et il ne sait même pas pourquoi. Jusque-là il a réussi à ne pas le faire (sinon dans son sommeil), ni devant ceux qu'il aime, ni dans la solitude prostrée dans laquelle il vit depuis des jours. Mais maintenant oui, maintenant que tous le regardent il réussit à pleurer. C'est ce qu'il rêvait de faire : sangloter devant tout le monde. Comme quand il était petit et attendait pour se mettre à pleurer que sa mère soit là pour pouvoir le consoler.

Les jérémiades collectives contagieuses n'épargnent que Filippo et Samuel, qui assistent à la scène de derrière la porte-fenêtre qui donne sur le jardin. À les voir aussi figés, serrés l'un contre l'autre, presque dans les bras l'un de l'autre comme pour se donner du courage, on dirait qu'ils sont prêts à assister à l'exécution de leur père.

« Vous savez que votre père est un porc ? Vous le savez ou non ? Si vous ne le savez pas, c'est moi qui vous le dis ! Toi, Samuel, tu sais que ton père est un cochon ? Tu sais ce qu'il m'a fait ? Tu sais ce qu'il nous a fait ? » Ainsi s'adresse le père de Camilla aux fils Pontecorvo.

Jusqu'à ce que, vaincu par la fatigue, il monte en voiture suivi de sa femme de plus en plus sanglotante et s'évanouisse dans l'air rosé du matin.

C'est à la suite de cet énième traumatisme que Leo avait trouvé le courage de soulever le combiné, composer le numéro du cabinet de son vieil ami et lui demander un rendez-vous. Pour s'entendre dire:

«À la bonne heure. Je croyais que tu ne m'appellerais plus», sur le ton de la confidence un peu courroucée d'un ami que vous avez l'habitude de voir souvent mais que vous avez quelque peu négligé ces jours derniers. En réalité, mis à part le mariage d'un cousin d'Herrera où ils s'étaient rencontrés trois ans plus tôt, il y avait très longtemps qu'ils n'avaient plus aucun contact. La seule chose que Leo avait réussi à dire avait été: «C'est que...» Mais Herrera l'avait aussitôt interrompu. «Voyons, je suis là, je t'attends. Viens tout de suite et explique-moi.»

Comment Leo allait-il parvenir à expliquer ce qui arrivait à sa vie? Comment expliquer l'état de terreur dans lequel il vivait depuis des jours? Sa claustrophobie qui se changeait en agoraphobie selon qu'il percevait le sous-sol comme un antre creusé dans la terre ou comme une immense place vide? Et cette sensation terrible de ne plus faire partie de la communauté humaine qui l'avait saisi tout à coup? D'être un indésirable?

À peine quelques jours plus tôt, au bout d'un certain temps, il avait trouvé le courage de sortir, d'abandonner la routine de son bunker et d'aller faire un tour. Et il s'était aperçu immédiatement qu'il ne sortait plus seul depuis des années. Il ne savait pas où aller. Sûrement pas dans les restaurants où il se rendait habituellement avec Rachel et des couples amis. Sûrement pas dans un cinéma qui aurait pu augmenter la sensation de claustrophobie qui le tourmentait.

À présent qu'il n'y avait pas un endroit où retourner et être accueilli, le monde lui paraissait une lande infinie pleine de choses impossibles à distinguer les unes des autres.

Il s'était retrouvé en train de boire un verre dans un bar bondé de jeunes du côté du corso Francia. Il ne savait même pas comment il avait atterri dans un endroit de ce genre. Il se rappelait seulement être monté en voiture en veillant à ne pas être vu. Et d'avoir parcouru des kilomètres et des kilomètres comme en transe.

Et il s'était retrouvé là. Une mauvaise vodka à la main. Un vacarme incohérent. Entouré de jeunes gens aux jambes bronzées tous habillés pareil : bermudas, chemises Lacoste à col relevé, chaussures de bateau. La sensation paranoïaque qu'ils faisaient tous semblant de ne pas le regarder. À commencer par la serveuse. Se pouvait-il qu'ils l'aient reconnu ? Et pourquoi pas ? Pour ce qu'il en savait, ça n'aurait rien eu d'étonnant si depuis que le cauchemar avait commencé sa photo était apparue de façon obsédante dans la presse et les journaux télévisés.

Il s'était aperçu tout à coup qu'il était trempé de sueur, et tourmenté par un mal de tête qui le martelait. Troublé par une toute nouvelle arythmie cardiaque. Il aurait voulu demander de l'aide, mais il craignait que quelqu'un lui dise : « Crève, salaud de pervers. » Alors il était sorti, et s'était dirigé vers sa voiture. Il avait entendu quelqu'un derrière lui l'appeler : « Monsieur ! Monsieur ! Eh, monsieur, c'est à vous que je parle ! » Voilà, ça y est, avait-il pensé, ils vont me lyncher. Il s'était retourné. C'était la serveuse, essoufflée et très mécontente.

« Monsieur ?

– Je vous écoute.

– Vous n'avez pas payé votre consommation. Je vous suis depuis un moment…

– Oh mon Dieu, excusez-moi… Voilà, gardez la monnaie et excusez-moi… »

Non, le monde n'était plus fait pour lui. Rien de ce qui l'entourait qui ne lui provoque de la peur. La terreur l'emportait sur n'importe quelle nostalgie.

Et Leo faisait bien d'avoir peur et d'être sur le qui-vive. Car même s'il avait décidé de l'ignorer, tout ça se passait au moment où la presse nationale avait définitivement déclaré son amour malsain pour cette sale histoire, l'exploitant dans ses plus misérables détails, lui attribuant des significations allégoriques prétentieuses: si au moins l'Écrivain Célèbre et le Journaliste Renommé avaient résisté à la tentation de présenter le compte-rendu pénétrant de la Chute d'un homme au-dessus de tout soupçon ou de l'Imposteur Démasqué. Mais non. En ce mois d'août les plages des côtes italiennes s'étaient transformées en forum où des hordes de philosophes devenus fous voulaient donner leur avis sur la cupidité, la trahison, la luxure, l'illégalité.

Et pour ce faire prenaient l'exemple du médecin qui soigne les enfants atteints de cancer et ne trouve rien de mieux que de tirer profit de leur malheur et, à ses heures perdues, séduire des gamines de douze ans (Est-ce qu'il se l'est faite? se demande le vicieux envieux en picorant le journal du matin).

À l'évidence, ce fouillis où se mêlaient système de santé mal en point, enfances violées, collusion politique, iniquités académiques avait donné aux gens ordinaires l'illusion d'être fondamentalement plus honnêtes et plus méritants que tous les Leo Pontecorvo du pays – ceux qui ont du pouvoir, qui ont du fric, qui ont des femmes, qui ont tout reçu de la vie, qui à cause de ça se sont cru autorisés à en profiter, et qui méritent maintenant de mourir dans l'ignominie.

Ils étaient tous d'accord sur une chose: un homme de ce genre ne pouvait pas rester en liberté. Un homme de ce genre devait être arrêté.

Voilà ce qui lui arrivait. Voilà sur quoi Leo aurait pu demander l'avis d'Herrera si seulement il n'avait pas coupé tout contact avec le monde extérieur, si seulement il n'avait pas décidé prudemment de ne pas regarder la télé, de ne pas acheter les journaux, de ne pas répondre sur sa ligne téléphonique privée qui sonnait en permanence.

La vérité c'est que désormais Herrera connaît bien mieux cette histoire que Leo. C'est pourquoi il a accueilli son ami dans son cabinet en faisant une allusion aussi grossière. Le coup de maître c'est de l'avoir appelé « trésor ». Le mot de passe avec lequel, dans leur milieu (celui de la bonne bourgeoisie juive sortie indemne de la persécution, celui des cercles nautiques et des longues parties de cartes en été dans les pinèdes ombragées de Castiglione della Pescaia), on s'interpellait ironiquement entre hommes, des années plus tôt. La même marque bizarre d'affection avec laquelle le père de Leo aurait pu interpeller le père d'Herrera et vice versa.

Que cette phrase ait été étudiée à l'avance est démontré par le fait que plus jamais – au cours de cette conversation et de celles des semaines suivantes, où Leo allait se présenter tous les matins à neuf heures pile dans le cabinet de son vieil ami d'enfance – Herrera ne se permettrait une telle familiarité.

Maintenant qu'il a redonné un peu d'air à cet homme qui suffoquait, qu'il a remis Leo à l'aise (son vigoureux coreligionnaire qui dans sa vie, tout compte fait, du moins jusqu'ici, n'avait pas eu moins de chance que lui, mais à qui la chance, depuis quelque temps, tournait le dos…), le moment est venu de le traiter en client, et d'essayer de le sortir du pétrin. Pas avant d'avoir précisé quelques conditions préliminaires :

« La provision est de soixante-dix millions. En liquide, au noir. Ma secrétaire t'attendra dans le hall de l'hôtel Cicerone après-demain à dix-sept heures. Si tu acceptes que je sois ton avocat, tu dois accepter aussi l'idée que je serai ton rabbin, ton confesseur, ton psychologue et surtout ton empereur. Tu devras t'en remettre à moi pour tout. Et tu devras faire tout ce que je te dis. Premièrement, il faut que tu fasses élection de domicile à mon cabinet. Ça veut dire que toute la paperasse relative aux enquêtes en cours arrivera ici. Deuxièmement, je t'interdis de regarder la télé et de lire les journaux. Je t'interdis de te pourrir la vie avec toute cette merde. Troisièmement, je t'interdis de parler de ton affaire à qui que ce soit (et tu n'imagines pas combien il y a de qui que ce soit salauds autour de nous) sans m'en avoir parlé avant. Quatrièmement… »

Jusque-là, facile. Les journaux et la télé, je ne les regarde plus depuis des semaines, et avec qui tu veux que je parle puisque personne ne m'adresse la parole? se surprend à penser Leo encore une fois écrasé par l'angoisse. Mais aussitôt après il éprouve un plaisir voluptueux: quelqu'un le traite de nouveau comme un enfant. N'est-ce pas ce dont il a le plus besoin? De quelqu'un qui le traite comme un enfant? Qui le met face à des commandements et des interdits rigides?

« Écoute, tu peux m'expliquer une chose?

– Vas-y. Mais que ça ne devienne pas une habitude. En général, je veux voir l'argent avant d'ouvrir la bouche. Mon éloquence est plus chère qu'une Porsche.

– Il y a trop de choses que je ne comprends pas. L'information sur ces lettres. Donnée de cette façon. À la télé. Qui laisse entrevoir on ne sait quel scénario… Finalement, je me serais attendu à recevoir quelque chose du tribunal, un mandat de comparution. Pourquoi il ne se passe rien? Parfois j'aimerais beaucoup qu'il se passe quelque chose. Ça me tue, que rien n'arrive.

– Je ne sais pas quoi te dire. Il faudrait pour ça que je connaisse ces lettres, les chefs d'accusation… Mais je peux avancer des hypothèses. En dehors de toute sombre considération moraliste, il n'y a pas d'éléments de délit. C'est vrai, ce n'est pas très convenable d'écrire à une adolescente et d'en recevoir des lettres. C'est quelque chose qui jette le discrédit sur un homme qui a une belle collection d'accusations contre lui. Et pourtant ça n'est pas un délit. Ça n'est rien. Les pressions, la violence, oui, ce sont des délits, et sois certain que s'ils avaient des preuves que tu les as commises ils seraient déjà venus te chercher! Par les temps qui courent. Mais on dirait qu'ils n'ont rien entre les mains. Pour ce qui est des autres délits... eh bien, il est évident que s'ils avaient craint que tu puisses dissimuler les preuves ou t'enfuir à l'étranger ils t'auraient déjà arrêté. Mais là-dessus ils sont tranquilles. Leo Pontecorvo ne fuit pas. Pas le Leo Pontecorvo que je connaissais. C'était un Leo Pontecorvo plein de civisme et du sens des responsabilités. Un exemple de respectabilité bourgeoise. Pas un vulgaire fuyard.»

Leo a trouvé ces derniers commentaires chargés de sarcasme. Il a senti dans la voix d'Herrera un reproche à peine dissimulé. Herrera serait-il en train de prendre sa revanche?

Leo décide de ne pas s'en soucier. Il pense à autre chose. Tout compte fait, il est content. Il se sent protégé, entre de bonnes mains. N'est-ce pas le plus important? Le nihilisme congénital d'Herrera, qui lui apparaît maintenant si brutal, peut se révéler des plus utiles à sa cause s'il est bien orienté.

Leo ressent soudain une affection profonde pour son ami.

«Tu sais, tu es dans une forme splendide! lui dit-il en mentant et en disant la vérité à la fois.

— Vraiment? Il faut croire qu'au fond ma vie n'a pas été l'échec annoncé par ma mère.

— Je sais bien, moi aussi je lis les journaux.

— Mon Dieu, ma mère... Ça fait un an qu'elle m'a quitté!»

Leo le sait. Il a lu la notice nécrologique dans le journal. Mais puisque à l'époque il a choisi de ne pas même envoyer un télégramme de condoléances, il prétend être stupéfait et consterné.

« Que veux-tu y faire ? poursuit Herrera presque comme s'il se parlait à lui-même. Ma petite chérie était très âgée. Elle avait beaucoup d'ennuis de santé. Et les derniers temps une sacrée démence sénile à se trimballer. J'ai bien dû lui changer cent fois son infirmière, toutes meilleures les unes que les autres. Elle les a toutes mises dehors. Elle ne comprenait plus rien, elle avait le cerveau en bouillie, elle ne savait qu'une chose, qu'elle ne voulait pas mourir avec ces filles mais avec moi, avec son fils unique. Et à la fin je me suis persuadé moi aussi que c'était peut-être la meilleure chose. Donc je travaillais le jour et la nuit j'étais auprès d'elle. Tu es médecin. Tu sais à quel point ça peut être dévastateur. Tu veux savoir ce qu'elle m'a dit la veille de sa mort quand je l'ai mise au lit ?

– Quoi ?

– "Mon amour, je t'aime tant." La seule chose affectueuse que ma mère m'ait dite de toute sa vie. Et putain, quand elle me l'a murmuré son cerveau était déjà parti ! »

Leo éprouve encore une fois un sentiment de proximité, de solidarité. Un ami. Mon ami. Il est là. Il est revenu.

Si Leo a passé la première partie de sa vie sous la tutelle de sa mère et la seconde sous le regard attentif et tendre de sa femme, il est temps que l'héritage des deux femmes de sa vie, qui lui manquent chacune pour des raisons différentes, soit recueilli par Herrera. C'est au tour de cet avocat intrépide, de ce nain mauvais et décidé, de l'escorter au long de son nouveau parcours périlleux. Et il y a là quelque chose d'apaisant. Quelque chose de poétique qui ne devrait pas échapper à un homme que le malheur a rendu encore plus sentimental : aux côtés d'Herrera sa vie de Juif adulte a commencé, et avec Herrera elle connaîtra un nouveau départ ou une conclusion tragique.

Il suffit qu'il mette le pied hors du bureau de son nouvel avocat, de son nouveau mentor, encore sous l'effet réconfortant de leur entretien – le flot de souvenirs et l'éclat d'une lueur d'espoir – et qu'il se retrouve dans la chaleur équatoriale de la rue, troublé par les relents brûlants de la moiteur putride du mois d'août, pour qu'il ressente encore sur sa tête tout le poids de ce qui lui arrive.

Il court gauchement vers sa voiture, garée dans une des petites rues qui convergent vers la via Veneto. Calme-toi, mon petit, ce n'est rien. Il ne s'est rien passé. Tout a même mieux marché que tu ne l'imaginais. Alors reprends-toi, détends-toi et pense aux prochaines manœuvres.

Il est décidé à respecter les consignes qu'Herrera lui a imposées. Il a l'illusion enfantine et militaire que s'il se conforme aux ordres les choses s'arrangeront petit à petit. C'est alors qu'une autre pensée, pas moins pernicieuse que les autres, s'insinue en lui et manque de le faire s'évanouir.

L'argent. Où trouver tout cet argent ? Une somme considérable : à la portée de sa bourse, certes, mais terriblement difficile à trouver pour un super incapable de son espèce. Leo ne sait pas combien d'argent il a. Ce n'est pas lui qui pense à ces choses-là. C'est Rachel qui s'occupe de la comptabilité et de leurs comptes bancaires. Il sait qu'il gagne beaucoup et il a une confiance quasi illimitée dans les qualités d'administratrice de Rachel. Il lui a toujours été reconnaissant de ne pas l'avoir tenu au courant de la comptabilité familiale. De ne lui avoir jamais mis sous le nez une facture de téléphone ou d'électricité. De ne pas l'avoir informé de ses manœuvres financières.

C'est ainsi qu'il a toujours aimé vivre : tel un de ces monarques au crédit illimité qui jouit du privilège de ne pas devoir penser à ce qui est la préoccupation dominante pour

215

le commun des mortels (oui, beaucoup plus que l'amour). Il sait qu'au cours des années elle a investi dans l'immobilier. Mais il n'en sait pas plus. Tel un enfant gâté, il a été muni de cartes de crédit et de carnets de chèques. Grâce à ces deux instruments sublimes il peut compter sur tout l'argent dont un homme de son rang et de son niveau de vie a besoin. Sans qu'il lui soit jamais venu à l'idée de faire des achats excessifs. Il est immunisé contre certaines conduites compulsives.

Il se rend compte maintenant qu'il ne sait même pas si les appartements qu'a achetés Rachel sont à son nom. Il se rappelle être allé quelquefois voir Emilio, un notaire, ami d'enfance lui aussi, au cours des dernières années. Et d'avoir signé des papiers pendant que celui-ci récitait des litanies fort ennuyeuses comme s'il était à la synagogue. Il se souvient des feuillets dactylographiés et surtout de la sensation de somnolence qui s'était emparée de lui.

Visiblement, sa terreur de la bureaucratie se manifeste sous une forme étrange de paresse et de torpeur qui fait qu'il ne sait pas ce qu'il a signé. La cession de tout ce qu'il possède à sa femme et à ses fils (ce qui, il y a quelques semaines encore, aurait été une excellente chose) ? Ou un nouvel achat ? Comment le savoir ? Et à qui pourrait-il le demander ? Il pourrait peut-être appeler Emilio, ce bigot ridicule, et se faire donner un état de ses biens ? De quoi aurait-il l'air ? C'est hors de question. La voix pateline d'Emilio est la dernière chose dont il a besoin. Mais alors comment diable se procurer comme ça soixante-dix millions en liquide sans faire appel à Rachel ? Pas moyen. Mais à qui les demander sinon à elle ?

Il pique une crise de rage. Au fond, l'argent est à lui. Il s'est échiné, il a étudié et travaillé d'arrache-pied pendant toutes ces années. L'argent lui appartient. Et à quoi ça sert de gagner tellement d'argent si ce n'est pour pouvoir compter dessus en cas de graves problèmes de santé ou d'ennuis avec la justice ?

La difficulté c'est que Leo, depuis le soir torride de juillet où il a fui ceux qu'il aime en les abandonnant à leurs questionnements, n'a plus jamais parlé avec Rachel. Elle a tout fait pour l'éviter, et ça ne lui a pas vraiment déplu. Au moins jusqu'au moment où il a dû faire face aux premières questions pratiques. Celles dont il s'est toujours joyeusement déchargé sur elle. Et qu'il a dû affronter son incalculable incompétence. Heureusement, il a eu l'idée de s'adresser à Herrera. Mais sans argent Herrera n'existe pas. Le moyen de saisir la nouvelle chance appelée Herrera est un beau paquet d'argent en liquide. Sans quoi, adieu la nouvelle chance appelée Herrera. Devoir le demander à la personne que Leo imagine être la plus furieuse contre lui (pire, la plus déçue par lui) serait comme exiger du père de Camilla une franche amitié. Sans cet argent, sa seule possibilité de recommencer à vivre est réduite en miettes elle aussi.

Depuis que cette histoire a commencé il n'a jamais été fou de rage. Mais maintenant c'est comme si toute l'agressivité accumulée par la succession inouïe d'accusations qui l'ont réduit à l'état de paria avait décidé d'exploser. Il hait Rachel de tout son être. Sa maudite intransigeance. Sa façon de ne pas l'écouter. Sa conviction, qui semble lui venir de Dieu, de savoir distinguer le juste de l'erreur. Son sens moral est tellement féroce qu'il fait d'elle quelqu'un d'inique. À quoi lui sert sa religion si ce n'est pour éprouver de la pitié et se montrer compréhensive ? Comment peut-elle ne pas avoir pitié de lui ? Comment peut-elle ne pas voir ce qu'ils lui font ? Son mari est quotidiennement broyé, ils lui ont tout pris, jusqu'à une raison de vivre, ils l'ont tourné en dérision. Et tout ça sans qu'il ait rien fait. Rien.

Elle aussi, sa Rachel, a cru aux accusations de Camilla. Cette satanée garce qui l'a coincé. Cette salope de psychopathe qui s'adresse en français à ses parents, qui écrit des lettres délirantes, qui s'amuse à manipuler et torturer les adultes.

C'est pourquoi un chien de garde comme Herrera Del Monte lui est indispensable. Parce que lui seul, avec sa poigne, sa dialectique, son astuce, aura la force de détruire cet absurde édifice tentaculaire de mensonges. C'est pourquoi Leo rêve qu'Herrera prenne la tête de Camilla, de son père viking, de son assistant profiteur et de tous les autres, de tous ceux qui en ont après lui, et qu'il la leur écrase au concasseur. Tel est le cri de vengeance de ce pauvre comte de Monte-Cristo. Le songe biblique de rachat de Leo Pontecorvo. Qui ne pourra jamais se réaliser s'il ne met pas d'abord la main sur cet argent.

Il est là dans sa voiture, à deux heures de l'après-midi, climatisation en marche, fenêtres fermées, une chaleur atroce au-dehors, et il n'arrive pas à bouger ; la seule pensée de faire démarrer sa belle Jaguar bleu France et de partir après avoir vérifié dans le rétroviseur que personne n'arrive derrière, est au-dessus de ses forces. Il est paralysé. Il a chaud et il a froid. Il a peur. Il est furieux. Il veut l'argent qui lui appartient mais ne sait ni où il est passé ni comment l'obtenir.

Et c'est dans un accès soudain de pathétisme qu'il se dit qu'au fond cet argent ne lui est pas destiné. Non, pas à lui mais à quelque chose de supérieur à lui. C'est ce qu'il dira à Rachel l'Intransigeante si seulement il trouve le courage de lui parler : « Cet argent n'est pas pour moi, mais pour une mission supérieure. La Justice. La Vérité. Des choses que tu devrais aimer comme moi, mon trésor… » Ces abstractions jointes au petit nom affectueux donné à sa femme le font pleurer.

C'est ainsi qu'un homme de quarante-huit ans, aussi protégé du monde qu'un poisson dans son aquarium – dans sa belle voiture confortable et majestueuse à l'intérieur de laquelle l'air conditionné souffle comme un vent polaire –, trouve pour la deuxième fois durant cette longue journée le courage et la lâcheté de pleurer. Tandis qu'il sanglote comme un fou, il s'aperçoit tout à coup qu'un petit garçon de l'autre côté de la vitre est ravi du spectacle. Il essaie alors de se ressaisir et, encore secoué de quelques sanglots, il lui fait bonjour et lui sourit tendrement. Mais une seconde plus tard il regrette son geste. Il se rappelle qu'il n'est pas en mesure de se montrer tendre avec quiconque, encore moins avec un innocent.

Machinalement, et non sans paranoïa, il regarde autour de lui pour savoir si par hasard quelqu'un l'a vu sourire à un enfant. Les chacals sont partout. Aux aguets. Il a au moins retenu la leçon. Il n'y a rien que vous puissiez faire, même avec une bonne foi exemplaire, que quelqu'un ne soit capable d'utiliser insidieusement pour vous détruire, pour vous mettre face à des responsabilités que vous n'avez pas. C'est ce que Leo Pontecorvo a appris des rapports sociaux. Les autres sont là pour vous détruire. Nous sommes nés pour être détruits.

Plus il pense à l'argent dont il a besoin, plus il s'angoisse et plus il est en colère. Aucun problème, j'irai à la maison et je lui dirai sans hésitation: «Je dois payer mon avocat. J'ai besoin de mon argent.» À ce stade elle ne pourra pas continuer à m'ignorer. Elle devra me donner une réponse. Si elle dit oui, c'est bien. Dans le cas où elle me le refuserait, je lui montrerais de quoi je suis capable. Cette pensée pleine d'agressivité le calme de nouveau.

En entrant dans la via Cassia, aux deux tiers du trajet qui le ramène à son domicile, Leo se rend compte avec angoisse de ce qui arrivera si elle ne le lui donne pas.

Or, il se peut qu'elle le lui refuse. Rachel n'est plus la même. Rachel a cessé d'être Rachel tout comme le monde a cessé d'être le monde. C'est du moins ce qui lui semble. Rachel est désormais un fantôme dans sa vie. Ou peut-être est-il lui-même un fantôme dans la vie de Rachel. C'est pareil. Ne pas lui donner cet argent, se refuser à l'aider, serait pour elle un excellent moyen de se venger, mais aussi de confirmer l'insignifiance de son mari dans sa nouvelle vie.

Et si elle lui disait simplement: «Je ne te donnerai rien. Je t'interdis de toucher à notre argent»? Ou encore pire, si elle continuait à se taire? Que ferait-il alors? Rien du tout. S'il avait un peu de force pour réagir il l'aurait déjà mobilisée depuis longtemps. Paradoxalement, l'exaspération a sur lui un effet apaisant. Il se retirera dans le sous-sol où il dort depuis plusieurs semaines déjà. Il se jettera sur le canapé-lit. Il essaiera de dormir et n'y arrivera pas. Oppressé par cette chaleur apocalyptique. Il ne se présentera pas au Cicerone avec l'argent. Et il perdra ainsi l'ultime chance de se tirer de cette affaire.

Est-ce ainsi que Rachel se vengera? De cette façon? En ne lui permettant pas d'être défendu au mieux? Elle est comme ça. Il la connaît bien. Son dévouement peut être sans limite, mais une fois que vous la décevez, elle vous punit pour toujours. Impossible de regagner sa confiance. Leo connaît son intransigeance. Il l'admire. Il l'aime, cette intransigeance. Peut-être parce qu'il n'en a jamais été victime, du moins jusqu'à maintenant.

Il se rappelle la manière dont elle avait dit à Filippo, qui avait trois ans et faisait un caprice pour avoir une autre barre de riz soufflé au chocolat qu'il adorait: «D'accord, Fili, je te la donne si tu promets à maman que tu n'en réclameras pas une autre après.» Sur quoi Filippo avait fait un petit signe d'assentiment. Pour sceller un pacte qui naturellement lui paraissait raisonnable dans cette situation. Oui, si elle lui donnait une autre barre chocolatée il arrêterait de geindre. Sauf qu'après l'avoir dévorée Filippo s'était remis à pleurnicher pour en avoir une autre.

Leo était resté stupéfait de la réaction de sa femme qui continuait de dire: «Je n'aime pas ça, tu avais promis! Tu avais promis que tu ne ferais plus d'histoires. Nous avions fait un pacte et tu es en train de le rompre. Je te donne encore une autre barre, ou plutôt, tiens, je te les donne toutes, tu peux les manger toutes, t'empiffrer à en être malade, mais sache que tu n'es pas quelqu'un de loyal. »

« Tu n'es pas quelqu'un de loyal » ? À un enfant de trois ans qui veut une autre barre chocolatée ? Leo avait trouvé ça tellement grotesque qu'il avait cru bon d'intervenir : « Trésor, tu ne crois pas que tu exagères ?

– Laisse, Leo, ne t'en mêle pas. Nous avions fait un pacte et il l'a rompu.

– Je sais, oui, mais calme-toi. C'est ton fils, il a trois ans, il ne sait même pas ce que veut dire un pacte. À son âge le mot loyauté n'a aucun sens. Il réagit instinctivement. Il n'a même pas compris qu'il avait fait une promesse. Et s'il l'a compris il ne la considère pas comme un obstacle. Ne lui donne pas sa barre si tu crois que ça lui coupera l'appétit, mais s'il te plaît, pas de malédictions bibliques. »

Et c'est d'elle qu'il doit obtenir l'argent ? Elle qui devrait lui pardonner ? Une femme qui a été incapable de comprendre les raisons d'un enfant de trois ans qui a manqué à la parole donnée ? Alors il est foutu. Rachel est douce, c'est la personne la plus attentionnée et la plus serviable du monde, d'un altruisme extraordinaire. Mais au moindre manquement, vous êtes cuit. Si vous vous écartez de sa conception de la moralité (qui n'a rien à voir avec le puritanisme de mauvais aloi de beaucoup d'autres dames de son milieu, mais qui investit les plus hautes sphères des vertus humaines : loyauté, caractère sacré de la parole donnée et ainsi de suite…) alors il n'y a pas de salut possible. Vous ne pouvez vous attendre à aucune miséricorde.

Après avoir franchi la grille et s'être garé dans l'allée de sa villa, Leo reste encore un peu dans sa voiture pour jouir de l'air conditionné et se torturer en pensant à ce qui l'attend. Puis il pénètre dans la maison. En entendant un bruit de vaisselle qui vient de la cuisine il y va et voit Rachel. En train d'aider Telma. Telma s'aperçoit qu'il est là et sursaute, puis elle murmure: « Bonjour, professeur. » Mais Rachel non. Elle ne se retourne pas, elle ne tressaille même pas. Alors Leo dit en essayant de donner à sa voix un peu d'autorité et un brin de fermeté distante: « J'ai besoin de soixante-dix millions en liquide pour demain. C'est pour mon avocat... » Mais elle ne réagit toujours pas. « Tu as entendu ce que j'ai dit ? » Bien sûr qu'elle a entendu. Et c'est justement parce qu'elle a entendu qu'elle n'a pas répondu.

Ainsi, après une nuit terrible passée couché devant la porte qui s'ouvre sur l'escalier en haut duquel se trouve la chambre conjugale, à côté de celle où dorment les garçons; une nuit pendant laquelle il a envisagé le suicide, l'homicide, la fuite et on ne sait quoi d'autre; où il n'a fait que penser au meilleur moyen d'essayer de réoccuper les espaces domestiques qui au fond lui appartiennent, sans même réussir en réalité à abaisser la poignée qui le sépare de la partie noble de sa demeure; après une telle nuit il se réveille à midi sur son canapé-lit, encore tout habillé. Il trouve à côté de lui une mallette pleine de billets. Il les compte tant bien que mal et constate que la somme correspond plus ou moins à celle dont il a besoin.

Le salut est encore possible.

Petit à petit, le magot très bien administré de la famille Pontecorvo se volatilisait sous l'énorme poids des frais de justice et du manque à gagner. Tous les sept jours, Leo laissait sur la table de la cuisine un mot indiquant la somme dont il avait besoin, et le lendemain, avec ponctualité, la mallette était là et l'attendait sur la même table.

Si Leo s'était scrupuleusement tenu au paiement assidu des honoraires et aux autres consignes que lui infligeait son avocat-mentor-père, on ne peut pas en dire autant de l'interdiction de lire les journaux. C'était tout à fait bizarre. Car jusque-là Leo était parvenu à ne pas les lire, il les avait évités tout naturellement. Il avait senti que ne pas être informé était le seul espoir qui lui restait de sauvegarder sa santé mentale. Mais à peine ce geste instinctif d'autoprotection était-il devenu règlement institutionnalisé par l'interdiction autoritaire et explicite d'Herrera que Leo, tel un nouvel Adam, n'avait plus su se soustraire à la séduction méphitique de la pomme empoisonnée de la presse nationale.

Tous les matins, après sa nuit d'insomnie habituelle, aux premières lueurs de l'aube, il se faufilait hors de sa tanière en passant par le garage, de façon à ne pas occuper le royaume où habitaient les siens et qui lui était désormais interdit; il arrivait à un kiosque (un peu plus loin que celui où il était toujours allé, à quelques kilomètres de la villa) et achetait toutes sortes de journaux. Puis il rentrait, et avec une volupté mêlée de souffrance il épluchait ces égouts de papier. Même si on s'y occupait de lui de façon de plus en plus brève, même si son affaire avait glissé discrètement vers les dernières pages des quotidiens – des informations nationales aux nouvelles locales –, il y avait pourtant toujours un petit article.

Leo avait pris l'habitude de tout lire à fond, sans qu'une seule ligne lui échappe. Avec la même rigueur monastique qu'il mettait autrefois à examiner les analyses et les fiches médicales de ses patients, ou à écrire les notes de ses savants travaux, il soulignait toutes les petites imprécisions journalistiques. Ici il était défini comme *le cancérologue romain de quarante-cinq ans*. Là, comme *le cardiologue connu*. Ailleurs, comme *l'audacieux cancérologue milanais*. Même l'âge de

Camilla variait suivant l'article. Cette petite salope passait en un clin d'œil de neuf à quatorze ans d'un journal à l'autre.

Débusquer ces inexactitudes qui au début l'avaient exaspéré par leur injustice, leur indécence, était presque devenu avec l'entraînement un jeu amusant de devinettes. De même que les souligner, les découper, mettre les coupures dans une boîte et les montrer ensuite à Herrera avec satisfaction, comme si la surveillance obsessionnelle de la presse mal informée et malveillante qui ne cessait de s'occuper de lui pouvait être d'une aide quelconque dans le travail que son avocat, à un autre poste, faisait d'une façon sûrement plus constructive.

Il n'y avait pas de jour où Herrera ne lui fasse des reproches. Pourquoi perdait-il tant de temps à ces conneries de maniaque? Pourquoi ne respectait-il pas ses directives? C'était le meilleur moyen de finir à l'asile, certainement pas de gagner le procès qu'ils allaient devoir très bientôt affronter ensemble.

«Repose-toi, lis, fais du sport, pense à autre chose... Ta femme ne veut plus te voir? Trouve-toi une fille de vingt ans pour baiser. Je t'en trouve une si tu veux. Mais distrais-toi, bon sang. Je te veux frais, endurci, prêt quand il faudra se battre. Je veux que tu sois tonique. Au mieux de tes possibilités psychiques et physiques. Tu comprends ce que je te dis?

– Oui, bien sûr. Mais tu te rends compte que ce salaud dit que j'ai fait en sorte de favoriser un producteur laitier plutôt qu'un autre pour des raisons d'amitié, par clientélisme? Et cet autre qui me traite de vicieux? De lolitomane?

– Leo, personne de sérieux ne te rend responsable de rien. Rien que ce salaud de journaliste. Et grâce au ciel, les procès, ce ne sont pas les journalistes qui les font.

– Mais tu sais combien de gens ont dû lire cet article? Tu sais combien de gens qui me connaissent ou pas vont croire maintenant que je suis le monstre qui a commis tout ça?

– Il me semble que tu idéalises un peu le lecteur moyen des journaux. La majorité a du mal à lire les titres, et la minorité qui s'embarque dans l'aventure de commencer l'article laisse tomber à la quatrième ligne. Le nombre infime de héros qui arrive au bout, eh bien, il oublie tout le contenu quand il passe à l'article suivant. Et tu devrais le faire aussi. Oublie. Oublie toute cette histoire. Tu ne t'en rends pas compte parce qu'il s'agit de ta vie, que ça te blesse, et c'est normal, et aussi parce que tu ne peux pas avoir mon objectivité, mais ton affaire se démode. *Tu* te démodes. Et ça, je t'assure, ça ne peut que nous servir. Je ne devrais pas te le dire, mais j'ai de grands espoirs. Plus j'étudie cette affaire, plus j'entre dedans, et plus je comprends la série impressionnante de malentendus, de déductions, d'exagérations. Nous finirons par nous en sortir. Je te le promets. Tu dois penser seulement à ce que tu deviendras quand ce sera fini. Tu dois penser à toi, à ta santé, à ta famille, à comment revenir dans le circuit. Tu n'en as rien à cirer de baiser une fille de vingt ans? Trouve au moins le moyen de parler à Rachel et à tes fils. Rétablis une relation avec eux. Regagne leur confiance. Je t'aiderai si tu veux. J'en parlerai à Rachel. Je lui mettrai sous le nez toutes les preuves irréfutables de ta bonne foi et de ton innocence. Je lui démontrerai que l'histoire de la petite n'a aucune implication pénale, que cette gamine t'a littéralement manipulé, qu'elle t'a fait chanter et t'a mené au bord du désespoir…

– Non, je t'en prie, je t'en conjure, Herrera, je ferai tout ce que tu voudras. Mais ne dis rien à Rachel, laisse les garçons tranquilles.

– Mais pourquoi? Tu penses qu'ils n'aimeraient pas savoir que leur père et mari n'est pas le monstre que quelqu'un voudrait nous faire croire?

– Non, non, je t'en prie. Non. Promets-moi que tu ne le feras pas.

« – D'accord, d'accord, je te le promets, mais ne t'énerve pas. Je ne dirai rien. Mais tu ne peux pas continuer à les fuir. À avoir honte devant eux. Leo, tu n'as aucune raison d'avoir honte. Absolument aucune. Celui qui te le dit est quelqu'un dont la profession consiste à défendre ordinairement des requins louches qui devraient avoir honte d'un million de choses mais qui, on se demande pourquoi, ne savent même pas ce que c'est que rougir. »

Herrera prêchait dans le désert, comme on dit. Le problème, c'est que Leo était ce désert. Alors que, détail ironique, une des raisons qui avaient poussé Leo à s'adresser à Herrera était la conviction que celui-ci pourrait comprendre mieux que tout autre la honte dont il ne parvenait pas à se laver. Il avait visiblement mal calculé. Avec le temps les choses n'avaient pas changé que pour lui. Elles avaient aussi changé pour Herrera. Il n'était plus le petit nain vilipendé d'autrefois. Grâce à son charisme viril, son astuce satanique et son éloquence funambulesque il avait fait oublier au monde sa stature et son aspect. Et pourtant, malgré ses capacités d'empathie, comment cet avocat de renom pouvait-il imaginer la vie que Leo avait menée ces derniers temps ? Le gouffre dans lequel il était tombé ? L'ultime moment de son expérience humaine (la seule qui lui était accordée) avait la pédanterie de se consacrer à la honte.

Que savait Herrera de ce que signifie voir vos enfants vous regarder imperturbables pendant que vous vous agenouillez devant un homme sur le point de tirer sur vous ? Ce que signifie imaginer ce que vos enfants souffrent à cause de vous ? Mais, de toute façon, Leo n'aurait même pas su expliquer à un homme rationnel que lorsqu'on est à ce point couvert de honte, la seule chose dont on a envie c'est d'en avoir davantage. De s'enfouir dessous comme quelqu'un qui s'est fait tirer dessus et qui appuie sur sa blessure pour voir jusqu'où peut aller la douleur. C'est à ça que servait toute cette documentation, toutes ces coupures de presse méticuleusement archivées : à rester le plus accroché possible à sa honte, à ne pas se laisser l'oublier ni la sous-évaluer un seul instant.

Ou peut-être Herrera avait-il raison. Il était peut-être en train de devenir fou. Mais existait-il quelqu'un, du moins dans leur milieu, qui dans cette situation avait davantage de droit que lui à devenir fou ?

L'image que je reproduis implacablement se chargea de mettre la résistance nerveuse de Leo à rude épreuve.

Elle apparut soudain dans deux journaux pour illustrer des articles qui parlaient de la fameuse affaire à laquelle il était mêlé. Ils ont finalement ce qu'ils cherchaient, pensa-t-il surexcité. Ils ont un as dans leur manche. Ils n'ont pas besoin d'autres preuves fabriquées, d'autres infamies. Cette photo disait tout ce qu'il y avait à dire. Elle allait servir d'affiche publicitaire à la campagne de sensibilisation dont l'objectif final, évident désormais, était l'élimination de la bactérie Leo Pontecorvo du corps social.

Leo ne savait même pas comment ils l'avaient trouvée, cette photo. Il entendait déjà l'éternel naïf plein de bon sens (le monde en regorge) le rassurer en disant qu'elle n'avait aucune importance. Elle ne le représentait pas nu, ni déguisé en femme, ni dans une pause équivoque, ni le pistolet à la main, encore moins ivre. Elle ne l'avait pas surpris dans une attitude intime avec Camilla ni se livrant à une des manœuvres de corruption infinies qui lui étaient imputées. Rien de tout ça. Pourquoi tu t'énerves tant ? lui demanderait le naïf-plein-de-bon-sens, au fond, cette photo montre seulement un homme à cheval, comme des milliers de messieurs qui pratiquent l'art anachronique de l'équitation. Mais c'est précisément ça ! rétorqua intérieurement Leo au comble de la surexcitation à l'hypothétique naïf-plein-de-bon-sens. C'est exactement ça. C'est ça le secret. C'est ça le coup bas. Il s'agit d'une photo évocatrice, insidieuse, pleine de doubles sens et de doubles-fonds.

Lui qui connaissait désormais le système de l'intérieur (cet incinérateur majestueux et sournois), parvenait à deviner le pouvoir iconographique d'une photo de ce genre. Un pouvoir que, cette fois, même Herrera ne pourrait pas minimiser. Avec son intuition subtile il comprendrait certainement.

« Tu remets ça ? Tu ne m'avais pas promis que… ?

– Oui, je sais, et je te jure que je l'ai fait… ou plutôt que j'ai essayé. Mais ça n'est pas tellement facile et peut-être même pas tellement intelligent d'ignorer tout ça. J'ai le droit de contrôler, de surveiller. Tu ne peux pas t'occuper de tout, et tes collaborateurs non plus. Je sais, je sais, ils travaillent toute la journée pour moi. Mais ces choses-là, ils ne peuvent pas les comprendre. Tu conviendras avec moi qu'il faut notre intelligence, notre formation, notre maturité pour comprendre certaines choses…

– Du calme, Leo, du calme, ce n'est rien. J'y jette un coup d'œil, comme tu le demandes, mais calme-toi un instant…

– Pourquoi tu me demandes d'être calme ? Je ne veux pas être calme. Je ne peux pas être calme. Comment rester calme pendant que ceux-là continuent de publier des abominations ?

– Mais quelles abominations ? »

Alors Leo lui avait de nouveau montré la photo. Et Herrera avait repris sans perdre son sang-froid :

« Voilà, je l'ai vue. C'est une photo, c'est tout. Elle ne t'avantage peut-être pas. Tu n'es peut-être pas l'homme le plus photogénique du monde. Mais bon Dieu, il s'agit d'une photo. La photo d'un homme à cheval, habillé comme un con. J'en ai vu des millions. Il suffit d'acheter le magazine *Il cavallo*, sans parler de *Salto a ostacoli* ou *Dressage* et tu en trouveras des milliers d'autres. »

Cette fois, ce cynisme n'amusa pas Leo, cette ironie expéditive ne le fit pas se sentir chez lui ni en famille. Elle l'indigna. Il n'en revenait pas. Leo n'avait plus aucune envie de rire, il voulait être pris au sérieux. Il exigeait une réponse sérieuse. Il se saignait aux quatre veines et mettait sa famille sur le pavé pour obtenir des réponses sérieuses. Par conséquent, qu'Herrera lui réponde sur le même ton.

« D'accord, excuse-moi, pas de plaisanteries. Je te jure, mon vieux, que je n'arrive pas à comprendre de quoi tu parles. Je n'arrive pas à comprendre pourquoi cette photo devrait être plus dangereuse ou plus infamante que toutes celles qu'ils ont publiées jusqu'ici. »

Se pouvait-il qu'il ne comprenne pas? Un homme de sa finesse, de son habileté, de sa sensibilité ne comprenait pas. Pour comprendre certaines choses il faut probablement être dedans, être impliqué. Tout a un sens dans la vie. Toute cette tragédie a un sens. Se peut-il que toi, Herrera, précisément toi, tu ne le comprennes pas?

Leo avait vraiment besoin d'y croire. Croire au sens de ce qui se passait. Mais il ne savait pas comment convaincre son avocat que cette photo était reliée à ce fameux sens. Alors il essaya de se calmer. Ou plus exactement de jouer à l'homme qui se calme.

«Tu es sûr qu'il n'y a pas moyen de faire retirer cette photo de la circulation? De l'envoyer au pilon? Je ne sais pas, moi, de les poursuivre tous pour diffamation?

— Tu vois? Je ne comprends pas tes divagations. Qu'est-ce qui t'arrive? Tu perds la tête. Je te le répète, c'est une photo. Tu n'as qu'à ne pas la regarder. Ne pas acheter les journaux et ne pas allumer la télé. C'est la seule recette contre la paranoïa.

— Et maintenant, en plus, tu me traites de parano? Qu'est-ce que vient faire ici la paranoïa? Je serais paranoïaque rien que parce que je suis conscient? que j'enregistre obstinément ce qui se passe? Tout ce qui m'est arrivé, ça te paraît de la paranoïa? Tu sais ce qui se passe? Tu as une idée de la solitude que je ressens? Du jour au lendemain je suis devenu un ver. Un paria. Plus personne ne veut rien m'accorder. Tu te rappelles le congrès de Bâle où j'avais été invité? Eh bien, hier soir une nana, une conne avec une voix cérémonieuse, m'a laissé un message. Tu sais ce qu'elle a dit?

— Qu'est-ce que j'en sais! Qu'on avait changé l'heure de la pause-café?

— Qu'au dernier moment ils avaient dû annuler le congrès. Qu'ils étaient navrés, qu'ils ne savaient pas comment ça avait

pu se produire, qu'un regrettable concours de circonstances…
et autre bla-bla suisse…

— Et alors?

— Alors quoi?

— Quelle est la morale de l'histoire?

— La morale, Herrera, c'est qu'ils m'ont exclu. La morale,
c'est que depuis quelque temps tout le monde m'exclut.
Y compris les Suisses. Mais tu sais pourquoi ils viennent
seulement de décider de m'exclure?

— Pourquoi?

— Mais enfin c'est tellement clair, Dieu du ciel! Parce qu'ils
ont vu la photo. Réfléchis, Herrera. Moi j'y réfléchis depuis hier
soir, et tout s'explique parfaitement. Cette saleté de journal
arrive à Bâle, pas vrai? Il y arrive, c'est sûr, je me suis renseigné.
Il est visiblement tombé entre les mains de quelque bureaucrate
fougueux. Qui a montré la photo au comité. Alors seulement le
comité a décidé. Cette photo les a convaincus. Je les vois tous
en cercle en train de la regarder, ils la commentent, ils la
jugent… Je vois tout.

— Et tu ne penses pas qu'ils t'ont exclu du congrès à cause
de tout ce qui est arrivé ces derniers mois? Quand tu m'en as
parlé tu m'as dit que tu étais étonné qu'ils n'aient pas trouvé
une excuse pour annuler ton invitation. Et maintenant ça y
est, c'est fait.

— Oui, mais pourquoi justement maintenant?

— Parce qu'ils sont rentrés de vacances. Parce que le congrès
est pour bientôt. Ou parce qu'ils viennent seulement de se souvenir de toi. Comment veux-tu que je sache? Et surtout, qu'est-
ce que ça peut foutre? Tu crois vraiment qu'un des organisateurs
a eu la révélation en tombant par hasard sur cette photo? Et
qu'alors seulement il a annulé ton invitation? C'est ce que tu es
en train de me dire? C'est ça ta reconstitution géniale?

— Exactement.

– Alors, mon cher, comme tu vois, tu as pété un plomb...
je t'avais dit de ne pas lire cette merde. C'est cette merde qui
te met le cerveau en bouillie. Tu n'es pas le premier que je
vois réduit à cet état. Tu as disjoncté. Je te le répète : tu n'es
pas le premier que je vois dans cet état. Et je savais que ça
pourrait t'arriver. Alors, laisse-toi aider par quelqu'un qui a
encore les pieds sur terre : aussi incroyable que ça puisse te
paraître, cette photo n'en dit pas plus sur toi que n'importe
quelle autre que j'aie jamais vue. C'est vrai, elle te montre
dans une activité sportive. Peut-être le sport que tu pratiques
n'est-il pas des plus populaires, il est même, disons-le,
un brin snob. Il y en a que ça peut mettre en pétard. Un
marginal, un populiste. La concierge pourrait dire au garçon
boucher : "Regarde un peu ce salaud de pédophile, ce voleur,
cet usurier, ce Juif de merde avec ses milliards. J'aurais parié
qu'il montait à cheval habillé comme quelqu'un qui va à la
chasse au renard." Je ne nie pas que ça puisse arriver. Mais
de là à dire, avec tout ce qui t'arrive, que cette photo est le
fruit d'une grande machination destinée à te détruire, il y a
un monde. »

Herrera, le très intelligent Herrera, ne comprenait-il
vraiment pas ? Et pourtant, pour Leo, c'était tellement évident. Ou peut-être le comprenait-il, et comment. Peut-être le
comprenait-il et voulait-il le faire passer pour fou. Mais bien
sûr : il n'est pas mon ami, il n'est pas mon allié. C'est lui qui
a rompu avec moi en son temps. C'est lui qui à un certain
moment de notre vie a décidé qu'il ne voulait plus de ma
présence. Ma stature, mon aspect, mon charme, mon aisance
l'agaçaient. Ils le mettaient en difficulté. Ils l'humiliaient.
Ce type me déteste depuis que nous étions enfants. Comment
ai-je pu me fier à lui ? Comment ai-je pu mettre ma vie, ou ce
qu'il en reste, entre ses mains si ce qui chez moi était alors
de l'amitié n'était chez lui que de l'hostilité ? Si ce qui était

chez moi de l'affection était chez lui de l'envie? Il a rusé pour me piéger. Et maintenant il s'est adjugé la meilleure place pour jouir du spectacle de ma destruction. Il n'attendait rien d'autre que de me voir diminué pour jouir à fond de sa rédemption.

Et tout ça pour quoi? À cause d'une malheureuse plaisanterie qui m'a échappé quand j'étais à moitié soûl devant cette Valeria, ou je ne sais qui. S'il m'avait expliqué ce qu'il ressentait. S'il m'avait dit ce qu'il avait à l'intérieur. Mais rien. Il était orgueilleux. Il ne voulait jamais se découvrir. Ce n'est qu'à la fin, quand la situation était devenue trop insupportable, qu'il m'avait chassé de sa vie à coups de pied. Comme ça, sans préavis, avec une méchanceté et une préméditation qui m'ont coupé le souffle. C'est depuis ce temps-là qu'il m'attend au tournant? Ne jamais sous-estimer la fichue rancœur des nains! Pourquoi m'étonner? Il a toujours été comme ça: patelin et ambigu. Et le moment est venu de me faire payer la note. Cet avocaillon pouilleux qui a sur l'estomac des poils plus longs que lui fait semblant de m'aider, d'être proche de moi, pendant qu'il m'enfonce.

Jusqu'à ce que Leo ait soudain une illumination.

«Tu te rappelles la question que tu as posée au rabbin Perugia à propos de l'iconoclasme juif? Et tu te rappelles sa réponse?»

Cette phrase était sortie de sa bouche sans qu'il ait compris pourquoi.

«Et qu'est-ce que vient faire ici l'iconoclasme juif?

— Allons, ne me regarde pas comme ça, ne me traite pas comme si j'étais fou, je suis parfaitement lucide. Tu t'en souviens ou pas? Bien sûr que tu t'en souviens, mais tu ne veux pas me donner satisfaction. Et dire que chaque fois que tu polémiquais avec le rabbin je te regardais avec une telle admiration. Je ne le montrais peut-être pas, mais j'étais extasié. Ta dialectique, ton amour pour tout ce qui n'était pas prévu, ton talent pour protester contre ces superstitions anachroniques…

– Ça va, ça va. Je te remercie. Et je suis d'accord, c'était drôle de se moquer de ce débile, de porter atteinte à ses certitudes granitiques, mais je ne parviens pas à comprendre le rapport avec cette photo et avec tout ce qui se passe… et je ne me rappelle aucune question que j'aurais posée au rabbin et aucune réponse de sa part. »

Mais Leo n'avait plus envie de donner des explications à son ami. Ni de lui rappeler ce qu'un Herrera imberbe avait dit au rabbin Perugia des années plus tôt, et surtout ce que le rabbin Perugia lui avait répondu. Cet échange de boutades entre un jeune rabbin balbutiant et un petit gnome de treize ans apparut tout à coup à Leo d'une telle profondeur – une prophétie tellement définitive ! – que le lui raconter aurait semblé une profanation inutile.

Leo était en transe à présent, placidement imprégné de ce souvenir: les longues leçons ennuyeuses du rabbin Perugia que lui et un tout petit groupe de garçons suivaient le dimanche matin dans le sous-sol de la grande synagogue. Il se rappelait tout. Les parties de ballon qui précédaient ces immersions accablantes dans la religion, parties où Herrera faisait preuve de toute sa combativité rancunière. L'air, plein d'une poussière néoréaliste, qu'on respirait pendant ces parties – ces batailles ! – dans lesquelles les Juifs du peuple profitaient de la seule occasion qui leur était donnée de rencontrer les Juifs de bonne famille pour les écrabouiller. Mais aussi les après-midi dansants qui suivaient la leçon et qui se déroulaient le plus souvent chez les Pontecorvo. Petites fêtes joyeuses qu'Herrera désertait, par timidité ou par orgueil, ou pour ne pas les gâcher par sa présence.

234

Comment Herrera pouvait-il ne pas se souvenir du matin où, trente-cinq ans plus tôt, à quelques semaines de leur bar-mitzvah, lui-même, Herrera, avait demandé au rabbin Perugia pourquoi Dieu avait interdit aux Juifs le réconfort des images. Pourquoi cette capricieuse entité barbue, avec qui Herrera semblait avoir un compte à régler, avait défendu à son peuple de faire son portrait. Les catholiques passent leur temps à peindre leur beau Jésus, splendide et nerveux, et nous n'avons même pas droit à une petite image pieuse. Pourquoi? Pourquoi?

Question typique d'Herrera petit garçon. Une curiosité vaine qui lui était propre ces années-là. Le goût du spécieux, l'exhibitionnisme intellectuel qui auraient dû racheter son physique ingrat. Et en même temps une provocation avec laquelle il voulait détruire tout ce qui l'entourait. Qui provoquait chez les autres garçons (et surtout chez les filles) une incompréhension soupçonneuse. Et il était très conscient de la méfiance que son corps inspirait chez tous.

Pourquoi cet horrible petit nain s'intéressait-il tant à ces choses-là? En quoi était-ce important de savoir pourquoi Dieu ne voulait pas que l'on fasse son portrait si dans quelques heures ils devaient tous se retrouver dans le salon des Pontecorvo pour danser en profitant des disques tout juste arrivés d'Amérique? Comment un gamin de treize ans pouvait-il préférer des questions pompeuses à Glenn Miller, Cole Porter, Bing Crosby? Pourquoi, alors que tous les autres – tirés de force de leur lit le dimanche matin pour ce qui était considéré comme une ration supplémentaire d'étude réservée aux enfants juifs – se fichaient de ce que le rabbin disait à propos de Dieu et de ses caprices, Herrera, au contraire, s'y intéressait-il autant? Pourquoi cet enfant si laid et si timide ne montrait-il tant d'énergie pugnace que pour jouer au foot et pour lancer un défi dialectique au rabbin Perugia?

Chose curieuse, autant l'impertinence verbeuse d'Herrera apparaissait incompréhensible à ses camarades, autant elle plaisait au rabbin qui lui disait : «Avec ce cerveau tu devrais devenir rabbin !» Pour s'entendre répondre par cet enfant précoce de treize ans : «En revanche, rabbin, je crains que vous ne mettiez trop d'espoir dans la Loi de Moïse pour pouvoir devenir avocat.»

Que vous ne mettiez trop d'espoir ? Allons donc, les garçons de treize ans ne parlent pas comme ça. C'est pourtant ainsi que parlait Herrera. Comme un livre.

Eh bien, cette fois-là, l'éloquence tortueuse que, par la suite, Herrera allait mettre au service de ses clients et faire fructifier en faveur de son compte en banque, et qui se moquait désormais de convaincre des rabbins des inconséquences de Dieu le Père, s'était fixée sur la question des images. Pourquoi Dieu ne voulait-il pas que l'on fasse son portrait. Herrera ne comprenait pas. Et pourquoi donc Leo – bien qu'il ait appartenu à la catégorie des feignants ensommeillés qui regardaient sans cesse la pendule pendant les leçons en espérant que cette torture s'arrête le plus vite possible – se souvenait-il aussi bien de la première réponse du rabbin, résolument ironique : «Eh bien, le Pauvre Vieux n'est peut-être pas le type vaniteux qu'on dit», que de la seconde, infiniment plus solennelle : «Ou alors le Seigneur veut nous enseigner que la vérité est tout ce que les images ne disent pas.»

Au souvenir de cette seconde réponse, Leo frissonna encore. Il éprouva de l'allégresse. Comme si ces mots expliquaient l'état des choses. La raison de tout. Il fut content que le rabbin ait alors mis en échec son meilleur élève et qu'à présent ce même élève, devenu avocat célèbre, puisse être de nouveau mis en échec par la même phrase. Oui, cher vieux rabbin, explique à ce prétentieux comment ça marche.

Dis-lui la seule chose raisonnable sur ma situation actuelle: *La vérité est tout ce que les images ne disent pas.*

C'est ainsi que Leo se décida à répéter, trente-cinq ans plus tard, cette phrase à celui qui l'avait inspirée: «Tu te rappelles, Herrera? La vérité est tout ce que les images ne disent pas? Tu te rappelles, Herrera? Je t'en prie, dis-moi que tu te rappelles.

— Leo, calme-toi, je ne vois pas de quoi tu parles. J'ai peur que tu délires.

— Mais si, voyons, quelle réponse extraordinaire! Je ne la comprends que maintenant. Maintenant que je me trouve face à cette photo, je la comprends. Je comprends que les photos mentent. Ce sont les photos, le problème, tu comprends? C'est avec les photos que ces salauds détruisent ta vie. Comme le soir où ils ont diffusé l'information au journal télévisé. Derrière le présentateur il y avait une photo de moi. Quand j'ai entendu qu'on parlait de moi, j'ai regardé la télé, incrédule. Et je me suis vu, à côté de ce monsieur. C'était moi, mais ça n'était pas moi. Cette photo me montrait mais ne disait rien de moi. Ce sont les photos, le problème. Ce sont les photos qui anéantissent tout. C'est à cause de certaines photos qu'un jour ta femme ne t'adresse plus la parole, que tes fils ne veulent plus te voir, que tu te claquemures dans le sous-sol comme un fou, comme un voleur. Et c'est à cause de photos comme celle-ci que j'ai honte. Dis-moi que tu me comprends. Dis-moi que tu vois toi aussi ce qu'ils m'ont fait. Ce qu'ils sont en train de me faire.

— Oui, Leo, je vois. Je vois très bien. Maintenant calme-toi. Assieds-toi et calme-toi. Tu verras, nous le leur ferons payer. Ils se rétracteront sur tout.

— Non! Tu ne comprends pas. Je veux seulement que tu dises que cette photo produit chez toi le même sentiment de terreur que chez moi. Mystification, altération, tromperie. Ce sont leurs armes.»

Bien que le ton de Leo ait été celui d'un exalté et qu'une partie de sa perception ait été tout à fait altérée, on ne pouvait pas nier que cette photo était stupidement majestueuse, jusqu'à friser le mensonge. Quoi de plus mensonger que la photo encadrée que Rachel avait l'ironie de garder sur une petite table de l'entrée (qui l'y avait prise là pour la donner à ces hyènes?), loin des regards indiscrets, pour rappeler à Leo ce qu'il n'aurait jamais dû faire? Cette photo qui l'avait surpris en impeccable tenue d'équitation, monté sur un cheval à la robe noisette, crinière, jarrets et queue noirs, serrant fermement la bride dans son poing.

Parmi les milliers de photos qui avaient été prises de lui en un demi-siècle, aucune n'était plus incapable de représenter un homme qui avait érigé bon goût et autodérision en codes de survie. Mais qui aurait expliqué aux consommateurs distraits des médias que si ce cavalier n'était pas à proprement parler innocent, il était coupable d'une façon beaucoup plus controversée que ne semblait le suggérer cette satanée photo?

Rachel l'avait prise le printemps précédent au manège de l'Olgiata, lorsqu'il avait décidé, après des années d'inactivité et sur le conseil d'un collègue nutritionniste, de prendre des leçons d'équitation et que, cédant à la vanité du débutant qui croit cacher son ignorance sous la correction de son équipement, il avait acheté un pantalon de cheval, des bottes marron en cuir gras et surtout une veste à carreaux ridicule. Quiconque savait monter aurait vu dans la posture de Leo les signes de son inexpérience: talons levés, dos courbé, rigidité circonspecte. Mais combien d'as de l'équitation courent les rues? Une poignée de snobs et de cavaliers qui ne lisent probablement pas les journaux et ne regardent pas la télé parce que l'air pur est préférable.

Cette photo était vouée à produire sur les gens une impression tout à fait contraire: quelque chose qui poussait à avoir des soupçons sur tant d'assurance inattendue, soupçons qui ne tardaient pas à dégénérer en indignation et en agressivité. Elle dénote quelqu'un qui de nos jours accepte de se faire photographier habillé comme lord Brummell, quelqu'un qui a tellement perdu le sens du ridicule qu'il a posé devant l'objectif comme une statue équestre et dont on s'attend à ce qu'il commette certains délits morbides et mesquins. Seul un con en culotte de zouave peut affronter la crise de la cinquantaine, à la différence de beaucoup de ses contemporains de même rang, en n'achetant pas de voiture hors série, en ne sautant pas la prof d'aérobic de sa femme, mais en prenant le chemin sans retour de la corruption, de l'usure, de la pédophilie…

Et tout le monde se contrefiche que cette photo ne te représente pas. Qu'elle soit au contraire la négation spectaculaire de tout ce que tu as furieusement cherché à représenter. Parce que cette photo est plus forte que ta vie. Elle est plus vraie que toi. Plus définitive que toute sentence, plus éloquente que tout test accablant, plus circonstanciée que toute expertise et tout témoignage. Cette photo, c'est toi tel que les autres croient t'avoir compris. C'est pourquoi elle est aussi vibrante. Aussi puissante. Aussi cruelle. Parce qu'elle dit au monde ce qu'il veut entendre : que rien ne s'accorde mieux avec la dépravation que la vanité.

Quatre hommes en uniforme avaient violé la paix de son studio en sous-sol le matin de bonne heure un jour de la mi-septembre. Et ils l'avaient fait avec correction et discrétion. En frappant et en attendant un signe de vie avant d'entrer. Bien que Leo, dont le sommeil était désormais extrêmement léger, ait entendu les voitures se garer devant la maison, les voix des policiers qui s'approchaient, la sonnerie de l'interphone, puis le carillon et le piétinement indiscret au-dessus de sa tête, il sursauta quand on frappa à sa porte.

Qui cela pouvait-il être ? Qui osait frapper à la porte du réprouvé ermite ? Rachel ? Un des garçons ? Telma ? Ou peut-être le plombier ? Le débit de l'eau n'avait peut-être pas diminué que dans ses toilettes ? C'était peut-être arrivé dans toute la maison. Et peut-être la diligente Rachel, qui continuait d'une certaine façon sévère, à s'occuper de lui, envoyait-elle le plombier régler aussi le problème là au-dessous…

Leo avait préféré ne pas répondre. Il avait fait comme si de rien n'était. Sans réussir à contenir le bouleversement émotionnel que l'idée de cette intrusion, quelle que soit sa nature, provoquait en lui. Il avait même résisté un instant à l'envie d'aller se cacher derrière le canapé à fleurs qui lui servait de lit depuis longtemps déjà. Au fond, ce pouvait être n'importe qui. Rien ne pouvait le surprendre. Pas même une bande de loubards armés de bâtons venus lui faire sa fête. Ou le père de Camilla qui s'était finalement décidé… Or ce n'est certainement pas parce qu'il craignait pour sa sécurité qu'il ne voulait pas répondre, mais à cause d'une pudeur soudaine. Il redoutait le son de sa propre voix. C'est vrai, quand il allait au bureau d'Herrera il parlait, et comment. Mais chez lui, dans son bunker, la seule idée d'ouvrir la bouche lui paraissait sacrilège.

Après une autre série de coups de plus en plus insistants les quatre policiers, à bout de patience, étaient entrés.

Leur vue avait rassuré Leo. Il avait néanmoins continué de se taire, en leur tendant les poignets dans un geste mélodramatique pour qu'ils lui passent les menottes. Mais l'un des quatre, un jeune (il devait être à peine plus âgé que Filippo), avait dit : « C'est inutile, professeur. »

La surprise de Leo en voyant ces jeunes hommes en uniforme n'avait pas été moins grande que celle des agents de la police judiciaire en se trouvant devant un homme complètement différent de celui qu'ils avaient vu dans la presse et à la télé.

La chute désastreuse d'un destin aussi improbable s'était traduite par une révolution physique: un amaigrissement brutal et le blanchiment de son élégante chevelure avaient bouleversé son aspect. Et il devait être arrivé quelque chose à sa pigmentation: la couleur agréablement cuivrée de sa peau avait pris de vilains reflets gris-bleu et son épiderme, surtout sur les mains, s'était couvert des taches café au lait qui apparaissent généralement à un âge plus avancé.

Ce qui ne faisait que mettre en évidence une métamorphose encore plus radicale, celle de son caractère: en son énième apparition publique pendant ce blitz matinal de la police judiciaire munie d'un mandat d'arrêt, Leo faisait preuve d'une soumission impressionnante, comme s'il voulait démontrer à ces quatre policiers incrédules et à lui-même qu'il avait suffi de quelques mois pour effacer de son tempérament toute trace d'arrogance et de hauteur.

Il ne dormait plus avec Rachel et ne voyait plus ses enfants depuis deux mois, sinon de temps en temps par hasard et par les fenêtres étroites de son sous-sol. Deux mois qu'il ne sortait pas le matin pour aller à Santa Cristina. Qu'il ne recevait pas d'autres coups de téléphone que ceux d'Herrera, de quelques fouineurs attardés et d'un obscur imprécateur, méthodique et radoteur. Il avait soulagé les siens du poids d'une présence importune, comme le prudent et pudique Gregor Samsa... Normal, donc, qu'il soit disposé à accueillir tout être vivant frappant à sa porte, mais qu'il en soit aussi épouvanté.

Peut-être à cause du long isolement, de la surprise, de la migraine et de la fatigue cruelle dont il souffrait, ou peut-être parce que entre-temps, au bout d'un mois et demi, il perdait confiance dans les capacités de thaumaturge d'Herrera, toujours est-il que Leo se montrait étonnamment hospitalier avec celui qui était venu l'arrêter, qui se tenait là, menottes à la ceinture, prêt à l'emmener on ne sait où. C'est ma nouvelle famille, pensait Leo avec émotion. C'est pourquoi il était aussi cérémonieux. Sans doute aurait-il manifesté la même gratitude à quiconque serait venu le libérer de ce cauchemar domestique. Au fond, un enfermement en vaut un autre!

Leo éprouvait même une forme de reconnaissance envers le type au téléphone qui le menaçait de le tuer et de pisser sur son cadavre. Oui, même envers ce psychopathe qui disait des choses telles que: «Tu t'amuses avec les petites filles, hein? Tu prends du bon temps avec elles? Mais Dieu le voit, et je le vois moi aussi. Moi aussi je le vois. Professeur, souhaite seulement que Dieu te trouve avant moi…» Tout, jusqu'aux paroles de ce maniaque, valait mieux que le silence qui l'assiégeait, que cette absence de contact humain tendre (mon Dieu, la hanche douce de Rachel! Existait-elle encore quelque part?); tout valait mieux que ces pensées lourdes comme du ciment armé qui l'écrasaient et que ces révélations inattendues de sa conscience, dans lesquelles il prenait acte du caractère irréparable de ce qui arrivait.

Le fait est que quiconque de son entourage l'aurait vu dans cette situation, aux prises avec les jeunes policiers en uniforme, aurait levé les yeux au ciel devant sa complaisance, prête à virer à l'émotion.

Mais enfin, où était passé l'orgueil bien dissimulé de Leo Pontecorvo? Celui avec lequel il avait toujours tenu les autres à distance depuis l'époque où il était le premier dans le cours de spécialisation du professeur Meyer? Et d'où sortait la flagornerie qui le faisait se prosterner devant ses geôliers? Deux mois d'isolement et de honte sociale suffisent-ils pour réduire un grand homme à un être craintif et geignard?

Croyez-moi: il suffit de beaucoup moins!

Les policiers, de leur côté, s'étaient révélés trop conciliants. Après lui avoir épargné la mortification des menottes, le jeune, le plus visiblement inexpert, défiant le protocole et la colère de son supérieur lui avait murmuré : « Professeur, vous ne vous en souvenez sûrement pas, mais vous avez eu en traitement la fille de mon frère », d'un ton qui indiquait que la fille du frère du jeune policier jouissait à présent d'une excellente santé. Elle faisait partie de la liste de ses anciens patients qui s'en étaient sortis, dont certains venaient le voir tous les ans pour lui prouver que s'ils étaient encore là c'était grâce à lui.

Confidence très déplacée qui avait poussé le plus gradé à intervenir : « Écoutez, professeur, je ne veux pas vous bousculer, mais il vaut peut-être mieux que vous emportiez quelques effets personnels. Il se peut que cette nuit au moins… oui, enfin, vous *comprenez*… »

Qu'y a-t-il à comprendre au fond ?

La cloison qui sépare ta belle chambre conjugale de la cellule dans laquelle tu pourrais te cogner d'un moment à l'autre est beaucoup plus ténue que ta prétention à l'immunité sociale ne te le faisait croire autrefois. C'est ça que tu dois comprendre ? Ça ne demande pas une intelligence supérieure.

Leo s'était laissé escorter à l'extérieur comme s'il ne connaissait pas la maison où il avait vécu tant d'années et qui lui avait coûté une jolie somme. Il avait été soulagé de constater qu'entre le sous-sol et l'entrée il n'y avait personne. Rachel avait probablement fait en sorte que pas âme qui vive n'assiste à l'arrestation. Pour lui épargner une mortification, ou l'épargner aux enfants et à elle-même. Et ça s'était bien passé. En sortant à l'air libre, dans le jardin, Leo avait été accueilli par une étincelante journée de la fin septembre. Le parfum de l'herbe fraîchement tondue. La lumière du matin teintée d'abricot comme un lever de soleil à Jérusalem : la lumière jaune et rasante de septembre. À l'horizon un front solitaire et parfait de nuages blancs avait pris la forme d'un squale à la gueule entrouverte, aux aguets, prêt à s'élancer sur sa proie.

Ces jours de septembre. Il les avait toujours aimés. Quand tout dans la maison se remettait en mouvement. Lui-même, éreinté par le mois d'août à la mer, retournait travailler. Rachel redevenait maîtresse incontestée des lieux. Filippo et Semi retournaient en classe. Ce retour inexorable avait quelque chose de touchant et de rassurant. Le matin, avant de monter en voiture pour filer à l'hôpital, Leo faisait un saut au bar juste à l'extérieur de l'entrée nord du lotissement, que les garçons appelaient le «fossé». Il prenait un café et ses journaux. Et des croissants brûlants pour Rachel et Telma.

Ces jours de septembre. Jusqu'à récemment encore c'était la période de l'année où Rachel consacrait plus d'un après-midi aux fournitures scolaires des garçons. Elle allait dans les papeteries et les grands magasins acheter des trousses, des cahiers, des sacs, des cahiers de textes. Pendant les cinq ans d'école élémentaire (ou, comme il disait à cette époque-là, la «némentaire»), avant que ses désirs de consommation ne se déplacent vers l'habillement, Semi n'avait pas pu s'empêcher de demander chaque fois à sa mère: «Tu m'achètes la trousse avec le compas et la loupe?»

Et elle: «Nous verrons.»

Et lui: «Nous verrons ça veut dire non.

– Nous verrons ça veut dire que nous verrons.»

Rachel devait se retenir pour ne pas acheter aux garçons tout ce qu'ils voulaient. Elle gardait encore le souvenir de sa frustration de n'avoir pas des fournitures à la hauteur de celles de ses camarades. L'école était une chose importante pour elle. Contrairement à son mari elle l'avait toujours aimée. Elle avait été une écolière exemplaire. Pour elle, l'école avait été un lieu vivant qui la sortait d'une atmosphère domestique lugubre. Pas pour Leo. Pour Leo elle avait surtout été une entrave. Se lever à l'aube était une souffrance. Il appartenait à la confraternité des noctambules qui se réveillent à midi. S'il y avait une chose dont il remerciait le ciel c'était qu'à un certain moment l'école s'était terminée et que personne ne l'avait plus contraint à se lever à des heures insensées. Cet air tiède et caressant devait être le même que les matins où sa mère se glissait dans sa chambre, ouvrait les persiennes, posait le café au lait sur la table de nuit, lui sortait les pieds, doux et tout chauds de sommeil, avec délicatesse et lui mettait ses chaussettes. Un geste d'une incomparable tendresse qui annonçait néanmoins un réveil réticent.

Pendant que les agents l'accompagnaient de l'autre côté de la grille et le faisaient monter en voiture, Leo se demanda si Rachel avait trouvé cette année la force d'emmener les garçons acheter leurs nouvelles fournitures scolaires. Probablement pas. Ils étaient trop grands pour certaines distractions. Et puis, comment tout ce qui était arrivé n'aurait-il pas eu d'incidence sur le comportement quotidien de cette famille ? Leo ne savait plus quoi espérer. Il ne savait pas s'il préférait que les événements aient laissé une trace, ou que rien n'ait laissé de trace. Sa trace sur ses fils. Oui, c'était une question terrible. Sur laquelle il avait peur de s'interroger. Ses fils étaient un mystère atroce. Ils l'avaient toujours été. Et ils ne cesseraient jamais.

Tout en vivant à un étage d'eux, Leo ne savait rien de ce qui se passait dans sa famille. Il s'était bien gardé de demander quelque chose à Herrera ou à quelqu'un d'autre, tout comme il s'était bien gardé de tenter la plus petite réconciliation avec sa femme. Ce temps-là – le temps des réconciliations – était révolu. Elle avait toujours fait le premier pas.

En entrant à l'arrière d'une des deux voitures de police, qui avait une odeur de miel et d'oignon, Leo avait senti ses nerfs se relâcher, comme si on le tirait d'un cauchemar.

La vingtaine de mètres carrés de pénombre humide et mal-odorante dans laquelle ils l'ont fourré est indubitablement surpeuplée. Et pas vraiment de gentlemen de son rang. L'air sent l'urine, la sueur, les tuyauteries dégoulinantes, la rouille, le chien mouillé et bien d'autres choses non moins épicées.

Tout ici indique qu'il s'agit d'une escale dans le voyage sinistre vers l'inconnu qu'il a été forcé d'entreprendre. Toute cette saleté et cette surexcitation à faire sortir l'un et entrer l'autre font penser à la salle de garde d'un poste de secours. Oui, à l'évidence c'est l'endroit où on met les nouveaux arrivants avant de... avant de quoi ?

Il doit y avoir une erreur. Leo se rappelle qu'Herrera lui avait dit qu'en général on évite dans les prisons de mélanger les classes. Ou peut-être pas ? Il ne le lui a peut-être pas vraiment dit. Leo l'a peut-être rêvé. Il a placé un de ses derniers espoirs dans la politique de classe. Qu'est-ce que tu croyais, mon garçon ? Qu'ils te mettraient avec un membre kleptomane de l'Académie des sciences ? Avec une baronne dépravée ? Avec le docteur Mengele ou avec Silvio Pellico ? À quoi tu t'attendais ? À ce que pour les grands professeurs de ta lignée, pour un monsieur comme toi, bien sous tout rapport, il soit prévu une zone équipée comme la salle VIP des aéroports ? Qu'est-ce que tu dirais d'un bon cigare et d'un cognac vieux ?

Mais non, ils n'ont pas fait le moindre effort. Pourquoi auraient-ils dû ? La justice est aveugle (et l'injustice aussi). Ils l'ont fourré là-dedans : une petite pièce pleine d'énergu-mènes peu recommandables qui, grâce au ciel, s'occupent de leurs affaires. Le seul coup d'œil qu'il a eu le courage de jeter autour de lui lui a permis de constater un grand déballage de T-shirts ; le reste est tel qu'on l'imagine : barbes de plusieurs jours, tatouages, cheveux frisés, quelques trous laissés aux oreilles par des anneaux confisqués. L'esthétique du crime. La banalité du crime. Quand Leo est entré, une douzaine d'yeux marron et distraits lui ont souhaité la bienvenue. L'attitude de ces canailles – d'après ce que Leo a pu comprendre (voilà des heures que ses fesses s'enfoncent dans un matelas crasseux jeté sur le sol, tellement encombré de matelas semblables qu'il est presque impossible de marcher sans les piétiner) – sent davantage l'indolence que l'agressivité.

Pourquoi Leo est-il là? Ils ne le lui ont pas expliqué. Et il n'a pas eu le courage de le demander. Pas même au jeune policier, le plus gentil. Qui, hélas, s'est volatilisé avant ses collègues. Quand les agents de la police judiciaire l'ont remis à un gardien de prison, Leo a été tenté de demander à ce dernier pourquoi on l'avait amené là. Mais en le regardant il a renoncé. Un petit homme mollasson, le nœud de sa cravate réglementaire desserré et la casquette cyniquement de travers. Les bras énormes et rougis par le soleil, mais seulement jusqu'aux manches courtes de sa chemise qui laissaient entrevoir au-dessus du biceps une blancheur inquiétante. Non, ce n'était pas la personne à qui demander ce qui lui arrivait.

Mais alors à qui faire appel? Ces interrogations sont sur le point de faire exploser la tête de Leo. Et c'est terrible d'avoir autant de questions, tant de monde autour de soi, et personne à qui les poser.

Pourquoi sont-ils venus le chercher précisément aujourd'hui et pas ce jour de juillet où tout a commencé? Qu'est-il arrivé entre-temps? Et pourquoi vendredi au petit matin? Avant le week-end? En entrant dans la vaste enceinte de la prison, délimitée par des murs aussi massifs que des fortifications, Leo a eu un frisson, une petite crise de claustrophobie. Et dire que l'atmosphère est plus détendue que ce qu'un homme comme lui aurait pu imaginer. Il règne un air de démission, comme si là-dedans le temps languissait encore dans un éternel et stagnant mois d'août. Un air pas très différent, si on y pense, de celui qu'on respire les vendredis de septembre à l'hôpital ou à l'université. Les journées sont encore longues et très belles. Pourquoi ne pas en profiter? Les gens ont encore envie de mer. Oui, des derniers week-ends de plage. Rien de mal à ça. Mais alors pourquoi le traîner ici précisément aujourd'hui? Pourquoi ne pas venir l'arrêter lundi? Leo meurt d'envie de poser cette question à quelqu'un. Ses nouveaux colocataires sont sûrement beaucoup plus calés que lui en la matière. Mais il n'ose pas les questionner. Pensez donc, il n'ose même pas les regarder. La seule chose qu'il s'est souvenu de faire a été de demander à cette espèce de surveillant à l'air farouche (un instant avant qu'il ne le jette là-dedans) d'appeler son avocat. Cette fois au moins il avait respecté les directives d'Herrera.

«S'ils viennent t'arrêter, lui avait recommandé Herrera à plusieurs reprises, fais en sorte de m'appeler le plus vite ossible. Même à quatre heures du matin s'il le faut. De toute façon tu sais que je n'arrive pas à dormir plus de trois ou quatre heures. Soyons clairs, je te dis ça par acquit de conscience. Il me semble hautement improbable qu'ils t'arrêtent maintenant. Comme je te disais, s'ils avaient voulu le faire, ce serait déjà fait. Tu n'es pas un vulgaire criminel. Tu n'as pas de casier judiciaire. Tu ne risques pas de récidiver et tu n'as aucun intérêt à t'enfuir... donc... »

Donc, la logique imparable d'Herrera a été battue par l'indécence des faits. À vrai dire, Herrera lui a dit aussi que la «prison préventive» (comme il l'avait appelée) ne se justifierait que si de nouveaux éléments encore plus accablants se présentaient ou en cas de nouveau délit, vraisemblablement plus grave que les précédents.

C'est donc ça? Une nouvelle accusation folle est suspendue au-dessus de sa tête? Pourquoi pas? Avec tous les gens qui ont éprouvé le besoin impérieux de l'accuser ces derniers temps, il est possible qu'un nouveau détracteur se soit manifesté.

En fait, les réponses que cherche Leo se trouvent dans la poche droite de son pantalon. C'est là qu'il a glissé la copie du mandat d'arrêt qui lui a été remise le matin. Tout y est inscrit. Et explique pourquoi il a été amené ici.

Mais quelque chose l'empêche de mettre la main dans sa poche et de jeter un coup d'œil à ces papiers. Il préfère ne pas savoir. Il se sent dans un état de nerfs tellement instable qu'une virgule mal placée suffirait à le faire s'écrouler. Donc pas de papier et bénie soit l'ignorance.

Une chose est sûre: Leo est là depuis des heures, et pas l'ombre d'un Herrera. Il n'a peut-être pas été averti. Ou alors si, mais pour une raison quelconque il prend tout son temps. Peut-être qu'ils l'ont averti, qu'il est venu, mais qu'ils ne lui permettent pas de le voir. Ou encore ils l'ont averti, il est venu et il travaille déjà à le faire sortir. Ce vieux Levantin est probablement en train de négocier avec le magistrat.

C'est ça, le magistrat. Qui peut être le magistrat? Depuis que tout a commencé Leo a toujours eu du mal à s'imaginer les êtres humains qui lui faisaient ça. Il a toujours trouvé incroyable que celui qui lui faisait autant de mal soit une personne comme les autres: avec épouse, enfants, chien, et le reste.

Un des jeunes de la police judiciaire a fait allusion au magistrat en employant le titre de «docteur». Par respect ou par ironie? Allez savoir!

«Le docteur est arrivé?» a-t-il demandé en remettant à son collègue surveillant le colis appelé «Leo Pontecorvo». C'est à ce moment-là que Leo a lu son propre nom écrit en lettres d'imprimerie sur le dossier que les deux ont échangé. Voilà ce qu'il était devenu: un dossier. Rien ne décrivait mieux sa condition présente que ce tas de papiers froissés. Pas mal pour un homme qui s'était tenu toute sa vie à l'écart de toute brouille administrative. Bref, quand un des deux types avait demandé à l'autre si le « docteur » était arrivé, la réponse avait été des plus élusives : « Je ne sais pas du tout s'il vient aujourd'hui. »

Il ne sait pas s'il vient aujourd'hui ? Qu'est-ce que ça peut vouloir dire ? Qu'il risque de ne pas venir jusqu'à lundi ? Ou carrément qu'il ne viendra pas tant qu'il n'estimera pas opportun de se présenter ? Ce qui signifie que Leo devra rester assis sur ce matelas pour qui sait combien de temps (il a une soif terrible). Qu'il devra continuer à regarder le sol crasseux de la cellule où sont parqués temporairement les prévenus en attendant que soient achevées les formalités de mise en détention.

(« Temporairement », le plus ingénieux de tous les adverbes.)

Quelle heure est-il ? Leo l'ignore. Lorsqu'il est arrivé, on lui a confisqué sa montre en même temps que quelques autres effets personnels. À en juger par la chaleur qui a desserré son étau et la lumière de fin d'après-midi qui filtre par les fenêtres scellées placées en hauteur, huit heures au moins ont dû s'écouler. Leo est enfermé là depuis des heures au milieu d'un tas d'autres. Et il n'a encore adressé la parole à personne. Un véritable record. Leo est le genre d'homme qui lorsqu'il affronte un long voyage en train ou en avion finit par éprouver le besoin de déranger son voisin avec une phrase toute faite : « Il y a des turbulences » ou « Savez-vous à quelle heure nous arrivons à Milan ? » Mais quelles sont les questions conventionnelles à poser à un compagnon de cellule ? Combien tu en as tués ? Combien de petites vieilles tu as dévalisées le week-end dernier ? Ce genre de trucs ?... Il vaut mieux te taire. Continuer à te mêler de ce qui te regarde. Attendre. Il va se passer quelque chose, il doit absolument se passer quelque chose.

Et en effet il se passe quelque chose.

Leo est alerté par le tapage venant du côté gauche de la pièce. Il lève les yeux et reconnaît un homme. Ce qui est réellement incroyable étant donné le contexte.

C'est bien lui ? Tu es presque heureux de le voir. Mais oui, c'est lui, mon Dieu, le type qui, à chaque début d'année universitaire, se fait prendre en train de se branler dans les salles bondées de nouvelles jeunes étudiantes ensommeillées. C'est un hasard s'ils t'ont collé en cellule avec un déviant pathétique comme lui ? Vous êtes peut-être dans la section des déviants ? Ou alors ils savent, mais oui, ils savent qui est ce type, le rôle marginal et néanmoins particulier qu'il a joué dans ta vie antérieure ! Et cette punition diabolique fait partie du programme de rééducation ?

Leo l'a reconnu à sa façon circonspecte de s'asseoir. Il l'a vu là dans son coin, aussi impalpable qu'un fantôme, et il l'a reconnu. Quand votre principale occupation consiste à vous masturber dans des salles bourrées d'étudiantes, il est normal qu'avec le temps vous acquériez la prudence qui s'impose. Et une posture élégante. Même pour se branler en public il faut un minimum de métier et de dignité. Et ce garçon, à l'intérieur duquel la vie va trop vite, trop douloureusement, eh bien ce garçon a de la dignité à revendre.

Si Leo a su de façon certaine que c'était lui, c'est précisément à cause de cette circonspection et de cette dignité dans la masturbation. Il se rend compte qu'il ne l'a jamais regardé en face. Qu'il ne l'a jamais considéré comme un interlocuteur. Ce garçon est un des nombreux émissaires d'un monde à l'existence duquel il a toujours eu du mal à croire. Comme si ce type était un figurant payé par quelqu'un pour donner de la couleur à la vie. Pour apporter une pincée de pagaille dans les salles sévères de l'université. Leo n'a qu'à le regarder pour

251

entendre de nouveau les hurlements de dégoût des filles, suivis des insultes et des menaces de leurs compagnons protecteurs. Il revoit le type s'enfuir tout ratatiné, les mains à hauteur de la ceinture pour que son pantalon déboutonné ne tombe pas. Mais il se rappelle surtout la façon brillante avec laquelle lui-même (qui était encore le fantastique professeur Pontecorvo en ce temps-là) avait commenté un de ces incidents avec une plaisanterie qui avait beaucoup plu à ses étudiants : « Allons, ce n'est rien, ce n'est rien… il est bon que dans un cours de méde-cine vous puissiez assister au martyre de la physiologie ! »

D'accord, ils riaient tous. Son ironie, son indulgence, son élégance. Tout ça très professoral. Mais les boutades avec les-quelles le professeur plein de charme – mocassins à glands et costume bleu à fines rayures – ravissait ces blancs-becs remplis de feu sacré et d'indignation étaient-elles vraiment drôles ? Ou bien ne riaient-ils que parce que rien n'est plus amusant que la dégénérescence humaine sous sa forme la plus inoffensive, visible, triviale ?

Oui, ils avaient dû bel et bien faire exprès de le mettre ici, dans la même cellule que lui. Et ce diable de garçon (il doit avoir vingt-cinq ans maximum) n'a pas perdu son habitude, pas même en prison. Il faut dire aussi que ceci plaide en faveur de sa créativité et de son courage. Pour ne pas arrêter de se masturber dans un endroit de ce genre, en présence de ces énergumènes, tu dois avoir un paquet de raisons. Et tu es conscient, en plus, du fait que tu ne pourras pas bénéficier du même traitement, finalement anodin, que te réservaient les étudiants.

Ses camarades de cellule grommellent des injures depuis un bon moment. Mais maintenant ils sont vraiment grossiers. L'un d'eux en est à taper des poings sur la grosse porte métallique en criant : « Vous nous débarrassez de ce tas de merde de mes deux ou on s'en charge ? »

Leo est frappé par le puritanisme de la racaille. Mais pourquoi s'étonner? S'il y a un moraliste dans la société, c'est bien la crapule. Ça pourrait être une maxime d'Herrera. Herrera, Herrera... où es-tu, Herrera?

Heureusement qu'ils ne m'ont pas reconnu, pense Leo. Heureusement que ces messieurs ne lisent pas la presse et ne regardent pas le journal télévisé. Si seulement ils soupçonnaient qu'une des abominations commises par ce dandy pétrifié sur son matelas est d'avoir harcelé une fillette. Et s'ils savaient que cette fillette était la petite fiancée de son fils... ils prendraient ça plutôt mal.

Mais grâce à Dieu ils ignorent tout. Bien sûr, ils ont vu qu'il n'appartient pas à leur monde. Ce qui a dû engendrer de la méfiance, laquelle ne s'est heureusement traduite par aucun geste hostile. L'inscription sur le mur, juste au-dessus de sa tête, que Leo a aussitôt repérée – JE ME MÊLE DE MON CUL TU TE MÊLES DE TON CUL –, appartient aux dix commandements de ces gens-là. Une philosophie de vie que, dans ce *détour** de son existence, Leo a envie d'approuver. Un commandement que ses compagnons de cellule, malheureusement, sont décidément en train de transgresser. Vu qu'ils continuent à insulter le pauvre onaniste. En le menaçant.

Leo est épouvanté. Il ne sait pas jusqu'où ces hommes peuvent aller. Il ne sait rien d'eux. C'est la première fois qu'il entre en contact avec une semblable humanité. Il est porté à croire que chez eux le seuil de l'inhibition est un tout petit peu plus bas que chez les individus qu'il est habitué à fréquenter. Sinon pourquoi se trouveraient-ils ici?

Il est probable qu'ils n'ont pas été élevés dans le même confort que lui. Qu'ils n'ont jamais été photographiés sur un cheval habillés comme des cons, ni avec leurs clubs sur un terrain de golf. Qu'ils n'ont jamais été inscrits dans un cercle nautique. Il est probable qu'ils n'ont pas l'habitude de partir pour une semaine de neige et ne possèdent pas de résidence secondaire face à une romantique lagune toscane. Il est probable qu'ils n'enfilent pas des gants de peau avant de monter dans leur Jaguar. Qu'ils n'ont jamais conduit de Jaguar, sauf le samedi où ils en ont volé une. Ils ne connaissent rien au jazz et à la musique lyrique. Ils ne partagent pas sa passion pour l'histoire romaine. Ni ses idées politiques, caractérisées par un réformisme prudent et laïque. Ils ne commentent pas en ronchonnant les éditoriaux du *Corriere della Sera* et de *La Repubblica*. Ils ne cultivent pas le même enthousiasme que lui pour Bettino Craxi, et le projet de rénovation de la gauche. Ils ne sont pas émus chaque fois qu'il leur arrive de se rappeler les morts des Fosses ardéatines. Ils ne savent pas ce que signifie relire tous les étés *Si c'est un homme* en le trouvant chaque fois plus glaçant...

En fait, tout ça (toute cette ignorance) n'a pas déplu à Leo jusqu'ici. Au contraire, il a besoin de se trouver avec des individus qui aient le bon goût de ne partager absolument rien avec lui ni avec son existence. Ce qu'il admire le plus chez ces énergumènes c'est leur faculté surhumaine de ne pas se sentir embarrassés. C'est vrai, ce qui pourrait embarrasser ces bandits reste encore à inventer. Quelle leçon magistrale ! La plus sensée, la plus libératrice qui lui ait été donnée ces derniers temps.

Dommage qu'au moment même où il commençait à les admirer ils aient perdu le contrôle. Le jeune onaniste a suffi à les mettre en pétard. Leo est bouleversé à l'idée qu'ils sont prêts à lyncher ce malheureux. Voir un homme malmené, dans la réalité, n'est pas supportable. Leo voudrait hurler. Il voudrait appeler quelqu'un. Mais il n'y arrive pas. Puis il se souvient du surveillant et comprend qu'il fait bien de n'appeler personne : il y a le risque qu'il se joigne à la fête. Avec sa matraque. Et un autre gentleman de son acabit.

« ARRÊTEZ, MERDE ! LAISSEZ CE PAUVRE TYPE TRAN-
QUILLE, BORDEL DE MERDE ! PUTAIN, ON PEUT SAVOIR
CE QU'IL VOUS A FAIT ? »

C'est Leo qui a crié la phrase que j'ai rapportée ci-dessus
en capitales. C'est lui qui l'a bourrée de tous ces jurons
redondants.

Aussi absurde incroyable regrettable que cela puisse
paraître c'est lui qui les a fait taire, lui qui est entré en lice
pour défendre un inconnu, lui qui a mis sa propre sécurité
en danger pour un pervers sexuel qui, tout bien réfléchi, mériterait peut-être une bonne leçon.

L'ennui, c'est que notre héros s'en est repenti une
seconde plus tard. Au moment où ils se sont tous tus et où il
a vu une petite délégation de rebelles lui faire face.

Le chef, ou plutôt le porte-parole, de la délégation est celui
auquel on ne s'attend pas. Le leader naturel aurait été ce
costaud avec des avant-bras aussi gros que les cuisses de Leo.
Ou ce chauve torse nu, avec un tatouage qui occupe tout son
buste et représente Mussolini faisant le salut romain. Au
contraire, ces deux-là sont les hommes de main. Le chef est
un maigrichon à la peau si rouge et granuleuse qu'elle fait
penser à un ballon de basket. De sa bouche, qui s'approche de
plus en plus de celle de Leo, émane une odeur répugnante de
pourri. Son accent bâtard, qui trahit son origine indéfinissable
d'une localité du centre de l'Italie, n'est pas moins méprisable
que sa carnation et son haleine. Et les mots qu'il adresse à Leo
ne sont pas moins menaçants que ceux qui étaient réservés il
y a un instant encore à l'onaniste (qui entre-temps est
retourné à son occupation favorite).

« Pourquoi tu défends ce pédé ? C'est à toi que je parle !
Pourquoi tu défends ce pédé ? Peut-être parce que tu es
pédé. Tu as une gueule de pédé. Et tu es habillé comme un
pédé… »

Pédé est le mot-clé. Ça, Leo l'a compris. Tout comme il a compris que l'insistance sur cette pédérastie présumée ne promet rien de bon.

« Et qu'est-ce qu'ils font, les pédés ? »

La question ne s'adresse pas à Leo. Mais à un des hommes de main. En l'occurrence, au fan de Mussolini. Qui, visiblement, la trouve un peu trop difficile.

« Alors, qu'est-ce qu'ils font, les pédés ? » répète le grêlé en s'adressant cette fois à toute l'assistance.

Mais personne n'est assez futé pour savoir ce que font les pédés. Et d'ailleurs, même le pédé en question est un tant soit peu désarçonné.

« Les pédés prennent la queue des autres pédés dans leur bouche. Voilà ce qu'ils font, les pédés. Très simple. »

Ce qui suit cette explication, du reste irréprochable, offerte par le grêlé à son auditoire, sur le thème « qu'est-ce qu'ils font les pédés ? », est réellement incroyable.

Leo sent une main lui saisir la nuque et le traîner hors de son matelas. Mais ce n'est pas ça l'incroyable. Parmi toutes les choses déconcertantes qui lui sont arrivées au cours des derniers mois, celle qui va lui arriver est certainement la pire. Leo sait qu'il n'a jamais été plus incrédule que maintenant : maintenant que ces enragés, après l'avoir agrippé – excités par les incitations d'oracle du grêlé, *les pédés prennent la queue des autres pédés dans leur bouche… les pédés prennent la queue des autres pédés dans leur bouche…* –, le traînent vers l'onaniste. Et ce n'est même pas ça le plus incroyable. Le plus incroyable c'est qu'après l'avoir amené devant l'onaniste ils poussent la tête de Leo vers son ventre. *Les pédés prennent la queue des autres pédés dans leur bouche… les pédés prennent la queue des autres pédés dans leur bouche…*

Leo est terrifié. Pendant qu'ils le poussent vers les parties basses du garçon, qui par ailleurs n'a pas l'air tellement surpris, Leo est de plus en plus terrorisé. Il résiste. Mais davantage pour suivre le canevas d'une scène dont il devine l'épilogue prévu que dans l'espoir de sortir indemne de l'aventure.

Pense un peu! Pense un peu si tes étudiants te voyaient maintenant. Pense à ce qu'ils éprouveraient en voyant une scène pareille: le Grand Ponte qui s'apprête à prendre le Pervers dans sa bouche sous la contrainte de cette horde de Tartares. Quelle scène grandiose. Quelle scène instructive. Quelle leçon magistrale. Ta meilleure. Sûrement la plus éclairante et la plus tragique.

La tête de Leo est de plus en plus près de l'intimité du pervers, qui commence seulement à montrer une retenue pudique lorsque son corps se rétracte instinctivement.

Cette odeur est la pire de toutes. Et plus Leo s'approche, plus l'odeur devient écœurante. Leo est médecin. Il est habitué à certaines odeurs. Il sait que le corps humain laissé à l'état sauvage produit des miasmes infernaux. Leo sait que plus on s'approche des zones névralgiques du corps, plus les odeurs se font repoussantes. En elles-mêmes de telles odeurs ne le retournent pas. Elles ne lui répugnent pas non plus. Mais entre ne pas se laisser retourner par certaines odeurs et prendre dans sa bouche ce qui les sécrète, il y a une grande différence. Leo voudrait se boucher le nez et fermer la bouche. Mais il n'a que le droit de fermer les yeux.

Les pédés prennent la queue des autres pédés dans leur bouche… les pédés prennent la queue des autres pédés dans leur bouche…

Il est convaincu qu'il ne se sortira jamais plus cette rengaine de la tête. Qu'elle lui martèlera les tympans pour le reste de l'éternité comme un supplice. Associé à ce qu'il s'apprête à faire. D'où sa surprise lorsque la rengaine s'interrompt pour céder la place à des bruits confus. Des bruits de bagarre. Comme si dans le front du consensus une brèche avait été ouverte par un objecteur de conscience. Leo sent maintenant la morsure de toutes ces mains sur sa nuque se relâcher. Soudain il est libre. Libre de relever la tête. Même s'il n'ose pas le faire. Il entend des coups sourds auxquels correspondent des hurlements presque simultanés. Puis il reconnaît la voix du surveillant à l'air farouche qui insulte et menace. Qui marmonne et grogne.

Ils sont venus le sauver. C'est ça, ils le relèvent. Leo est maintenant debout. Ils le soutiennent, grâce au ciel, sinon il tomberait, il sent ses jambes se dérober. Son cœur va exploser. Il a les cheveux trempés de sueur. Il ouvre les yeux. Il voit le fan de Mussolini une arcade sourcilière en sang. Il voit le grêlé à terre dans un coin, visiblement tabassé. Il voit la horde de ses persécuteurs domptée. Des têtes basses, des visages en sueur et douloureux.

« Bon Dieu, je sentais que ça allait finir comme ça ! Le docteur avait dit de le mettre à l'isolement celui-là. Il va nous faire chier, tu verras...

– Mais non, pas de problème, chef. Il n'a rien... Je m'en occupe. Je le mets dans la six. Chambre individuelle pour le petit monsieur ! »

Et maintenant Leo est en grande conversation avec son père et sa mère. Depuis un bon moment déjà. Ils sont venus le voir jusque-là, dans sa « chambre individuelle » inondée de la lueur laiteuse de la lune. Ils ont dû arriver par les airs du tout proche cimetière monumental. C'est là, dans une petite chapelle néoclassique en ruine du vieux cimetière juif que Leo les a enterrés à dix centimètres l'un de l'autre. C'est là, dans ce caveau dont le fronton porte l'inscription *Pontecorvo-Limentani* pour indiquer qu'il est rempli de Pontecorvo et de Limentani putréfiés, que ses parents reposaient en paix il y a encore quelques heures. Sans doute se sont-ils décidés à venir en voyant leur fils en difficulté. (Leo imagine que c'est sa mère qui a pris l'initiative, qui a tiré son mari par la manche – ou ce qu'il en reste.) Et après un bref conciliabule ils ont volé jusqu'à lui.

Ils ne semblent pas vouloir lui donner de conseils comme autrefois. Ni lui faire de reproches. Au contraire, ils font ce qu'ils n'ont jamais su faire de leur vivant: ils l'écoutent. Ils restent là à l'écouter, impassibles et souriants. Depuis des heures. Il faut dire que dans la cellule on ne respire pas l'atmosphère sombre et infernale qui accompagne le spectre du roi mort devant le jeune Hamlet, et Leo ne se sent pas terrorisé comme

Don Juan face au fantôme du Commandeur. Pas du tout. Comme je le disais, l'atmosphère est détendue. Si bien que non seulement Leo n'a pas peur, mais il n'a jamais été aussi bavard. Il y a longtemps qu'il n'a pas eu autant envie d'un cigare. Il n'y en a pas, mais c'est tout comme.

Bien qu'il ne fasse pas froid, Leo a des frissons. Des frissons agréables. C'est sa troisième nuit ici. Seul. Et ces frissons, avant l'arrivée de ses parents, sont la chose la plus émouvante qui lui soit arrivée depuis qu'il est à l'isolement. Il a même réussi à dormir quelques heures. Sans doute parce qu'il a appris entre-temps l'art de ne penser à rien de particulier. L'art de l'ataraxie. Du non espoir. Des arts précieux, permettant de relativiser, sans pour autant l'annuler, le poids du temps. Chaque fois qu'on lui apporte à manger ou qu'on vient lui demander s'il veut sortir faire une promenade, Leo a un haut-le-corps. La porte de sa cellule émet un bruit sinistre qui le fait sursauter.

Mais en dehors de ces instants de panique le séjour en cellule est d'une innocuité inespérée. Depuis que tout a commencé c'est la première fois qu'il ne pense plus à ce qui lui arrive. Il se fiche de ce que fabrique Herrera. Il ne se demande même plus comment il est possible que quatre jours après son arrestation il n'ait pas encore donné signe de vie. Il ne se demande plus si Herrera l'a oublié ou si quelqu'un (on ne sait pourquoi) l'empêche de voir son client. Leo ne pense pas à ce que les gens disent de lui. Les gens n'existent pas. Le monde n'existe pas. Une lande déserte et désolée. Voilà ce qu'est devenu l'univers. Il ne pense pas au magistrat, le funeste « docteur » : celui qui prend tout son temps et dont Leo doute sincèrement qu'il se représente un jour à son poste. La signature du mandat d'arrêt de Leo a été le dernier acte du « docteur » avant de prendre sa retraite. Avant de quitter la scène. Leo ne pense même pas à Rachel, à Filippo, à Samuel. Il commence à se demander s'ils ont jamais existé. S'ils existent, comment se peut-il qu'ils ne soient pas près de lui? Comment se peut-il qu'ils permettent ce qui arrive? Quelle intransigeance perverse, quel sens altéré de la justice, peut les avoir conduits à montrer une indifférence aussi glaciale à son égard?

Oui, ici il se sent enfin protégé. Personne ne peut lui faire de mal. Il a vu que son infinie gentillesse et sa douceur amènent les gardiens qui lui apportent le plateau des repas à une étrange, précieuse condescendance. Il y a longtemps que personne n'a été aussi gentil avec lui. Bref, Leo se trouve bien ici. Il somnole en permanence. Il a tellement de sommeil à rattraper. Il commence même à croire qu'on sous-estime la prison.

Jusqu'à ce qu'arrivent maman et papa. Il doit être très tard. La lune et les étoiles se chargent d'éclairer l'intérieur de la cellule. Du dehors arrive un merveilleux parfum de nuit romaine: humidité de fleuve, fraîcheur d'eucalyptus. Et Leo n'arrête pas de parler.

Ici la nourriture est répugnante, dit-il maintenant. Et pas seulement la nourriture. Tout est répugnant. Cette odeur est répugnante. Pour que tu comprennes, maman, c'est une odeur beaucoup, mais vraiment beaucoup plus répugnante que celle qui est sortie de ma valise quand je suis rentré du camp de l'Union des jeunes Juifs italiens. Tu te rappelles, maman? Quand tu as fait une fixation sur l'Union? Il était temps que ton fils se socialise. Qu'il fréquente ses semblables. C'était un si bel enfant, ton fils, si précoce intellectuellement, si épanoui physiquement, et cependant freiné par sa condition de fils unique. Et par un tempérament solitaire. Et peut-être par la surprotection juive dont il avait fait l'objet. Ces années en Suisse lui avaient sauvé la vie, certes, mais elles l'avaient aussi quelque peu ralenti. Tel est le genre de discours que tu avais pris l'habitude de faire à table. Papa et moi mangions et tu parlais. Tu n'arrêtais pas de parler. Et c'était incroyable de t'entendre, toi, dire certaines choses. Toi, l'inspiratrice de ma misanthropie précoce. Toi, l'unique responsable de mon attitude asociale forcée. Toi qui avais tout fait pour me mettre à l'abri du nombre d'embûches monstrueuses que cache la planète. Mais voilà que dans un de tes soudains traits de génie tu décides que le temps de l'émancipation est venu. Et que cette émancipation doit passer par les liens du sang. Et quoi de mieux pour émanciper un enfant gâté que de l'envoyer dans un camp d'été bien juif? Tu te rappelles comme j'étais désespéré? Tu te rappelles comme je t'étais attaché? Tu te rappelles comme je pleurais? Et que je ne voulais pas descendre de voiture?

«Allons, nounours, regarde la belle vue qu'on a d'ici. Regarde la mer, tous ces jeunes. Il y a de quoi s'amuser. Et demain ton ami Herrera arrive. Et puis maman et papa ne sont qu'à une heure de voiture. »

En effet, la vue était splendide. Les couleurs étaient si vives. Le jaune de la terre, le bleu de la mer. Eh oui, Herrera allait arriver, en dépit de ce qu'il fait aujourd'hui. J'ai des frissons en y repensant, maman. Mais il faisait une chaleur terrible. Sans parler des moustiques, de la saleté, du laisser-aller! La vie dans ce camping ressemblait à celle d'un kibboutz. Et c'était peut-être ça l'idée: un bout de socialisme réel transposé dans une petite colonie de jeunes Juifs sous des tentes dans une pinède de la Maremma. Les plus grands s'occupent des petits. Les petits respectent les grands. Tôt ou tard chacun est de corvée de cuisine. Ou de chiottes. Tôt ou tard chacun assure la garde de nuit. La garde de nuit? Exactement. Les torches, les bâtons, les murmures... Comme si les Juifs ne se sentaient pas en sécurité même en Toscane. Vraiment ridicule, mais tellement excitant.

Oui, maman, je commençais à m'amuser. Comme d'habitude, tu avais eu raison. Le premier désarroi passé, après avoir vaincu mon côté chichiteux de privilégié, j'avais commencé à me sentir mieux. Après avoir pleuré quelques heures parce que vous m'aviez abandonné, je vous avais presque oubliés et j'avais commencé à m'amuser. Et comment. Tous ces garçons, maman. Et toutes ces filles, papa. Et Herrera, si comiquement sombre… Des vacances magnifiques. Et vous vous rappelez le choc que vous avez reçu quand vous êtes venus me chercher ? Ce n'était pas votre fils. Ce ne pouvait pas être votre fils. Votre fils n'était pas aussi maigre, aussi sale et aussi négligé. Votre fils n'était pas un gamin des rues. Que lui était-il arrivé ? Ces austères *'ngevrim*[1] ne lui avaient pas donné suffisamment à manger ? Ils l'avaient trop fatigué ? Ils ne s'étaient pas inquiétés de son hygiène ? Maudite Union !

« Je n'ai jamais senti une telle puanteur. »

C'est toi, maman, qui me l'as dit après avoir ouvert ma valise. Au bout de deux semaines en colonie. Comme si cette valise renfermait la sueur et la saleté de toute une vie. Tu te rappelles cette puanteur, maman ?

Eh bien, même celle-là n'est pas comparable à la puanteur d'ici. Je sais que ça ne vous plaît pas que je vous parle de ces choses-là. Et de façon aussi explicite. Mais si je ne le fais pas avec vous, avec qui le faire ? Au fond, c'est pour ça que vous êtes venus me voir, non ? Pour ça que vous vous êtes aventurés jusqu'à moi. Que vous vous êtes réincarnés. Afin que je puisse enfin m'épancher. Afin que je puisse vous dire ce qui est en train d'arriver à votre fils, ou plutôt vous en informer. Et de ce qu'ils lui font. Vous savez, ils ont failli me brutaliser. Un type horrible, papa, un type avec un accent et

---

1. « Juifs » en hébreu romain.

263

une haleine monstrueuse a essayé de me brutaliser. Lui et ses hommes de main ont essayé de m'infliger une torture que je ne saurais dire. Et je croyais que c'était le pire. Quand les gardiens m'ont sauvé, quand ils m'ont emmené loin de ce cauchemar, je me suis dit: ç'a été la pire des choses. Dorénavant, ça ne pourra que s'améliorer. Je recevrai le petit prix de miséricorde qui est décerné à celui qui a beaucoup souffert. Et très injustement. C'est ce que je pensais juste après avoir été arraché à ce cauchemar. Quelle naïveté. Le cauchemar ne faisait que commencer. C'était au tour des gardiens de s'amuser.

Entendons-nous bien, ils n'ont fait ni plus ni moins que ce que prévoit le règlement carcéral. Tout d'abord l'établissement de la fiche: les photos anthropométriques, les empreintes digitales. Puis ils m'ont fait me déshabiller entièrement. Ils m'ont confisqué la petite chaîne en or que tu m'as offerte pour ma bar-mitzvah, mon alliance, et même ta montre, papa. Ensuite, tout nu, avec seulement un bout de tissu sur le dos, ils m'ont conduit à une petite pièce brûlante. Ils m'y ont laissé très longtemps. Ils ne se pressaient pas. Ils sont revenus au bout d'un moment. Ils n'étaient pas seuls. Un médecin les accompagnait. Un médecin, chemise blanche et gants de latex. Il m'a mis les mains partout. Oui, même dans le cul. Il m'a enfilé deux doigts dans le cul, papa, comme s'il contrôlait ma prostate. Et ils étaient tous là à me regarder. Le médecin et les deux gardiens. Ils me regardaient d'un drôle d'air. Comme si ma nudité ne leur suffisait pas. Comme s'ils voulaient me déshabiller davantage encore. S'il n'avait dépendu que d'eux, de leur volonté, ils m'auraient écorché vif. Non, non, le médecin était tout sauf grossier. Il était gentil. Un type plus jeune que moi, chauve et maigrichon. Pour quelqu'un dont le métier est d'enfiler les doigts dans le cul des prévenus il était franchement affable, et pourtant il y avait quelque chose de répugnant dans toute cette affabilité. Vous ne pouvez pas recevoir un être humain dans une pièce brûlante, le faire attendre pendant tout ce temps, entrer et lui mettre les doigts dans le cul comme si de rien n'était, et en plus le faire avec autant d'affabilité joviale. Une telle amabilité a quelque chose de démoniaque. L'amabilité est la pire des choses. Le véritable péché mortel.

Heureusement qu'après ils m'ont mis ici. Et qu'ils m'ont laissé un peu tranquille. Vous n'imaginez pas la surprise que c'est pour moi de vous voir. C'est fou comme vous me manquiez, vous savez? Vous ne m'avez jamais autant manqué. Peut-être parce qu'il n'est rien que vous ne m'auriez pardonné. Être fils est la plus belle chose au monde, parce qu'il n'existe rien qu'on ne puisse pardonner à un fils. Toi, maman, quand je faisais encore des miennes, tu me disais toujours pour rire: «Tes fils accompliront mes vengeances.» Tu ne pouvais pas savoir à quel point tu avais raison. Tu n'aurais sans doute même jamais pu concevoir l'intransigeance de tes petits-fils (tu avais quelques soupçons sur ta belle-fille. Je te l'accorde). Leur absence de miséricorde. Quand tu deviens père et mari, le problème c'est qu'on ne te pardonne plus rien. Pas vrai, papa? Tu ne jouis plus de l'indulgence plénière. Ils sont tous là, prêts à te déchiqueter. Tous te montrent du doigt. Ils sont impatients de te voir faire un faux pas. Oui, on dirait qu'ils n'attendent que ça. Ils espèrent seulement que le petit papa et le gentil mari fasse une belle connerie. Une connerie qui lui coûtera cher. Avec une rancune incurable.

Leo parle maintenant à son père et à sa mère du documentaire qu'il a vu il y a quelques mois avec ses fils. Une des dernières émissions qu'il a vues avec Fili et Semi. Quand c'était pour ces deux-là un privilège de regarder la télévision avec leur père.

Vous savez, l'émission s'appelle *Quark*. Vous ne pouvez pas la connaître. Elle est présentée par un certain Piero Angela. Un type élégant, compétent, ironique. De ceux qui t'auraient plu, papa. De ceux avec lesquels tu aurais été content de parler de politique et de société. Sans parler de toi, maman. Tu serais folle d'un type comme Piero Angela. Il te subjuguerait avec son charme british.

Donc, je regardais avec vos petits-fils un documentaire de la BBC impeccablement présenté par le docteur Angela. Je dois dire que le titre m'a tout de suite frappé. Un titre vraiment littéraire.

LA NATURE:
HISTOIRES DE PARENTS ET D'ENFANTS.

Tout était dans le titre. Un titre qui dit tout. Un titre magnifique. Vous ne trouvez pas, vous aussi, que la nature est tout entière là? Dans ce rapport infini? Qui se répète. Qui se renouvelle sans cesse. Vous auriez vu les images! La lionne avec ses lionceaux. La gazelle avec ses petits. Même des animaux repoussants comme le boa et la grenouille se montrent tellement aimants avec leurs enfants… Tout exprimait un sentiment unique. Un désir féroce et désespéré de protéger et d'être protégé. Vous comprenez, mes chéris, un désir de protéger et d'être protégé. C'est le plus important. Ce qui me manque le plus… Oui, je sais que vous me comprenez… Vous voyez? Vous ne m'avez pas abandonné. Vous êtes là. Vous m'avez rejoint. Il ne pouvait pas en être autrement. Vraiment, il ne pouvait pas en être autrement… Mais ne restez pas là, approchez-vous. Oui, comme avant. Comme quand j'avais peur et que je me faufilais dans votre chambre. Je savais que vous protesteriez. J'aimais vos protestations. Mais je savais aussi que vous finiriez par céder.

J'étais électrisé par le pouvoir absolu que j'avais sur vous et que vous aviez sur moi... j'étais en pleine euphorie à l'idée d'un lit qui me paraissait si grand. De votre matelas de laine. Alors venez. Installez-vous là. De toute façon vous ne pesez rien. Vous êtes tout légers.

Leo s'était ainsi endormi comme un nouveau-né, ou comme la garniture d'un sandwich, dans les bras de sa mère et de son père. Qui ne cessaient de le caresser, de l'apaiser. Qui continuaient à murmurer: ne t'inquiète pas, tout va bien, tu n'es pas seul, ne tremble pas. Papa et maman sont là. Et Leo avait très bien dormi. Profondément. L'après-rasage de son père, l'odeur camphrée de sa mère. Il avait dormi d'un sommeil doux. Comme il ne lui était pas arrivé depuis très longtemps.

Au cours des mois précédents, Leo avait attribué tout à fait arbitrairement au moins une centaine de visages et de corps au magistrat instructeur (ou au groupe de magistrats) qui lui faisait (ou qui lui faisaient) tout ça.

Il y avait mis toute son imagination! Il avait fait des prouesses, escaladé des montagnes. Parfois en se représentant le «docteur» sous les traits du grassouillet blafard et malheureux qui attend impatiemment d'écraser les couilles d'un type aussi sexy que Leo. Puis sous ceux d'un maigre dégingandé et bilieux. Ensuite ç'avait été le tour du sbire ignorant et rougeaud. Vite remplacé par le dandy irascible, par le nouveau diplômé imberbe et fanatique de la Loi. Et une foule d'autres types humains plus ou moins improbables qui s'étaient relayés à tour de rôle.

Mais il n'avait rien pu imaginer qui ressemble à celui qu'il avait trouvé face à lui quand finalement, le matin de son cinquième jour de détention, deux gardiens étaient venus le chercher et l'avaient conduit, à travers quelques couloirs de trop, dans cette pièce étouffante et désordonnée où le gris, le beige, le jaune se côtoyaient de façon malsaine.

Devant la porte du procureur Leo avait trouvé Herrera qui l'attendait. Un Herrera embrouillé. Un Herrera contrarié. Et surtout, surtout, un Herrera enragé!

Tout d'abord, en voyant le regard furieux de son avocat, en constatant son état d'agitation bafouillante, il avait cru être l'objet de tant de fureur. Pourquoi pas? Il commençait à s'accoutumer à ce que les gens se mettent en colère contre lui sans raison. En voilà un autre, avait-il pensé, mais sans trop s'en faire, avec le stoïcisme que la prison lui avait enseigné en si peu de temps.

Mais en s'approchant il avait compris que les invectives saccadées d'Herrera – «C'est intolérable, inouï. Ça ne rime à rien. Ça ne tient pas debout!» – ne s'adressaient pas à son client. Mais aux papiers qu'Herrera avait en main. Et que Leo avait aussitôt reconnus. C'était la copie du mandat d'arrêt. Un clone de celle qu'il avait toujours en poche et qu'il s'était bien gardé d'examiner. Tout ce que Leo avait cherché à ne pas savoir durant sa détention se trouvait là. À savoir les raisons de son arrestation. Les chefs d'accusation. Le motif de sa mise à l'isolement. Et pourquoi ils l'avaient empêché pendant cinq longs jours de voir son avocat ou tout autre être humain...

L'incroyable était qu'Herrera, bien loin de s'intéresser à l'état de son client, soit aussi atteint par ces documents. Comme s'ils attestaient de son impuissance et constituaient un affront personnel. Que Leo ait eu sa première ration traumatisante de prison ne semblait intéresser Herrera que très accessoirement: l'emprisonnement de Leo n'était qu'un dommage collatéral (parmi tant d'autres) de l'aberration représentée par les papiers qu'Herrera agrippait sauvagement.

Peut-être risquait-il d'agresser le magistrat dès que la porte s'ouvrirait, avec l'impulsivité dont il était la proie à ce moment-là? De se laisser aller à sa rancune de nain?

Naturellement, Leo espérait que non. Il n'aurait plus manqué que ça! Au fond, Herrera n'avait pas cessé de lui recommander flegme et bonne tenue... et c'était lui maintenant qui perdait son sang-froid?

Leo s'était senti tout à coup comme le petit garçon qu'un père furieux amène en présence d'un proviseur redouté. Un père qui veut manifester son indignation devant le traitement réservé à son fils par la prof de maths. Un père tellement emporté par sa fureur qu'il ne se rend pas compte que son fils devra peut-être payer ce comportement avec les intérêts.

La chose avait déplu à Leo. Il n'aimait pas qu'Herrera soit dans cet état: je ne dirais pas *prêt* à exploser mais bien plutôt *déjà* explosé.

C'est plus ou moins à cet instant que Leo Pontecorvo s'était rappelé qu'il était Leo Pontecorvo. Et il s'était rocambolesquement réapproprié son identité et sa place dans le monde. C'est alors que Leo s'était mis à trembler. Et qu'il avait senti son côlon se contracter dans des spasmes soudains et sournois. Il était de plus en plus conscient du fait que derrière la porte il y avait la chose la plus importante au monde. Qu'en quelques secondes se déroulerait la scène centrale de sa vie. Pour laquelle une prestation exceptionnelle était requise, et donc une situation générale différente de celle dans laquelle il se débattait.

Pendant ce temps son avocat n'arrêtait pas de divaguer: «Ce tas de merde m'a floué. Mais ne t'inquiète pas. Nous allons nous faire expliquer cette farce, ils vont nous dire pourquoi ils t'ont empêché de voir ton avocat comme si tu étais un mafieux. Sois tranquille, Leo. Laisse-moi faire.

269

Regarde-moi. Prends ton temps pour répondre. Ou plutôt, réponds le moins possible. Si tu as le moindre doute, si la question te paraît insidieuse, ça veut dire qu'elle ne mérite pas de réponse. Tu as compris ? »

Et c'était ça le grand avocat ? L'avocat infaillible ? Le requin du barreau ? Ce petit gnome tout agité qui ne savait rien faire de mieux que de l'intoxiquer avec sa tension ? N'aurait-il pas dû le rassurer ? Une des raisons pour lesquelles il se faisait payer si cher n'était-ce pas aussi son aptitude à ne pas perdre son calme dans des moments de ce genre ?

Peut-être le problème d'Herrera était-il Leo. Pourquoi pas ? Il l'avait toujours été. Quoi qu'on en dise, les gens ne changent pas. Si un individu vous inspire des sentiments ambigus pendant l'adolescence, il est probable qu'il continuera à l'âge mûr. Ni une carrière exemplaire et l'approbation générale, ni l'argent et les femmes ne suffisent à vous émanciper définitivement de l'enfant apeuré et rancunier qui sommeille en vous. Leo aurait pu écrire un traité là-dessus.

Le moment où Leo avait recouvré ses facultés n'avait certes pas été heureux. Le fait qu'à l'instant même l'inertie, l'indolence, l'acceptation de son destin, qui l'avaient protégé jusque-là, soient allées au diable ne l'aidait en rien. Il n'était pas heureux de redevenir Leo. Leo face à son drame. Leo devant l'épreuve la plus risquée.

L'épreuve la plus risquée, absolument. L'examen le plus difficile et le plus angoissant. Aucun doute là-dessus.

On ne pouvait pas dire que Leo était une bête à concours. Il ne l'avait jamais été. Tout ce qu'il avait obtenu à partir d'un certain moment de sa vie, il avait eu du mal à le conquérir. Il avait dû refréner une émotivité explosive et lutter contre une apathie congénitale. Il avait dû concilier son inclination pour la contemplation créative et un esprit de compétition farouche. Et à propos de compétition, la famille dont il était issu n'aurait toléré de son unique rejeton aucune indécision en matière de progrès scolaires.

C'est vrai, il avait des facilités pour certaines matières. Les versions grecques, par exemple. Il savait vraiment y faire. À l'époque du lycée, il suffisait qu'il se trouve devant un texte en grec ancien pour voir les mots justes émerger d'un lieu profond et inconnu de sa conscience avec une spontanéité rare. Le reste allait tout seul : prendre ces mots, les charger de sens, les copier au propre sur la feuille et attendre l'approbation enthousiaste d'un professeur admiratif. Un véritable talent que celui de Leo pour le grec. Une dextérité fantastique autant que velléitaire. À quoi servait de savoir traduire des textes écrits dans une langue morte depuis belle lurette qui célébraient les hauts faits d'hommes putréfiés depuis des millénaires ? À rien.

Les mathématiques. En voilà une chose utile. Ou du moins, tout le monde le pensait : dommage que Leo n'ait eu aucune vocation pour elles. La bête noire qui l'avait poursuivi au long d'études convenables, mais nullement exemplaires.

C'est que lorsqu'il se trouvait devant tous ces chiffres et ces signes il était pris d'une somnolence bovine quasi insurmontable. Suivie d'angoisse. À quoi rimait de s'appliquer autant pour un exercice d'une abstraction aussi inhumaine ? Il se le demandait sans arrêt. Une première réponse à cette question philosophique lui était venue au collège, de la prof de maths qui l'avait collé. Il devait repasser un examen en septembre. Ce feignant de quinze ans se voyait offrir l'occasion de méditer tout l'été sur la nécessité absolue de cette matière soporifique. Et de réfléchir au déshonneur, pour un Pontecorvo, d'avoir été collé. Pendant ces mois d'été, en effet, jusqu'à ce que la tache soit lavée, son séjour au bord de la mer avait été ponctué de regards désapprobateurs et de décompositions de polynômes. Trois mois pénibles et humiliants. Trois mois de cahiers à petits carreaux jusqu'à l'examen de rattrapage. Sans sortir, sans jamais aller à la plage, sans même la promenade du soir avec les amis pour une glace, parce qu'il fallait payer jusqu'au bout sa dette à la société. Mais surtout trois mois où il avait appris que ses parents avaient beau être naturellement indulgents dans d'autres domaines, dans celui-là ils n'admettaient pas les faux pas. Pas dans les études. On ne plaisante pas avec ça. Tu ne comprends pas les maths ? C'est parce que tu n'as pas fait assez d'efforts pour les comprendre. Tu es collé en maths ? C'est parce que tu n'as pas fait ce qu'il fallait. Que tu ne t'es pas mis à l'épreuve jusqu'au bout. Que tu as abandonné trop vite.

Telle avait été la leçon la plus importante que Leo avait tirée cet été-là. Pas les équations, effacées instantanément de son esprit. Ce qu'il avait appris c'est que tout ce qu'il avait (et il avait beaucoup) devait se mériter. Et que ce rachat implicite était à la base de l'éducation qu'on lui donnait. Éducation bourgeoise. De la vieille école. Plus draconienne qu'un précepte biblique. Dont l'unique commandement ordonnait solennellement : « Tu devras mieux faire que ton père et mettre au monde des individus qui s'efforceront de mieux faire que toi. »

Il était un cheval de race, et devait se comporter comme tel.

Une leçon dont il s'était souvenu en première année de fac, quand il avait dû affronter un nouvel obstacle insurmontable. L'examen de chimie. De nouveau cette somnolence. De nouveau cette sensation de vide. De nouveau ces formules qui s'emmêlaient dans son esprit, impossibles à retenir. Quel supplice ! Mais à ce stade le cheval avait été dompté. Leo savait déjà quel devait être son comportement. Et il avait mis tout son cœur à réussir l'examen le plus difficile de la première année de médecine avec le professeur le plus salaud. Ce vieux fou qui exigeait que vous appreniez le manuel par cœur. Qui faisait tout pour ne pas vous mettre à l'aise. Et dire que c'était un ami proche du père de Leo. Mais la même morale bourgeoise qui imposait à l'étudiant privilégié de récompenser ses parents par une réussite universitaire impeccable interdisait au père de recommander son fils à un vieil ami.

Leo se rappelait le jour où il était allé passer l'examen. La chaleur lourde de juillet. Le salaud qui ne transpirait pas, on ne sait pourquoi. Il se rappelait quand ce type lui avait demandé avec une condescendance nouvelle si par hasard il était le fils de son cher ami Gianni Pontecorvo. Leo se rappelait avoir respecté les directives paternelles et avoir répondu que non ; il n'était pas le fils de ce Pontecorvo-là. Mais le fils d'un autre Pontecorvo. Le fils d'un homme quelconque qui pour réussir cet examen ardu devait partir du même point que tous les autres.

Mon Dieu, la sensation d'abandon pendant qu'il mentait sur son identité à ce célèbre salaud. Il avait la tête vide. Ou plutôt, tellement bourrée de formules et de mauvais présages qu'elle en était inutilisable. Il sortait de quatre mois d'étude. Il avait la nausée. Il n'avait pas dormi les deux dernières nuits et avait avalé un tas de cachets pour tenir le coup. Il était au bord de l'évanouissement. Si seulement il avait eu devant lui un texte de Thucydide à traduire. Ou un extrait de Sapho à interpréter et auquel donner un sens. Alors oui, il aurait pu plastronner, montrer ce qu'il valait. Leo appartenait à cette race d'athlètes qui s'exaltent lorsqu'ils jouent à domicile et dépriment plus que de raison à l'extérieur. Et rien ne ressemblait davantage à un déplacement hostile que cet amphithéâtre étouffant où ce salaud et ses petits salauds d'assistants se refilaient les étudiants avec l'indifférence méthodique d'un peloton d'exécution chargé d'exercer des représailles.

Et Leo s'en était sorti. Le triomphe de l'abnégation. Il était sorti vivant et triomphant d'un affrontement inégal. Cette fois-là, il s'en était tiré. Et depuis lors il n'y avait pas eu d'examen qu'il n'ait bravé et réussi en misant toujours sur la force de la volonté et l'efficacité de l'abnégation.

Mais que serait-il arrivé s'il n'avait pas réussi l'examen de chimie? Que serait-il arrivé si par hasard, trahi par l'émotion ou l'inaptitude, il avait répondu une bêtise? Que serait-il arrivé si le salaud, d'un geste qui lui était propre, lui avait soudain lancé son livret à la figure en lui disant: «Nous nous reverrons dans six mois»?

Rien. Rien de plus grave que ce qui était arrivé quelques années auparavant quand il avait dû repasser l'épreuve de maths. Il aurait eu droit à une ration de travail supplémentaire. Il aurait dû retarder l'obtention de son diplôme, et donc son émancipation de sa famille, de quelques mois. Il aurait dû faire face à la nervosité de ses parents. À leur déception. Leur colère. C'est tout? C'est tout.

Tandis que maintenant? Maintenant, que se passerait-il s'il ne répondait pas comme il fallait à l'interrogatoire auquel il allait être soumis?

Leo était sur le point de le découvrir.

Ainsi c'était lui l'ennemi. Son visage, son corps. Autrement dit, ce que Leo avait essayé d'imaginer pendant des mois. Et, à en juger d'après l'individu debout derrière le bureau, il n'avait pas réussi à s'en faire une représentation vraisemblable.

Alors c'était lui le persécuteur. Le Grand Inquisiteur. Le Torquemada de service.

Par une suite de coïncidences (nullement fortuites?) l'homme qui avait ouvert la porte et les avait fait entrer, l'homme aimable mais sans cérémonie qui leur avait demandé de s'asseoir devant son bureau, était chargé de la majorité des nombreuses enquêtes dans lesquelles Leo était impliqué. En d'autres termes, depuis presque un semestre à présent, une part considérable de sa vie professionnelle était consacrée à recueillir des preuves susceptibles de démontrer que Leo Pontecorvo était un voleur, un malfaiteur, un pervers. Et c'était aussi lui qui avait signé le document grâce auquel Leo avait vécu les cinq jours les plus absurdes (certainement pas les plus terribles) de son existence : le document que Leo avait toujours dans sa poche et dont il s'obstinait à ignorer le contenu.

Quand Leo avait fait appel à lui, Herrera avait présenté une requête afin que le procès soit formellement instruit. Le procureur l'avait rejetée, mais avant qu'Herrera n'arrive à présenter son recours au juge d'instruction le parquet avait ordonné l'arrestation de Leo.

« Ce salaud m'a pris de vitesse ! » C'étaient les mots qu'Herrera continuait de marmonner en grognant.

Pourquoi tant de zèle ? Pourquoi lui en vouloir de cette façon ? Pourquoi se laisser obséder par une aventure humaine pas si différente au fond de celle d'autres pères de famille, d'autres éminents médecins, d'autres professeurs ? Leo s'était posé la question un nombre incalculable de fois.

Mais maintenant qu'il l'avait devant lui, maintenant qu'il aurait pu avoir une réponse, il ne s'en posait aucune de ce genre. Il lui semblait que tout était parfaitement linéaire et conséquent. C'était le travail de l'inquisiteur. Que celui-ci n'accomplissait pas avec moins d'application et de dévouement que Leo n'en avait mis dans le sien en son temps.

Leo repensait à toutes les conjectures auxquelles il s'était livré avec Herrera. Qui comme beaucoup d'avocats de sa génération était convaincu que tout relevait d'un préjugé politique.

« Il te hait, lui répétait Herrera.

– Pourquoi dis-tu ça ?

– À sa façon de rédiger ses communications on comprend qu'il te hait. Il hait ce que tu es. Il hait ce que tu fais. Il hait ta fichue rubrique dans le *Corriere della Sera*. Il hait ta Jaguar. Il hait la maison de poupée dans laquelle tu es allé t'enfermer. Il hait Craxi et ton pathétique idéalisme craxien.

– Mais pourquoi? Tu peux m'expliquer pourquoi?

– Parce que!»

Mais à présent, à présent que ce type était devant lui, Leo trouva le «parce que» de son avocat d'une trivialité révoltante. Qui était, lui, le signe d'un préjugé politique.

L'aspect sain de l'inquisiteur disait sa parfaite bonne foi. Il agissait ainsi parce qu'il n'aurait pas pu faire autrement. Si un magistrat a connaissance de délits il a le devoir de s'en occuper et de poursuivre leur auteur. C'est ce que dit le Code pénal mais aussi le bon sens. Et savoir, comme Leo, qu'une part importante des accusations portées contre lui était sans fondement ne l'empêchait pas d'apprécier la conscience professionnelle avec laquelle cet homme remplissait les fonctions que la société lui avait confiées.

Leo se souvint du jour où il avait demandé à Herrera s'il avait déjà eu affaire à lui.

«Bien sûr. En plus du fait que j'ai dû le rencontrer plusieurs fois pour ton affaire. Mais je le connaissais déjà avant, de réputation, tout le monde le connaît. Il vient tout juste d'être transféré, ou de se faire transférer, je ne sais pas.

– D'où?

– De Calabre. D'Aspromonte, pour être plus précis. C'était la tranchée. On ne plaisante pas là-bas. Et il paraît que notre ami s'y est distingué aussi par une certaine, disons, opiniâtreté. Et que là-bas aussi il a mis pas mal de gens en rage. C'est pourquoi on lui avait attribué une escorte assez fournie. Menaces, intimidations, lettres piégées de projectiles non explosés. La camelote habituelle et macabre avec laquelle les truands te font comprendre que tu leur casses les couilles. C'est peut-être la raison de son transfert. Ou bien il l'a demandé. Tu te rappelles ces Piémontais idéalistes, intransigeants, dont le rêve depuis l'université consiste à pouvoir aller dans le Sud pour y rétablir la légalité? C'est quelqu'un comme ça. De bonnes lectures. Passionné de musique. Bref, le type même dont il faut se préserver.

– Mais à part ça, c'est quel genre? En tant que magistrat, je veux dire.

– Quel genre? Du genre Adolf Hitler: sévère mais juste. »

Avec une de ses saillies cyniques et excessives Herrera avait fait comprendre à son client que c'était un sujet tabou. Il s'agissait d'une question dont Leo ne devait absolument pas se mêler. Une affaire d'avocat et non de client. Même si cette boutade sarcastique avait eu pour effet de transformer ultérieurement aux yeux de Leo l'essence de l'homme qu'il avait à présent devant lui. Le nom de Hitler avait disparu. Ne restaient que les deux adjectifs: sévère mais juste.

S'il était vraiment ainsi – sévère mais juste –, alors Leo n'avait rien à craindre.

En dehors d'un bonjour marmonné, l'inquisiteur n'avait encore adressé la parole ni à Leo ni à Herrera. Il était occupé pour le moment à donner à voix basse des indications à ceux qui devaient être ses collègues, assistants ou subordonnés. L'un d'eux, à peine plus qu'un gamin, assis devant une machine à écrire, allait probablement taper le procès-verbal. L'autre, plus âgé, allait veiller au bon fonctionnement du magnétophone à grandes bobines posé sur un petit meuble à côté du bureau. Ils devaient appartenir à la police judiciaire. Deux auxiliaires. On devinait chez eux une grande déférence, affectueuse néanmoins, à l'égard de l'inquisiteur. Leo eut l'impression que pour un lieu administratif il y régnait une atmosphère de collaboration et d'entente. Comme s'il s'agissait d'une belle famille unie autour d'un père *sévère mais juste*.

Enfin il y avait une femme. Plutôt jeune elle aussi. Dont l'absence de charme et l'irritante maigreur étaient admirablement concentrées dans un chignon rigide châtain foncé. Sans doute l'assistante du magistrat. Ils chuchotaient. Elle allait probablement participer à l'interrogatoire. Leo reconnut dans cette atmosphère chargée de concentration et d'attentes l'émotion que l'on respirait avant une intervention chirurgicale. Bien que Leo n'ait pas été chirurgien, il aimait assister aux opérations que subissaient trop souvent ses jeunes patients. Ne serait-ce que pour s'assurer que ces bouchers ne perdaient pas leur flegme. C'est donc ainsi qu'un enfant devait se sentir un instant avant d'être anesthésié, au milieu de tous ces adultes qui parlaient entre eux, qui s'organisaient en s'adressant mutuellement des recommandations. Ces adultes déguisés en astronautes qui allaient bientôt poser les mains sur lui.

Jusqu'à la lumière, tellement éclatante et artificielle, qui évoquait un bloc opératoire.

En remarquant la façon dont la jeune femme regardait le procureur, il fut convaincu qu'elle devait en être amoureuse. Que dis-je, complètement toquée ! Plus amoureuse que ça tu meurs. Et comment pouvait-il en être autrement ? Qui ne s'amouracherait d'un homme comme lui ? Leo se permit finalement de le regarder avec attention. D'extraire les éléments d'un charme aussi indiscutable. Il était toujours tourné vers la femme.

Il y a des hommes sur lesquels, en raison de la maigreur de leurs fesses, le pantalon tombe avec une précision impeccable et, de ce fait, irrésistible. Ces hommes sans cul sont pour la plupart dépourvus de pitié, insuffisamment dotés de ressources affectives, et surtout froids, précis, et aussi peu mystérieux que des rébus résolus. Voilà ce que disait le cul plat et cruel de l'inquisiteur : il disait tout de la sévérité de cet homme jeune, mais bien peu de son tempérament.

Lorsqu'il se tourna finalement vers lui, Leo fut impressionné par sa virilité rayonnante. Pas plus d'un mètre soixante-quinze, sec sinon vraiment athlétique, l'inquisiteur portait une chemise bleu clair au col discrètement ouvert et aux manches retroussées jusqu'au-dessus du coude. Le pantalon d'été en coton couleur crème pâtissière faisait partie d'un costume dont la veste traînait sur une chaise. Sa tête parfaitement sphérique et non moins parfaitement glabre et brillante rappela à Leo celle de l'acteur qui plaisait tant à Rachel, comment s'appelait-il? Ah oui, Yul Brynner. Et il y avait ses yeux, dont le bleu ciel offrait une pureté flamande.

Leo fut pris d'une nostalgie infiniment douloureuse de la vie. De sa vie. En voyant un homme aussi à l'aise dans son pantalon sans ceinture. Un homme auquel il était encore permis d'exercer son métier librement. Un homme au maximum de son énergie, au sommet de son efficacité et de sa puissance, Leo ressentit une envie terrible. Il eut une seconde le désir déchirant, ardent de tout ce qu'on lui avait enlevé, de tout ce qu'on lui avait volé. Il pensa, dans le désordre, à sa garde-robe, à ses étudiants, aux urgences de l'hôpital; il pensa à ses succès et à ses échecs, aux conférences et aux pauses-café; il pensa à Rachel, à Filippo, à Samuel, et même à Flavio et à Rita; il pensa au parfum de la torta caprese que Telma sortait du four; il pensa à ses vacances, à la lagune, à la neige, aux samedis, aux dimanches, mais aussi aux mardis; il pensa au grand Ray, à la voix du grand Ray, à elle surtout… En un instant tout lui revint. Tout ce qu'il avait perdu. En même temps que la terreur. Terreur du rite sinistre qui allait se célébrer, dans lequel ils lui avaient attribué le rôle inconfortable d'acteur principal. Adieu sophisme. Adieu fatalisme. La vie était ainsi. Sous sa forme la plus dense et la plus dépourvue d'ambiguïté. Ici le fatalisme ne servait à rien, la philosophie était une perte de temps inutile.

Qu'en était-il d'Herrera?

Après avoir déversé toute sa colère devant la porte, il semblait s'être radouci une fois entré. Ce qui ne déplaisait pas à Leo. Ce qui l'angoissait le plus était que devant le magistrat son avocat paraissait impuissant, abandonné, sans aucune autorité.

«Maître Del Monte», dit l'inquisiteur d'une voix décevante qui n'était pas à la hauteur de son aspect: pas aussi ferme, pas aussi chaleureuse, pas du tout une voix de grand homme. Avec trop d'aigus agaçants. Et traînante à la façon indiscutablement turinoise.

«Maître Del Monte, si vous n'y voyez pas d'objection, je commencerais.

– Très bien, mais avant je voudrais…» répliqua Herrera avec un calme et une sévérité qui à la fois plurent et déplurent à Leo.

L'inquisiteur l'interrompit aussitôt, comme s'il ne l'avait pas entendu. «Maître, si vous n'y voyez pas d'inconvénient, nous pouvons considérer l'acte d'accusation et les éléments à charge comme lus. J'imagine qu'aussi bien vous que le professeur Pontecorvo avez eu le temps de… Et du temps, nous en avons déjà suffisamment perdu.»

Nous pouvons considérer l'acte d'accusation et les éléments à charge comme lus? Quelle curieuse expression. Leo devina qu'ils allaient probablement sauter les préliminaires et les civilités pour arriver tout de suite au fait. À l'interrogatoire. Sans passer par la lecture de l'acte d'accusation. Ce qui ne faisait que retarder encore le moment où il découvrirait de quel crime ils l'accusaient et pour lequel ils l'avaient flanqué là. Leo effleura de nouveau avec tendresse la poche de son pantalon qui conservait les feuillets.

«Aucune objection, docteur.

280

– Professeur, comme votre avocat vous l'aura certainement dit, je me suis rendu moi-même à votre domicile il y a quelques jours pour une autre perquisition…

– À ce propos… intervint de nouveau Herrera, vous comprendrez qu'en réalité le professeur Pontecorvo et moi n'avons eu le temps de parler de rien… enfin, je me serais attendu… »

Encore une fois le ton d'Herrera alarma Leo. Il lui parut celui d'un homme en colère, sur le point d'exploser, mais qui ne peut pas se permettre de le faire. Exactement le contraire de ce qu'il devait être, et du magistrat, qui montrait un calme impassible.

Leo était néanmoins content que tous deux l'appellent « professeur ». Il lui sembla que c'était une attitude de gen-tlemen. De personnes du même rang. Le Magistrat, l'Avocat et le Professeur. Quel beau trio. Plus le temps passait, plus Leo sentait qu'il devait faire confiance à cet homme. Et lui répondre en conséquence. Parce qu'il s'agissait d'un type loyal. Tu te rappelles ? Sévère mais juste. Le genre de personne à qui Leo voulait avoir affaire. Pas un ennemi mais un adversaire. Pas la prof de maths aigrie qui l'avait collé à l'époque. Pas le salaud qui enseignait la chimie à l'université. Pas Camilla, et encore moins le maudit père de cette maudite gamine. Pas l'obsédé anonyme distributeur de menaces téléphoniques. Aucun des plumitifs qui s'obstinaient à outrager son intégrité. Bref, aucune des personnes qui lui voulaient du mal et dont ce vaste monde lui semblait tout à coup grouiller. Un homme sévère mais juste. En quête de vérité.

Au point que Leo aurait voulu tirer son avocat par la manche et lui dire : allons, ça suffit, arrête, ne continue pas à chicaner, fais parler l'inquisiteur. Tirons cette situation au clair et rentrons chez nous.

« Docteur, vous devez vous rendre compte que le professeur et moi n'ayant pu ni nous parler ni nous voir ces derniers jours…» commença Herrera comme s'il faisait allusion à un empêchement quelconque et non à la décision qui lui avait interdit d'entrer en contact avec son client pendant cinq jours et cinq nuits.

«Alors que voulons-nous faire, professeur? Voulez-vous user de votre faculté de ne pas répondre? Admettez-vous l'accusation? Ou bien voulez-vous vous disculper?» demanda l'inquisiteur. Et Leo ne sut pas déchiffrer si son ton était sarcastique ou strictement professionnel. Ni s'il cachait une menace. La seule chose qu'il savait était qu'il ne lui plaisait pas et qu'il avait été encore une fois amorcé par les chicanes d'Herrera.

«Je dis seulement que…» insistait Herrera.

Pourquoi faire traîner? se demanda Leo. Pourquoi irriter l'inquisiteur, qui semblait si calme? Au fond, Leo avait une envie terrible de répondre. Leo n'avait jamais eu autant envie de répondre qu'à ce moment-là. À présent qu'il avait enfin devant lui un homme avec les bonnes questions auxquelles donner les bonnes réponses.

«Alors, maître, nous commençons oui ou non?»

Et Leo vit du coin de l'œil qu'Herrera acquiesçait, toujours à sa manière pleine de circonspection.

Pendant ce temps le magistrat s'était tourné vers la jeune femme, qui lui avait remis sans attendre un dossier plutôt épais. Certainement une documentation quelconque accumulée au long des mois.

«En résumé, professeur, hier après-midi il a été procédé à une perquisition de votre domicile. À laquelle j'ai présidé. Elle a duré quelques heures et s'est déroulée en présence de votre épouse.»

Il le disait d'une façon extrêmement impersonnelle, comme s'il lisait un procès-verbal. Même s'il était évident qu'il ne lisait pas.

Rachel? L'inquisiteur et Rachel avaient fait connaissance? Ils avaient passé du temps dans les mêmes pièces? Ils s'étaient adressé la parole? Pendant que lui pourrissait à l'isolement? Il n'arrivait vraiment pas à l'imaginer. Pour la première fois depuis qu'il était assis devant lui, Leo eut un mouvement d'hostilité à l'égard de cet homme.

De quoi s'agissait-il? De jalousie? De honte? Ou des deux à la fois?

Il est vrai que Leo avait une certaine difficulté à se représenter Rachel et l'inquisiteur faisant le tour de la maison et touchant à ses affaires. Il se demanda comment Rachel avait affronté cette nouvelle humiliation. Après deux mois sans aucun contact avec son épouse, Leo pouvait dire avec certitude qu'il n'avait plus la moindre idée de qui était cette femme. Ainsi vont les choses. Il avait mis vingt ans à la connaître et l'avait oubliée en quelques mois. C'est pourquoi il lui était si difficile d'imaginer comment elle avait réagi à la violation de son intimité domestique par un groupe d'énergumènes dirigés par l'inquisiteur. Une idée folle le portait à penser que Rachel, dans son zèle absurde, était arrivée à les aider, avec la même conscience qu'elle aidait les menuisiers et les tapissiers. Une autre idée pas moins irrationnelle lui suggérait qu'elle avait protesté. Qu'elle était montée sur ses grands chevaux. En se mettant à crier qu'ils ne devaient pas se permettre, que c'était impossible, qu'elle ne pouvait le tolérer. Une autre encore (peut-être la plus vraisemblable) était qu'elle s'était soumise docilement à la volonté de ces gens-là. Son mari était un épouvantable criminel, son mari les avait mis *elle et lui* dans cette situation avec une irresponsabilité qui n'avait d'égale que sa perversion: il était juste qu'elle permette à ces gens-là de faire une chose aussi grave et mortifiante. Parce que seule une chose aussi grave et mortifiante pourrait faire un peu de lumière sur cette interminable sale histoire.

Une perquisition. Existe-t-il quelque chose de plus honteux au monde? Leo pensa au jour de janvier, quelques années auparavant, quand au retour des deux semaines à Anzère, Rachel, Telma, les enfants et lui avaient trouvé la maison sens dessus dessous. Des cambrioleurs étaient entrés pendant leur absence et l'avait dévalisée. Leo se rappelait les gémissements aigus de Telma qui répétait: «Madame... madame...» Mais il se rappelait aussi le sentiment de colère et d'humiliation qui l'avait saisi. Qui les avait tous saisis. Une incrédulité pleine de rancune. Comment s'étaient-ils permis? De toucher à leurs affaires? L'argent, les tableaux, l'argenterie, les bijoux de Rachel, la télévision des garçons, ses montres, et même quelques-uns de ses disques, et beaucoup d'autres choses. Mais les objets étaient le moins important, on pouvait en racheter. Et sinon, on pouvait vivre heureux sans eux. Le problème c'était le viol. Le viol scandaleux. Ces mains partout. Ces mains dans l'endroit le plus tendre de tous. Dans le lieu construit avec tendresse pour accueillir et protéger les Pontecorvo. C'est ça qui était épouvantable.

Un spasme d'angoisse contracta l'estomac de Leo et lui remplit la bouche de salive à l'idée du magistrat et de ses hommes de main en train de toucher à tout sous le regard tristement indulgent de Rachel.

À ce moment-là le magistrat, qui jusque-là s'était comporté de façon irréprochable, dit quelque chose que Leo trouva totalement déplacé.

«Je dois dire, professeur, que vous avez une collection de disques vraiment remarquable.»

Comment pouvait-il se permettre? Il faisait de l'humour? Ou bien parlait-il sérieusement? Dans un cas comme dans l'autre, il s'agissait d'un commentaire honteusement inconvenant. Enfin quoi? Tu m'enfermes après m'avoir mis en pièces, et maintenant tu te mets à parler de disques? De mes

284

disques ? De ma femme et de mes disques ? Comme pour souligner que pendant que je pourrissais ici tu t'amusais chez moi, avec ma famille, avec mes biens ? L'idée surréelle l'effleura un instant que très bientôt – puisqu'il était désormais hors jeu – l'inquisiteur allait prendre sa place dans sa vie, qu'il s'installerait chez lui comme le plus arrogant des prétendants de Pénélope et écouterait ses précieux disques d'importation. Mais il chassa aussitôt cette absurdité de son esprit.

Toutefois Leo espérait encore avoir mal entendu. S'être trompé. Il était prêt à s'entendre demander : «Où étiez-vous cet après-midi-là à telle heure ?» Il était prêt à s'entendre demander : «Quelqu'un peut-il le confirmer ?» Il était prêt à s'entendre poser toutes les questions qu'il avait trouvées écrites dans les polars dont il raffolait dans sa jeunesse. Mais il n'était pas prêt à parler de disques. Et il était aussi extrêmement surpris qu'Herrera, jusque-là si pressé d'intervenir hors de propos, n'ait pas encore remis ce fils de pute à sa place. Lequel, en effet, poursuivait imperturbablement ses élucubrations.

«Votre collection de Ray Charles : vraiment inestimable. Il y a des disques incroyables.»

Non, l'incroyable n'était pas que tante Adriana, au cours des années, lui ait envoyé des États-Unis quelques disques de Ray Charles d'une valeur «inestimable». L'incroyable était que ce type – l'inquisiteur féroce des mafieux et des camorristes, l'inquisiteur incorruptible – n'arrête pas de parler de disques. Et que pour toute réponse son avocat (le requin du barreau) reste obstinément muet. Et que le greffier continue sans broncher à transcrire chacune de ses paroles sans le regarder avec suspicion ni stupéfaction. C'était ça l'incroyable. Pas ses disques d'une valeur inestimable.

C'était une plaisanterie ? Ou une technique d'interrogatoire dernier cri, tout juste importée des États-Unis pour faire *se mettre à table* aussi bien les coupables que les innocents ? Tu les entretiens de leurs passions pour mieux les piéger ensuite? Attention, Leo. Attention.

« Je vous remercie, monsieur le procureur », siffla Leo en essayant de donner à sa voix tout le sarcasme dont il était capable. Espérant irriter à la fois l'inquisiteur et Herrera. Ou au moins les pousser à se ressaisir.

« Les livres également, je dois dire. Pas mal du tout. Vous avez du goût, professeur. »

Et toujours rien d'Herrera.

« Vous savez, j'ai jeté un coup d'œil à ces livres. Ou plutôt nous y avons tous jeté un coup d'œil », rectifia-t-il en embrassant du regard toutes les personnes présentes, comme si elles n'étaient pas dans une pièce exiguë d'une prison de haute sécurité, mais dans un club de lecture élégant.

« Et nous nous sommes fait une idée très précise de vos goûts. Et de vos préférences. Réellement raffinés, professeur. »

Leo n'avait même plus la force de le remercier ni de répliquer. Professeur. Professeur. Ce qui lui avait semblé un signe de respect au début, une reconnaissance de son rôle social, commençait à être exaspérant.

« Nous avons remarqué que vous aviez l'habitude de souligner des passages. Au crayon naturellement. Bien sûr, bien sûr, à l'encre ce serait du vandalisme. Le crayon, on peut l'effacer.

– Et alors? » dit Leo en s'enhardissant. Aussitôt après il sentit Herrera le tirailler. Comme pour le rappeler à l'ordre. C'est vrai, se souvint-il, Herrera lui avait dit: « Ne réponds jamais par oui ou non. Ne fais pas de commentaires. Parle le moins possible. » Il le lui avait répété à satiété. Mais les circonstances n'étaient pas normales: l'inquisiteur parlait de livres. De livres soulignés au crayon. Se pouvait-il qu'Herrera n'ait pas l'autorité de ramener l'interrogatoire sur une voie logique? Que Leo soit le seul à sentir combien tout ce qui se passait était déplacé?

« Voici, professeur. J'ai relevé certaines phrases que vous avez soulignées et qui me paraissent fort intéressantes. Qui méritent un commentaire, une réflexion. Par exemple, écoutez ceci. Un passage que vous avez souligné dans un livre très célèbre. "La disposition de la loi romaine selon laquelle une fillette pouvait se marier à douze ans fut adoptée par l'Église et reste en vigueur aujourd'hui, plus ou moins tacitement, dans certains États d'Amérique. L'âge de quinze ans est légal partout. Il n'y a aucun mal, affirme-t-on dans les deux hémisphères, à ce qu'un quadragénaire brutal, béni par le prêtre local et bouffi d'alcool, enlève ses sous-vêtements trempés de sueur et pénètre sa jeune épouse jusqu'à la garde. Dans les climats tempérés et stimulants [...] les fillettes mûrissent vers la fin de leur douzième année." Intéressant. Professeur, ne trouvez-vous pas ?

– À vrai dire, je ne comprends pas pourquoi vous me lisez ces lignes. Je ne vois pas de quoi vous parlez. Je ne sais même pas de quel livre elles sont extraites.

– Vous ne comprenez pas, hein ? Alors laissez-moi vous lire un autre passage souligné par vous. Même livre, même auteur. "Le mariage et la cohabitation avant la puberté ne sont pas du tout exceptionnels, aujourd'hui encore, dans certaines régions de l'Inde. Chez les Lepcha, de vieux octogénaires copulent avec des fillettes de huit ans et personne ne s'en soucie. En fin de compte, Dante tomba amoureux fou de Beatrice lorsqu'elle avait neuf ans..." »

L'inquisiteur continuait à lire. Et Leo commençait à comprendre ce qu'il aurait déjà dû comprendre depuis longtemps. Ça n'était vraiment pas difficile. Ces passages qu'il avait visiblement soulignés étaient, selon l'inquisiteur et sa bande, une preuve de sa perversion. C'était ça qu'il avait en mains ? C'était ça une des raisons pour lesquelles ils l'avaient arrêté ? Parce qu'il avait souligné des passages d'un livre ? S'il en avait souligné d'autres qui parlaient du massacre des Arméniens ils l'auraient inculpé de génocide? C'était ça qui se passait?

« Docteur, intervint finalement Herrera, je ne vois pas le rapport entre tout cela et…

— Vous ne voyez pas le rapport, maître? Et vous non plus, professeur? Vous ne le voyez pas non plus? Alors voici un autre de vos livres. Celui-ci aussi est très célèbre. Écoutez bien. Celui-ci aussi a été souligné. "Un quadragénaire déshonore une fillette de dix ans: est-ce l'environnement qui l'a influencé?"

— Je continue à ne pas comprendre, disait Herrera. Que voulez-vous savoir du professeur?

— C'est évident, dit Leo oubliant toute prudence et de plus en plus en colère. Tu ne comprends pas, Herrera? Monsieur le procureur fait des insinuations. Monsieur le procureur établit habilement, ou peut-être seulement maladroitement, le profil psychologique du dépravé.

— Tais-toi, fit Herrera. Tais-toi, bon Dieu.

— Non, ne vous taisez pas, continuez. Je vous écoute. Vous croyez que c'est ce que je suis en train de faire? Que nous faisons tous? Un profil psychologique? Très intéressant. Vraiment très intéressant. À propos. Voici d'autres belles choses que nous avons trouvées dans votre studio au sous-sol. Elles étaient cachées derrière vos précieux disques. »

L'inquisiteur se fit remettre par la femme un autre pli dont il tira quelques revues pornographiques froissées. Que Leo reconnut aussitôt. Il les avait achetées pendant un long voyage solitaire de conférences aux États-Unis. Des revues érotiques et pornographiques. Leur point commun était leurs titres, qui faisaient allusion au jeune âge des modèles représentées dans des poses plus ou moins suggestives. *Just Eighteen, Barely Legal, Lolita's*, etc.

Ce fut un vrai choc pour Leo de voir ces revues qui gisaient depuis quelques années derrière ses disques. Mais pas parce qu'elles signifiaient quelque chose, pas parce qu'elles prouvaient on ne sait quoi. Tous dans la pièce savaient que c'étaient des revues parfaitement légales. Des revues pour adultes que n'importe quel adulte aurait pu acheter. Et qu'un adulte responsable comme lui avait fait en sorte de soustraire au regard de ses fils mineurs en les cachant.

Si Leo eut un tel choc c'est parce qu'il pensa à la scène de la réapparition de ce matériel pornographique, survenue probablement en présence de Rachel. Il imagina son humiliation. Mais toutes les femmes dignes de ce nom savent que leur mari a besoin de temps en temps de ce genre de matériel. Toutes les femmes de bon sens savent que la sexualité conjugale et les branlettes sont deux choses différentes. Et que même si ces branlettes sont avilissantes, elles valent mille fois mieux que tout adultère, habituel ou occasionnel. Mais l'idée que Rachel avait vu ces revues. L'idée qu'elles avaient été retrouvées devant elle. L'idée qu'ensuite on l'avait regardée avec réprobation. L'idée qu'elle avait pu imaginer son mari dans la salle de bains en train de se masturber sur ces trucs. Sur ces gamines. Eh bien, cette idée était intolérable. Elle l'humiliait, l'anéantissait et le rendait encore plus furieux.

« Et ces revues prouveraient quoi, monsieur ? Vous voulez me demander si un professeur de quarante-huit ans respecté et respectable, avec une belle femme et deux beaux enfants, se branle encore ? Eh bien oui, il se branle encore. Où est le problème ?

— Il ne me semble pas avoir parlé de problème. Il n'y a aucun problème. C'est vous qui en faites un problème. Vous faites et défaites. Je me limite pour ma part à vous montrer certaines choses qui vous regardent intimement. Telles que celle-ci. »

Cette fois l'inquisiteur saisit un catalogue de tableaux et un autre de photos.

« Que dites-vous de ces objets ? Ils vous appartiennent aussi. Ils étaient dans votre bibliothèque.

– Ce que j'en dis ? Montrez-moi. Ceci est le catalogue d'une exposition que ma femme et moi avons vue en Suisse il y a quelques années. D'un des artistes contemporains les plus célèbres. Balthus. Quant à ceci… voyons un peu. Ce sont des cartes postales. Elles viennent elles aussi de je ne sais quelle exposition. Il s'agit de photographies prises par un grand écrivain. Un écrivain injustement considéré comme un auteur pour enfants. En réalité un artiste sublime dont la faiblesse était de photographier des fillettes pubères. Je les soigne. Lui les photographiait. Il s'appelait Lewis Carroll. Je m'appelle Leo Pontecorvo. Cette photo, si je ne me trompe, représente Alice Liddell déguisée en mendiante. De celle-là qui fait semblant de jouer du violon je ne sais quoi vous dire. Mais je la trouve très belle, très expressive. Je trouve la couleur sépia de la photo et l'expression triste de la fillette très émouvantes. C'est comme ça que j'imagine *Alice au pays des merveilles*. Exactement comme ça. Vous savez, j'ai toujours adoré ce livre. J'ai même obligé mes fils à le lire. Mais je croyais tout, tout, sauf qu'un jour je me retrouverais au pays des merveilles. Parce que c'est comme ça que cet endroit s'appelle, non ? Le pays des merveilles ? Vous le connaissez, docteur, le pays des merveilles ? Mais bien sûr, vous le connaissez. Vous êtes un homme raffiné, monsieur le procureur. Vous savez très bien que les photos de Lewis Carroll ne signifient rien. Tout comme vous savez très bien qu'un catalogue de Balthus ne veut rien dire. Balthus ne peint que des fillettes nues ? Carroll les photographie ? Essayez de les arrêter si vous en êtes capable. Essayez vous aussi d'entrer dans le pays des merveilles.

– Professeur, ce n'est pas à vous de décider qui je dois ou ne dois pas arrêter. D'ailleurs j'ai d'autres choses à vous montrer.

– De quoi s'agit-il cette fois? Vous voulez me faire écouter un chœur de voix d'anges? Ou le dernier disque du Zecchino d'Oro?»

Leo continuait de faire de l'ironie et Herrera n'intervenait pas. Herrera était ahuri, comme s'il vivait un cauchemar. Plongé dans quelque chose qu'il ne parvenait pas à contrôler.

«Je ne pense pas, professeur, que vous soyez en mesure de faire de l'esprit», dit l'inquisiteur d'un ton glacial.

Puis, après une pause, il sortit quelques photos d'une autre enveloppe. Et il les étala sur la table devant Leo.

«C'est vous qui les avez prises?»

Leo en saisit une d'un air qui exprimait de plus en plus de contrariété et d'ironie. Puis toutes les autres.

C'étaient les photos d'un anniversaire de Samuel… celui de l'année précédente. Pour être encore plus précis, c'étaient les photos que Rachel l'avait obligé à prendre et qu'il n'aurait jamais prises s'il n'avait tenu qu'à lui. Quoi de criminel là-dedans? Quoi d'illégal à céder aux désirs d'une femme insistante? Combien de femmes et de maris de ce genre existe-t-il? Sur le coup Leo ne comprit pas. Il ne comprit pas où l'inquisiteur voulait en venir. Ces photos ne signifiaient rien. Sinon que sa femme avait la manie des souvenirs. Rachel était ainsi: elle voulait toujours qu'il y ait une photo pour toutes les occasions qu'elle considérait à un titre quelconque comme un événement. Son horreur pour la fuite inexorable de toute chose, son idolâtrie petite-bourgeoise la poussaient à recueillir des témoignages de tout. À accumuler des reliques inutiles et ne jamais rien jeter. Il suffisait qu'un de ses fils mette un veston et une cravate pour aller à une fête et aussitôt elle demandait à Leo de mitrailler le jeune dandy embarrassé. Il suffisait que les Pontecorvo se mettent tous sur leur trente et un pour aller à l'opéra ou à la bar-mitzvah du fils d'un de leurs amis pour que Telma ou quelque autre malheureux soit sommé d'immortaliser ce moment de suprême élégance. Leo n'osait même pas penser à ce que ferait cette femme lorsque l'un de ses petits aurait son bac, sa licence, se marierait ou, que sais-je, deviendrait ministre !

Jusqu'à ce que Leo, en parcourant rapidement le paquet de photos que l'inquisiteur lui avait mis en main, s'aperçut que l'auteur de ces prises de vue s'était attardé d'une façon pour le moins suspecte sur la petite amie du héros de la fête. Alors il comprit. Nous y voilà. C'est ça le guet-apens. Le piège qu'on lui réservait. Le nouvel indice. Peut-être Leo aurait-il dû expliquer à l'inquisiteur que c'était le héros de la fête lui-même qui avait insisté pour que son père-photographe se consacre surtout à sa petite amie. Qu'y avait-il de scabreux à ça ?

Rien. Vraiment rien.

Mais le plus terrible de toute cette histoire est que Leo – bien qu'il ait été assis depuis quelques minutes sur le siège face à l'inquisiteur et à côté d'un Herrera hébété – n'avait encore été accusé d'aucun délit précis. Il n'avait été interrogé sur aucun de ses crimes présumés. Rien que des insinuations. Rien qu'un ramassis d'indices extravagants recueillis par une bande de bureaucrates incompétents trop pétris de psychologie pour être considérés comme des gens bien. Mais enfin, de quoi l'accusaient-ils ? Leo était convaincu qu'ils devaient avoir des preuves plus significatives. S'ils n'en avaient pas eu ils ne l'auraient sûrement pas traîné là. Jamais ils ne se seraient permis de détruire la vie d'un être humain sans avoir entre les mains davantage que ces reliques insensées et surinterprétées. Jamais de la vie. Leo était persuadé qu'il y avait autre chose. Forcément. Mais alors pourquoi cette torture ? Pourquoi ce prologue interminable ? Pourquoi ne pas aller droit au but ? Pourquoi ne pas abattre leurs cartes ? Où était passé leur atout ? Leo ne parvenait pas à le comprendre et c'est ce qui excitait son ironie et son indignation.

Tout bien réfléchi, la seule question qu'ils lui avaient posée jusqu'à présent – personne ne l'avait posée en termes explicites, c'est vrai, mais elle revenait à ça –, question quelque peu sinistre et métaphysique, était à peu près la suivante : pourquoi es-tu Leo Pontecorvo ?

L'inquisiteur aurait voulu que Leo éclaircisse ce point. C'est ce que l'inquisiteur lui demandait depuis longtemps, en tergiversant, sans en avoir le courage. Comme s'il ne lui en voulait que parce qu'il était lui. Et de fait, c'était difficile de se disculper d'un tel délit. Le délit d'être Leo Pontecorvo. Le délit d'avoir vécu jusque-là en Leo Pontecorvo et, au besoin, de se préparer à mourir en Leo Pontecorvo. Comment se disculpe-t-on d'un crime de ce genre ? Tout le reste – cette camelote qu'ils continuaient de lui mettre sous le nez – était pur prétexte, digression accessoire, perte de temps oiseuse.

Leo eut un court instant de lassitude. Il perdit l'envie d'expliquer. Tout lui parut si vide, si informe, si trompeur. Il se demanda s'il existait réellement au monde tellement d'indices de sa perversion ou si, bien plus simplement, il ne se trouvait aucun individu dont l'histoire personnelle ne puisse être manipulée tout aussi insidieusement.

« Professeur, dit tout à coup l'inquisiteur, connaissez-vous Donatella Giannini ? »

Donatella Giannini. Bien sûr qu'il connaissait Donatella Giannini. Ce nom le transporta quelques secondes dans un lieu clair, aseptisé, efficace, totalement différent de celui où il se trouvait. Donatella Giannini. C'était une des infirmières de Santa Cristina. Une des meilleures. Des plus diligentes et des plus coopératives, des plus austères, de celles qui avaient le plus d'initiative. Une référence dans le service : adorée des patients, de leurs parents, des médecins, de ses collègues infirmières et de ses subordonnés. Bref, de tous. Une chef de salle douce et charismatique qui se consacrait à son travail avec ardeur et discrétion.

« Savez-vous ce que nous a dit Donatella Giannini ? demanda l'inquisiteur en tirant un nouveau feuillet d'une nouvelle enveloppe.

– Comment pourrais-je le savoir, monsieur ?

– Elle nous a dit que dans votre service vous favorisiez l'intimité sexuelle entre malades mineurs.

– Mais pas du tout… pas du tout… Donatella n'a pas pu dire une chose pareille… À moins qu'elle ait fait allusion à cette histoire… une chose qui s'est passée il y a des années… mais pour moi c'était une façon de parler… Deux enfants avaient été surpris ensemble par Donatella… elle est venue me le dire… elle était bouleversée… et je lui ai seulement dit que… mais pas dans ce sens-là… pas comme vous l'interprétez… Donatella ne peut pas vous avoir dit que… C'est vrai, nous avons eu une discussion, nous avons parlé de cet incident. Je lui ai dit certaines choses, mais, comme ça, histoire de faire la conversation… dans l'abstrait. Une provocation. »

Au mot « provocation » Herrera eut le courage d'intervenir, énergiquement :

« Ça suffit, Leo. Tais-toi… Docteur, ça suffit. Mon client use de son droit de ne pas répondre… ça suffit. Vraiment.

– Non, Herrera, ça ne suffit absolument pas. Tu ne comprends pas. Tu ne comprends pas ce qu'ils sont en train de me faire. Tu ne comprends pas à quel point ce qu'ils me font est terrible. Et tellement absurde. Tu ne comprends pas et tu ne dis rien. Je t'ai payé grassement pour que tu dises quelque chose. Je t'ai enrichi pour que tu me défendes. Mais tu restes là, ahuri. Tu ne dis rien…

– Leo, ça suffit je te dis.

– Je te dis que tu ne comprends pas ! Personne ne peut comprendre. Si tu n'es pas dedans jusqu'au cou, si tu ne te noies pas, tu ne comprends pas. Ces gens-là n'arrêtent pas de me parler d'inepties. De livres soulignés, de catalogues d'expositions, de disques. Et tu fais comme si de rien n'était. Celle-là me regarde comme si j'étais Mengele. Et celui-là écrit… et moi… Le plus terrible c'est l'absurdité. Et le plus odieux, la mesquinerie de l'imagination.

– Je t'en prie, arrête voyons… Monsieur le procureur, nous avons terminé.

– Ah non, je n'ai pas terminé! s'écria Leo en se levant.

– Professeur, je dois vous demander de vous rasseoir. Et de baisser le ton.»

Leo entendit quelqu'un ouvrir la porte derrière lui et entrer. Un gardien alarmé?

«Je n'ai pas terminé, répéta-t-il plus bas en se rasseyant. Comment? Et toutes nos stratégies? Tous nos discours? Et maintenant tu ne dis rien? Tu restes là, muet? Tu as toujours des conseils à me donner. Tu as toujours une raison de me rabrouer. Tu sais toujours quoi faire. Sauf cette fois-ci. Cette fois-ci tu ne sais…

– Je t'en prie, Leo… Allons, sérieusement, arrêtons.

– Pas question d'arrêter. Tu as compris? Pas question. Il y a des mois que je me tais. Des mois que j'écoute comme un petit garçon humilié et puni. Des mois que je me fie à tout ce qu'on me dit, que je fais comme si tout ce qui m'arrive avait un sens. Et comme si je l'avais mérité d'une façon ou d'une autre. Depuis longtemps je supporte tes sarcasmes, je laisse ces gens-là me torturer. Et je n'en peux plus. Je ne tiens plus le coup. Je viens de vivre des journées infernales. Tu ne sais pas. Tu ne sais pas ce qui se passe ici. Il faudrait faire une enquête sur la vie ici… Mais toi, Herrera, tu es de quel côté? On peut savoir?

– Leo, si tu continues comme ça je serai contraint de me démettre…»

Cette fois c'était Herrera qui s'était levé, en produisant sur l'assistance un effet beaucoup moins menaçant.

« C'est ta seule préoccupation ? Te démettre ? N'avoir rien à faire avec moi, avec ce qui m'arrive ? Tu as peur que je t'entraîne dans mon enfer ? Rassure-toi. Ça ne regarde que moi… Fais comme bon te semble. Mais au moins je veux te dire ce que je pense.

– Pas maintenant, pas ici, comment faut-il te le dire ? Écoutez, monsieur le procureur, il vaut mieux…

– Je te l'avais dit, Herrera. J'avais cherché à te l'expliquer. Ils te roulent avec les photos. Ils te montrent quelques photos et ils croient avoir tout compris sur toi. Ils croient tout savoir de ta personnalité. Pour eux, ces photos sont la vérité. Si seulement on pouvait vivre sans laisser de trace ! Et si seulement vous saviez combien les traces que j'ai laissées sont trompeuses. Si seulement j'arrivais à vous expliquer ce que ça signifie d'être mis en échec par une fillette de douze ans…

– Qu'entendez-vous, professeur, par "être mis en échec" ? »

Le raisonnement spécieux, rien que le raisonnement spécieux. Nous y revoilà. Les mots ont une ambiguïté folle. Le pouvoir destructeur d'une telle ambiguïté. Plus tu te justifies, plus tu t'enfonces. Plus tu expliques, plus tout devient trouble. On n'en sort pas, tu as peut-être raison, Herrera : mieux vaut se taire. Mais je n'y arrive plus. Je n'ai jamais éprouvé un tel désir de m'exprimer.

« Être mis en échec, docteur, signifie "être mis en échec". Je ne peux pas vous l'expliquer autrement. Se sentir menacé, subir un chantage, être le jouet de quelque chose d'énorme, d'épouvantable et d'incontrôlable…

– Vous voulez parler de vos pulsions, professeur ? C'est bien cela ?

– Non, pas de mes pulsions. Je ne crois pas avoir de pulsions incontrôlables. Je ne crois pas en avoir jamais eu. Pas davantage que tout autre être humain doté de détachement et de bon sens. Je parle du comportement cruel, odieux, insensé d'une petite salope de douze ans qui, allez savoir pourquoi, a décidé de détruire ma vie. D'anéantir tout ce que j'ai construit, tout ce que j'aime. Comme ça, de façon délibérée, diabolique… »

Leo se sentait essoufflé et il avait envie de pleurer. Mais il sentit aussi qu'il avait enfin pris la bonne voie. Il disait la vérité. N'est-ce pas ce que font les gens bien ? Dire la vérité ?

« Et qui serait la "petite salope", professeur ? Qui est celle que vous désignez ainsi ?

– Leo, je t'en prie, arrête ! Leo, je t'en conjure, ne réponds pas…

– Vous savez parfaitement qui est la petite salope, docteur. Je ne parviens même pas à dire son nom. J'irai plus loin. Je suis terrorisé à l'idée de prononcer son nom. Vous me voyez, je suis grand et gros. Je fais presque deux mètres et je n'arrive pas à prononcer le nom de cette petite salope. »

Bien que Leo ait eu la bouche sèche, le dos trempé et une tachycardie inquiétante, il était encore assez lucide pour s'apercevoir que chaque fois qu'il disait « petite salope » (et Dieu sait sur quel ton libérateur il le prononçait), le corps effacé de la jeune assistante de l'inquisiteur vibrait comme s'il était secoué par une décharge électrique glacée. Leo sentait les yeux de cette jeune femme – oui, jeune femme, elle devait avoir à peine plus de trente ans – fixés sur lui avec indignation et incrédulité. Pourquoi l'expression « petite salope » la troublait-elle autant ? Elle était assistante d'un procureur. Elle avait dû en entendre et en voir de bien pires. Leo la soupçonna d'être une de ces féministes frustrées que Rachel détestait tant. De ces paranoïaques déséquilibrées qui interprètent le geste masculin le plus conciliant comme une agression intolérable. Ces femmes dépourvues de sens de l'humour qui sentent sur leurs épaules le poids des outrages millénaires subis par leurs semblables.

Que pensait-elle de lui? Ça n'était pas si difficile à comprendre: il était l'ennemi héréditaire à abattre. L'ironie de la chose est qu'à l'extérieur il commençait à y avoir beaucoup de personnes qui le considéraient comme tel. Ce qui était proprement incroyable si l'on considère la vie qu'il avait menée, sa bonhomie, son bon caractère, son talent très rare de *ne détester personne*. Là était peut-être la raison pour laquelle tant de gens le haïssaient. Ils le haïssaient parce qu'il était incapable de haïr et que celui qui ne hait pas ne sait pas se défendre. Son absence de haine était impardonnable. Oui, ça expliquait sans doute beaucoup de choses.

En voyant l'assistante vibrer à chaque «petite salope», Leo se demanda si par hasard Camilla n'était pas destinée à devenir une femme de ce genre. Et si tout ce qu'elle avait fait n'était pas son apprentissage pour devenir comme celle-là. Une femme qui hait. C'était la première fois qu'il pensait de façon réaliste au mobile qui avait poussé Camilla à manœuvrer comme elle l'avait fait. Il avait été tellement occupé les derniers mois à se défendre contre l'attaque déclenchée à son détriment par cette gamine psychopathe qu'il ne s'était jamais demandé ce qui lui passait par la tête pendant tout ce temps. Ce qui avait armé son bras. L'amour? la haine? la méchanceté? la vengeance?

La seule chose certaine était que la haine de l'assistante de l'inquisiteur enflait à chaque «petite salope» prononcé par Leo. Chaque «petite salope» était un coup de fouet. Leo en fut content. Comme s'il percevait le pouvoir dont il disposait finalement. Le pouvoir de la mener à l'exaspération. Le pouvoir de la dégoûter et de la faire se sentir de plus en plus mal. Un tel avantage conduisit Leo à insister sur cette expression, à la caser délibérément le plus souvent possible:

«Non, ne me demandez pas de le prononcer. Pour moi, le nom de la petite salope est réellement imprononçable. Je ne me le rappelle même pas. Je n'ai en tête que petite salope, petite salope, petite salope…»

Tout pour voir souffrir cette femme, cette Camilla accomplie !

C'est alors que l'inquisiteur se décida à parler, avec solennité cette fois, en détachant bien ses mots et en agitant théâtralement un autre feuillet. Et il le fit avec la même satisfaction qu'un prof de maths écrit au tableau la résolution d'une équation difficile :

«La fillette de douze ans que vous désignez d'un terme aussi impardonnablement grossier, professeur, est sans doute la même qui vous accuse de tentative de viol?»

C'était donc ça l'accusation. Pour ça qu'ils l'avaient arrêté. Ce qui était écrit sur le papier que Leo avait dans sa poche depuis cinq jours et qu'il n'avait pas eu la force de lire. Camilla l'avait accusé d'avoir fait la énième chose qu'il n'avait jamais faite et qu'il n'avait jamais rêvé de faire. Camilla, en fillette appliquée et consciencieuse, avait parachevé son chef-d'œuvre.

Quatrième partie

Il le voit instantanément, sur un mur de la maison (rendue élégante entre-temps par un automne roux et tempéré), encore frais, probablement tracé une des dernières nuits pendant son absence, par un voyou quelconque. Personne n'a eu le bon goût de l'effacer : c'est un graffiti représentant de façon stylisée et enfantine la silhouette d'un homme à cheval. Un Marc-Aurèle dessiné de la main d'un nourrisson. Aussi bien l'homme que la bête ont un nœud coulant autour du cou.

Tant que ça ? Ils veulent le voir mort ? Et pas seulement lui, mais aussi son coursier imaginaire ? Le cheval de cette fichue photo. Leo est tenté de faire remarquer à Herrera que finalement il avait raison. Que cette photo avait son importance. Mais au moment de le dire il se rend compte que plus rien n'a d'importance. Persuader Herrera. Dissuader Herrera. Discuter avec Herrera. À quoi bon ?

Ça n'a pas été facile pour Herrera d'obtenir sa libération. Pas après l'interrogatoire désastreux. Pas après les éclats détestables de Leo. Pas après qu'il eut fallu le ramener de force dans sa cellule. Leo y est resté enfermé vingt jours de plus. À ce qu'ils lui ont dit : vingt jours. Même si, selon sa propre perception, ç'aurait pu être vingt minutes, ou vingt ans. En tout cas, Herrera a fini par réussir. Il a fini par gagner.

Et non content de ça, Herrera est allé le chercher. Il s'est présenté triomphalement, ou vaniteusement (ce qui revient à peu près au même), devant la porte de la prison dans sa

Mercedes 500 couleur pompes funèbres. Tout doit être grand. La grandeur est la faiblesse d'Herrera. Le voici sur le siège du conducteur dans l'immense habitacle de cette espèce de transatlantique sur roues. Une de ces voitures tape-à-l'œil et carrées qui vieillissent tout de suite et deviennent au bout de quelques années l'apanage de tziganes raffinés ou de truands sans envergure.

Et les voici côte à côte en train de regarder le mur en silence.

« J'appelle quelqu'un pour l'effacer.

– Non, non, laisse. Aucune importance. »

La mansuétude est devenue pour Leo une espèce de manie, mais elle ne peut l'empêcher de claquer avec violence la portière de cette voiture monumentale quand il en descend pour se diriger, seul, vers son antre du sous-sol.

Singulièrement, ce petit dessin s'est vite révélé la présence la plus tendre que sa demeure soit en mesure de lui offrir. Comme il fallait s'y attendre, en effet, Leo n'a pas trouvé la fanfare pour l'accueillir. Pensez donc. Avec ce qui s'est passé. La prison, les nouvelles accusations abjectes qui pèsent sur sa tête. Si Leo a besoin de chaleur humaine, il est bon qu'il se contente du graffiti du pendu.

Et c'est ce qu'il a fait. Il s'y est attaché, comme un enfant à sa peluche râpée. Il lui arrive de plus en plus souvent de monter sur un tabouret et, de là, de son studio-prison, par la même fenêtre haut perchée, contempler son nouvel ami.

Les jours passent, les semaines. Leo maigrit encore, il n'arrête pas, il se laisse pousser une barbe majestueuse : blanche, touffue, hiératique, digne de Moïse. Cette barbe est sa réponse. La vanité mysticisante est l'antidote de l'inexorable et de l'inextricable qui sont en train de l'intoxiquer. Son look s'adapte à son nouveau mode de vie ; son nouveau mode de vie à sa nouvelle conception du monde. Même sa façon de s'habiller, depuis qu'Herrera a réussi à le faire sortir de prison, est devenu plus austère. Il porte un survêtement molletonné, de ceux qu'il n'aurait jamais portés au bon vieux temps. Pour indiquer le chemin exigeant vers la rédemption.

L'hiver arrive. Une armée de nuages sombres, gonflés, fantomatiques a atteint la maison des Pontecorvo après une marche triomphale depuis l'Oural, à travers les étendues de l'Europe du Nord, les Alpes et les Apennins: et elle stationne là, à l'horizon, prête à livrer bataille. Elle a apporté avec elle le premier froid et beaucoup d'humidité. La treille de vigne vierge qui, il y a quelques semaines encore, arborait un éclatant feuillage rouge et orange, est complètement dénudée, réduite à un enchevêtrement noueux de branches, telle une forêt pétrifiée.

Leo, effrayé par la baisse de température, sait qu'il ne peut pas compter sur la pitié de Rachel. Laquelle, comme toujours, lésine sur le chauffage (elle lésinera au moins jusqu'à la mi-décembre). Puis, contrainte par les protestations des garçons, elle se montrera plus indulgente. Il arrive ainsi de plus en plus souvent que Leo frissonne, surtout le matin tôt ou le soir. Là-dessous l'humidité est redoutable. Quand il a trop froid, il enfile par-dessus son survêtement une vieille veste de ski qu'il a exhumée d'un cagibi où Rachel garde les vieux vêtements devenus immettables (les termes libérateurs tels que «jeter» ou «donner» n'appartiennent ni au vocabulaire génétique, ni au dictionnaire psychologique de la dame). La veste sent un peu trop la naphtaline mais ça ne déplaît pas à Leo. Dans le cagibi, il a également trouvé un bonnet rigolo en grosse laine grise. Comme ceux que portent les sportifs quand ils font leur footing, ou avec lesquels les pêcheurs se protègent les oreilles lorsqu'ils sortent avant l'aube. Il a l'air fait exprès pour couvrir sa calvitie et ses cheveux devenus blancs. Il s'endort parfois le soir avec son bonnet et se réveille avec le lendemain matin. Ce qui lui apporte une étrange euphorie de loup de mer.

Herrera n'a pas eu trop de mal à convaincre son client de plus en plus silencieux de ne pas aller au tribunal (le procès a commencé entre-temps). Mieux vaut ne pas se montrer, lui a-t-il expliqué. C'est plus prudent de juger les actes d'un individu et non l'individu en chair et en os... bla... bla... bla. Ces rengaines ne trompent plus Leo, ces stratégies lui répugnent. Herrera est resté le hâbleur d'autrefois, il a eu une occasion de montrer ce dont il était capable. Il l'a gâchée. Il peut dire ou faire ce qu'il veut à présent. Il peut expliquer ou se taire. Leo n'est pas intéressé.

La seule chose qu'il a demandée à son avocat est de l'informer en détail sur chaque audience. Herrera l'appelle le soir et Leo se fait tout raconter: et pendant ce temps, avec une application de collégien, il prend des notes. Il a toujours sur lui une espèce de bloc (encore un article fourni par le cagibi à vieilleries de Rachel), sur lequel il reporte avec une précision extrême les comptes-rendus de son avocat. Et pendant qu'Herrera parle, Leo imagine la salle où se déroule le procès, où ces gens discutent sur ce qu'il a fait et n'a pas fait, sur ce qu'il a dit et n'a pas dit. Où se déroule le procès? Dans une des nombreuses salles du Palais de justice. Leo imagine l'horrible édifice pompeux, le grouillement vain, l'odeur de cappuccino des distributeurs. Une agitation digne d'une fourmilière. Une immense fourmilière. Où tout le monde parle: fort ou en chuchotant. Jamais normalement.

D'après les descriptions d'Herrera, l'intérieur du tribunal est aussi faux qu'un décor de Cinecittà. Le sol est en pavés, tout à fait pareils à ceux qu'on pouvait trouver dans n'importe quelle rue de Rome au XVIᵉ siècle. Les lampadaires aussi sont ceux d'une place romaine. Plus précisément, de la place. Le forum. La rhétorique du forum. Le lieu où le peuple se réunit. Le lieu où le peuple débat. Le lieu où, au nom du peuple, sont prises des décisions déterminantes pour la vie de l'individu.

« Tous les citoyens ont une même dignité sociale et sont égaux devant la loi, sans distinction de sexe, de race, de langue, de religion, d'opinions politiques, de conditions personnelles et sociales. »

Le voilà l'article 3 de notre Constitution. Splendide, inflexible, tellement bien intentionné. Leo l'imagine reproduit en résumé dans l'inscription dorée de la boiserie qui s'interpose entre le siège vide de l'accusé défaillant et les juges :

LA LOI EST ÉGALE POUR TOUS.

En gros, c'est vrai, mais aussi d'une insignifiance désolante. On s'en fout de la loi. La loi peut avoir les meilleures intentions de la terre. Ce qui compte c'est ce que les gens pensent les uns des autres. Ce que les gens font les uns des autres.

Et à propos de gens, à entendre Herrera, l'affaire* Pontecorvo attire de moins en moins de public. Mais ça n'intéresse pas Leo. Il veut savoir tout ce qui se dit. En général Herrera lui donne satisfaction en lui faisant des comptes-rendus minutieux.

Et lui, en les écoutant, ne se met plus en colère contre les calomnies qui pleuvent sur lui en son absence. Il a développé une accoutumance stupéfiante aux mensonges et, par un étrange paradoxe, une aversion pour la vérité. C'est elle qui le rend furieux : l'odeur de vérité fait frissonner Leo. Il suffit de peu, qu'Herrera lui dise qu'il a présenté à la cour le reçu du billet d'avion qui atteste que ce jour-là l'accusé ne pouvait pas se trouver là où son accusatrice la plus habile le prétendait, pour la bonne raison qu'il assistait à un congrès de cancérologie à Anvers... Et il suffit qu'Herrera lui dise qu'après avoir présenté le reçu il a menacé de faire témoigner une trentaine de personnes prêtes à déclarer que le professeur Pontecorvo (comme Herrera s'obstine à l'appeler) était présent, pendant le congrès, à une réception mondaine avec de prestigieux collègues, à boire du scotch et fumer des cigares cubains offerts par de généreuses industries pharmaceutiques. Il suffit de l'intrusion dans la salle d'un élément vrai et indiscutable de son passé équivoque et volubile pour que Leo soit pris de vertige. C'est comme si la vérité lui renvoyait un lui-même avec lequel il a rompu depuis déjà longtemps. Alors que la vérité aille se faire foutre, concentrons-nous sur le mensonge.

Leo continue à se nourrir de nuit. Une bonne âme lui laisse un plat prêt dans le four et lui, comme un voleur dans sa propre maison, monte faire des provisions. Les premières fois qu'il a trouvé toutes prêtes pour lui ces victuailles en portions individuelles, ce geste gratuit de bonté qu'il ne croit pas mériter et dont il ne connaîtra jamais l'auteur lui a coupé l'appétit. Mais les jours passent, et ça devient une habitude, le cafard disparaît. Tous les soirs, peu avant minuit, il entre dans la cuisine, ouvre la porte du four, prend ce qu'on lui a laissé et redescend dans son antre.

En mangeant à contrecœur ces plats tièdes, Leo pense parfois à la mort, et il s'efforce de le faire en mélangeant son ancien matérialisme d'homme de science avec le panthéisme consolateur de certains hommes qui se convertissent avant de mourir à quelque philosophie orientale absconse.

Je ne ferai que m'émietter, se dit-il. Oui, il ne m'arrivera rien d'autre : je m'émietterai. Ce qui veut dire que je ne m'évanouirai pas, mais plutôt que les cellules dont mon corps est composé iront se promener joyeusement dans le tout. Flottant comme des pollens. Quelle merveille ! Elles resteront dans les parages par une espèce d'instinct chargé d'affection.

Je suis là, Rachel, mon trésor adoré, mon amour, je ne t'abandonne pas. Les cendres en lesquelles je vais me transformer veilleront sur toi, sur nos garçons... les atomes de mon corps en putréfaction seront toujours ici avec vous. Ils vous accompagneront. Vous caresseront.

C'est en général cette forme macabre de sentimentalisme qui l'amène à poser sa fourchette pour prendre son stylo. Et écrire. Il ne fait rien d'autre ces temps-ci. Surtout le soir, comme les poètes d'autrefois. Écrire quand les choses vont de travers est une caractéristique des individus de sa classe sociale. Jamais un homme au sommet de la réussite n'écrit pour célébrer les satisfactions de sa vie. Imaginez une semaine à Bora Bora, imaginez la pêche au gros! Écrire? Allons donc, on n'y pense que lorsque les choses tournent mal. Écrire, c'est pour les perdants. Écrire pour remettre les choses à leur place. Écrire pour laisser une trace. Afin que tout ce vide prenne forme dans un objectif. Maintenant que son cas a perdu de son croustillant et que tout le monde l'oublie, il n'a plus besoin d'avocat pour le réhabiliter. Il n'a plus besoin de réhabilitation publique. Et puisque, compte tenu de l'attitude de sa famille, il ne peut même pas espérer une réhabilitation personnelle, alors autant essayer d'écrire.

Somme toute, ce pourrait être sa dernière chance de rétablir la vérité.

Mais Leo ne s'intéresse plus à la vérité.

C'est pourquoi au lieu de s'asseoir à sa table et jeter énergiquement sur le papier des mémoires pleines de haine et d'indignation pour mettre les points sur les i; au lieu de se servir de son stylo comme d'une arme, ainsi qu'il serait en droit de le faire; au lieu de mettre son art de la rhétorique au service d'une bataille contre la fausseté et en faveur de l'honnêteté; au lieu de raconter comment une bande de bureaucrates de l'hôpital l'a mêlé à des combines louches;

comment un assistant qu'il avait aidé l'a d'abord roulé en lui extorquant de l'argent et finalement dénoncé pour usure ; comment une minette l'a coincé, et comment le père de la minette a manipulé diaboliquement ses lettres dans le but de le faire passer pour un pervers ; comment tout un système médiatico-judiciaire a déformé son histoire pour le présenter comme une sorte de symbole de la corruption morale du pays ; comment sa femme, qu'il a aimée, respectée et n'a jamais trompée, à laquelle il a assuré tout le bien-être qu'une femme peut attendre de son mari, l'a condamné sans appel à une vie de paria ; comment ses fils l'ont rayé de la surface du globe... Bref, au lieu d'écrire ce qu'il aurait eu le droit et le devoir d'écrire, Leo s'est mis à raisonner sur Leibniz.

Eh oui, notre petit couillon s'est mis à philosophailler, en réchauffant de vieilles notions acquises du temps du lycée. Parmi tout ce que son histoire a pu lui enseigner, Leo a l'impression d'avoir seulement retenu que les hommes sont des monades « sans portes ni fenêtres ».

Et... c'est peut-être vrai, les monades, comme dit Leibniz, n'ont ni portes ni fenêtres. Mais le sous-sol dans lequel il s'est lui-même pris au piège, eh bien... lui, au moins, il en a une de porte (de plus en plus infranchissable, certes), et aussi une rangée de fenêtres, bien que petites, placées en hauteur, et d'où il peut jouir d'une vue très partielle sur le monde extérieur.

Ces deux petites fenêtres, ces deux hublots, constituent son unique lien avec ce que, malgré tout, Leo s'obstine à aimer le plus : Rachel, Filippo et son Semi. Dommage que la seule chose que les deux fentes lui permettent de voir soit les pieds et les jambes des personnes qu'il aime. Les moments les plus merveilleux de ses longues et méthodiques journées sont ceux où il voit les jambes de ses fils et de sa femme marcher dans l'allée vers la voiture. Il est sept heures du matin. Leo, après une nuit presque blanche, se met à la fenêtre pour voir ces jambes et ces pieds aimés à la démarche hésitante, fatiguée, suivre l'allée, au soleil et sous la pluie. Puis ils sautent pour monter dans le 4×4 de Rachel. Et Leo voit finalement la Land Cruiser grise faire une manœuvre sur le porphyre devant le jardin et franchir la grille. C'est pour lui un moment de grande euphorie. D'un contenu affectif complètement opposé à celui qui l'assaille quand la même Land Cruiser revient à la fin de la journée et que les jambes et les pieds de Filippo et Samuel, beaucoup plus dynamiques que le matin, sortent d'un bond de la voiture et courent vers l'entrée. Ou s'arrêtent un moment pour faire quelques passes de ballon pendant que Rachel prévient gentiment: «C'est l'heure de faire vos devoirs. Le tennis ne vous a pas suffi? Vous n'en avez jamais assez?» Et eux hurlent: «Cinq minutes!»

Tout est normal: personne ne s'occupe du prisonnier au secret en bas. Comme s'il n'existait pas. Comme s'ils avaient réussi à l'effacer. Il y a quelque temps encore les garçons avaient une certaine retenue. Ils ne se montraient pas, jouaient au ballon avec une grande circonspection. Les jours passant, ils se montrent de moins en moins prudents. Oui, ils ont vraiment l'air d'avoir oublié où vit leur père.

Et c'est dans ces moments-là, le soir, quand sa famille rentre à la maison, que Leo sent qu'il ne peut pas s'en sortir. Il sent qu'il est au bord de quelque chose de terrifiant. Si seulement il pouvait écouter son corps il ouvrirait cette porte, il monterait les marches, il retournerait vivre avec eux. Mais il est tellement bouleversé qu'il a peur qu'ils ne le reconnaissent pas. Ou pire encore, qu'ils ne le voient pas. Comme si entre-temps il était devenu un spectre.

Même Noël arrive. Par le petit hublot il voit les sapins et les magnolias de ses voisins en habits de fête, les lumières clignotantes et les allées balayées par Mohammed, le jardinier pakistanais que tout le voisinage emploie. Il voit des mamans

311

descendre furtivement de leur voiture avec des sacs pleins de cadeaux. Leo ne peut pas croire que tout a commencé exactement il y a un an. La pensée de tout ce qui allait se passer différemment depuis est trop insupportable pour qu'il ne regarde pas de nouveau le graffiti du pendu et n'y trouve un peu de réconfort.

Je ne dois pas t'oublier. Quand je me sens comme ça, tu es toute ma vie. Quand je pense au passé je n'ai qu'à te regarder et tout va bien. Tout se remet à sa place.

Arrive le jour de l'an. Et Leo, le nez toujours écrasé contre la vitre, voit le ciel de minuit exploser de lumières multicolores qui éclairent par intermittence le graffiti du pendu: baigné dans toute cette lumière bariolée et psychédélique il prend vie, et on dirait presque qu'il s'est enfin décidé à lui dire quelque chose. De grandes déflagrations. Les chiens glapissent et aboient désespérément. Et finalement, après quatre heures et demie du matin, un long silence. Nous sommes en 1987. Les choses vont peut-être s'arranger. 1987 serait peut-être tout à fait différent. 1986 était peut-être le seul problème. Rachel n'a peut-être attendu que la fin de l'année. Pour elle certaines choses sont importantes. La superstition. La Kabbale. Elles sont tout pour elle. Et elle a peut-être raison. Peut-être a-t-elle toujours eu raison. Dans quelques minutes je suis sûr qu'elle va entrer avec les garçons. Ils vont me faire la surprise. Ils vont venir me dire bonjour. Et alors nous recommencerons à lutter. Tous ensemble, comme nous l'avons toujours fait.

Leo passe le 1er janvier 1987 à attendre que quelqu'un entre. Mais personne ne vient.

Et les jours continuent de s'écouler.

Le seul miracle offert par la nouvelle année est la neige. La neige à Rome. Leo est en train de regarder dehors quand soudain le paysage qu'il connaît le mieux – le coin de cosmos

312

que découpe la vitre d'une des deux fenêtres – se transfigure. La valse lente et flottante d'une manne immaculée qui a le pouvoir de ralentir le temps et d'immobiliser l'espace. Une image d'une déchirante perpétuité capable d'émouvoir notre poète-philosophe barbu. La vue est si étrange et inattendue pour lui qu'il n'éprouve même pas le besoin habituel de lui attribuer des significations ésotériques. Le monde fait seulement une démonstration de combien il sait être pur beau inoffensif quand il s'y met. C'est tout. Rien d'autre à dire, rien d'autre à expliquer.

Leo ne détache pas son regard de la fenêtre pendant des heures et des heures, assistant à la douceur implacable avec laquelle la neige réussit à tout transformer – allée, jardin, pavage en terre cuite, surface de porphyre – en étendue blanche et vaporeuse. À polir les plis, adoucir les aspérités : tel est l'effet salutaire de ces trente centimètres de neige. Les seuls éléments de discontinuité dans la blancheur de plus en plus moelleuse et uniforme sont les corbeilles desséchées de Rachel, que la neige a transformées en cratères lunaires blancs.

La neige tient deux jours. Puis elle commence à fondre. Et ce qui reste après la fonte est un paysage d'une brutalité lugubre.

Comme un corps humain écorché.

Une nuit – il devait être trois heures et demie (heure que Leo a toujours trouvée désagréable) – l'alarme terriblement sonore de la villa se met à entonner un refrain percutant, aigu, pénétrant. Leo se lève en sursaut du canapé-lit. Cet engin sonne pour la première fois depuis qu'ils l'ont installé (l'année précédente, quand des villas des alentours avaient été cambriolées). Leo se souvient de l'installateur, un gros gars allumé qui lui a expliqué à l'époque que même si le mécanisme était fiable, il pouvait parfois arriver qu'il se mette en marche sans raison. « Comment ça, sans raison ? » avait demandé Leo. Pour s'entendre confirmer : comme ça, pour rien, animé par une intempérance impondérable ou sous l'effet d'une calamité naturelle – pluie, éclair, tonnerre, vent. Le type avait amusé Leo en traitant ce truc comme un organisme vivant, sujet à des sautes d'humeur imprévisibles.

Mais en écoutant maintenant le gémissement aigu dans la nuit il lui semble comprendre ce que voulait dire ce type-là. Le son rappelle le hurlement d'un porc qu'on égorge, d'une langouste plongée dans l'eau bouillante. Un sifflement déchirant.

Quoi qu'il se soit passé, l'alarme retentit. S'il y a des cambrioleurs dans la maison, ce machin les mettra en fuite (ou il l'a déjà fait). En revanche, s'il s'agit d'une fausse alarme, tant mieux : Rachel, ou un des garçons, se chargera de l'éteindre. Ils étaient là eux aussi quand l'installateur a expliqué comment ça marche. Mais tant que personne n'ira la débrancher elle continuera à hurler, puis elle se taira pour recommencer quelques minutes plus tard. À n'en plus finir.

À la première interruption Leo pousse un soupir de soulagement. Mais quand l'alarme redémarre il prend peur. Où sont Rachel, les garçons, Telma ? Peut-être ne savent-ils pas comment l'arrêter, ou le système est détraqué ? Ou peut-être... Non, il ne veut même pas y penser... Ils sont peut-être otages d'un malfaiteur (et dans l'esprit de Leo le malfaiteur prend aussitôt les traits de l'épouvantable type qui l'avait brutalisé en prison).

Leo s'était décidé à acheter l'alarme antivol – contre l'avis de Rachel (hostile à la technologie et peu encline à accepter l'hypothèse que le crime puisse la menacer elle et sa famille) – après avoir lu dans le journal que trois salopards avaient pénétré de nuit dans une villa de la via Cassia, non loin d'une des entrées de l'Olgiata. Leo se rappelle encore tous les détails du cambriolage. Le propriétaire ligoté et bâillonné, le

314

butin obtenu sous les menaces et les coups. Et pour rendre l'outrage plus inoubliable, le viol, sous les yeux de l'homme bâillonné, de sa femme et de sa fille de dix-sept ans. Et les étrons fumants sur le lit conjugal.

Pendant ce temps l'alarme ne se tait pas et personne ne cherche à l'éteindre. L'article angoissant lu l'année précédente revient polluer l'esprit de Leo accompagné du visage du type de la prison. Que se passe-t-il ? Ils sont entrés ? Ils les menacent, ils les frappent ? Ils sont peut-être en train de violer Rachel, ou Telma, ou un des garçons ? Et lui, que doit-il faire ? S'armer de courage, ouvrir la porte, monter, juger la situation, intervenir ? Une pensée basse s'empare une seconde de son esprit. Un geste héroïque. Oui, qui arrangerait peut-être tout. S'il les sauvait, il mériterait au champ d'honneur le genre de réhabilitation qu'il a cessé d'espérer depuis longtemps. Ça en vaudrait la peine, même s'il devait mourir dans l'action. Réhabilitation posthume.

Jusqu'au moment où l'alarme s'interrompt de nouveau. Ce silence soudain et pur n'est pas moins glaçant que le vacarme. Leo presse l'oreille contre la porte. Rien. Aucun bruit. Personne ne semble s'être aperçu de rien.

Ils l'ont peut-être éteinte et se sont recouchés. C'est le bon moment. Je pourrais monter jeter un coup d'œil. S'ils me surprennent, j'ai une explication toute prête. Excuse-moi, Rachel, dirais-je sans que ma voix tremble, je vérifiais seulement que tout allait bien. Je voulais seulement m'assurer… Oui, ces mots préparées pour elle, si seulement il réussissait à se secouer, ouvrir la porte, aller à l'étage au-dessus et faire quelques pas dans le living. Les mots à dire au cas où il tomberait sur Rachel, ensommeillée et en chemise de nuit.

Au moment même où il gamberge sur cette rencontre nocturne de mise au point voilà que l'alarme relance sa fanfare. Non, ils ne l'ont pas éteinte. Ils ne l'ont pas entendue ?

Ils l'ont peut-être entendue sans pouvoir la désactiver. Et de nouveau tournicotent les mêmes pensées angoissantes, interrompues par une nouvelle idée.

Ou alors ils sont partis. Mais oui, l'explication est là. Comment savoir s'ils ne sont pas partis? En effet, ces derniers jours la maison a été plus silencieuse que d'habitude. Pas de cireuse le matin, pas de piétinements. C'est la première semaine de février. Peu avant la Saint-Valentin. La période de l'année où Rachel emmène les garçons à la neige pendant une semaine. Ils sont sans doute à la montagne. Oui, ils sont à la montagne. Tout s'explique.

Mais alors qui lui a laissé les repas à l'endroit habituel? Rachel a dû charger quelqu'un de le faire. Un de ses petits bonshommes. C'est comme ça qu'il les appelle. C'est marrant de voir cette petite femme que tout le monde respecte donner des ordres à ses «petits bonshommes» avec une gentillesse pleine d'autorité, et l'affection qu'ils ont pour elle est évidente. Voilà pourquoi il mange froid depuis quelques jours. Hier soir, un peu de fromage. Aujourd'hui, viande séchée. Ce doit être ça...

Un bruit. Il croit entendre un bruit. Un bruit le plonge de nouveau dans l'angoisse. Au fond, que faut-il faire? Il suffit d'ouvrir la porte, de monter quelques marches. Il l'a fait des millions de fois. Pourquoi n'y arrive-t-il pas?

Bien que cette fichue alarme ait continué toute la nuit à se déclencher et s'interrompre à intervalles réguliers, bien qu'il ait été furieux contre lui et le monde entier, bien que sa main n'ait pas lâché la poignée, Leo était resté toutes ces heures pétrifié, joue et oreille collées à la porte, remâchant l'amertume de sa lâcheté. S'endormant et se réveillant sans cesse.

Jusqu'à ce que des bruits provenant du jardin le réveillent définitivement. Il se rappelle en un instant tout ce qui est arrivé. Et il se relève. Il a très mal au côté après une nuit passée par terre appuyé à la porte. Il marche en boitant jusqu'à la fenêtre et regarde dehors, et devant la scène une morsure chaude lui étreint l'estomac.

Les jambes et les pieds des trois personnes qu'il aime le plus et qui ne veulent plus le voir sont encore là. Ils marchent dans l'allée comme si de rien n'était, vers la Land Cruiser. Leo voit la main de Filippo qui serre les carrés de chocolat au lait que Rachel lui donne chaque matin depuis qu'il est tout petit. Puis il voit un bout de doudoune rouge et de survêtement de gymnastique gris de Semi courir haletants vers la voiture.

Qu'était-il arrivé la veille ? Pourquoi, s'ils étaient là, personne n'avait-il essayé d'éteindre l'antivol ? Pourquoi personne n'avait-il bougé ? Pourquoi ? Pourquoi ? Leo ne le saurait jamais.

Un autre jour – et au-dehors les bourgeons verts de vigne vierge étaient une promesse vigoureuse de printemps –, un espoir soudain avait envahi Leo. Vague, absurde, périmé. Mais un espoir quoi qu'il en soit. Il y avait beau temps qu'il n'espérait plus. Peut-être parce qu'il avait appris en chemin à apprécier le réconfort informe, désarmé, léger du désespoir. Un désespoir qui conduit à des gestes et des choix conséquents et pleins de dignité.

Depuis plusieurs semaines déjà il n'écoutait plus les rapports détaillés du procès qu'Herrera lui préparait presque chaque soir. Pendant lesquels Leo se taisait. Suivre toute cette affaire lui donnait le mal de mer. Toutes ces accusations portées contre lui. Cinq. Vraiment trop d'honneur. Toute cette attention sur lui. Toute cette frénésie à plonger les mains dans la boue de sa vie, pas si différente, au fond, de la boue de n'importe quelle autre vie. Tout ça était répugnant.

Les audiences verbeuses devaient être si brutales. D'une insultante répétitivité. D'une telle fourberie bureaucratique. Pourquoi en parler autant ? Pourquoi en parler encore ? Pourquoi faire traîner en longueur ? Personne ne partageait donc son écœurement pour cette situation ? Comment pouvait-on vivre en ne parlant que de ça ? Comment pouvait-on vivre en essayant de déterminer les torts et les raisons de Leo Pontecorvo ?

Sa vie racontée par ces vieilles perruques au tribunal devait être si sombre. Pas moins que ne devait apparaître vertueuse celle racontée par Herrera de façon aussi rhétorique. Tout le monde était satisfait ? Eh bien, pas lui. Il n'en pouvait plus. Il était à bout.

Mais non, ce n'est pas qu'il avait quelque chose contre l'attitude de ces hommes de loi. Il n'y avait rien de scandaleux à s'acquitter au mieux des devoirs imposés par sa profession. Il n'y avait aucun mal à être aussi insensible. Au fond, s'il pensait à son existence précédente, il voyait bien comment lui aussi avait vécu plusieurs années heureux auprès de nombreux malades en phase terminale et de nombreux cadavres. De beaucoup de gens qui souffraient et beaucoup d'autres qui pleuraient sur les souffrances de ces derniers. Pour lui aussi, qu'une telle cohabitation avec la douleur et la mort n'influe pas sur son mode de vie avait été une conquête. Il n'était pas le malade, ce n'était pas lui qui allait mourir, il n'était que le médecin traitant, qui très souvent devait capituler devant le pouvoir de la nature : le désir de la nature de se renouveler à travers la destruction. C'est une chose dure à accepter. Mais si vous faites un métier de ce genre il faut apprendre à vous y engager avant qu'elle ne vous apparaisse à l'âge où il vous reste peu de temps à vivre. Vous devez l'apprendre jeune. Autrement dit, tout de suite. Dès que vous entrez à l'hôpital. Cynisme ? Appelez ça comme vous voudrez. Leo avait appris à l'appeler instinct de survie, bon sens.

Au bout de quelque temps la mort avait cessé de l'intéresser. Elle était devenue un travail. Comme un bourreau, un fossoyeur, un soldat, Leo avait réussi à séparer ces deux parties de sa vie.

Le bonheur et l'horreur. Comme un psychopathe. Comme dit le fameux adage très en vogue chez les balayeurs: *C'est un travail sale, mais quelqu'un doit quand même le faire.*

Leo se rappelait parfaitement le soir où il était rentré chez lui particulièrement bouleversé d'avoir perdu un patient. Et pourtant ce n'était pas la première fois qu'il voyait un petit garçon mourir et qu'il assistait à la douleur de ses parents. C'était son métier de disputer les enfants à la mort. Ce n'était pas la première fois non plus que ça arrivait sous sa direction médicale. Il était un cancérologue de trente-cinq ans. Avec déjà une belle collection d'expériences glaçantes derrière lui. Et dire qu'il ne s'agissait pas d'un enfant spécial. Alors pourquoi se sentait-il aussi mal précisément pour celui-là? Leo l'ignorait. Mais c'était un fait que pour lui cet enfant n'avait pas été comme les autres. Et que cet enfant avait commencé à être différent des autres quand il ne s'en était pas sorti. Tout comme il était clair que si lui, le professeur Leo Pontecorvo, ne réglait pas ses comptes avec cet enfant il ne pourrait plus jamais s'occuper de ceux qui viendraient après lui.

Il s'appelait Alessandro, il avait neuf ans. Et c'était un petit garçon plein de vie, de ceux qui se moquent de tout. De ceux qui vous donnent une leçon avec ce mélange de bonne humeur et de résistance. De ces effrontés qui aiment vous parler de ce qui leur arrive et de ce qui pourrait leur arriver avec une lucidité à laquelle vous ne vous attendriez même pas d'un adulte courageux. Un qui savait y faire avec les infirmières, un gamin de neuf ans vraiment dégourdi.

Il avait une maladie du sang, pas une des plus dévastatrices. Et une des raisons pour lesquelles Leo s'était pris d'affection pour lui était peut-être justement sa rémission possible. Et il semblait avoir vu juste: Alessandro allait mieux. Sa maladie battait en retraite. Leo avait accepté de laisser partir cet enfant de son service avec une certaine satisfaction. Il se sentait tout-puissant.

Mais quelques mois plus tard les parents d'Alessandro l'amènent de nouveau aux urgences. Ils étaient au bord de la mer, sur la plage, quand du sang avait commencé à jaillir du nez d'Alessandro et ses parents n'avaient pas pu l'arrêter. Puis l'épuisement. Le délire. Son cerveau va frire tant la fièvre est élevée. Leo reçoit un coup de téléphone. Lui aussi est au bord de la mer pendant le week-end. Il doit aller tout de suite à l'hôpital. Les parents d'Alessandro ont besoin de lui. Alessandro a besoin de lui.

Leo n'avait pas eu à attendre les analyses pour comprendre que c'était grave. Une récidive. Extrêmement violente, sans pitié, comme toutes les récidives. Et subite. Cette fois les soins étaient restés sans effet. Les choses s'étaient précipitées. Pourquoi? s'était demandé le jeune médecin. Simplement parce que les choses se précipitent. Parce que aucun cas ne ressemble à un autre. Parce que aucun patient ne ressemble à son voisin de lit. Parce que toute aventure est une aventure en soi. Parce que chercher du réconfort dans les statistiques est une perversion scientiste à laquelle un médecin doté de bon sens et d'expérience ne doit jamais céder. Un médecin conscient doit connaître son ennemi. Un médecin conscient doit savoir que son ennemi est cette chose capricieuse et inconnaissable appelée corps humain. Et il doit savoir que rien n'est plus fragile qu'un corps humain qui fait ses premières armes. Les gens disent que la psyché est inconnaissable, que c'est un mystère, mais s'il est une chose inconnaissable et mystérieuse, c'est bien le corps.

Puis, quelques semaines plus tard, après avoir informé les parents que leur fils n'était plus – ces mêmes parents auxquels seulement quelques mois plus tôt il avait dit qu'Alessandro était hors de danger, qu'il fallait le surveiller mais qu'il était hors de danger, qu'il aurait une vie différente de celle des autres, sous la menace de ce mal, mais qu'il vivrait quand même –, Leo avait enlevé sa blouse, il était rentré en voiture, il s'était rendu dans sa maison au bord de la mer avec vue sur une splendide lagune, et là il avait trouvé une jeune épouse qui l'attendait en s'occupant de leur second fils nouveau-né et en grondant un grand frère déchaîné. Une scène qui célébrait le triomphe de la vie.

Une scène si parfumée et si puante. Et il s'était senti coupable. Il s'était senti sale. Il avait été tenté un instant par le biais moralisant de ne pas se fondre dans la joie de son foyer, la joie de sa vie. Mais il avait compris ensuite qu'il avait tort: son métier était son métier, sa vie était sa vie. Les deux se rencontraient souvent. Coexistaient sur un fil ténu suspendu à des milliers de mètres du sol, au-dessous duquel s'ouvrait l'abîme. Mais si on ne voulait pas devenir fou, il fallait les maintenir séparés.

Il en était de même pour la salle du tribunal. Elle ressemblait à son service. La bataille était inexorable. Des étrangers parlaient avec une gravité pompeuse de choses qui ne changeraient pas le cours de *leur* vie. Et cette fois la seule vie en jeu était la sienne: en l'occurrence c'était lui le malade en phase terminale. Lui l'enfant qui risquait sa peau. Tout ce qui l'entourait était une mise en scène.

Il comprenait à présent les malades qui ne luttent plus, qui semblent avoir trouvé une paix intérieure. Qui n'ont même plus la force de se plaindre. Dont les seules souffrances relèvent des soins dont ils sont l'objet et qui n'ont d'autre utilité que d'exacerber l'agonie, de retarder avec cruauté le moment du néant. Ce qu'il subissait au tribunal n'était autre que de l'acharnement thérapeutique, à la fin il n'avait plus pu le supporter et avait débranché la prise.

C'est pourquoi il restait chez lui, dans son trou. Placidement résigné.

Du moins jusqu'à ce jour-là.

Ce jour où un espoir absurde l'avait saisi, déclenché paradoxalement par une énième mauvaise nouvelle. Un coup de téléphone sur sa ligne privée. Herrera. Camilla avait demandé au procureur d'être entendue une deuxième fois, elle avait de nouvelles révélations à faire. Ils étaient donc prêts pour l'affrontement final : ses parents ou la psychiatre allaient lui faire dire des choses pénibles et bouleversantes.

« Pourquoi tu m'en parles ?

– Je crains une aggravation des charges. Ils ont pu inventer d'autres absurdités : je veux que tu sois préparé. Ça pourrait être vraiment terrible pour toi et pour ta famille. Si cette petite folle faisait des révélations d'un certain type, les projecteurs de la presse pourraient se rallumer.

– Quel type de révélations ?

– De quelque chose d'encore plus grave.

– Plus grave ? Comment ?... Qu'est-ce qui peut être plus grave que ce dont ils m'accusent ? Qu'est-ce qu'ils vont inventer cette fois ? Que nous nous sommes livrés à une orgie ? Que j'ai apporté de la coke ? Et qu'elle est venue avec une succulente petite amie de la crèche ?

– Leo, ne dis pas de conneries. Ne plaisante pas. Et je t'en prie, pas au téléphone. Je ne sais pas ce qu'il y a de neuf. Je sais seulement ce que je t'ai dit. C'est une rumeur. Mais il faut se préparer. Il faut garder son sang-froid. »

Leo avait écouté avec calme cette nouvelle folie. L'ironie avec laquelle il avait accueilli cette information témoignait de son flegme. Après la remontrance d'Herrera il n'avait pas fait d'autres commentaires. Sauf quand Herrera lui avait dit qu'il passerait le voir pour en parler. Alors Leo s'était borné à murmurer qu'il ne voulait pas l'avoir dans les pattes.

Mais voilà que tout de suite après avoir raccroché une fureur ancienne s'était emparée de lui. Il n'arrivait plus à éprouver qu'un sentiment d'indignation non exprimée. Que voulaient lui faire de plus cette petite pute et son parvenu de père? Tout ça ne suffisait pas? Quand se calmerait leur soif de vengeance?

La vengeance. Le temps n'était-il pas venu pour lui de se venger? C'est alors que Leo fut pris d'un violent désir de vengeance vis-à-vis de cette gamine. C'était justement la gratuité de la folie et de la cruauté qui continuait de l'indigner jusque sur l'Aventin psychologique sur lequel il s'était retiré.

Il faut dire que la fureur de Leo n'avait rien de positif. Elle était entièrement tournée vers la négativité. L'époque où il se délectait à imaginer l'escalier qui menait à sa réhabilitation publique était révolue. Il ne rêvait plus depuis bien longtemps de la scène où il descendait l'escalier de marbre devant le Palais de justice sous une pluie de roses, d'applaudissements et de larmes. Il y avait une éternité qu'il ne s'imaginait plus les visages de Rachel et des garçons, pleins de fierté à le voir racheté. L'espoir s'était pour ainsi dire raréfié jusqu'à disparaître. Au bout du tunnel il n'y avait pas de happy end pour l'attendre. Au bout du tunnel il n'y avait qu'un autre tunnel. Au bout duquel il y en avait encore un autre. Et ainsi de suite.

Mais à présent, à présent que la fureur se rallumait, l'espoir se rallumait aussi : il réapparaissait devant lui sous une forme moins noble, mais plus enthousiasmante. Leo voulait voir cette gamine démasquée, anéantie. Il voulait voir Herrera la piétiner publiquement. Seule une scène aussi cruelle pourrait lui apporter un peu de joie. Finalement, c'était la rancœur qui avait rallumé le feu de l'espoir. Et le désir de vengeance qui l'entretenait.

Et dire que les heures précédant l'appel d'Herrera avaient dérapé dans la réflexion macabrement réconfortante sur le moyen le plus hygiénique de déguerpir de ce monde, si possible sur la pointe des pieds. Pas vraiment une pensée précise, plutôt un passe-temps avec lequel il jouait depuis plusieurs semaines. Pour un besoin comme le sien il y avait un mot: suicide. Mais il lui paraissait tellement emphatique. Tellement littéraire… il préférait penser à une interruption instantanée.

Si seulement j'étais comme le père de Camilla, un de ces petits fascistes au pistolet… si seulement j'habitais au dernier étage d'un de ces beaux immeubles… si seulement ce jour-là j'avais écouté ce que disait Luigi, l'anesthésiste, à propos d'une combinaison mortelle de médicaments… si seulement j'avais le courage de me pendre…

Non que Leo en ait eu assez de la vie. La vie lui plaisait. Et comment. Il lui arrivait encore parfois de faire des rêves dans lesquels il se retrouvait miraculeusement dans la peau de l'homme qu'il avait été avant que cette histoire obscène ne souille son existence. Le bon Dieu des rêves est témoin de combien Leo se la coulait douce dans le rôle d'un lui-même d'autrefois. Les plaisirs, les nombreux plaisirs innocents et sous-estimés de l'individu civilisé, du quidam irréprochable. Il n'y avait pas un seul instant de sa nouvelle vie où Leo ait eu le tort de les méconnaître. Pas un seul instant où il ne les ait célébrés avec une nostalgie fervente. Les vendredis soir où Rachel allait le chercher à l'hôpital: il était trop fatigué pour conduire et laissait la voiture au parking. Il ôtait sa cravate et montait dans la voiture de Rachel, qui comme toujours avait quelques minutes de retard. Ils entraient dans la salle essouf-flés, presque toujours les derniers, ils atteignaient leurs places en butant contre les genoux du voisin.

Après le film ils allaient manger, toujours dans le même restaurant: il n'y avait que la Berninetta au monde. Leo commandait une chope de bière glacée, un fritto misto de légumes, une pizza margherita géante et cette insurpassable tarte aux griottes (le secret est dans la pâte brisée, expliquait-il chaque fois à sa femme). Puis c'était le tour du cigare et du café, dans cet ordre, je vous prie. Leo s'assoupissait dans la voiture sur le chemin de la maison. Voilà ce que j'entends par plaisirs de la vie. S'assoupir en voiture à côté de ta Rachel après une soirée parfaite et une semaine de travail éreintante.

Non, Leo ne minimisait pas le pouvoir de ces délices. Il n'avait rien contre la vie en général mais contre le tour particulier qu'avait pris la sienne ces derniers temps. Les pensées suicidaires avec lesquelles il passait le temps n'étaient que les fétides scories de sa fatigue mentale. Son cerveau était épuisé par la plus oiseuse des pensées: ce qui pourrait encore être si les choses s'étaient passées autrement. Le poids spécifique de cette pensée vaine était vraiment trop pour un seul cerveau. Leo ne voulait pas mourir. Leo voulait éteindre son cerveau ne serait-ce que pour quelque temps. Il voulait s'assoupir en voiture à côté de Rachel en espérant que le trajet vers la maison dure au moins toute une année. Mais vu que ce n'était plus possible, alors il ne restait que l'option B. Le plan de réserve. Une option et un plan qui, précisément parce qu'il connaissait si bien la mort et avait vu des centaines de cadavres dans sa vie, le faisaient frissonner de terreur. Il était en proie à cette horreur quand le téléphone avait sonné. Et il lui avait suffi d'échanger quelques boutades avec Herrera pour sentir cette horreur diminuer. Remplacée par une volonté féroce de vivre: une vitalité qui prenait la forme de l'indignation face à cette petite salope et à sa folie. Et par un désir ardent de la massacrer.

C'est alors que lui était venue l'idée que peut-être, quelque part dans la maison, il devait y avoir une lettre de Camilla, une des plus passionnées et des plus menaçantes. Leo n'était pas parvenu à la lire jusqu'au bout. Mais il était sûr que dès le début cette psychopathe écrivait qu'elle sentait le moment venu de se donner à l'homme qu'elle aimait. À savoir lui. Dommage que cette lettre ait été écrite deux semaines après les violences charnelles présumées dont on l'accusait. (Du moins lui semblait-il.) Autrement dit, non seulement cette lettre le lavait de l'accusation la plus immonde, mais elle montrait en même temps la folie de la gamine, ses intentions malfaisantes… elle faisait donc s'effondrer tout l'échafaudage de l'accusation. Leo s'était rappelé comme dans un flash le soir où il avait trouvé cette lettre à l'endroit habituel. Il avait commencé à la lire. Sans doute à cause de l'irritation et de la peur que lui avait causées cette offre sexuelle, il ne s'était pas rendu compte que Rachel entrait dans la chambre.

« Qu'est-ce que tu lis ? lui avait-elle demandé.

– Rien, une circulaire de la direction de Santa Cristina…

– Ils se sont mis à écrire les circulaires à la plume et à l'encre violette ?

– En réalité ça n'est que le brouillon de la circulaire que le directeur m'a demandé de regarder avant de la mettre au propre et la communiquer aux autres », avait-il coupé court sans se démonter.

Et sans trop y penser, sans même terminer de la lire, il l'avait cachée quelque part. Oui, mais où ? Il était assis sur le lit. Donc il l'avait cachée dans l'endroit le plus près de lui, dans le tiroir de la commode, dans une grosse chemise bourrée de dossiers. Oui, c'est là qu'elle devait être. Sinon où ? C'était fou qu'il s'en souvienne à présent. Que pour une fois sa bêtise, son désordre puissent être un avantage ? Oui, la lettre devait encore être là. Preuve indéniable de la folie de cette petite. La lettre allait démontrer que si quelqu'un avait été violenté, brutalisé dans cette histoire, c'était bel et bien lui.

Il était tellement content de la chance que la vie lui offrait tout à coup, tellement impatient de récupérer ce document louche. Tellement euphorique à la pensée de sa vengeance. Mais en même temps notre pauvre cafard était tellement épouvanté à la perspective du trajet qui l'exposerait au risque de tomber ne serait-ce que sur une des trois personnes au monde qu'il avait le moins envie de rencontrer… C'est pourquoi il n'arrivait qu'à rester là, égaré : les sens en alerte et les nerfs tendus à se rompre. Avec le temps sa peur de se trouver nez à nez avec Rachel, Filippo et Samuel était devenue une superstition. Leo savait que l'unique espace domestique qui lui était autorisé – selon un accord tacite avec ses geôliers imperturbables – était la cuisine. À laquelle il lui était permis d'accéder uniquement à un horaire nocturne extrêmement restreint, entre onze heures et demie et une heure environ. Ce qui était plus que suffisant étant donné que l'escalier qui partait de son studio-prison menait directement à la cuisine. Qui à cette heure-là serait vide, propre et en ordre.

C'est pourquoi il était là, près des marches, indécis, en proie aux palpitations et au genre de nausée que provoque l'excitation d'une mission dangereuse. Il voulait vérifier au plus vite que cette lettre était encore là. Il s'était écoulé tant de temps. Tant de choses pouvaient avoir changé. Personne ne pouvait garantir, par exemple, que la chambre existait encore telle qu'il se la rappelait. Il se pouvait même que Rachel ait fait le grand nettoyage depuis. Qu'elle ait décidé de se débarrasser de toutes les affaires de son mari. Oui, ça n'était pas à exclure a priori.

Finalement – et tout comme la nuit où l'antivol s'était mis à hurler – Leo avait laissé sa prudence et sa veulerie prendre le dessus : sa déception si la lettre n'avait pas été là aurait été beaucoup plus cuisante que celle suscitée par la douleur de ne pas pouvoir aller vérifier. Encore une fois sa lâcheté se révélait une protection extraordinaire.

Ou du moins jusqu'à ce jeudi-là. Si la vie de sa famille n'avait pas changé, alors le jeudi était le jour propice. L'après-midi Telma sortait, Rachel emmenait les garçons à leur cours de tennis et d'habitude elle allait ensuite chez le coiffeur. Ce qui voulait dire qu'il avait au moins trois heures pour mener sa mission à bien.

Donc, à quatre heures et demie un après-midi au milieu du printemps Leo monte à l'étage. Il viole la frontière qu'il s'empêche d'outrepasser depuis des mois : le seuil entre la cuisine et le reste de la maison. Se trouver dans le lieu qui a longtemps constitué le décor attendu de son quotidien ne lui cause pas l'émotion violente qu'il imaginait. Il y a au contraire quelque chose d'agaçant et de douloureux dans tant d'immuabilité affichée. Et puis il se sent insulté par toute cette propreté. Mais savent-ils ici qu'ils vivent au-dessus de la tanière d'un cafard, ou pas ? Savent-ils ici qui est ce cafard ? C'est incroyable comme les familles s'habituent tout de suite à leur propre hypocrisie. Comme il suffit de peu pour devenir hypocrite. Tout, autour de lui, prouve qu'après le soir de juillet où le bordel a éclaté chaque chose a recommencé à aller dans le bon sens. Leo ne se sent pas nerveux. Il est tellement déçu qu'il n'a plus peur du tout. Si quelqu'un entre ? Qu'il entre donc. Je suis un homme adulte, je saurai lui faire face.

Il se trouve finalement dans sa chambre. Il lui suffit d'ouvrir la porte pour reconnaître la pénombre bleutée dans laquelle Rachel veut que vive cette pièce. Et cette fois l'émotion est forte. Il y a quelque chose de doux et d'apaisant dans cette atmosphère. Peut-être les fauteuils somptueux en cuir orange près de la fenêtre, ou les deux abat-jour Art déco achetés rue de Seine à Paris en rentrant de leur voyage de noces, ou peut-être le couvre-lit en coton chiné couleur caramel, les lames du parquet en palissandre… comment savoir… mais tout contribue à donner à la pièce une douceur accueillante que Leo ne se rappelait pas. Et c'est comme si à l'instant précis il sentait sur ses épaules le poids de l'insomnie accumulée en un an de vie-sans-vie. Il voudrait ouvrir le lit et se glisser dedans. Il voudrait s'y endormir et ne plus se réveiller. Il est tellement ému qu'il a presque oublié pourquoi il est là: la lettre, le procès, Camilla, toutes ces ordures.

Pour se changer les idées et en même temps pour entretenir le sentiment de surprise joyeuse qui faiblit il entre dans le dressing. Mais cette fois la surprise est dans le sens contraire. Si Leo s'est d'abord senti offensé par tout ce qui n'a pas changé dans la maison, à présent c'est le moment de s'offenser de tout ce qui a changé. La petite pièce qui sert de placard, avec deux grandes glaces qui se défient sur les murs opposés, a été vidée de toute trace de sa présence sur cette terre. Que

sont devenus ses costumes rayés, ses tweeds, ses chaussures, ses écharpes, ses manteaux, ses chapeaux, ses gants ?… Il n'y a plus rien. C'est le dressing d'une dame, d'une divorcée, d'une veuve. Leo éprouve une haine absurde pour Rachel. Pour son zèle de bonniche du petit peuple. Sa fichue force morale. Son obstination. Sa manie de l'hygiène… Car c'est par hygiène qu'elle a effacé de ce dressing toute trace de son mari. Là où il y avait autrefois ses vêtements, il n'y a plus – suspendus sur la barre de cuivre qui va d'un côté à l'autre de la pièce – que les vestes, les manteaux, les pantalons, les jupes de Rachel, qui se succèdent comme autant de dames élégantes faisant la queue à la poste.

La vue de ses nombreuses épouses – que le jeu de miroirs multiplie ironiquement – lui donne le vertige. Il s'assoit sur un chiffonnier bas. Devant tant de déception il sent monter une béatitude étrange et résolument incongrue. Quelque chose qui a surtout à voir avec les sens. Et pourtant il respire très prudemment. Il ne veut absolument pas s'habituer à cette odeur retrouvée. L'odeur de sa femme. L'odeur d'une intimité brutalement brisée qui, si on y réfléchit, aura bientôt vingt ans. Pour la garder vivante Leo retient sa respiration quelques secondes, puis il fourre son nez dans la manche d'un vieil imperméable de Rachel. Il est désespéré. Et exactement comme lorsque, enfant, il était désespéré, il sent une envie importune de se masturber. Depuis quand n'a-t-il pas éjaculé ? Trop longtemps. Sa sexualité, sa brutalité masculine ont été piétinées par trop d'humiliations. Son malaise persistant lui a servi de bromure.

Et voilà qu'il se retrouve à désirer Rachel d'une façon nouvelle, impensable, et même plus brûlante que lorsqu'elle, en bonne jeune fille juive, ne lui accordait rien. Oui, Leo n'a jamais désiré Rachel avec une passion aussi extrême. Pas même au début de leur histoire, quand elle se refusait à lui

330

en voiture et que le pantalon de notre jeune professeur se gonflait avec une violence contenue. Pas même alors.

Leo sent que, tout comme un petit garçon, il s'en faudrait de peu pour qu'il vienne. Il suffirait de céder à l'instinct, de la sortir et de la tripoter un peu. Il est tellement excité et tellement désespéré. Son esprit ne cesse de sélectionner et isoler des instants délicieux dans la longue liste de souvenirs d'étreintes conjugales. Rien n'est plus terrifiant que la nostalgie de la sexualité conjugale. Il n'y a pas de perversion plus mortelle que de se branler en pensant à sa femme. C'est à ça que pense Leo. Et aux premières fois avec Rachel. À la beauté des premières fois. Aux obstacles qu'ils avaient surmontés pendant toutes ces années. Quand il l'avait déflorée peu avant leur mariage. La première fois qu'elle l'avait pris dans sa bouche. La première fois qu'il l'avait léchée. La première fois qu'il l'avait prise par-derrière. Ou, toutes les premières fois condensées en une seule image, en un seul instant, pris dans les fibres de cet imperméable inutile. Tout ce matériel à la nitroglycérine est là, dans son esprit, dans son corps. Leo l'a amorcé en un rien de temps. Et pour l'entretenir il suffit de peu: presser plus fort la manche de l'imperméable sur son nez et inspirer de plus en plus violemment.

Mais une autre pensée intervient. Quelque chose qui ressemble à de la jalousie. Comment s'est comportée Rachel pendant tous ces mois? D'autres hommes? Une relation stable? Tout ce qui lui est arrivé ces derniers temps prouve à Leo qu'il n'y a vraiment rien qui ne puisse arriver. Que l'impensable est au coin de la rue et vous attend en souriant.

La jalousie qui commence à le torturer le fait capituler. Finalement Leo ne résiste pas: il sort sa bite, qui fait preuve d'une réactivité adolescente. Et il commence à se branler comme tout homme sait le faire. Comme tout homme apprend à le faire à treize ans et ne l'oublie plus. Rien de bizarre. Les hommes sont faits comme ça. Il y a toujours une branlette à se faire au moment le plus inconcevable et dans les endroits les moins opportuns. Depuis le début, depuis que votre corps découvre la gloire de ces spasmes visqueusement mystérieux et ne demande qu'à les provoquer encore et encore… depuis ce moment-là c'est tout naturel de prendre cette gymnastique syncopée et solitaire pour un exorcisme. Un moyen de rééquilibrer les forces de l'univers. L'ultime recours dépravé de vos nerfs pour ne pas lâcher.

C'est comme pour les Juifs qui, lorsqu'ils sortent d'un cimetière après leur visite annuelle à leur conjoint mort, ont l'obligation et le besoin de manger quelque chose. C'est la vie qui réclame ses droits. La vie qui exige respect et don de soi. Mais c'est aussi tout ce qui vous reste pour vous défouler de la frustration et affronter la calamité. Une mauvaise note en classe ? Votre petite copine vous a fait cocu rien que parce qu'un autre avait ses fesses sur une Porsche Carrera ? Vous êtes angoissé à l'idée d'une nouvelle glaciation ou de la désertification inéluctable de la planète ? N'ayez pas peur, mon petit. Courez dans la salle de bains et branlez-vous. Défoulez-vous. Avec ardeur et virulence. C'est la meilleure façon d'en sortir. Un geste sacré, qui bénit et maudit à la fois. Un instinct féroce et ancestral comme celui du chien qui pisse sur les racines d'un arbre. Il se trouve que cette fois-ci l'arbre de Leo est son vieux dressing conjugal, orphelin de sa prestigieuse collection de vêtements et saturé de l'odeur déchirante de Pénélope.

Mais juste au moment où il va aboutir, il est distrait par quelque chose, un bruit derrière lui. Quelqu'un l'observe ? Il tourne brusquement la tête et ne voit personne. Un autre bruit, aussi faible que celui d'un tissu qui glisse sur le sol. La panique. Quelqu'un l'a vu ? Quelqu'un l'a vu se branler sur l'imperméable de sa femme? C'était Telma? Ou un des garçons? Rachel elle-même? Un fantôme? Personne? La gêne désamorce encore une fois sa virilité. Après s'être repris tant bien que mal, il court s'enterrer de nouveau.

Je ne sortirai plus. Je le jure. Non, c'est la dernière fois.

Puis l'été avait déboulé: avec un mois d'avance sur le calendrier, comme il arrive parfois à Rome. Les journées de Leo Pontecorvo étaient régies par deux sentiments contradictoires: un fatalisme renouvelé et méditatif et la sensation d'être surveillé vingt-quatre heures sur vingt-quatre. Par une ombre. Un lutin. Quelque chose de surnaturel. Cette impression lui était restée depuis qu'il avait dû abandonner son projet de masturbation sur l'imperméable de sa femme. L'excitation avait disparu, mais pas la présence qui l'avait mise en fuite.

Il n'avait plus guère envie de manger. Pendant quelques jours il n'était même pas allé à la cuisine prendre ce dont il avait besoin. Le cinquième jour qu'il ne se nourrissait pas il avait trouvé le plateau de victuailles devant sa porte. Et il en était désormais toujours ainsi. Il était content que ce plateau soit là et se demandait si c'était la présence qu'il sentait autour de lui qui le mettait là, ou un de ses proches qui préférait garder l'anonymat. Ils voulaient qu'il vive. Cette chose-là ne voulait visiblement pas sa mort, elle ne voulait pas qu'il dépérisse. Visiblement elle avait besoin que Leo résiste, qu'il vive. Mais il mangeait toutefois un peu moins chaque jour. Il découvrait le plaisir de ne pas manger.

Ensuite, le véritable été était arrivé. El il donnait le meilleur de lui-même dans la tiédeur parfumée du jardin. Les garçons venaient de terminer l'année scolaire et une des plus grandes distractions de Leo était de regarder par la fenêtre leurs jambes qui jouaient au ballon dans le jardin. Il reconnaissait aussi bien celles de Filippo que celles de Samuel. C'était si émouvant de les identifier. D'assister au miracle de gestes obstinément répétés, que Leo ne se lassait pas de regarder. Il avait un pincement au cœur à chaque fin de partie quand les équipes de quatre contre quatre, que ses fils et leurs amis formaient chaque matin, se dispersaient pour se donner rendez-vous le matin suivant à la même heure.

Samuel jouait en défense. Sa rage dans l'action, la fougue avec laquelle il collait à son adversaire et ne le lâchait pas étaient en contradiction avec son caractère changeant et capricieux. Bien qu'il ait réussi en tout jusque-là dans sa vie, Samuel ne donnait jamais l'impression d'être un garçon capable de s'engager profondément dans quelque chose. C'est le prix à payer quand la vie vous traite trop bien. Sans le joli petit cadeau que lui avaient fait Leo et Camilla l'année précédente, sa vie aurait frôlé la perfection. Du moins d'après ce que pouvait en connaître son père.

Lequel s'était interrogé souvent sur ce qui se cachait dans la petite tête de ses fils. Que ressentaient-ils? Que voulaient-ils? Qui étaient-ils? La distance entre les personnes qui s'aiment est un mystère non moins profond que les abysses océaniques. Quelles belles phrases inventait notre prisonnier. Samuel, son Semi était né, lui semblait-il, sous une bonne étoile. C'est pourquoi il était stupéfait qu'il mette tant d'énergie à jouer au foot: ce n'était pas le genre d'énergie que l'on attend de quelqu'un pour qui tout a toujours bien marché. Au fond, le style de jeu de Filippo non plus ne représentait pas du tout sa vie. Quand Filippo jouait il était royal et charismatique. Mais il n'était pas ainsi dans la vie. Il avait toujours donné une image déplorable de lui-même, depuis le début, dirais-je.

Un incident qui s'était produit précisément au cours d'une de ces parties avait mis encore une fois à l'épreuve les nerfs de Leo. Ainsi que son courage et sa lâcheté. Ç'avait été un différend sur le terrain. Entre Filippo et Semi. Ils ne jouaient jamais ensemble. Semi ne supportait pas les reproches de Filippo, pas plus que Filippo ne supportait le manque de classe de son frère et sa fougue excessive. C'est pourquoi l'opinion répandue dans cette tribu de footballeurs adolescents de l'Olgiata était que les frères Pontecorvo devaient toujours jouer l'un contre l'autre. C'était l'impétuosité de Semi, si imbuvable pour Filippo, qui avait provoqué le désastre. Semi, dans une glissade, avait percuté la cheville de son frère. Et à en juger par la façon dont Filippo s'agitait et par ses glapissements gémissants, il la lui avait sûrement cassée. Le gémissement aigu qui semble mêler le rire aux larmes, plein d'horreur et d'incrédulité, que les athlètes, surtout les plus jeunes, émettent quand ils se trouvent face à l'impuissance scandaleuse d'un os brisé. Leo voyait parfaitement, de son poste d'observation qui se révélait pour une fois privilégié, le pied de son fils qui pendait. De même qu'il voyait son autre fils, désespéré, qui n'arrêtait pas d'appeler : « Maman… maman ! Vite… vite… ! »

Leo, pas moins désespéré que ses fils mais encore plus frustré si c'était possible, trouva le moyen, même à ce moment-là, d'avoir une pensée pour se mortifier en constatant que Samuel n'avait même pas fait appel à lui. Même pas dans un cas d'urgence. Il fut traversé par l'idée folle qu'il était mort : il était peut-être mort et lui seul ne le savait pas. C'est peut-être justement ça, la mort. Vous obstiner à croire que vous êtes vivant alors que tous les autres autour de vous se font une raison de votre non-existence. Il se souvint d'un film en noir et blanc à propos d'un mort qui ignorait qu'il était mort. La présence qu'il ressentait autour de lui n'était peut-être que la trace laissée par sa vie révolue. Peut-être n'était-il lui-même qu'une trace de sa vie. La trace d'une trace.

Mais non, il n'était pas mort. Ils l'avaient simplement oublié. Pour eux, entre lui et cette araignée qui faisait de la gymnastique sur sa toile près de la fenêtre, il n'y avait aucune différence. Il fut tenté encore une fois par l'idée de sortir. De voler au secours de son fils qui avait la cheville cassée. Réconforter l'autre en le persuadant que ce n'était pas sa faute. Qu'il ne devait pas s'en vouloir. Que ce sont des choses qui arrivent. Et alors qu'il pensait à quoi dire à Samuel pour le consoler il lui vint à l'esprit qu'en réalité certains accidents arrivaient surtout à Filippo. Il était abonné aux catastrophes. Il l'avait toujours été. Si ce jour-là le Tout-Puissant avait décidé de sacrifier l'os d'un garçon qui jouait au ballon dans son jardin, eh bien vous pouviez parier que cet os appartenait à Filippo Pontecorvo.

Un rapport difficile avec l'Univers. Un divorce avec la Création. Telle était la caractéristique de Filippo. Était-ce sa peur de l'Univers qui avait fait de lui un être aussi circonspect et silencieux ?

Lorsqu'il avait quatre ou cinq ans, la seule chose qui lui apportait de la joie et dont il ne voulait jamais se séparer c'étaient les grands albums que Rachel lui offrait pour son anniversaire : ces monographies bibliques immaculées de Walt Disney aux titres narcissiques tels que *Moi, Donald ; Moi, Mickey ; Moi, Oncle Picsou*. Filippo avait consommé ces grands livres comme un rabbin la Torah. Il les avait feuilletés des centaines de fois. Il semblait que tout ce qu'il y avait à savoir de la vie pouvait être révélé par des aventures d'Oncle Picsou au Klondike. Des maladresses attendrissantes de Donald. Ou par l'arrogance effrontée de Mickey à résoudre des énigmes.

Rachel s'était chargée les premiers temps de la lecture du soir dans les énormes albums. Une histoire chaque soir. C'était le pacte. Et Filippo regardait les dessins et écoutait sa mère comme si l'enchantement se renouvelait chaque fois, comme si c'était toujours une surprise. Au bout de quelque temps

Rachel aurait pu les réciter par cœur. Et pourtant, son fils n'en avait pas encore assez. Au point que de temps en temps, pendant la journée, Filippo les attrapait avec d'énormes difficultés (ils étaient presque aussi grands que lui) et se mettait à les feuilleter avec patience, comme s'il examinait chaque minuscule détail de chaque petite image. Comme s'il se concentrait sur la goutte de sueur de Donald ou n'en avait jamais assez des «grmmml!» d'Oncle Picsou. Il riait souvent, parfois il avait l'air triste.

Finalement, l'année avant que Filippo n'entre à l'école élémentaire, Leo avait essayé d'apprendre à lire à son fils. Il voulait que celui-ci noue avec ses livres sacrés une relation totalement autonome. Il voulait que son fils lise tout seul ces bandes dessinées qu'il connaissait par cœur. Et il ne le voulait certainement pas parce qu'il était fatigué de les lui lire, ou parce qu'il souhaitait seulement soulager Rachel de cette tâche fastidieuse. Non, il voulait qu'il les lise lui-même pour découvrir le plaisir électrisant de l'autonomie.

Leo avait été troublé non seulement par son inaptitude extraordinaire à apprendre, mais aussi par le refus qu'il opposait à une activité aussi prosaïque. Comme si l'écriture et la lecture étaient une défaite. Comme si elles effaçaient l'enchantement où ces dessins le plongeaient presque automatiquement. Oui, au bout de quelque temps Leo avait dû se rendre à l'évidence: le seul exercice de compréhension accompli par son fils aîné était d'assimiler les figures, de se nourrir des images. Filippo était comme un homme préhistorique, incapable d'écrire, mais doté d'une sensibilité aux formes très développée.

Ses difficultés avec l'écriture et l'alphabet – que Filippo allait manifester l'année suivante au cours préparatoire, quand une maîtresse plutôt d'avant-garde reconnut en lui les signes sans équivoque de la dyslexie – n'étaient que le dernier trouble apparu dans cette grande guerre contre le monde qu'avait été jusque-là sa toute jeune vie.

C'était justement la maîtresse diligente de l'école américaine (c'était l'usage à cette époque-là dans la bourgeoisie romaine d'envoyer les enfants dans un établissement étranger) qui avait convoqué Rachel pour l'informer que Filippo avait du mal avec l'alphabet. Elle se demandait entre autres s'il était prudent, étant donné les circonstances, de l'envoyer dans un établissement où on ne parlait pas sa langue maternelle. Miss Dawson appartenait à la catégorie de ces dames robustes de Nouvelle-Angleterre qui, malgré un accent résolument marqué, parlaient un italien correct, à la syntaxe irréprochable, et riche en vocabulaire.

« C'est déjà plus difficile pour lui que pour les autres, vous savez. Au moins quatre-vingts pour cent des enfants qui fréquentent cette école sont de langue maternelle anglaise. C'est normal que les vingt pour cent restants, auxquels appartient Filippo, rencontrent quelques difficultés. Mais si l'on ajoute à cet handicap un problème d'alphabet, alors…

– Que voulez-vous dire?

– Que pour Filippo il n'y a aucune différence entre un *p*, un *b* ou un *d*. Et j'ai eu beau essayer, il semble qu'il n'y ait pas moyen de la lui faire comprendre. De toute façon ce n'est pas tellement inquiétant en soi. C'est un trouble sur lequel on peut intervenir. Je connais des personnes de grand talent et qui réussissent très bien qui en ont souffert… »

Rachel n'avait trouvé aucune utilité aux généralisations rassurantes de miss Dawson. Et encore moins de son mari. Dont le seul commentaire, quand elle lui avait rapporté sa conversation avec la maîtresse avait été:

« Tout bien considéré le *p*, le *b* et le *d* se ressemblent passablement. J'ai toujours pensé que Filippo n'était pas du genre tatillon. »

C'est ainsi que ça fonctionnait entre Leo et Rachel : quand elle se montrait préoccupée il faisait le fanfaron, et vice versa. Leo se rappelait encore que cette boutade d'alors l'avait davantage aidé lui que sa femme. Mais enfin, qu'avait ce petit? Pourquoi y avait-il toujours quelque chose qui clochait? Pourquoi ce qui était naturel pour les autres était-il si obscur pour lui?

Pour sa part, Leo avait deviné avant miss Dawson que quelque chose n'allait pas, même si, incapable d'aborder les problèmes de front, il avait empêché ses soupçons d'atteindre sa conscience. Distinguer le *b* du *d*. Il s'était mis à chercher mille exemples pour faire comprendre à son fils que c'étaient deux choses totalement différentes.

« Le *b* a l'air d'un homme avec un gros ventre, lui avait-il dit. Tandis que le *d* est un homme avec de grosses fesses. » Et pour être encore plus clair, il avait montré à l'enfant son propre ventre et ses propres fesses. Bien que Filippo ait ri de cette facétie (les enfants trouvent très drôle aussi bien l'anatomie que la scatologie), il n'avait pas appris pour autant à reconnaître la différence entre les deux consonnes. C'était visiblement quelque chose de trop grand pour lui. Un exploit.

La maîtresse avait dit ne plus savoir que faire. Notamment parce qu'une telle incapacité rendait Filippo extrêmement agressif vis-à-vis de ses camarades qui, à cette période de l'année, avaient déjà appris l'alphabet. Et en même temps elle le remplissait d'une honte sombre.

« L'autre jour il a frappé un camarade, avait dit miss Dawson à Rachel.

– Frappé? Comment ça, frappé? Pourquoi?

– Je crains que les autres ne se moquent de ce petit garçon à cause de sa difficulté pour écrire. » Quand Rachel l'avait raconté à Leo, il s'était souvenu de ce matin où il accompagnait Filippo à l'école et où il lui avait demandé :

« Ça t'amuse de jouer avec Francesca ? » Francesca était l'orthophoniste.

« Oui, avait répondu Filippo, mais je ne veux plus jouer avec elle le matin.

– Et pourquoi ?

– Parce que j'arrive en retard à l'école.

– Ça n'est pas mieux ? Quelle importance ? Tu as une excuse. Si seulement j'avais eu une excuse, moi, à ton âge, pour arriver une heure en retard. Si seulement j'en avais une même maintenant...

– Mais si j'arrive en retard ils me disent que je suis malade.

– Qui te dit que tu es malade ? Pourquoi dire ça ? Tu vas très bien.

– Ils me disent que je suis malade parce que j'arrive en retard. Et aussi parce que je joue avec Francesca. »

Leo avait pensé qu'une conne de mère avait dû dire à son con de fils que si Filippo Pontecorvo arrivait en retard le mardi et le mercredi c'était parce qu'il n'allait pas bien. Qu'il avait des problèmes pour apprendre l'alphabet. Et alors Leo avait été furieux. Au diable les mamans. Au diable les enfants. Au diable l'humanité. Et au diable aussi mon petit Filippo.

Car Leo le savait, il s'en souvenait : la dyslexie n'avait été que la dernière alarme que Filippo avait donnée. Au début ç'avait été le langage.

Leo et Rachel avaient dû attendre quatre ans avant que Filippo ne leur donne la satisfaction de prononcer une phrase complète. Si on lui posait une question, il répondait par de petits grognements et des monosyllabes. Au début ils avaient attribué son retard par rapport aux autres enfants à une question de timidité et de réserve. Filippo avait été un bébé excessivement tranquille, de ceux qui pleurent peu et dorment beaucoup. Ce qui avait autorisé ses parents à croire que ce silence obstiné était un nouveau symptôme de sa faculté de rester sur son quant-à-soi. Filippo se taisait tout simplement parce qu'il n'avait rien à dire. C'est ce que s'étaient raconté Leo et Rachel les premiers temps. La bonne attitude était de ne pas en faire tout un plat: en parents responsables, en parents modernes. Filippo tardait un peu plus que nécessaire à s'exprimer par la parole. Pas grave. Pour ce dont il avait besoin les gestes suffisaient, les mots viendraient. Filippo était comme ça. Quelqu'un qui prenait son temps.

Mais depuis le temps qu'ils se racontaient cette histoire Rachel et Leo avaient cessé d'y croire. Filippo avait presque trois ans et Dieu seul sait combien ses parents désiraient qu'il prononce ne serait-ce qu'une fois les deux mots fatidiques: «maman» ou «papa».

Ils étaient las de se contenter du monosyllabe «ta», qui dans le langage extraordinairement primitif de Filippo semblait vouloir désigner tous les adultes dotés d'une autorité: parents, grands-parents, baby-sitters.

Pour Filippo ils étaient tous «ta».

Il n'y avait pas moyen de lui faire dire autre chose. Et ils essayaient chaque fois: «Trésor, dis au moins ta-ta, oui dis-le deux fois, double-le, ta-ta. Ça suffira, ce sera déjà un grand pas en avant.»

C'était caractéristique de Leo d'adresser ces discours construits à un fils qui ne semblait guère prédisposé à la conversation. C'était aussi sa façon de suivre les directives que lui avait données Loredana qui, avant de lui indiquer le numéro de téléphone d'une orthophoniste, lui avait dit: «Parlez-lui beaucoup. Ne vous lassez jamais de lui parler. Vous entendre parler est tout ce dont Filippo a besoin. Et tu verras que finalement il se débloquera.»

Et le père diligent d'entretenir son fils de longues dissertations inutiles. Dans ces cas-là Filippo le regardait avec stupéfaction. Et si Leo insistait exaspéré : « Ta-ta, ta-ta, ça n'est pas difficile », alors la frimousse angélique de son fils se congestionnait. Il se tournait vers le mur, consterné, et se mettait à se cogner la tête dessus de façon rythmique.

Filippo avait honte.

Il était parfaitement conscient de ce qui lui arrivait. De sa différence par rapport aux autres enfants, bavards, tout comme de la souffrance qu'il causait à ses parents. Et il en avait honte. Aussi, quand son père insistait trop pour qu'il parle, finissait-il par s'exprimer dans un de ces cris terrifiants, préhistoriques, qu'émettent les sourds. Et il se cognait la tête contre le mur.

La honte. Ce sentiment prouvait que son garçon était vraiment sensible. La vie était une affaire trop concurrentielle pour quelqu'un comme Filippo. Tout semblait le blesser.

Et la fureur qui l'assaillait parfois – l'exaspération rageuse dont il faisait preuve toutes les fois où il ne réussissait pas à faire ce que les autres faisaient naturellement – était tellement en contradiction avec sa beauté angélique. Qui n'était pas amoureux de sa beauté ? Cheveux fins et blonds, yeux bleus, une frimousse rose et ronde. Il était la vedette des supermarchés et des restaurants. Une pop star pour les jeunes femmes qui l'arrêtaient partout en se pâmant devant sa grâce : « Mais quel enfant superbe », « Mais quel petit ange », « Il est irrésistible, je pourrais le manger de baisers ».

Où qu'ils l'emmènent, dans sa poussette, avec ce visage royal et les petits vêtements élégants et sobres que ses jeunes et riches parents promenaient, les gens s'arrêtaient pour le regarder et félicitaient parfois Leo et Rachel frétillants d'orgueil. Mais rien du côté de Filippo. Il ne réagissait pas à l'amour, à l'admiration, à la tendresse qu'il était capable de susciter. Il ne se laissait pas aller à la vanité qui affecte en général les enfants trop beaux. Il y restait indifférent, impénétrable, absorbé en lui-même, par cette espèce de sentiment intense et exclusif dans lequel il paraissait toujours plongé. Une telle sous-estimation de lui-même avait pour effet de provoquer ensuite chez les adultes qui le contemplaient avec tant d'admiration un élan de tendresse. Ce petit garçon ne la ramenait pas. Ce petit garçon avait aussi une beauté intérieure. Si la vie n'était que liberté et autosuffisance, se disait parfois Leo, Filippo aurait un avenir radieux. Mais malheureusement il existait autre chose que la liberté et l'autosuffisance: la sociabilité réclamait ses droits, le monde voulait être pris en considération. Personne, pas même un enfant aussi beau, ne peut se permettre de ne pas répondre aux sollicitations infinies de l'Univers. C'est pourquoi il était nécessaire qu'il parle, de même qu'un jour il serait nécessaire qu'il apprenne à écrire.

Et pourtant, ce spectacle de liberté et d'autosuffisance était enthousiasmant. Presque tous les enfants sont assommants en voiture. Ils n'ont aucune patience. Au bout d'un moment ils s'énervent, deviennent exigeants, insupportables. Ils protestent, ruent, réclament l'attention avec des cris sauvages. Filippo ne faisait pas partie de la catégorie des enfants difficiles. En voiture il prenait un air sérieux et contemplatif, on aurait presque dit mélancolique. Il regardait dehors, sombre comme un poète. Si vous l'appeliez, il vous regardait une seconde sans changer d'expression et regardait de nouveau dehors. Un comportement que Leo et Rachel trouvaient à la fois charmant et admirable.

Au fond, Filippo avait toujours été un petit bonhomme indépendant.

Leo se rappelait le matin quand en sortant de la salle de bains il trouvait ce petit diable, avec sa frange blonde («de membre des jeunesses hitlériennes» disait en riant notre père orgueilleux à ses amis), qui s'esquivait joyeusement. En ce temps-là, le jouet spécial qu'il ne voulait pas lâcher était le caleçon de son père. Il le regardait, se le mettait sur la tête, nettoyait par terre avec. Il pouvait jouer des heures avec ce caleçon. Aucun jeu ne l'amusait davantage. Leo l'appelait. Mais Filippo donnait les premiers signes de sa timidité et de sa difficulté à communiquer. Plus on l'appelait, plus il était absorbé par son tête-à-tête avec le caleçon.

C'étaient les premières fois que Leo avait affronté l'étrangeté de son fils. Alors seulement il avait commencé à prêter une attention morbide aux autres enfants du même âge que Filippo. Et alors seulement il avait remarqué combien Filippo était simplement différent de tout ce qui était normal. Et il en avait eu le cœur rempli de honte. Une honte que Leo avait honte d'éprouver. À laquelle Rachel semblait avoir opposé non seulement une grande fierté (c'est vrai: notre fils est bizarre, et alors? Qu'est-ce que la normalité a de si beau?) mais aussi un désir de ne pas le cacher, et au contraire de l'exhiber.

Leo gardait le souvenir douloureux du jour où Filippo avait eu quatre ans. Rachel, stimulée par l'orthophoniste («Il faut le plonger dans une atmosphère de sociabilité affectueuse»), lui avait organisé une fête dans le jardin. Filippo était né en mai: à cette époque le jardin offrait un spectacle resplendissant, luxuriant, de couleurs et de parfums, et le climat se prêtait particulièrement aux fêtes d'enfants. Leo avait voulu y assister, poussé aussi par la curiosité de voir comment Filippo s'en tirait avec les camarades de son âge.

La vérité est que Leo n'était pas content de cet anniversaire. Il représentait pour lui la confirmation définitive de la bizarrerie de son fils. Ils lui avaient tous dit que jusqu'à quatre ans c'est normal de ne pas parler. Que jusqu'à quatre ans il n'y a pas de quoi s'inquiéter. Et voilà, Filippo avait quatre ans et n'ouvrait toujours pas la bouche. Certes, il avait appris à dire « maman » et « papa » entre-temps. Mais Leo ne s'en satisfaisait pas. Et il se sentait enfin en droit de s'inquiéter. En droit de clamer son inquiétude aux quatre vents. Dommage que cette occasion, généreusement offerte par le hasard, ne lui ait apporté aucun soulagement.

Cette fichue fête d'anniversaire. Quelle angoisse !

C'était la première fois que Leo le voyait en action. Depuis que Filippo fréquentait l'école maternelle américaine, Leo avait toujours réussi à trouver un moyen de justifier auprès de Rachel comme à ses propres yeux son absence lorsque son fils était mêlé à une des nombreuses activités récréatives. Il n'était pas allé à la fête traditionnelle l'après-midi de Halloween (des années avant que cette fête ne devienne populaire en Italie), s'épargnant ainsi la vue d'un zombie égaré qui restait assis dans un coin en grignotant des sucreries de toutes sortes. Il n'avait pas voulu aller non plus au spectacle de Noël de l'école, où son fils avait interprété (« magistralement », à entendre Rachel) une tulipe immobile qui, au mépris du scénario, avait refusé à l'entrée en scène de l'hiver de se faner avec les autres, provoquant une grande hilarité dans le public et, chez sa mère, l'énième embarras mêlé d'émotion.

Et Leo n'avait participé à aucune de ces fêtes pour enfants précisément pour ne pas être exposé à ce qu'il ne pourrait pas éviter pendant cet anniversaire, à savoir le spectacle de l'inadaptation horriblement précoce de son fils. Au fait qu'il n'était pas à sa place même quand le monde entier s'était mobilisé pour le fêter. À sa dissonance, à son extravagance.

Il lui avait été réellement pénible de constater que son Fili, même en présence de camarades aussi tapageurs, se montrait détaché, enfermé dans un jeu privé permanent. Toujours avec ses satanés livres. Maudit Donald, maudits Riri Fifi

Loulou! Qu'ont-ils de plus que nous? Pourquoi es-tu toujours avec eux, petit, et ne viens-tu pas un peu dehors avec nous qui t'aimons tant?

Tout à coup, les mamans des autres enfants, sentant le malaise provoqué par le comportement aberrant du héros de la fête, avaient pris leurs enfants et les avaient amenés vers Filippo.

«Alors, vous ne voulez pas jouer un peu avec lui?» avait demandé l'une. Et Leo avait été profondément blessé. Il y avait dans la voix de cette dame une note de pitié insultante. Sous l'insistance, trois enfants s'étaient rassemblés autour de Filippo. Les mamans étaient retournées à leurs conversations. Leo avait observé comment les trois parlaient avec aisance et comment ils essayaient d'entraîner Filippo d'une façon ou d'une autre. Mais aucune réaction chez lui. Il était là tout seul. Jusqu'à ce qu'un des enfants, impatienté, avait dit aux autres une phrase que Leo n'oublierait jamais: «Laissez-le, il ne comprend rien. Filippo est idiot.»

Petit salaud! La cruauté des enfants. La franchise des enfants. Ç'avait été un tel coup pour Leo. Au cœur de la «sociabilité affectueuse». Non, la sociabilité n'a rien d'affectueux. La sociabilité est cruelle. Et lui, Leo, le sait bien.

Quand vous avez un enfant tout petit (surtout si c'est le premier) vous avez tendance à imaginer que ses problèmes, tout comme ceux des adultes, sont voués à ne pas se résoudre… Et vous ne vous rendez presque pas compte que pendant que vous vous torturez en vous disant que votre enfant ne parlera jamais – parce que s'il n'a pas encore appris il n'apprendra probablement jamais, parce que pour lui c'est visiblement trop compliqué –, voilà que, presque du jour au lendemain, il se met à parler avec désinvolture. Mais aussi qu'un nouveau problème se dessine à l'horizon, qui pour vous, pauvre père anxieux, ne paraît pas moins insoluble que le précédent. C'est ce qui s'était passé avec Filippo.

Finalement, Rachel avait raison : au bout de quelque temps Filippo avait commencé à parler. Avec difficulté au début, en déformant les mots d'une façon attendrissante et ridicule : « c'est pas pon » au lieu de « c'est pas bon ». En bousculant leur ordre. Si vous lui disiez : « Je me trompe ou mon Filippo a un peu trop mangé aujourd'hui ? » il répondait très sage et offensé : « Trop pas, trop pas ! » Puis il avait acquis un langage d'une justesse impressionnante.

Mais avec l'arrivée des mots, de plus en plus nets et précis, et avant que Filippo ne trahisse son incapacité en matière d'alphabet, une autre bizarrerie était apparue, qui avait troublé Leo et Rachel de façons différentes mais avec une acuité égale.

Ils avaient remarqué que pour s'endormir Filippo avait pris l'habitude de se taper violemment la tête sur l'oreiller. Et en outre de le faire au rythme de la musique. Tout avait commencé quand Rachel avait acheté un mange-disques bariolé pour enfants destiné aux 45 tours, très répandus ces années-là. Et Leo avait inauguré ce machin en y introduisant un vieux single de Ricky Nelson, un de ces disques introuvables que la fameuse vieille tante américaine envoyait régulièrement à Leo, son neveu italien, quand il était petit.

Le disque remontait à 1957. Ricky Nelson était alors ce qu'on appelle une « idole des jeunes ». Et ce single, intitulé *Be-Bop Baby* (quelle allitération audacieuse !), était resté quelques semaines en tête des meilleures ventes aux États-Unis. Ce qui avait incité la tante Adriana diligente à l'acheter et l'envoyer à son neveu. Il s'agissait d'une chansonnette facile à retenir, typique de l'époque. Leo l'avait toujours bien aimée. Sans doute parce qu'elle était liée à un souvenir contenu dans le coffret romantique qu'avait été sa jeunesse. Bien sûr, il ne pouvait pas se douter que cette chanson lui deviendrait insupportable à cause des centaines de fois où son fils allait l'obliger à la réécouter. Pour Filippo il n'existait que cette chanson-là. L'histoire tout entière de la musique tenait dedans. Pas question de lui en faire écouter une autre. Y compris de la même période. Y compris sur les mêmes accords. Y compris du même auteur. Alors oui, il explosait de colère. Il ne voulait que *Be-Bop Baby*. Rien d'autre. C'était sa nouvelle obsession. Le nouveau moyen qu'il avait imaginé pour exclure tout le reste.

Bon, c'est vrai, se disait Leo, les enfants sont comme ça: obsessionnels et conservateurs. Des conservateurs butés en miniature. Mais l'obsession de Filippo pour ce disque apparaissait comme terriblement pathologique. Tout comme sa façon de se taper la tête sur l'oreiller pendant des heures, en ne s'interrompant que pour remettre le disque. Où trouvait-il autant d'énergie? Et pourquoi se donner tant de mal pour rien?

La nounou de Filippo et Semi s'appelait Carmen. C'était une Capverdienne rude et pleine d'orgueil que les garçons adoraient et en qui Rachel, du moins à l'époque (avant que Carmen ne donne des signes de déséquilibre), avait une totale confiance. Carmen fut la première à donner un nom à cette bizarrerie. Avant de dire bonne nuit, peu après avoir éteint la lumière dans la chambre de «ses» garçons, elle recommandait à Filippo: «Ne *travaille* pas trop.» Puis elle mettait en garde son petit frère qui couchait dans la partie inférieure des lits superposés: «Et toi, Semi, ne l'imite pas.»

Travailler. C'est ainsi que Carmen avait défini la manie de Filippo de se taper la tête sur l'oreiller. Et en effet, certains soirs, quand Leo et Rachel rentraient d'un dîner et entendaient ce bruit sinistre et grinçant en passant devant la chambre des garçons avant d'aller se coucher, ils éprouvaient une tendresse particulière pour leur petit travailleur. Rachel pensait à certaines industries qui produisent toute la nuit. Et Leo aux *Temps modernes* de Charlie Chaplin.

Un jour Leo avait émis une hypothèse : « Il s'agit peut-être d'une espèce d'atavisme juif.

– Dans quel sens ?

– Eh bien, il fait comme les hassidim au mur des Lamentations. Il remue la tête comme eux. Finalement nous avons peut-être un grand rabbin dans notre famille.

– Ne fais pas l'idiot. L'orthophoniste dit qu'il pourrait s'agir d'une légère forme d'autisme. Elle dit que ça n'est pas tellement inquiétant, mais que ça pourrait expliquer ses difficultés à entrer en relation avec le monde... »

Se pouvait-il qu'il ait toujours quelque chose de nouveau ? Que ce diable d'enfant présente régulièrement une nouvelle particularité ? Que tous ces médecins qui tâtonnent dans le noir doivent toujours donner un nom à ses bizarreries ?

Quand Leo, après un appel de nuit, rentrait chez lui à l'aube, il aimait aller voir les enfants qui dormaient. Il entrait dans leur chambre et se sentait envahi par l'odeur émouvante de biscuits sortis du four. Il faisait très attention à ne pas les réveiller : il s'asseyait d'abord sur le lit du bas, celui où Samuel dormait comme un ange, il lui caressait la main, remontait sa couverture. Puis il se relevait et répétait les mêmes gestes avec Filippo. Mais il suffisait de le toucher pour remettre en route la machine infernale. Filippo, sans toutefois se réveiller, recommençait à se taper la tête sur l'oreiller. Ce qui provoquait toujours une certaine angoisse chez Leo et l'incitait à sortir tout de suite de la chambre, comme s'il ne voulait pas se trouver encore une fois face à la preuve que son fils n'allait pas bien du tout. Mais tant d'orgueil se mêlait aussi à cette inquiétude. Orgueil du caractère et de la détermination que Filippo mettait dans tout. De sa sagesse et de sa patience. Qualités si peu enfantines.

Une chose qui frappait Leo était la résistance de son garçon. Son extraordinaire disposition à accepter tout ce que ses parents le contraignaient à faire. Il ne se plaignait jamais. Il faisait preuve d'un tel stoïcisme. Comme si à force d'être soumis à ces traitements il avait développé une acceptation passive de sa propre imperfection. Tout ce mal pour apprendre à parler. Pour apprendre à écrire. Tout ce mal pour essayer de s'endormir sans donner des coups de tête rythmiques dans l'oreiller parce que ça inquiète beaucoup maman et papa. Tout ce mal, au fond. Pour quoi?

Peut-être étaient-ils trop anxieux. Peut-être fallait-il laisser Filippo s'abandonner à ses imperfections inoffensives. Mais que Leo pouvait-il y faire si pour certaines choses Rachel et lui avaient un esprit interventionniste? Et si la nature conciliante de Filippo leur rendait les choses encore plus simples? Ce n'était pas le genre d'enfant auquel il faut répéter sans cesse: c'est pour ton bien. Il devait y avoir dans son cerveau quelque chose qui le poussait à croire que la vie d'un enfant était une entreprise continuelle et obstinée susceptible de le corriger. Il devait s'être désormais convaincu qu'il était plein de défauts de fabrication.

Mais était-ce vraiment aussi normal et aussi nécessaire de passer ses après-midi d'enfance avec sa mère dans une salle d'attente pour être reçu par un énième spécialiste? Était-ce vraiment indispensable de se soumettre à tout ça? Ou peut-être le petit Fili payait-il seulement le prix d'être né à une époque horriblement perfectionniste, et d'être fils de deux médecins avec un faible pour la correction des déformations? Deux bourgeois raffinés incapables d'accepter que leur fils s'exprime différemment de la norme la plus morne et de l'excellence la plus banale?

Leo se demandait parfois s'il ne subissait pas un peu trop la volonté de Rachel. Il savait combien elle était fière du stoïcisme de son enfant. Elle avait été élevée ainsi. À considérer le sacrifice personnel comme une sorte de certificat d'humanité : les gens se sacrifient sans faire d'histoires. Et il est certain que l'absence de protestations de la part de Filippo devait être pour elle vraiment louable. Le soir Rachel racontait très souvent à Leo comme leur fils s'était conduit de manière irréprochable chez l'orthophoniste ou chez la psychologue.

« Il reste là, bien sage, sans dire un mot. De temps en temps il me sourit. Il feuillette poliment ses bandes dessinées. Il regarde avec stupeur les autres enfants dans la salle d'attente. On dirait que son regard me demande : "Qu'est-ce qu'ils ont ceux-là à tellement se plaindre ?" C'est un petit docteur notre Filippo.

– Où l'as-tu emmené déjeuner ? » lui demandait Leo pour changer de sujet et sachant que l'accord entre mère et fils était le suivant : s'il était sage quand elle allait le chercher à l'école après midi pour le conduire chez une de ses doctoresses, elle s'engageait en échange à l'emmener manger dans un endroit qui lui plaise. Filippo adorait manger. Il avait beaucoup d'appétit. Et de sinistres goûts enfantins : sandwiches, frites, Coca-Cola, milk-shakes, biscuits au chocolat, choux à la crème…

« Nous sommes allés à l'Hungaria. Il a mangé tout son hamburger et toutes ses frites. Ensuite nous sommes allés chez la doctoresse. Et pendant le trajet il m'a lu les journaux. Ou du moins il s'y est efforcé. De temps en temps il prononce des mots étrangers, qui n'existent pas, mais si tu y réfléchis un peu tu comprends qu'il s'agit d'un mot usuel dont il a estropié une syllabe et changé une voyelle… »

Ces récits, que Leo se faisait faire presque tous les soirs – non plus pour le plaisir de les entendre, mais en cultivant chaque fois l'espoir (immanquablement déçu) que Rachel lui dise: «Tout va bien, Filippo lit finalement avec le calme, la classe et la diction de Vittorio Gassman» –, avaient sur lui un effet désastreux. Ils le rendaient parfois furieux, ou ils l'attendrissaient de manière insensée. Ils ne le laissaient sûrement jamais indifférent. Que son fils passe l'essentiel des après-midi de la seule enfance qui lui était accordée à être torturé par les médecins le remplissait d'indignation et lui faisait reconsidérer entièrement le choix interventionniste que Rachel et lui avaient fait.

La complaisance dont parlait Rachel, la voracité avec laquelle il avalait son hamburger, ses énormités et ses erreurs fréquentes dans la lecture du journal le blessaient, un point c'est tout. Bien sûr, bien sûr il aurait dû être plus compréhensif. N'était-il pas le médecin des enfants gravement malades? Mais la différence était que sans lui ces enfants ne survivraient pas. Très souvent ils ne survivaient pas de toute façon. Filippo, en revanche, s'en tirerait très bien sans ses orthophonistes et ses psychologues, et comment.

Et puis, de toute façon, les enfants dont s'occupait Leo n'étaient pas les siens. Avec le temps il était parvenu à supporter que son travail consistait à voir souffrir des innocents. C'est aussi pourquoi, ou plutôt, c'est précisément pourquoi il ne pouvait pas tolérer d'avoir un fils qui souffre chez lui. Non, lui n'aimait pas le stoïcisme de Filippo, pas davantage que la persévérance de Rachel. Paradoxalement, il aurait préféré un peu plus de laxisme de l'un et de l'autre. Oui, le laxisme lui aurait paru une réaction tout à fait naturelle.

En outre, Leo savait que s'il n'avait pas fait un mètre quatre-vingt-dix, s'il n'avait pas été l'homme élégant qu'il était, s'il n'avait pas obtenu avec les années une place aussi élevée dans la société, s'il n'avait pas eu l'obligation de garder une certaine tenue devant sa femme, en écoutant les comptes-rendus de Rachel sur le comportement quotidien de son fils, fait de docilité, de résignation et d'innombrables difficultés, il aurait probablement fondu en larmes.

Dieu du ciel, son Fili paraissait parfois tellement désarmé, tellement incapable de réagir, même devant le plus petit obstacle !

Un matin au bord de la mer, dans la maison de la Maremma où les Pontecorvo passaient un mois tous les étés, Rachel avait trouvé Filippo sur le lit de la chambre de bonne, celle où dormait habituellement la nounou, qui était en vacances à ce moment-là.

Rachel l'y avait trouvé immobile, avec encore ses chaussures de gymnastique, son maillot et son short de foot, et l'odeur salée de bouc de celui qui ne s'est pas lavé après le sport. Rachel avait été émue non seulement de le trouver là, mais aussi qu'il soit exagérément heureux de la voir. Filippo était presque au bord des larmes. La veille au soir Leo et Rachel, en rentrant d'un dîner chez des amis, ne s'étaient pas aperçus que Filippo ne dormait pas dans sa chambre avec Semi. Filippo leur avait ensuite expliqué qu'après son retour d'une partie de ballon sur la plage il s'était étendu un moment sur ce lit, celui de Carmen. Et qu'il s'était endormi. Pour se réveiller quelques heures plus tard dans le noir complet, absolu et terrible.

« Mais mon amour, tu ne pouvais pas rejoindre ton frère dans votre chambre ?

– Je croyais que j'étais devenu aveugle.

– Aveugle ? Pourquoi aveugle ?

– Parce qu'il faisait tout noir. J'ai gardé les yeux ouverts toute la nuit pour voir s'il y avait un peu de lumière. Mais rien.

– Les stores sont baissés. Nous sommes au milieu de la Lagune. C'est normal que la nuit soit plus noire qu'à Rome. Mais quand même, tu ne pouvais pas allumer la lumière ?

« – Si, j'y ai pensé. J'ai gardé la main sur l'interrupteur toute la nuit.

– Et pourquoi tu n'as pas appuyé?

– Parce que si la lumière ne s'allumait pas, alors j'étais vraiment aveugle.

– Mais regardez-moi mon petit crétin. »

Encore une fois, l'image de son fils face à l'interrupteur une nuit entière et qui ne se décidait pas à l'actionner de peur d'être devenu aveugle avait produit chez Leo moins d'hilarité que chez sa femme. C'était encore une preuve de sa peur et de son impuissance à réagir. Pauvre Filippo, ç'avait dû être un cauchemar de se croire aveugle tout ce temps. Mais pourquoi ne les avait-il pas appelés? Pourquoi n'avait-il pas hurlé pour les faire venir? C'est simple, parce que leur arrivée aurait pu confirmer sa cécité, exactement comme de presser l'interrupteur. Donc, mieux valait attendre anxieusement que l'aube vienne! Que signifiait toute cette peur? Quelle valeur avait-elle? Quels obstacles entraînerait-elle? Et surtout, était-ce l'effet du message que Rachel et lui avaient fait passer à leur fils? Le message subliminal qui disait: mon petit, tu es un enfant défectueux. Un enfant qui se casse, destiné à être malade et à tomber en miettes.

« Mais tu sais, mon trésor, comme c'est difficile de devenir aveugle, lui avait expliqué Leo plus tard. Tu sais pour quelle raison beaucoup de personnes ne se tuent pas même si elles le veulent?

– Laquelle?

– Parce que, contrairement à ce qu'on croit, c'est difficile de mourir. C'est difficile de tomber malade. Notre corps est une structure merveilleusement agencée pour résister et s'adapter. Surtout à ton âge. »

Et après avoir prononcé ces sages paroles, Leo s'était demandé si elles étaient appropriées à un enfant de huit ans.

Il était aussi arrivé à Leo de se demander ce que pouvait signifier pour un enfant comme lui avoir un petit frère qui paraissait tout son contraire. Qui avait appris à parler précocement, qui dormait dans une profonde sérénité, qui écrivait et lisait avec aisance, dont l'activité préférée semblait d'exceller à l'école, dans les sports et à plaire aux autres. Que signifiait pour un frère aîné aussi compliqué avoir un frère cadet qui s'amusait aux fêtes d'anniversaire organisées pour lui par leurs parents? Un petit garçon léger, auquel la vie avait épargné la torture des orthophonistes, psychologues, neurologues? Semi était le fils que tout le monde aurait voulu avoir: gai, désinvolte, drôle. Moins beau peut-être que Filippo: sa beauté était gâchée par quelques défauts dans ses traits. Mais ces imperfections imperceptibles étaient ce qui le rendait encore plus sympathique, si possible.

On aurait compris qu'ils puissent se détester. Qu'ils aient toutes les raisons de la terre. Quand Semi était un nouveau-né il y avait toujours quelqu'un pour le surveiller. Rachel craignait que Filippo, qui avait déjà montré des signes de bizarrerie, puisse se venger sur son frère. Tout conspirait à ce que naissent entre les deux des rivalités et des jalousies.

Mais non. Ils étaient les frères les plus unis et les plus solidaires que Leo ait jamais vus (et il s'y connaissait en enfants). Le matin ils allaient à l'école ensemble. De même qu'ils rentraient ensemble à la maison l'après-midi. L'aîné avait transmis à son cadet son amour pour les bandes dessinées, tandis que le cadet avait initié son aîné à la collection de maillots de foot. Avec le temps (et un peu plus chaque année), ils avaient élaboré entre eux un langage codé. Qui servait à exclure les autres, c'est vrai, mais aussi à faire de leur solidarité fraternelle une affaire mystique, ésotérique.

Et ils ne pouvaient pas se passer l'un de l'autre. Le tout avec un côté malsain qui mettait Leo assez mal à l'aise, mais que Rachel savait ramener à des proportions domestiques et raisonnables. La vie finirait par les séparer et les rendre indépendants l'un de l'autre. Un esprit d'émancipation non moins inéluctable (et d'une certaine façon non moins triste) que celui qui pousserait un jour Filippo et Samuel à quitter leurs parents. Et à former, si le destin leur en fournissait l'occasion, de nouvelles cellules familiales totalement indépendantes de celle d'origine. N'est-ce pas la grande tragédie de la vie?

Environ deux ans avant de se trouver encore une fois devant un carrefour moral – sortir de son antre pour se précipiter au secours de son fils qui se tordait de douleur avec une cheville cassée ou rester planté à la fenêtre –, Leo avait demandé à Rachel de l'accompagner avec les garçons à un congrès de cancérologie qui devait se tenir à Londres début décembre. Son intervention était prévue pour le jeudi soir, avait-il expliqué à Rachel pour l'allécher. Ce qui voulait dire qu'ils disposaient d'un long week-end pour bien s'amuser dans une ville dont il aimait se vanter de connaître «chaque flaque». Comme toutes les familles bourgeoises, les Pontecorvo étaient des anglophiles fervents. Comme toutes les familles bourgeoises (hormis les anglaises, j'imagine), les Pontecorvo avaient une idée du monde britannique ridiculement convenue: rêche comme le tweed, rude comme le tabac Dunhill, doux comme les moustaches d'un amiral de la Royal Navy et élégant comme un aphorisme de George Bernard Shaw...

C'est pourquoi Leo était particulièrement content de son amitié de dix ans avec le professeur Alfred Hathaway, cancérologue à la voix persuasive et à l'aspect débonnaire qui travaillait dans une grande structure hospitalière de l'ouest de Londres. Alfred organisait tous les ans pour la Royal Holloway University un congrès dont Leo était toujours la vedette. Leo considérait son collègue le professeur Hathaway comme une sorte de compagnon d'armes dans la grande guerre civile que la cancérologie pédiatrique livrait ces années-là pour mettre au point stratégies et protocoles communs.

Cette année-là, à l'approche de Noël, eh bien... ne serait-ce pas magnifique d'y aller avec les garçons? Ils feraient les bêtises qu'aiment les touristes, et toutes les choses *à la mode** chez les habitués. Ils feraient du shopping et mangeraient de drôles de choses pleines de gras.

Tout était prêt lorsque Rachel, soudain grippée, avait déclaré forfait.

« Et maintenant?

– Maintenant me voilà dans mon linceul.

– Allons, ne fais pas l'idiote, qu'est-ce que nous allons faire?

– Mon programme pour la fin de la semaine est de rester au lit, en envoyant à mort tous les scones que vous mangerez sous mon nez!

– Qu'est-ce que je vais faire sans toi? Jeudi je passe toute la journée au congrès. Le soir je devrai aller dîner avec Alfred et les autres mandarins. Je ne peux pas y emmener les garçons. Et puis ç'aurait été si bien que tu viennes aussi.

– Tu te plains toujours de ne pas les voir suffisamment. De ne jamais pouvoir être avec eux. De ne pas les voir grandir... Voilà une occasion. Et ça ne me fera pas de mal de rester quelques jours sans eux. Et puis ils tiennent énormément à ce voyage. Samuel est tout excité, je ne sais pas sur quel pantalon ou quelles chaussures je l'ai entendu délirer l'autre jour au téléphone. Filippo est tout content parce qu'il va pouvoir acheter *Secret Love* ou je ne sais quoi. »

C'était un trait de Rachel d'écorcher les titres de livres, de films, de BD. Cette pratique occupait une part importante dans sa stratégie iconoclaste, et typiquement romaine, à laquelle s'opposait la rigueur philologique de son mari, qui n'avait pas grand-chose de romain. En l'occurrence, la BD à laquelle Rachel faisait allusion, et avec laquelle Filippo l'avait bassinée les derniers jours, était *Secret Wars* de Jim Shooter, événement éditorial chez Marvel, paru l'année même en Angleterre et aux États-Unis et sur laquelle on fabulait abondamment (l'édition italienne devait paraître alors que Leo ne serait plus de ce monde depuis longtemps).

« Et puis tu sais, reprit Rachel, ça fait déjà plusieurs étés que nous les envoyons en vacances tout seuls ! Tu penses bien qu'ils peuvent rester un jour dans un hôtel confortable de Londres et faire une belle promenade dans les environs. Ne t'inquiète pas.

– Trésor, tu n'imagines pas comme ça me désole que tu... » avait commenté Leo sur un ton plaintif.

Quelques semaines avant que cette conversation n'ait lieu, quand ils avaient parlé de l'organisation du voyage, Leo et Rachel avaient discuté de l'achat des billets d'avion. Filippo avait déjà pris l'avion une fois, toujours avec son père, pour le bref trajet Rome-Milan. Samuel pas encore : motif supplémentaire d'excitation.

Le billet de Leo, pris en charge par le congrès, était en classe affaires : nouvelle appellation qu'Alitalia, à la suite d'autres compagnies aériennes, avait donnée à ce qu'on appelait autrefois la « première ». Mais en dehors de la nouvelle dénomination les choses n'avaient pas tellement changé : fauteuils verts un peu plus grands que dans la classe touriste, service et repas plus soignés, hôtesses plus mignonnes, et prix au moins quatre fois plus élevé. Leo aurait souhaité emmener toute la tribu dans la partie la plus noble de l'avion. Et Rachel, naturellement, s'y était opposée avec indignation.

« Ça ne me paraît pas nécessaire.

– Mais enfin, tu ne trouves pas ridicule de voyager en classes différentes ? Tu veux que nous jouions la fable du grand seigneur et sa famille ?

– Je ne veux pas que la première fois qu'ils prennent l'avion mes fils le fassent comme de petits messieurs snobs. Je trouve ça écœurant. Inconvenant. Mauvais pour leur éducation.

– Quelles conneries ! Toujours la même histoire. Pourquoi tu ne me surprends jamais ?

– Je pourrais te poser la même question.

– Pour une fois que nous faisons quelque chose tous ensemble. Au fond, c'est une première de Semi en avion. J'aimerais partager cette expérience avec lui.

– Tu peux toujours le faire.

– Oui, mais seulement après le décollage.

– Patience. Ça veut dire que ton fils décollera sans toi et qu'il mangera avec des couverts en plastique.

– Mais le décollage est le moment le plus… »
Il n'eut pas le loisir de dire le plus quoi.

« N'en parlons plus. Si tu prends des billets de première vous devrez aller à Londres sans moi.

– Ça n'est pas la première. C'est la business.

– Qu'elle s'appelle comme elle veut.

– Très bien. Je demanderai à la secrétaire du congrès de me prendre aussi un billet en classe touriste.

– Non, voyons, quel rapport ? Tu y vas pour travailler. Tu dois arriver frais et dispos. Tu as mérité sur ton terrain des avantages supplémentaires. C'est une autre affaire. Mais dépenser tout cet argent pour deux heures et demie de vol me paraît contraire à tout… »

Rachel ne put pas dire contraire à quoi. À toute logique ? À toute morale ? À tout sens de ce qui convient ? Nous ne le saurons jamais.

Il est certain que, bien que Rachel ait eu le dessus dans la discussion et n'ait donc plus eu aucune raison de ne pas partir, finalement la grippe avait décidé pour elle.

Leo s'était ainsi retrouvé dans la file d'attente de l'enregistrement, avec ses fils un peu renfrognés à cause de l'absence de leur mère, et le problème des places qui allait lui donner du fil à retordre.

« Si vous me promettez de ne pas le dire à maman nous ferons une dernière tentative. »

« Monsieur Pontecorvo, lui avait dit l'hôtesse du comptoir, il n'y a qu'une seule place disponible en classe affaires.

– Et donc ?

– Donc je ne peux faire le surclassement que pour un seul de vos fils. Sinon… »

Leo avait regardé les garçons. À eux de décider. Filippo, avec un geste qui lui était coutumier, avait haussé les épaules comme pour dire : prends-le avec toi, pour ce que j'en ai à faire… Tandis que le visage de Semi, ce maniaque du luxe, s'était illuminé.

La seule chose que Filippo avait exigée était un siège côté fenêtre. Il avait été facile de le contenter. Et il était là, les écouteurs de son walkman Sony sur les oreilles – un joujou qui n'existe plus aujourd'hui mais qui était à l'avant-garde à l'époque, que Leo avait acheté à Hong Kong –, le front contre la vitre du hublot. Seul un morceau d'aile empêchait son regard de se perdre dans l'immensité.

L'attitude de Semi à une vingtaine de places plus à l'avant ne s'était pas révélée aussi contemplative. En véritable *parvenu**, avait pensé Leo avec tendresse, Semi n'avait pas refusé une seule des offres d'Alitalia aux passagers VIP. À commencer par le verre de champagne que lui avait offert une jeune et belle hôtesse et que Semi avait accepté avec une légère inclinaison polie de la tête.

Leo, en faisant un clin d'œil à la jeune femme en uniforme et en ôtant le verre des mains de son fils, avait dit : « Le champagne n'est pas assez fort pour lui, donnez-lui un peu de scotch. On the rocks, naturellement. » Sur quoi l'hôtesse, qui avait saisi l'allusion, lui avait servi un verre de Coca-Cola avec trois glaçons.

Puis Semi avait connu la joie du décollage, le corps contracté dans un spasme d'émotion et de frayeur à l'instant héroïque où les roues quittent la piste. Le ciel de la matinée de décembre était d'une netteté impitoyable. Leo, le menton posé sur l'épaule de son fils, qui regardait vers l'ouest, avait vu la ligne de démarcation entre mer et côte devenir de plus en plus évidente. Le patchwork étrange créé par les carreaux jaunes, beiges, verts, marron donnait à la terre une espèce d'éclat pointilliste. Les bandes blanches et fuselées de deux embarcations intrépides qui gagnaient le large lui avaient fait penser à deux spermatozoïdes serpentant en quête d'une occasion. Leo était alors retourné à ses occupations. Il avait sorti ses notes de sa serviette. Il avait besoin de se concentrer.

Dommage que Semi ne se soit pas tenu tranquille une minute. Il était allé au moins trois fois aux toilettes. Avait bruyamment rejeté les écouteurs que lui offrait l'hôtesse, toujours la même. Et s'était chargé de refuser aussi ceux de son père. Il avait trifouillé les boutons de la radio. Son excitation avait atteint son comble quand le plateau du déjeuner était arrivé. Leo ne mangeait jamais en avion. Mais il était clair que son cadet n'imiterait pas l'habitude paternelle. Au contraire ! Semi avait beurré les deux petits pains qu'il avait attrapés dans le panier présenté par l'hôtesse, ainsi que celui qui était posé sur le plateau de Leo. Il avait littéralement balayé les lasagnes, puis coupé son rosbif en mille morceaux sans y goûter. Il avait dévoré le cake et exigé qu'il soit accompagné d'une double ration de glace à la crème. Finalement, l'hôtesse était passée, une cafetière en alu à la main, et avait demandé avec un clin d'œil à Leo : « Café pour ces messieurs ? »

Et Leo: «Oui, mais je vous demanderai une faveur: allongez le sien avec un peu d'eau chaude.»

Au moment même où, plus ou moins à la hauteur de la Côte d'Azur, Semi semblait s'être calmé et Leo avoir atteint le bon niveau de concentration, le cher petit casse-pieds était revenu à la charge:

«Qu'est-ce que tu fais?

— Je révise ma leçon. Demain j'ai un exposé à faire en classe, dit Leo pour être drôle. Tu sais, papa devra improviser, et en anglais, et vraiment, c'est toujours mieux de parler dans sa propre langue.»

Leo avait pris l'habitude de parler de lui à la troisième personne avec ses fils. C'était le pauvre docteur Pontecorvo senior qui lui avait appris que c'était ainsi qu'on parlait à un fils. Papa fait ci, papa fait ça... Il s'agissait d'un mode d'expression qui par son caractère impersonnel et son efficacité pédagogique devenait facilement pompeux.

«Mais les notes sont écrites en italien, remarqua son fils avec pédanterie.

— Les notes oui. C'est plus facile pour papa. Mais ensuite je devrai parler en anglais.»

Samuel demandait toujours le pourquoi. Depuis qu'il avait commencé à parler il n'avait plus cessé de le faire. «Pourquoi les oiseaux volent?», «Pourquoi les voitures avancent?», «Pourquoi les fourmis mangent ce papillon?», «Pourquoi la télévision marche?», «Pourquoi nous dormons?», «Pourquoi nous mangeons?», «Pourquoi est-ce que les cheveux de maman sont blonds et que les cheveux de papa sont noirs?»... C'étaient les questions avec lesquelles Semi avait commencé à tanner le premier adulte qu'il avait sous la main. Des questions non seulement énormes mais en outre inutiles, qui auraient mérité des réponses tautologiques: «Parce que», «Parce que ainsi va le monde». Mais qui au contraire obligeaient Leo et Rachel à inventer des réponses instructives détaillées. «Les voitures avancent parce que l'homme a inventé quelque chose qui s'appelle moteur à explosion», «Nous mangeons et nous dormons parce que si nous ne le faisions pas nous ne survivrions pas», «Les fourmis, tout comme nous, ont besoin de se nourrir. Pour elles, tout comme pour nous, la nourriture est garantie par le fonctionnement de la chaîne alimentaire. Le papillon s'est probablement cogné et il est tombé par terre près de la fourmilière; cet accident en a fait le repas idéal des fourmis...»

Le fait est que Semi était impossible à satisfaire. Il n'y avait aucune réponse qui ne l'autorise à poser une autre question, plus métaphysique que la précédente si possible. Et bien que ç'ait été exaspérant, ça dénotait une certaine vivacité dialectique.

Si pour son frère aîné le langage avait été une conquête pénible et dramatique, Semi avait brûlé les étapes: la précocité avec laquelle il s'appropriait les expressions avait semblé à ses parents presque miraculeuse. Et depuis les premières années de sa vie Semi les avait tourmentés avec ses deux grandes passions: le désir de créer une relation entre les choses et le goût de poser des questions. Ces deux vocations conjuguées en avaient fait un interviewer inlassable et un comparateur frénétique. «Qui nage le mieux, moi ou Filippo?», «Qui a pris l'avion le plus souvent, maman ou papa?», «Qui est le plus fort, moi ou mon copain Giacomo?»

Une sorte de délire comparatif qui dénotait une autre passion – très Pontecorvo – pour la compétition. Une passion dont Filippo semblait totalement exempt. Une passion qui, pour des raisons différentes, ne déplaisait ni à Leo ni à Rachel.

«Et ça, qu'est-ce que c'est? demanda Semi en montrant un endroit de la feuille que son père avait en main.

– Le titre de mon intervention. »

Alors Semi, le nez dans les notes de son père, avait lu en scandant bien les mots :

« *Les trois phases de la communication du diagnostic aux patients cancéreux en pédiatrie : progrès et développements.* »

Après un instant d'hésitation il avait demandé :

« Qu'est-ce que ça veut dire ?

– Je te l'ai dit. C'est le titre de mon intervention.

– Oui, mais qu'est-ce que ça veut dire ?

– Il y a des mots que tu ne comprends pas ? Ou c'est toute la formulation qui t'échappe ?

– Les deux.

– Par exemple, quel mot tu ne comprends pas ?

– Diagnostic. »

Notre helléniste manqué s'était alors mis à pontifier.

« C'est un mot d'origine grecque. Comme presque tous les mots qu'utilisent les médecins, d'ailleurs. Il vient de *dia*, qui signifie "à travers" et *gnosis* un très beau mot qui signifie "connaissance". C'est la manière dont les médecins déterminent et classent la pathologie dont le patient est atteint après l'avoir soumis à une série d'examens. »

En voyant Semi toujours perplexe, Leo avait poursuivi :

« Tu te rappelles quand tu as de la fièvre, quand tu as mal aux os et la bouche chaude et que maman ne t'envoie pas à l'école ?

– Oui.

– Eh bien, si tu viens me voir et que tu me dis : "Papa, j'ai de la fièvre, j'ai mal aux os et la bouche chaude", avant tout papa va te demander beaucoup d'argent. Ensuite, probablement, compte tenu de ces symptômes, il te dira que tu as la grippe. C'est un diagnostic, et on y arrive à travers les symptômes que décrit le patient. La grippe, c'est le diagnostic. La seule différence c'est que les diagnostics que doit faire papa sont plus compliqués et plus, comment dire ?... plus dramatiques.

« – Pourquoi dramatiques?

– Parce qu'ils sont plus difficiles et parce qu'ils concernent des maladies plus graves et plus sournoises que la grippe. Et parce qu'elles provoquent chez le patient et chez les parents du patient des réflexions très déplaisantes.

– Et "patients cancéreux", qu'est-ce que ça veut dire?

– Ce sont précisément les patients atteints des maladies dont s'occupe papa.

– Et "en pédiatrie"?

– Ça veut dire qu'il s'agit d'enfants. »

La raison pour laquelle Leo s'égarait dans ces bavardages et se réfugiait dans ces euphémismes fleuris était une difficulté particulière et enracinée à parler de son travail à ses fils. Non qu'il ait voulu les protéger d'une profession qui pouvait être considérée à tous égards comme extrême. Il est plus exact de dire qu'il craignait superstitieusement qu'en en parlant il puisse les polluer. Les rendre plus vulnérables. Les assimiler à tous les autres enfants de la planète, autrement dit à toutes les créatures exposées aux caprices du hasard, susceptibles de tomber malades et de mourir d'un moment à l'autre.

Leo – fils de parents hypocondriaques – avait décidé de ne pas être à son tour un père hypocondriaque. Se rappelant combien il avait été insupportable de porter sur ses épaules les sombres appréhensions parentales, il était résolu à décharger ses fils de ce fardeau, ainsi que lui-même. Mais pour aller jusqu'au bout de sa décision il avait dû se convaincre que contrairement à tout le monde Filippo et Semi ne participaient pas au cycle de la vie: immunisés contre toute pathologie, ils le resteraient aussi longtemps qu'il vivrait. Telle était surtout la raison pour laquelle il s'était toujours retenu de parler de son travail devant eux. De même qu'il se retenait de parler d'eux à quelqu'un de l'hôpital. Il ne voulait établir aucun lien; il préférait gérer sa vie ainsi: des compartiments étanches. Ses fils n'avaient rien à voir avec la «pédiatrie». Ses fils étaient ses fils, un point c'est tout.

«Alors qu'est-ce que tu vas dire au congrès? lui demanda Samuel en détachant la languette d'une énième canette de Fanta.

– Je vais présenter les résultats obtenus ces deux dernières années grâce aux innovations que papa a réussi à apporter dans son service avec l'aide de certains collègues très compétents. Des résultats vraiment encourageants.

– Quel genre?»

Cette fois Leo avait hésité un peu plus avant de répondre. Non pas tant parce que les euphémismes lui manquaient, mais parce que avec cette question son fils l'avait obligé à penser aux batailles qu'il avait dû livrer les dernières années contre un système sclérosé afin de pouvoir finalement travailler de la façon la mieux adaptée et la plus correcte.

L'innovation. Un mot mal vu par les bureaucrates du Santa Cristina. L'innovation. Ce pour quoi il s'était tellement dépensé ces dernières années, pour quoi il avait discuté, bataillé, pour quoi il avait presque risqué de se griller et de saborder sa carrière. L'obstination qu'ils trouveraient peut-être un jour le moyen de lui faire payer, mais qui pour le moment avait donné des résultats extraordinaires, que Leo était impatient de partager avec ses collègues étrangers.

La principale nouveauté thérapeutique de Leo inaugurée presque cinq ans plus tôt dans son protocole de traitement (avec quelques années de retard par rapport à d'autres contextes européens et américains plus à l'avant-garde) était le cathéter veineux central: un dispositif grâce auquel il pouvait injecter facilement dans le corps de ses patients non seulement le poison de la chimio mais aussi les «traitements de confort», nécessaires pour les garder en vie et faire qu'ils se sentent mieux. Le tout sans devoir s'acharner sur les petites veines toutes jeunes en risquant de les abîmer à jamais.

Une révolution non moins déterminante avait été précisément la communication du diagnostic au patient. Pour l'introduire, Leo avait eu à défier un ennemi encore plus insidieux : les parents et leur volonté désespérée. C'étaient eux, les parents, qui n'acceptaient pas que les médecins communiquent leur diagnostic à leurs enfants. Quel besoin de le faire ? Ce n'était pas déjà assez dur qu'ils soient malades ? Les soumettre à ces traitements épouvantablement destructeurs ne suffisait pas ? Il fallait en plus qu'ils soient au courant du mal qui essayait de les tuer, des risques qu'ils couraient, des traitements extrêmes auxquels ils seraient soumis ?

Eh bien oui, pensait Leo. Et avec lui toute une école de pensée. Qui jouissait à son tour de la coopération et du soutien d'un groupe assez nourri et combatif de psychologues pour enfants.

Il suffisait que Leo repense à toutes les bêtises qu'il avait racontées à ses patients les premières années, aux difficultés pour les garder en tête et les contrôler ; à la méfiance avec laquelle ses patients, surtout les adolescents, le regardaient pendant qu'il leur servait toutes ces salades… pour qu'il ait la nausée.

Leo se souvenait encore d'un petit garçon auquel il avait diagnostiqué (ou plutôt feint de diagnostiquer) une infection abdominale qui serait très vite guérie par des médicaments *un tout petit peu* douloureux administrés en intraveineuses. Il avait le même âge que Semi actuellement. Un jour, pendant une de ses visites, alors que ses parents se tenaient à l'écart, cet enfant avait murmuré à l'oreille de Leo : « Docteur, s'il vous plaît, ne dites pas à ma mère que j'ai un cancer. Elle croit que j'ai une infection. »

Combien de temps encore tolérerait-on des hypocrisies aussi perverses ? Les patients étaient informés du diagnostic.

Aussi petits soient-ils, ils en avaient le droit. Bien sûr, on étudiait avec les psychologues la façon de traiter chaque personne comme un cas particulier: entre un enfant de six ans et un adolescent les différences sont abyssales. L'origine sociale des patients est déterminante, ainsi que leur niveau de culture. On ne peut pas les traiter de la même façon, ce serait stupide de le supposer. Chaque patient est un individu. Et chaque individu est un trésor unique et inimitable.

Leo s'était tenu à ces principes, très juifs à vrai dire, lorsqu'il avait déclaré la guerre aux vieilles directives et au vieil establishment. Il avait tout fait pour introduire cette nouvelle pratique dans son service. Et voilà pourquoi, après l'avoir fait, il se servait d'une équipe de psychologues qui le guidaient dans ce parcours dénommé «phases de la communication du diagnostic aux patients cancéreux en pédiatrie».

Et aussi absurde que cela lui ait paru, peut-être pris au dépourvu ou parce qu'il volait à dix kilomètres au-dessus de la Manche glaciale et orageuse, Leo était en train d'expliquer les raisons de cette bataille et les effets positifs de l'avoir gagnée à son jeune fils. C'est-à-dire à l'un des deux seuls enfants au monde auxquels Leo avait choisi de ne pas dire les choses telles qu'elles sont. Un des deux seuls auxquels le professeur Pontecorvo avait voulu éviter le poids de la vérité, en se réfugiant dans la confortable coquille de l'omerta.

«Sache que la maladie dont papa s'occupe est très rare chez les enfants, grâce au ciel. On ne peut même pas comparer avec le nombre d'adultes qui tombent malades. Dans mon centre il doit y avoir une soixantaine de patients en tout. Dans le centre de Riccardo, l'ami de papa, les patients doivent être au moins un millier. Ce qui me donne la possibilité, que mes collègues n'ont pas, que Riccardo n'a pas, de m'occuper moi-même tous les jours de presque tous mes patients hospitalisés. Je considère la possibilité de m'occuper d'eux *personnellement et quotidiennement* comme une chose importante. Le secret de beaucoup de rémissions de la maladie. C'est de ça que papa va parler demain à ses collègues.

– Pourquoi?

– Parce que confronter mes résultats avec ceux obtenus par les médecins du monde entier est nécessaire aussi bien pour mon travail que pour le leur. Nous l'appelons "étude coopérative".

– Coopérative?

– Coopérative c'est le mot-clé. Ça signifie que nous sommes tenus de coopérer, ou plutôt que c'est bien pour nous de le faire.

– Oui, mais qu'est-ce que ça veut dire?

– Ça veut dire travailler ensemble. Mes collègues et moi – par exemple Alfred et moi – nous collaborons. C'est impossible de faire ce métier avec succès sans la collaboration.

– Et tes patients veulent toujours savoir ce qu'ils ont?

– C'est une bonne question, Semi. Vraiment une bonne question. Là aussi c'est un peu compliqué. Il y en a qui veulent savoir, mais d'autres qui ne comprennent même pas ce que "savoir" ou "ne pas savoir" veut dire. Ça dépend de beaucoup de choses. Mais au fond ça n'est pas si important.

– Et qu'est-ce qui est important?

– C'est important d'organiser un système – que nous appelons protocole – qui nous permette, à nous-mêmes, aux parents de nos patients et naturellement à nos patients, de soigner et d'être soignés le mieux possible. Et nous avons donc décidé d'articuler le protocole en trois phases. Tout d'abord nous écrivons le diagnostic. Puis nous le communiquons aux parents, et nous leur disons quel est le protocole qui nous paraît le plus adapté pour intervenir en temps utile et le plus efficacement possible.

– Qu'est-ce que ça veut dire "protocole"?

369

– Les traitements. Le genre de traitement que le patient devra subir. Ensuite nous informons les parents des probabilités de succès de ce type de traitement sur ce type de pathologie. À la fin de la conversation avec les parents on les avertit qu'il faut aussi informer leur enfant du diagnostic. Et crois-moi, c'est un des moments les plus difficiles. C'est presque pire que lorsqu'on leur annonce que leur enfant est très malade. C'est comme si toute la colère et tout le désespoir qu'ils ont réussi à dominer jusque-là explosaient d'un seul coup. Parfois avec une violence terrible. Il arrive même que l'un d'eux te dise que c'est hors de question, que tu n'as pas le droit, ou te traite de tortionnaire, de Mengele.

– Qui c'est, Mengele?

– C'était un nazi.

– Qu'est-ce que c'est un nazi? »

Sur la question des nazis les époux Pontecorvo avaient été plutôt secrets. Au fond, ils avaient tout le temps pour apprendre à leurs fils les risques courus par les Juifs sur cette étrange planète du seul fait d'être juifs.

« Pas tout à la fois. Je t'expliquerai un autre jour qui sont les nazis. Je te parlais de la réaction de certains parents.

– Ah oui, la réaction des parents.

– Elle peut être vraiment violente. Et c'est là que les psychologues interviennent. Ils sont chargés de faire comprendre aux parents pourquoi c'est bien, tant sur le plan éthique que sur le plan thérapeutique, que leur enfant sache ce qu'il a et ce qu'il risque.

– Et ils arrivent toujours à les convaincre?

– Je dirais que oui. Ils ont une grande capacité de persuasion. Et c'est à ce moment-là que commence la troisième phase. Quand la petite délégation – composée de moi, de l'équipe de psychologues et des parents – va voir l'enfant. Et je t'assure que paradoxalement c'est la phase la plus simple, parce que en général l'enfant est réceptif. Parce que, contrairement à ses parents, il veut savoir. Parce que, même si ça déplaît à ses parents, il est encore habitué à accepter les malheurs qui s'abattent sur lui. Quand ils sont très petits ils ne comprennent pas exactement ce que tu leur dis, ils sont vite distraits et ne t'écoutent plus. Les adolescents, eux, ils pleurent. Pour la plupart.

– Qu'est-ce que tu leur dis qui les fait pleurer?

– Je leur dis que nous avons trouvé des cellules malades, par exemple, dans leur abdomen. Que ces cellules méchantes risquent de convaincre d'autres cellules de se révolter contre leur corps. Et que pour éviter ce danger il faut faire ça, ça et aussi ça. Bien sûr, nous ne lui annonçons pas aussi brutalement que je te le raconte. Nous le lui disons au fur et à mesure. La première fois c'est une chose, La deuxième, une autre. Et ainsi de suite. Nous lui expliquons que nous sommes à sa disposition, qu'il peut nous demander ce qu'il veut et que nous nous engageons à répondre à toutes ses questions.

– Et alors qu'est-ce qui se passe?

– Il se passe que le patient commence à avoir confiance en toi. Il sait que tu ne le tromperas pas. Au fond, il s'attend à avoir quelque chose de grave. Avec toutes les analyses que nous lui avons faites, toute l'inquiétude que ses parents, qu'ils le veuillent ou non, ont fait retomber sur lui pendant des semaines... eh bien, ils exigent un peu de sincérité. Ils ont droit à un peu de sincérité.

– Mais pourquoi le leur dire à tout prix?

– À part le fait que les statistiques prouvent que le traitement est beaucoup plus efficace chez un patient informé que chez celui qui ne l'est pas, c'est une question morale. Chacun de nous a le droit de savoir ce qui pourrait lui arriver. Je te donne un exemple idiot: si maintenant, après tout ce que tu as mangé, tu avais un bout de salade entre les dents, tu voudrais que papa te le dise ou que tout le monde le voie et se mette à rire sans que tu saches pourquoi on se moque de toi?

— Je voudrais que tu me le dises.

— Eh bien c'est pareil. Une fois que tu le lui as dit, il comprend que tu ne racontes pas de blagues. Qu'il peut te faire confiance. Qu'entre vous il existe un rapport de collaboration. Même quand nous administrons un certain médicament nous prévenons de ses effets. Nous disons: "Attention, ça peut te donner mal au ventre... ça pourrait te faire venir des aphtes dans la bouche", etc. »

Avec quelle éloquence Leo racontait tout ça à son fils. Et avec quelle conviction. L'éloquence et la conviction d'un homme qui mettait son métier au-dessus de tout, y compris de sa famille tant aimée et si digne de l'être. Sans doute parce que l'aisance que Leo ressentait à travailler n'était pas menacée par les incertitudes déplaisantes qui le tenaillaient parfois chez lui.

Dans son service de cancérologie pédiatrique le professeur Pontecorvo ne tremblait jamais, ne ratait jamais son coup, réussissait à être synthétique et efficace. D'ailleurs, le terme « son service » doit être pris à la lettre. Non seulement parce que Leo, avec le soutien autorisé de son maître le professeur Meyer, avait contribué à le créer, ce service, mais parce qu'à trente-neuf ans seulement il en avait hérité la direction. Il avait été un médecin chef extrêmement jeune. Un médecin-chef qui ne déléguait jamais et préférait se salir les mains. Qui ne s'épargnait pas, n'élevait pas de barrières infranchissables: joignable vingt-quatre heures sur vingt-quatre pour ses patients.

Il faut dire que ce dévouement à son travail avait été favorisé par l'attitude accommodante de Rachel. Elle n'était sûrement pas le genre de femme qui se plaint d'un mari toujours absent, d'un mari qui travaille trop et ne pense qu'à sa carrière. Et pas tellement parce qu'elle nourrissait envers la profession de Leo des ambitions particulières, mais parce qu'elle était une adepte de la religion du travail que lui avait inculquée son père : le travail d'un homme est une chose sacrée. Une femme, une bonne épouse, a le devoir de soulager autant que possible son mari de toute obligation qui ne soit étroitement liée à son travail. Un mari ne sert pas à changer les couches, à accompagner les enfants à l'école, à les aider à faire leurs devoirs de maths. Un mari ne doit penser qu'à son travail. Et sa famille doit se conduire de manière à lui garantir le droit à cet égoïsme vertueux.

Rachel le savait bien, l'ayant appris sur le terrain depuis qu'après la disparition de sa mère et de sa sœur elle était devenue, pour ainsi dire, une sorte d'épouse putative de son père. Alors ce qui lui avait été infusé était devenu loi : son devoir de fille (qu'une tragédie avait rendue soudain « unique ») était de soulager son père de tout fardeau superflu. Il y avait des jours où à cause d'une commande pressante pour un client important monsieur Spizzichino restait tard à la fabrique. Dans ces cas-là il ne prenait même pas la peine de téléphoner à sa fille. Laquelle, de son côté, ne trouvait rien de mieux que de l'attendre assise à la cuisine : l'eau à ébullition pour les pâtes, la sauce prête, les assiettes disposées, et dans l'air un parfum de fatalisme aimant.

Le même que celui que l'on respirerait plus tard dans la belle villa des Pontecorvo, les soirs où Rachel attendait que Leo rentre de l'hôpital. Elle avait fait dîner les garçons et les avait mis au lit. Puis, à une certaine heure, elle avait aussi envoyé la bonne se coucher. En se gardant bien, entre-temps, d'avaler le moindre bout de pain (question de principe). C'est ainsi que cinq ou six fois par mois au moins les époux Pontecorvo dînaient seuls dans la cuisine à une heure du matin. Leo se taisait, Rachel lui tournait autour, pas moins taciturne, s'activant avec louches et soupières fumantes.

Mais ça n'est pas tout: pendant les premières années de leur mariage, Rachel avait lutté pour vaincre l'habitude de son mari de se réveiller tard le matin. Les règles du parfait travailleur obligeaient en effet un homme avec les responsabilités de Leo à arriver le premier à l'hôpital et à en partir le dernier. C'est ainsi que se comporte un chef. C'est ainsi qu'un chef exerce la surveillance de ses subordonnés tout en leur donnant l'exemple.

Autrement dit c'était l'attitude de Rachel qui avait permis à Leo de consacrer une attention maniaque à son service dès sa fondation. Et si l'on considère que pour Leo le traitement du malade commençait dès que celui-ci franchissait le seuil de l'hôpital, il n'y avait aucune décision, jusqu'à la plus insignifiante en apparence, sur laquelle il ne se soit senti autorisé à donner son avis. À commencer par l'aménagement intérieur. Les couleurs des murs et du sol. Pas de clowneries. Pas de teintes criardes. Pas de papier peint prétendument enfantin. Nous ne sommes pas à Disneyland.

Ce qu'il fallait c'était un environnement lumineux et sobre. Ordonné et accueillant. Où parents et enfants se sentent tranquilles. Et qui, en même temps, ne favorise pas l'illusion trompeuse qu'une joyeuse partie de campagne les attend là. Leo s'était battu pour obtenir que les trois grandes pièces communicantes destinées à la chimiothérapie donnent sur le seul petit jardin dont disposait l'hôpital. Oliviers, saules pleureurs, magnolias: c'était ce que les enfants avaient le droit de contempler pendant qu'on les empoisonnait.

Une autre obsession de Leo c'étaient les odeurs.

«Ici la puanteur d'hôpital est formellement interdite», répétait-il aux infirmières, aux aides-soignantes et aux préposés à l'entretien. Relents de désinfectant, de poulet bouilli, de pomme cuite: voilà ce que Leo entendait par «puanteur d'hôpital». Gare si le matin, en entrant dans le service, il sentait flotter cette odeur décourageante et funèbre. L'homme le plus calme du monde sortait de ses gonds. Sa fureur aurait été inconcevable pour les personnes qui le fréquentaient dans un autre contexte. Leo était un despote dans son service. Une véritable horlogerie suisse. Il tombait dans l'exigence tatillonne et ne laissait rien passer à personne. Il ne tolérait ni ingérence, ni imprécision, ni aucune forme de négligence. Il s'était battu contre l'administration, contre le syndicat, contre la dégradation du système hospitalier romain pour avoir le dernier mot sur le recrutement du personnel paramédical et pour en réguler le renouvellement (Leo savait que c'est difficile de supporter longtemps un travail de ce genre sans devenir fou ou cynique). La gentillesse proverbiale avec laquelle il traitait habituellement ses subordonnés était contrebalancée par la férocité avec laquelle il les apostrophait quand ils «déraillaient ». Leo aurait voulu imposer au personnel tout entier une coupe de cheveux militaire, en brosse. Faute de pouvoir le faire, il était parvenu à introduire le port obligatoire de la coiffe. Et pas pour une question d'hygiène, mais avant tout par esprit de solidarité humaine. C'était déjà un traumatisme colossal de perdre ses cheveux, surtout pour les petites filles, il ne manquait plus qu'elles se sentent provoquées par les coiffures extravagantes d'infirmières malavisées.

Bref, l'incurie de Leo en matière de questions administratives ne trouvait aucun équivalent dans l'organisation pratique de son service, pour le moins inflexible. Comme s'il y avait eu deux Leo Pontecorvo dans le monde : l'un négligent et indécis, l'autre résolu et précis jusqu'à la pédanterie.

Et ce n'était là qu'une de ses contradictions.

En dépit de tant d'intransigeance dans l'organisation et de tant de négligence administrative, Leo, dans l'exercice de l'art médical (comme il aimait à l'appeler), faisait preuve en effet d'une souplesse inouïe et d'un éclectisme admirable. Ennemi de tout intégrisme thérapeutique, il n'avait aucun parti pris à défendre, il s'adaptait aux situations tel un caméléon. Il avait bien assimilé la leçon apprise pendant son stage parisien : le cancer est une maladie différente de toutes les autres, ce n'est pas un agent extérieur qui attaque le corps, mais une partie du corps lui-même ; une partie rebelle autodestructrice, quelqu'un de la famille qui a décidé de se suicider. Le cancer n'est pas une partie de nous. Il est nous. C'est pourquoi chaque cancer particulier de chaque individu particulier mérite un traitement spécifique. Et le respect. Car il en existe un pour chaque organisme. Aussi est-ce aux protocoles de traitement de s'adapter au patient et non l'inverse.

Lorsque Leo voyait qu'un enfant ne supportait plus la thérapie, il faisait tout pour en changer ou la lui alléger. Lorsqu'il voyait une petite fille dévastée par l'aplasie médullaire, un des effets les plus effrayants de la chimio, il lui laissait quelques semaines de répit. Il attendait que la moelle osseuse se remette à fonctionner normalement, à produire le nombre de globules blancs que nécessite le système immunitaire. Car le professeur Pontecorvo n'oubliait pas une seconde que les traitements les plus efficaces mis au point par l'homme contre le cancer – à savoir la chimiothérapie et la radiothérapie – sont, chacun à sa manière, des poisons extrêmement nocifs. À manipuler avec une maestria d'alchimiste.

Et c'était justement la forme d'humanisme que Leo appliquait au traitement du cancer qui l'avait rendu si sensible, avant beaucoup d'autres de ses collègues, à l'aspect psychologique de l'aventure. Son service avait été le premier en Italie à se doter d'une équipe de psychologues. Leo avait noué un lien particulier avec la coordinatrice de l'équipe, le docteur Loredana Soffici : elle l'avait initié aux mystères de la psychologie infantile.

Dire la vérité aux patients. Les responsabiliser. Ne pas entretenir d'illusions. Faire participer les enfants à la lutte. Tout en les encourageant à aller de l'avant le plus normalement possible. Telles étaient les consignes du docteur Soffici. Leo partageait avec cette femme la volonté que les patients puissent profiter des meilleures conditions pour continuer à vivre, à jouer et à étudier. Parmi les jouets d'avant-garde que Leo achetait parfois à l'étranger pour Filippo et Semi, il s'en glissait toujours un pour la salle de jeux du service. Qui en effet, au lieu de ressembler au cimetière des jouets mis au rancart d'un orphelinat, avait l'aspect d'une chambre d'enfant gâté.

Leo avait une confiance extraordinaire en Loredana. Il aimait participer aux séminaires qu'elle organisait pour les enseignants de l'école qu'abritait le service. Il aimait l'écouter parler. Il constatait que les explications brutales de cette femme rejoignaient l'expérience de plusieurs années qu'il avait acquise sur le terrain. Loredana invitait les jeunes enseignants effrayés à prêter attention à chaque détail comportemental et à ne rien sous-estimer. Et Leo trouvait cette invitation profondément intelligente dans sa généralité même.

« Vous devez comprendre que si un petit enfant est volubile par nature, un petit enfant soumis à ce stress vingt-quatre heures sur vingt-quatre peut faire preuve d'une volubilité ravageuse. Et ne sous-estimez pas la rancœur. Le ressentiment. La colère. Ne sous-estimez pas l'envie. L'envie des malades pour ceux qui sont sains. Vous êtes en bonne santé, ils sont malades. Vous conviendrez que c'est presque contre nature. Un déséquilibre qui va à l'encontre de toute justice. Et ne croyez pas qu'ils ne sont pas conscients de cette injustice. Ils le sont. Et comment. Ils pourraient vous haïr pour ça. Il n'y a rien de plus terrible que la rancœur d'un malade à l'égard de la bonne santé. À plus forte raison à un âge où l'émotionnel domine totalement le rationnel. Et pourtant, malgré ça, malgré le risque permanent qu'une de vos phrases, une de vos attitudes puissent les insulter ou les faire souffrir, ils méritent la vérité. Si l'un d'eux ne peut pas venir aux leçons parce qu'il va très mal ou parce qu'il ne s'en est pas tiré, ça n'a pas de sens que vous mentiez sur ce qui lui est arrivé. N'alimentez pas d'ambiguïtés, ne racontez pas d'histoires. Sachez qu'ils sont mieux préparés à mourir que vous ne l'êtes. »

C'est en écoutant ce genre de discours que Leo s'était forgé ses convictions. C'est au contact d'une personnalité comme celle de Loredana Soffici, à la fois compatissante et intransigeante, lucide et visionnaire, que Leo avait compris qu'il est indispensable d'informer le patient du diagnostic. Et c'est au nom de la même honnêteté et de la même équanimité qu'à présent, dans l'avion pour Londres, il cherchait à expliquer à son fils cadet pourquoi l'hypocrisie n'est pas moins nocive que le cancer.

Alors il s'était passé quelque chose de surprenant. Au moment même où l'avion amorçait sa descente vers l'aéroport de Heathrow, au moment même où la voix de l'hôtesse enjoignait aimablement les passagers de regagner leur place, relever leur tablette, redresser le dossier de leur siège en position verticale et attacher leur ceinture. À ce moment-là Semi, pris d'une agitation qui avait profondément touché Leo, parce que si peu dans le caractère de cet enfant toujours si serein, avait demandé à son père :

« Donc, si j'avais quelque chose, si tout à coup il m'arrivait quelque chose, tu me le dirais ? Pas vrai, papa, que tu me le dirais ? »

Face à toute l'angoisse exprimée par le ton de son fils avant même que par ses mots, Leo était resté interdit, hésitant entre répondre sincèrement ou déplacer la conversation vers un registre moins grave. Finalement, il s'était réfugié dans l'exemple de la salade pour dire :

«Je te jure que tu n'as rien entre les dents. »

Mais Semi ne s'était pas contenté de cette boutade. Semi n'avait pas lâché prise. Semi avait insisté, imperturbable:

«Tu me le promets, papa, tu me le promets?

– Mais quoi?» avait demandé Leo impatienté qui regrettait de s'être laissé entraîner à initier son fils à certains secrets délicats de son métier.

«Que tu me le dirais. Qu'au cas où il m'arriverait quelque chose tu me le dirais. Tu me le promets, papa, tu me le promets?…»

Et Leo, agacé par l'insistance de Semi, sans pouvoir le regarder – les yeux fixés sur les banlieues londoniennes de plus en plus envahissantes –, avait promis.

(Et c'est à cette promesse, à cette agitation que Leo pense à présent en regardant Semi, pas moins agité qu'à ce moment-là, accouru au secours de son frère aîné dont il vient de casser la cheville. Leo se demande si ce garçon qui a quatorze ans à présent se pose encore toutes ces questions. Il espère que non. Il espère qu'il ne s'en pose plus. Il espère de tout son cœur ne pas être devenu aux yeux de son fils l'interrogation la plus importante. La plus insidieuse et la plus perturbante. Celle qui n'aura jamais de réponse.

Leo ne peut presque plus respirer. C'est ce qui arrive à notre corps quand il est envahi simultanément par la pitié et par la culpabilité.)

Un mercredi après-midi, au début de décembre 1984, les trois mâles Pontecorvo transis avaient franchi la porte tournante du Brownstone Hotel, accueillis à l'entrée par la courbette d'un bonhomme bizarre en uniforme de velours vert à soutaches et torsades dorées, un haut-de-forme rigolo sur la tête.

Une petite plaque à l'entrée (lettres d'or sur fond noir) informait le client que cette vieille résidence en grès du quartier de Belgravia avait été transformée en hôtel par le majordome de lord Byron au milieu du XIXe siècle. Leo y avait séjourné la première fois avec son père près de trente ans auparavant, et depuis il en avait fait dévotement son refuge londonien. Il aimait le petit hall accueillant et feutré, l'odeur de toasts et de café grillé, la façon dont l'épaisse moquette mauve, les boiseries tête-de-nègre, les poignées de cuivre étincelant et le feu crépitant dans la cheminée de marbre rose amortissaient les bruits de la circulation.

Leo était content que ses fils le voient dans un tel endroit, au mieux de ses capacités mondaines. S'il y avait une chose qui lui faisait plaisir c'était qu'ils l'admirent. Et dans ce vieil hôtel, devant les deux morveux intimidés, il pouvait faire étalage de son art de vivre. Qui consistait par exemple à être reconnu par le portier rigolo qui les avait accueillis dans le hall. Ou dans le servile « *Welcome, Mr Pontecorvo!* » que lui avait adressé le réceptionniste, un maigrichon aux cheveux moutarde et aux joues rougies par un entrelacs de vaisseaux prêts à éclater.

Puis Leo. dont l'anglais était tout sauf impeccable, avait dû sortir les deux ou trois phrases à effet qu'il avait préparées, pour rappeler au réceptionniste, sur un ton presque ennuyé, que Mr Pontecorvo désirait un café américain brûlant à six heures et demie le matin, des muffins, le *Corriere della Sera* et le *Times*. Ensuite, toujours avec la même inflexion ennuyée, il avait demandé à ses fils (et pourquoi en anglais?) ce qu'ils voulaient pour le petit déjeuner.

Jusque-là, parfait. Mais à peine Leo avait-il mis la clé dans la serrure de la porte de la minisuite au quatrième étage que, pris de l'angoisse d'avoir ses fils dans les pattes sans l'assistance de Rachel, il avait senti soudain qu'il n'était pas à la hauteur. Comme un mari puceau à sa nuit de noces.

Bien des années s'étaient écoulées depuis l'époque où Filippo avait constitué le principal problème des époux Pontecorvo. Ç'avait été la période où Leo avait été le plus proche de ses fils, surtout de Filippo, mais aussi, par osmose, de son fils cadet. Depuis que Filippo n'était plus une urgence, leurs rapports avaient résolument changé. Ils étaient devenus de plus en plus formels. Par ailleurs, Leo avait atteint l'âge où les hommes qui réussissent sacrifient leur famille sur l'autel de leur profession. Ses journées étaient un ouragan permanent d'obligations : hôpital, cabinet, université, congrès, articles pour des quotidiens et des revues spécialisées… Il lui restait peu de disponibilité pour ses fils. Qui entre-temps n'avaient rien trouvé de mieux que de se métamorphoser avec une obstination dadaïste.

Et les voilà entrés soudain dans l'adolescence, sans prévenir et à l'insu de leur père. Et il ne s'en rendait compte que maintenant, dans une chambre d'hôtel londonien ? Qui étaient ces deux êtres humains ? Que savait-il d'eux ? En dehors de quelques données d'état civil et quelques qualités tout à fait extérieures, que savait-il de ces garçons avec lesquels il partageait un nom, quelques aïeux morts et un patrimoine génétique ? Filippo était un ange de treize ans avec un petit problème de poids, il se droguait aux BD et aux dessins animés, n'était pas un grand sportif mais un milieu de terrain au tir magnifique, ses résultats scolaires étaient insuffisants. Semi avait onze ans. Il était exubérant, avait un tas d'amis, un hédoniste précoce. C'était un as au collège. La vie était aussi légère pour lui que son corps délié.

C'était là tout ce que Leo savait de ses fils : beaucoup de gens devaient en savoir bien plus. Et les voilà devant lui, deux étrangers à redécouvrir d'un seul coup.

Même sur le plan physique les choses avaient changé. Leo avait été un père très charnel, surtout avec Filippo. Lorsque celui-ci était bébé il avait aimé le prendre dans ses bras. Il aimait l'embêter, lui toucher les joues, caresser ses petites jambes douces et potelées, fourrer son nez gelé dans le creux chaud et parfumé entre son cou et sa joue. Il aimait le réveiller quand il lui arrivait de rentrer au milieu de la nuit de l'hôpital où il avait été appelé d'urgence, et s'amuser avec ce nouveau-né superbe, tiède, et toujours un peu sur son quant-à-soi. Mais avec le temps, l'intimité physique avait disparu, comme il est naturel. Leo n'était pas un père qui embrassait. Non qu'il ne lui soit pas arrivé d'avoir envie de serrer un de ses fils contre lui. Mais il avait senti qu'eux, par pudeur virile, n'aimaient pas ça. Donc il l'évitait.

L'impression qu'il avait à présent, après être entré dans la minisuite de l'hôtel Brownstone, était que ses fils étaient affreusement différents de ce à quoi il s'était attendu. Il y avait chez eux quelque chose de rêche que Leo, attaché à l'image mentale d'une douceur enfantine parfumée, remarquait pour la première fois. La voix de Semi était basse et rauque comme toutes les voix de garçons à la puberté. Un duvet de poils était apparu sur le menton et les tempes de Filippo. Leurs deux corps dégageaient l'odeur aigre des organismes en pleine révolution hormonale.

Pour tromper sa nervosité, Leo s'était réfugié dans l'hyperactivité. Il avait commencé à défaire ses bagages et enjoint ses fils d'en faire autant, presque en despote. Il leur avait fait une démonstration didactique de comment rendre leur pli aux pantalons après les avoir sortis de la valise (porte de la salle de bains fermée, eau bouillante à flots, vapeur, pantalons posés sur le valet de nuit). Puis, pour passer le temps, il avait commandé au service d'étage un casse-croûte hypercalorique.

Enfin, pour ne même pas partager avec eux l'attente du casse-croûte, il s'était déshabillé et avait rempli la baignoire après y avoir versé une dose généreuse de bain parfumé émeraude offerte par l'hôtel. Et il s'y était plongé jusqu'au cou. Mais cette relaxation n'avait pas dissipé l'angoisse de devoir s'occuper d'eux. Afin de ne pas entendre ce qu'ils fabriquaient de l'autre côté du mur, Leo avait fait couler l'eau chaude et plongé la tête dans l'eau. De là-dessous il entendait un délicieux bruit grave et assourdi de cascade, qui toutefois n'arrivait pas à le détourner de l'image mentale de ses fils, à côté, qui l'attendaient intimidés et silencieux.

Or, en sortant de la salle de bains, cuit par les vapeurs aromatisées, enveloppé dans le peignoir éponge aux armoiries dorées sur la poche, il les avait trouvés en caleçon en train de se disputer la télécommande sur le lit. Leo s'était dit avec soulagement que la transformation de ses fils pouvait peut-être avoir des côtés positifs : par exemple les avoir rendus beaucoup plus autonomes qu'il ne l'imaginait. Ils n'avaient pas besoin de lui pour vivre et pour s'amuser.

Finalement, un coup à la porte.

Une Coréenne énergique habillée en gouvernante XIXe, avec tablier et coiffe, avait poussé la table roulante dans la chambre. D'un geste théâtral elle avait soulevé un couvercle argenté sous lequel resplendissaient, tels les doublons d'un trésor, une douzaine de club-sandwiches pansus noyés dans une mer de chips et de laitue. La minuscule orientale avait décapsulé les bouteilles de Coca-Cola. À la fin elle avait présenté à Leo un étui de cuir contenant la note, que l'homme en peignoir avait signée d'un griffonnage distrait.

La langueur postprandiale, jointe à l'abrutissement provoqué par le bain chaud, avait mis Leo définitivement K.O. Il avait à peine posé la tête sur l'oreiller qu'il avait senti ses forces l'abandonner. Mais il n'avait pas encore réussi à se laisser aller comme il l'aurait voulu. L'agitation persistait.

« Papa, on peut aussi commander un gâteau ? »

La voix de Samuel.

Pourquoi pas ? avait pensé Leo. Prenez ce que bon vous semble.

« Papa, on peut commander un gâteau ? » avait répété Samuel.

Leo avait ouvert les yeux. Il avait souri. Et avait fait un geste d'approbation.

Au fond, avait-il pensé enfin tranquille, l'absence de Rachel a aussi ses avantages : sans cette petite dame parcimonieuse je peux apprendre à vivre à ces morveux.

« Vous pouvez faire comme bon vous semble », s'était-il entendu dire comme Willy Wonka accueillant les enfants dans sa chocolaterie très chic. La chocolaterie dont disposait Leo était Londres : un Londres glacial, iridescent et ironique, bourré de marchandises et de toute sorte de délices ; une ville active, qui savait ce que signifiait fêter Noël. Vu ainsi, tout changeait. Le malheur de l'absence de Rachel devenait une bénédiction. Voilà ce que nous ferons, pensa Leo, nous ferons ce qui nous chante. Quel bonheur ! Quelle fête !

Il avait commencé à rêvasser sur les quatre jours magnifiques qui les attendaient. Des jours où Leo pourrait revivre avec ses fils ce qu'il avait connu avec sa femme des années plus tôt : le plaisir d'initier ces dilettantes aux joies des achats compulsifs.

Mais encore une fois Leo avait été un prophète trop optimiste. Et le plus curieux c'est que ce qui allait empêcher ce long week-end d'être mémorable avait été le spectacle beau et inquiétant du lien passionné qui unissait inextricablement ses fils. Leo en avait eu un exemple précisément ce premier soir. Après que Filippo eut appelé le service d'étage pour commander les gâteaux, Leo avait entendu Semi lui demander s'il avait l'intention de tenir sa promesse.

«Quelle promesse?

– Tu avais dit que tu nous emmènerais voir une comédie musicale.

– Je t'ai dit que nous pouvions faire tout ce que nous voulions», avait confirmé Leo de plus en plus satisfait.

Il avait donc envoyé Filippo retenir des places auprès du concierge pour *Les hommes préfèrent les blondes* le soir même. Puis il avait sorti des dossiers de sa serviette et s'était assis dans un grand fauteuil de cuir rouge.

Bref, alors que Leo en peignoir blanc dans son fauteuil rouge apportait quelques modifications au crayon dans son discours du lendemain, Semi lui avait demandé: «Où est passé Filippo?», d'une voix qui essayait de cacher une angoisse criante. Leo avait tout d'abord attribué ce trouble à la crainte qu'il n'y ait plus de places. Et il l'avait rassuré: «Sois tranquille, *Les hommes préfèrent les blondes* passe tous les soirs. Si c'est complet ce soir nous avons tout le temps. Je te promets que nous trouverons des billets d'une façon ou d'une autre, au risque de devoir demander à Alfred.» Mais il avait remarqué du coin de l'œil que ses mots n'avaient aucunement tranquillisé Samuel, qui s'était mis à marcher de long en large comme le mari d'une femme sur le point d'accoucher, qui se torture en attendant la naissance de son premier enfant. Jusqu'à ce que Semi, ayant repris courage, demande de nouveau à son père où était passé Filippo.

«Je te l'ai dit, je n'en sais rien! il y a sans doute la queue. Il est peut-être allé boire quelque chose au bar. Ou il a rencontré un ami, ou la femme de sa vie… ou bien il est sorti se promener.

– Sans nous prévenir?

– Et pourquoi devrait-il? Ton frère est presque adulte.

– Maman veut toujours que nous la prévenions.»

Leo s'était alors souvenu d'une discussion qu'il avait eue avec Rachel quelque temps auparavant et à laquelle il n'avait pas accordé grande importance. Elle lui avait dit être tracassée par l'anxiété de Semi: « Il s'inquiète toujours, surtout pour son frère. Il suffit que Filippo sorte un instant pour qu'il devienne nerveux. Il se met à penser au pire. L'autre soir il en est carrément venu à le réveiller au beau milieu de la nuit parce qu'il avait peur qu'il soit mort. »

Était-ce le point faible de son fils le plus heureux? L'invisible fêlure dans le vase le plus noble et le plus impeccable de sa collection? L'anxiété, le soupçon que ce qui a si bien commencé puisse mal finir, l'attente nullement impassible de l'événement tragique le plus dévastateur…

Pendant que Leo se rappelait ces mots de Rachel, Filippo était revenu de son pas indolent habituel. Et Semi lui était tombé dessus en l'assaillant de questions, comme une femme jalouse qui a attendu toute la nuit le retour de son mari:

« Pourquoi tu as mis aussi longtemps?

– Ben, qu'est-ce qui te prend, lopette? »

Bien que Samuel ait eu l'air bouleversé, on devinait aussi en lui une joie exaspérante. À croire que son frère avait survécu à une catastrophe aérienne. Quand Filippo s'était étendu sur le lit, Semi s'était blotti contre lui à la manière féline d'une geisha. La minisuite comportait deux grands lits. Leo était allé s'étendre sur l'un (feuillets et crayon à la main), l'autre était celui des garçons.

Filippo s'était plongé dans le guide de Londres et son frère commençait à l'embêter. D'une manière agaçante qui semblait un moyen de décanter la frayeur de son retard et de fêter la joie de son retour.

Ensuite une autre chose bizarre.

« Tu me fais sentir ton ventre? » avait demandé Semi à Filippo. Et Leo n'était pas sûr d'avoir bien entendu. Filippo avait répondu comme à la plus naturelle et la plus habituelle des questions: «Si tu vas me chercher des glaçons pour mon Coca je te ferai sentir mon bras cinq secondes, lopette.»

Quoi? Qu'est-ce que c'est que cette histoire? s'était demandé Leo. Ses fils se reniflaient? Et pourquoi? Ça lui paraissait un peu bizarre, animal, ou pire: une affaire de pédés. Quelque chose qui ne lui plaisait pas du tout et qui pourtant expliquait leurs rapports que l'on pouvait qualifier de maladifs, physiquement aussi. Sinon pourquoi Samuel aurait-il réagi avec autant de violence au retard de quelques minutes de son frère? Et pourquoi étaient-ils toujours collés ensemble? Et surtout: comment se faisait-il qu'ils se reniflent? Comment l'un pouvait-il faire du chantage à l'autre avec cette odeur?

À présent que Leo voyait ses fils en action sans Rachel, sans l'ironie proverbiale dont elle faisait preuve avec les garçons, sans l'aptitude de Rachel à dédramatiser, ils lui paraissaient vraiment étranges. Et il en était très irrité. Non, il n'aimait pas la bizarrerie de ses fils. Tout bien réfléchi, il n'aimait pas la bizarrerie en général. Sous toutes ses formes. Il en avait toujours eu peur. L'originalité, c'est bien, certes, à condition de ne pas dépasser la cote d'alerte, à condition de ne pas verser dans l'extravagance. Leo avait toujours calibré ses comportements selon une norme qui aspirait à l'exubérance, voire à l'excellence, oui, mais qui avait horreur de la bizarrerie. Il y a quelque chose de tellement rassérénant dans le conformisme! De tellement naturel dans le simple fait d'être ce que tout un chacun voudrait être et ce que tout un chacun s'attend à ce que vous soyez. À quoi bon provoquer son prochain? Pourquoi se montrer étrange si ce n'est pour dissimuler une tare? Pour cacher un défaut absurde?

Parfois, à l'époque où Filippo présentait les premiers signes de ses déséquilibres, l'idée mesquine avait effleuré Leo qu'il s'agissait de l'addition salée que lui faisait payer la génétique pour avoir mélangé son sang à celui d'une femme d'un autre milieu.

Et voilà qu'après tant de temps lui revenaient en mémoire les mots qu'il s'était entendu adresser par sa mère lorsqu'il lui avait fait part de son désir d'épouser Rachel: «Tu t'en apercevras!» Oui, c'est ce qu'elle lui avait dit. *Tu t'en apercevras!* Une espèce de malédiction, à laquelle Leo avait repensé quand son fils aîné avait causé des soucis et à laquelle il repensait à présent devant le comportement extravagant de ses fils. C'est ce qu'entendait sa mère en lui disant qu'il s'en apercevrait? Toi, mon fils, qui détestes tellement la bizarrerie, tu t'y consacres. Et c'est pourquoi elle t'ensevelira, tu en seras entouré jour et nuit.

Leo avait été tiré de ses pensées par le rire argentin de Semi qui se débattait sous son frère, lequel s'était mis à le chatouiller sur le lit. L'aversion ressentie face à cette scène avait été tellement totale et insoutenable que, contrairement à ses habitudes, Leo avait élevé la voix sur un ton belliqueux: «Mais enfin, arrêtez, bordel! Ça n'est pas drôle.»

Aussitôt après il s'était senti un peu mortifié. Leo n'aimait pas gronder ses fils. Il n'aimait réprimander personne. Il trouvait désagréable le son de sa voix dans ces moments-là et il était frappé par un complexe enraciné de culpabilité.

C'est pourquoi pendant le reste de cette soirée, en les emmenant voir le spectacle au Queen's Theatre, puis dîner à la Bombay Brasserie, Leo avait cherché non seulement à chasser de son esprit l'image de ses fils se livrant à ces bizarreries, mais aussi à tout faire pour regagner leur bienveillance compromise. En constatant avec plaisir la volupté avec laquelle Semi avait apprécié *Les hommes préfèrent les blondes*, sans quitter des yeux un seul instant Olivia Newton-John dans le rôle de Lorelei Lee, interprété en son temps par Marilyn Monroe. Sans perdre un seul mot, une seule note, un seul pas de ces comédiens danseurs et chanteurs. Extasié. Marquant du pied le tempo. À la fin du spectacle il s'était levé d'un bond le premier et avait été le dernier à cesser d'applaudir. Les paumes des mains rouges et les yeux brillants. Sur le chemin du restaurant il n'avait pas arrêté de chantonner *Bye Bye Baby*, un air horripilant de la célèbre comédie musicale, et en gardant la tête baissée pour lire et relire la liste des chansons de la cassette qu'il avait obligé son père à lui acheter, il avait failli entrer dans un poteau.

Si la réaction de Filippo au spectacle avait été beaucoup plus tiède que celle de son frère, il avait débordé d'enthousiasme pour le poulet tandoori au point de commander une ration supplémentaire, après avoir expédié la première en une douzaine de coups de fourchette comme il se doit.

Bref, tout semblait s'être arrangé. Leo était redevenu le père consciencieux et brillant qui ne criait jamais et eux les deux enfants privilégiés au seuil de l'adolescence qui jouissent des bienfaits mis à leur disposition par un père adorable et généreux.

Mais au moment d'aller se coucher l'atmosphère s'était de nouveau gâtée.

Son fils aîné n'avait pas perdu la manie de s'endormir tous les soirs son walkman sur les oreilles en écoutant son habituelle musique anachronique et en accomplissant ses rites nocturnes. Il ne pouvait pas s'en passer. Aussi Leo, après avoir éteint la lumière et leur avoir souhaité bonne nuit, n'avait-il rien dit en entendant ce bruit gênant, qui signifiait que Filippo se tapait la tête sur son oreiller.

Il n'avait commencé à s'énerver qu'en s'apercevant que Samuel, poussé par un esprit d'émulation incompréhensible, en faisait autant. Voilà ses fils qui à l'unisson, au lieu de dormir, donnent des coups de tête en faisant grincer leur lit comme deux satanés pédés en pleins ébats. L'un le fait parce qu'il ne peut pas s'en passer. L'autre par un mimétisme fou. Et Leo ne parvenait pas vraiment à savoir ce qui était le pire, il savait seulement que tout ça lui était insupportable. Mais il savait aussi qu'il devait se contrôler. Il n'avait pas envie de les gronder encore. Donc, pour ne pas les entendre, il s'était d'abord mis les mains sur les oreilles. Puis il s'était fourré la tête sous l'oreiller. Ensuite il s'était réfugié dans la salle de bains. Enfin il s'était recouché. Jusqu'à ce qu'il se rende compte que ce qui l'irritait n'était pas le vacarme provoqué par les garçons mais tout ce qu'il impliquait. Ne pas les entendre ne lui suffisait pas : il voulait qu'ils cessent d'être bizarres. C'est ce qui le poussa à intervenir. Il alluma la lampe de chevet. Se redressa. Et hurla : «Suffit! Arrêtez, bordel! On dirait deux cinglés!»

Si pour Samuel il n'avait pas été si difficile d'interrompre ce qui ne lui était pas naturel, pour Filippo ç'avait dû être un supplice. Et pourtant, jusqu'à la fin des vacances, il n'avait pas réessayé une seule fois. Il était resté immobile. Il avait certainement eu du mal à s'endormir. Sans aucun doute ses angoisses l'avaient repris.

Mais il n'était pas le seul à avoir passé une nuit terrible : Leo s'était consumé dans son sentiment de culpabilité. Tout ce que les psychologues, pédagogues, instituteurs, professeurs, orthophonistes lui avaient dit de ne pas faire depuis que Filippo était né, il l'avait fait ce soir-là. Il l'avait empêché de s'exprimer. Il l'avait mortifié. Il avait fait ressortir son étrangeté. Il lui avait donné un nom. Et il avait fait comprendre à quel point elle le dégoûtait.

Mais il était trop tard désormais pour se rattraper. Si le premier soir Leo avait été aussi agacé par le fait que Filippo se complaise dans son cérémonial grotesque, les nuits suivantes il était torturé à l'idée que son fils faisait tout pour ne pas se laisser aller. Il aurait voulu dire à Filippo : «Allons, trésor, ça n'a pas d'importance. Reprends là où tu t'étais interrompu.» Mais comment le pouvait-il? Il n'aurait fait qu'aggraver la situation.

Ainsi, le week-end dont Leo aurait voulu qu'il soit archivé dans la mémoire de ses enfants dans la case «souvenirs mémorables» avait été remisé dans celle des grandes ou petites «occasions manquées». Sur le reste des courtes vacances avait pesé un ciel sombre de mauvaise humeur. Les nuits sans sommeil de Filippo se lisaient sur sa figure, ainsi que la rancœur muette qui se manifestait par une attitude respectueuse et un manque ostentatoire d'enthousiasme. Peut-être à cause de tout ce qu'il avait souffert, peut-être était-ce son caractère, en tout cas ce garçon savait se montrer vraiment dur et obstiné! OK, semblait-il dire à son père, je ne ferai plus le clown la nuit, mais pendant la journée tu auras une statue de sel à tes côtés. Et Dieu sait que Leo apprenait amèrement cette leçon.

Il s'était passé beaucoup de choses depuis lors: Anzère, les premières accusations, les tortures de Camilla, sa tapageuse déchéance publique, sa rupture définitive avec sa famille, la prison, le procès, cette réclusion de cancrelat... Se pouvait-il que Leo ne repense qu'à présent à ces moments-là, à la façon dont il avait échoué à séduire ses fils comme il l'aurait voulu, à la façon dont il avait tout fait de travers? Se pouvait-il qu'il ne repense qu'à présent à la gêne que lui avait causée le spectacle de leur morbidité? Voir qu'ils se reniflaient, qu'ils se tapaient la tête sur l'oreiller pour s'endormir, qu'ils étaient si difficiles à satisfaire et si faciles à bouleverser.

Ce devait être l'accident de Filippo qui lui rappelait Londres et tout ce qu'il avait représenté. À présent qu'il voyait ses fils à quelques mètres de lui, jouets de la énième crise, du énième traumatisme: l'aîné la jambe pendante et le cadet épouvanté par la douleur de son frère et qui certainement aussi se sent coupable de l'avoir provoquée.

Le souvenir cuisant de ce week-end londonien – et de son irrésolution d'alors – le poussait à agir. Finalement un peu d'action après tant de mois d'incapacité. Il était prêt, sur le point de sortir. Pour aller les sauver. Il le voulait absolument. Mais à l'instant précis où il allait faire le premier pas (le plus difficile), Rachel déboulait. Quand elle s'était agenouillée, en se penchant sur la jambe de Filippo avec la conscience du médecin diplômé, Leo avait enfin vu son visage. Il se rendit compte qu'entre une chose et une autre il y avait presque un an qu'il ne l'avait pas vue. Elle lui parut très belle, pas moins que ses garçons.

Non, il ne salirait pas toute cette beauté (une mère secourant son fils) avec la laideur qu'il incarnait. Non, il ne le ferait pas. La dernière occasion que Dieu le Père lui offrait d'essayer de rejoindre sa famille était perdue en quelques secondes. Avec Rachel qui soulevait Filippo gémissant de douleur et Samuel qui continuait à demander avec une impertinence que Leo lui connaissait: «Pas vrai, maman qu'il ne s'est rien passé?»

Voici le dernier dessin qui arriva. Exactement comme tous les autres, quelqu'un le glissa sous sa porte. En catimini.

Nous connaissons Leo assez bien maintenant pour imaginer que la vue d'un tel dessin l'ait bouleversé et indigné. La personne qui l'avait conçu et réalisé – après avoir conçu et réalisé tous les autres – exagérait vraiment. En entraînant dans ce jeu pervers ceux que Leo aurait voulu maintenir à l'écart: c'était la première fois qu'ils osaient représenter sa famille. Comment interpréter cette soudaine implication? Un prélude à de futurs développements? Un changement de perspective et d'ambitions? Un avertissement? Une intimidation? Las de le massacrer ils doublaient la mise en menaçant ce qui lui était le plus cher?

Oui, ce qui lui était le plus cher. Bien qu'à ce stade Leo ait eu droit au désamour, il lui était impossible de ne pas aimer Rachel, Fili et Semi, jusqu'à sa damnation si nécessaire. Leo Pontecorvo n'était pas un homme coléreux ni vindicatif. Ce trait de caractère me fait dire que devant ce dessin il aurait très mal réagi. Il aurait peut-être été furieux. Il aurait peut-être même trouvé la force de sortir à découvert et redevenir maître de sa vie. Or, je ne peux que faire des hypothèses: par un concours de circonstances, en effet, la vue de ce dessin lui fut épargnée, notre reclus ne put pas l'évaluer avec le soin qu'il avait mis à évaluer les autres.

Quoique je me sois préoccupé jusqu'ici, tout au long de mon récit, de disséminer ces dessins de façon didactique, il faut dire qu'à la seule exception du dernier ils étaient parvenus à Leo en ordre dispersé et sans aucun égard pour la chronologie. Celui de la serviette périodique abandonnée dans la salle de bains à la montagne avait été le premier, arrivé peu de temps après sa sortie de prison. Suivi de quelques semaines par celui de sa fuite éperdue dans l'escalier. Mais ce n'est pas là, je m'en rends compte, le plus déroutant de l'histoire. Ce qui avait commencé à miner la confiance de Leo dans le verni de ses facultés mentales c'était l'impression d'avoir posé à son insu comme modèle pour un dessinateur de BD invisible.

Quelque chose ou quelqu'un l'épiait? Quelque chose ou quelqu'un l'avait à l'œil? Qui ne le laissait jamais seul? Un témoin silencieux des moments clés de sa dégénérescence humaine, de sa décapitation sociale? Une présence qui voulait lui faire comprendre que désormais, dans sa vie, elle était la seule chose qui serait toujours là?

Depuis le début, les dessins et leur mystérieux auteur avaient fait peur à Leo comme tout ce qui n'a pas de sens. Mais au fil des semaines et des mois il avait fini par accepter presque sereinement l'idée de cette présence autour de lui. Parfois il avait même été tenté de l'interpeller. De lui demander son avis. D'autres fois il avait eu la tentation de prendre la pose pour elle. Même si Leo avait compris aussitôt que le représenter en train de poser ne pouvait pas l'intéresser. Le seul sujet qui l'intéressait était son modèle sur des charbons ardents. Pas un des dessins qu'elle avait réalisés qui n'ait pu s'intituler EMBARRAS.

Même si cette présence n'était peut-être pas aussi sournoise et aussi goguenarde qu'il n'avait été naturellement porté à le croire. Elle était peut-être le seul recours qui lui restait. Quand était arrivé le dessin représentant la visite de sa mère et de son père en prison, Leo en était carrément venu à se demander – mi-attendri mi-angoissé – si le dessinateur de l'ombre n'était pas un de ses parents.

Leo s'était demandé à plusieurs reprises s'il ne devait pas à cette présence le repas du soir qui l'avait maintenu en vie. Impossible par ailleurs de ne pas se demander qui avait déclenché l'alarme qui l'avait torturé une nuit entière. C'était elle, l'alarme? C'était elle qui réclamait un peu d'attention? Et que dire du graffiti du pendu sur le mur qui l'avait accueilli à son retour de prison? Se pouvait-il que malgré un style totalement différent il soit de la même main?

En tout cas, pendant que ce dernier dessin glissait silencieusement sous la porte, les narines de Leo, encore plongées dans un demi-sommeil éprouvant, avait été sollicitées par un puissant arôme de café.

Et c'était comme s'il s'y manifestait un signe de bienvenue hors de propos. Sans doute parce qu'il y avait longtemps que le parfum du café ne le visitait plus. Probablement parce que Rachel et les enfants étaient partis en vacances, comme si c'était un mois d'août quelconque. Et à présent, ce mois d'août quelconque écoulé, ils réapparaissaient: ils occupaient de nouveau les espaces domestiques avec une insouciance qui frôlait l'effronterie, sans crainte de claquer la portière, d'appeler Telma à haute voix, de marcher ou carrément courir sur la tête du locataire reclus et non désiré, affaibli (ils ne pouvaient pas le savoir, mais ils auraient au moins pu l'imaginer) par des semaines d'une humidité tropicale qui avait fait un tas de victimes en ville.

Bref, si l'obscurité avait rétabli le silence, la clarté du jour avait rapporté l'odeur du café. Qui faisait exulter de bien-être l'organisme de Leo. Si attirante qu'ouvrir les yeux sur le même plafond angoissant n'avait pas réussi à la dissiper. Et pour ne pas laisser s'échapper ce petit cadeau matinal, Leo les avait refermés, étreignant son oreiller avec la passion d'une adolescente amoureuse, et s'était assoupi de nouveau.

L'odeur du café te parle si affectueusement de toute ta vie. Pendant des années elle a annoncé la fin des hostilités nocturnes, le retour de maman dans ta vie après des heures d'insomnie. À cette heure-là de la matinée, à cause du peignoir ou de l'absence de maquillage, la beauté anguleuse et frisée de ta mère avait quelque chose de libanais. C'était ta mère, la mère que tu préférais, la mère qui les matins de juin, quand tu entrais dans la cuisine, était déjà assise à la table au milieu de laquelle trônait, telle une idole antique, une grande cafetière noircie, résistante, rescapée de nombreuses années de flammes. Il se dégageait d'elle, de cette statue à la forme incomparable, de ce chef-d'œuvre du design italien, l'odeur excitante et cependant douce du matin: la vie qui s'ouvre et recommence à trotter. Un sentiment, provoqué par la boisson qui t'était alors interdite. Et dont les années allaient faire le carburant nécessaire à toutes tes activités.

Les pénibles réveils pour assister aux cours d'anatomie du professeur Antinori à six heures du matin.

«C'est l'heure où travaillent les médecins légistes. C'est l'heure des anatomopathologistes. L'heure où les vampires et les loups-garous vont se coucher et où c'est nous qui attaquons!» disait ce cinglé en fourrant les mains dans la cage thoracique de Mickey. C'était ainsi que les étudiants de troisième année appelaient les cadavres à la dissection desquels ils se consacraient diligemment comme si c'était toujours le même. Un vieux cadavre, disait la légende, à la disposition des instituts d'anatomie pathologique et de médecine légale depuis des temps immémoriaux. Le vieux, le cher Mickey avait une longue histoire. On racontait que c'était un des nombreux héritages de la dernière guerre. Quoi qu'il en soit, il était à présent la propriété de ce salaud sadique de professeur Antinori, dont le sport préféré semblait consister à impressionner les nouveaux dans son cours en les mettant devant ce mystère visqueux et répugnant de la vie et de la mort qui s'appelait Mickey. C'était paraît-il un étudiant italo-américain qui l'avait affublé de ce surnom affectueux. Parce qu'il ressemblait à son oncle du Queens. *Uncle Mickey*.

Tu te rappelles maintenant le goût que tu avais dans la bouche avant d'entrer dans le royaume d'Antinori et d'uncle Mickey. Du café. Celui du bar de l'université, dans le hall à l'architecture fasciste, presque désert à cette heure matinale. Un café sale, huileux, avec un arrière-goût de merde, mais efficace justement parce qu'il était épouvantable.

Tout à fait différent de celui bien plus délicieux qui avait caractérisé ta vie conjugale. Une des exigences du jeune, fascinant, fidèle mari concernait la qualité du café. Sur laquelle, par-dessus tout, Rachel ne devait pas lésiner. Les arabicas les plus précieux, la torréfaction la plus raffinée. Et surtout la fraîcheur. Il fallait l'acheter toutes les semaines si on voulait qu'il soit toujours frais et parfumé.

Ce café si aromatique te parle des dimanches, oui, les dimanches, quand tu ne travailles pas. Tu es couché et tu entends de loin le tapage des garçons. C'est Rachel qui leur donne leur bain. Et ils ne peuvent que se livrer à des protestations puériles. Filippo a cinq ans, Semi en a trois. Rachel les met tous les deux ensemble dans la baignoire. C'est le seul jour de la semaine où tu laisses quelqu'un entrer dans ta salle de bains. Impériale, que tu as faite à ton image et ressemblance quand la villa a été construite: faïence blanche, parfum de lavande, grands draps de bain en lin rouille, et surtout la baignoire au centre, immense et ronde comme si elle appartenait à un proconsul romain. C'est là, dans cette petite piscine, que Rachel glisse Filippo et Semi pour leurs ablutions dominicales.

Chaque fois ils font des tas d'histoires avant d'y entrer, mais ensuite, une fois dedans, c'est quasiment impossible de les en faire sortir. Ils se régalent dans ta baignoire pendant que tu te régales dans un doux et délectable demi-sommeil.

Mais soudain cette odeur te transperce, cette odeur t'assaille. Rachel s'approche avec le plateau du café. Tu sens tes tempes battre, une légère secousse entre les omoplates, et ta bouche chaude qui s'inonde de salive. Comme un réflexe pavlovien. La drogue arrive: caféine parfumée diluée dans l'eau. Là aussi la scène se répète chaque fois d'une façon délicieusement identique. Rachel arrive avec le plateau, accompagnée de Filippo qui boude, la peau rougie par la vapeur de l'eau chaude dont il vient à peine de sortir, dans son peignoir éponge bleu ciel taille garçonnet.

«Leo, Semi aussi voulait venir t'apporter le café. Mais pas moyen de le trouver. Il doit avoir disparu...»

Des mots de Rachel, toujours les mêmes. Naturellement Semi est là derrière elle. Parfaitement visible: l'unique à croire qu'on ne le voit pas. Cette ingénuité est un droit de ses trois ans. C'est pourquoi tu joues le jeu. Avec le peu de souffle que tu as tu te mets à l'appeler comme si tu étais réellement inquiet: «Semi, Semi, où es-tu? Où s'est fourré cet enfant?»

Mais il ne répond pas, bien que tu l'entendes rire de joie. «Filippo, tu as vu Semi?» Et Filippo lance un sourire complice comme pour dire: «Toi et moi nous savons où il est, mais si ça lui fait plaisir de croire qu'on ne le voit pas, laissons-le y croire...» C'est alors que Semi, contournant l'obstacle représenté par les jambes de sa mère, encore tout mouillé se jette sur le lit. Suivi de Filippo.

«Ne mouillez pas papa. Allons, laissez-le prendre son café en paix.»

Tes fils sont là dans ton lit, ils n'osent pas te prendre dans leurs bras ni même te toucher, ils explosent d'énergie, ils trempent le lit du côté de Rachel. La chambre est encore plongée dans une pénombre jaune-bleu. Rachel pose le plateau sur la table de nuit, allume la lampe de chevet. Tu le sais, elle ne supporte pas l'obscurité. S'il ne tenait qu'à elle la lumière serait toujours allumée dans la maison.

«Non, trésor, s'il te plaît, pas la lampe. Ouvre les rideaux si tu veux, mais pas la lampe. »

Enfin le café. Les enfants sont descendus du lit et en ont fait le tour, ils sont maintenant près de la table de nuit. Ils se querellent pour savoir qui versera la cuillerée de sucre qu'il te faut. La dispute est trop bruyante à ton goût, tu vas perdre patience. Grâce au ciel Rachel intervient: «Bon, alors: Filippo verse le sucre et toi, Semi, tu tournes. D'accord? »

D'accord. C'est ce qu'ils font. Jusqu'à ce que Rachel parle de nouveau.

«Allons, Semi, ça suffit. Ne tourne pas trop, sinon le café refroidit. »

Tu as la tasse dans une main et de l'autre tu tiens la soucoupe. Tu vas porter le liquide à tes lèvres. Fili et Semi sont revenus occuper la partie du lit de Rachel et se bagarrent. D'un mouvement souple de la hanche Rachel t'a fait comprendre qu'elle veut s'asseoir près de toi. Tu t'es déplacé juste assez pour qu'elle puisse s'installer. Le café maintenant, pour de vrai. Il n'est pas très bon. Un peu froid, et il laisse sur le palais un léger goût de brûlé.

Mais c'est ta vie. Tout comme ce lit. C'est ta vie, toute ta vie.

Leo découvre ainsi tout à coup, sans même lui avoir donné un nom, quelle intensité peut atteindre la nostalgie. Une bouffée infinie et essentielle de vitalité. Leo veut tout, il désire tout. Il voudrait que ses enfants redeviennent petits, encore plus petits. La scène change: ce n'est plus dimanche matin, c'est vendredi soir, très tard, en hiver. La lumière a disparu, dehors l'orage se déchaîne. La lueur des éclairs qui transperce les grandes baies vitrées de la villa a transformé la maison en décor de film d'horreur, mais de série B. Tu es couché et tu sais que ce n'est plus qu'une question de temps. Les voilà en effet. L'un derrière l'autre, Filippo et Semi font tout pour dissimuler leur frayeur. Sans même demander la permission ils se glissent dans le lit entre Rachel et toi. Ils sont doucement et irrésistiblement embêtants. Ils se rendorment presque immédiatement. Et au bout de quelques minutes ils sont là, la respiration régulière, alanguis, dorés…

Et tout a disparu à jamais. Prononcer, même intérieurement, dans une demi-conscience, ces deux mots interdits, « à jamais », le remplit d'affolement. Quelque chose qui ressemble un peu au bonheur et un peu au découragement. Quelque chose à quoi il ne sait pas donner de nom. Il a l'étrange sensation que le grand lit qu'il imagine – son lit conjugal, celui qui dans l'espace géographique n'est qu'à un étage de lui, et qui dans l'histoire lui paraît situé dans une autre ère géologique – devient plus grand.

Sur ce lit il n'y a plus seulement ses jeunes enfants, mais lui aussi, petit. Enfant gâté, choyé, adoré des années quarante. Sa mère s'occupe sans cesse de lui. Elle ne l'abandonne jamais quand il fait nuit. Elle veille, attendant que son Leo s'endorme. Le lit est maintenant immense. Il contient toute sa famille, toute son histoire, tout son malheur. Des générations et des générations de Pontecorvo. Leo a les yeux brillants, il se sent si congestionné qu'il ne respire presque pas. Il voudrait monter chez ses fils et Rachel, leur demander de faire la paix, de trouver un accord. Il voudrait leur hurler : « C'est ça le bonheur. Vous ne pouvez pas balayer le bonheur. Le bonheur est tout. Je le sais. Maintenant je le sais, je l'ai appris. Trop tard, mais je le sais. »

Il comprend aussi ce qu'est cette présence qui l'obsède depuis des jours. Cette présence qui ne l'abandonne jamais.

C'est Dieu. Car il doit y avoir un Dieu. La dernière année infernale de sa vie est Dieu. L'isolement dans lequel il a vécu. Son abandon progressif. Les fautes qui lui ont été attribuées. La délation. Camilla. Tout ça a un nom. Ce nom est Dieu. Toutes les choses épouvantables et indécentes qui sont arrivées autorisent l'hypothèse de Dieu.

Le café, l'odeur du café, c'est Dieu.

Voilà que Leo, qui n'est jamais arrivé à être seul, qui a toujours vécu sous tutelle, n'arrive pas à mourir seul. Il n'en a pas le cran. Dieu est avec lui exactement comme sa mère l'a été, comme Rachel l'a été. À présent que les deux femmes de sa vie l'ont laissé seul, à pourrir là-dessous, il a besoin d'autre chose. Il ne parvient pas à croire que les hommes puissent vivre dans un tel silence. Que les hommes puissent vivre sans une attention et des soins constants. Cette solitude est inconcevable. C'est ainsi que dans le sous-sol de la maison des Pontecorvo Dieu s'insinue, avec toute sa paisible lumière de porcelaine. Dieu est une Grande Maman. Dieu est une Grande Épouse.

Et c'est ainsi que Leo rêve de mourir: dans les bras chauds et inexistants de Dieu. Et alors qu'il rêve de mourir il est envahi par l'odeur du café. Enveloppé dans les couvertures sur un grand lit imaginaire. Le plus voyant des linceuls. Dommage que rien de tout ça ne parvienne à neutraliser l'embarras que, à en juger par sa densité, pas même ce rêve de mort et de paix ne parviendra à dissiper totalement. Dommage que Leo n'ait pas appris, pas même en rêve, la leçon la plus importante: qu'il n'y a pas de leçon à apprendre.

Un son guère différent de celui d'un réveil lointain qui s'est faufilé dans un demi-sommeil orageux et que, pour des raisons de cohérence narrative, notre rêve transforme en son de cloche ou d'aboiements entre chiens.

Aussitôt après qu'il eut ouvert les yeux le son s'était fait plus net et en quelque sorte plus menaçant. C'était le téléphone. Sa ligne privée. Pour autant qu'il sache, ce pouvait être la dixième sonnerie. Une fois debout il éprouva une forte nausée : comme s'il venait de descendre des montagnes russes. Il tituba jusqu'à la table. Ne croyant pas que quelqu'un puisse encore l'appeler, que quelqu'un souhaite parler avec lui, il décrocha et demanda : « Qui est-ce ? » avec circonspection et avec une voix qui lui parut aussi louche que si elle venait d'outre-tombe.

« Professeur Pontecorvo, c'est moi ! Luca. Le petit Luca. Luchino.

– Luchino ?

– Professeur, ne me dites pas que vous ne vous rappelez pas. Luca, Luchino, je vous téléphone tous les ans. Le même jour. Le 28 août. Le jour où…

– Ah, oui, Luchino. »

Ah, oui, Luchino. Luchino comment ? Luchino, c'est tout. Ce Luchino-là. Qui depuis plusieurs années, le 28 août, où qu'il se trouve, téléphonait à Leo Pontecorvo pour lui renouveler toute sa gratitude. Luchino était animé des meilleures intentions. Il croyait être gentil en appelant chaque année, et extrêmement zélé et convenable de le faire à la même heure. Il croyait faire plaisir à Leo. Ou peut-être pas : comme tous les individus impertinents le seul plaisir qui l'intéressait était le sien. Et si une chose le rendait heureux c'était de décrocher tous les 28 août à huit heures trente précises pour appeler le médecin qui lui avait sauvé la vie autrefois.

Un ostéosarcome, si la mémoire de Leo était bonne, des plus meurtriers, qui avait attaqué la jambe droite de Luchino, âgé d'à peine un peu plus de quinze ans à l'époque. Le diagnostic de Leo avait été implacable : nous sauverons peut-être le garçon, sûrement pas sa jambe. En ce temps-là on ne faisait pas dans la dentelle. En ce temps-là les chirurgiens amputaient allègrement tout ce qui leur tombait sous la main.

Leo s'était trompé. Leo l'optimiste avait péché par pessimisme. Après une thérapie exténuante, après une opération extraordinairement conservatrice effectuée par le professeur Ricciardi, Luchino était sorti du cauchemar. Légèrement boiteux, certes, condamné pour le reste de sa vie à se servir d'une canne – il pouvait oublier l'idée de courir le cent mètres –, mais quand même vivant et vigoureux, de nouveau sur la bonne voie.

Depuis lors Luchino n'avait pas manqué d'appeler tous les 28 août: autrement dit le jour où il était sorti du service du professeur Pontecorvo.

Non que Leo s'en soit souvenu. Luchino se charge de le lui rappeler. Qui désire montrer à son Sauveur (comme il aimait l'appeler) à quel point sa reconnaissance était éternelle et combien il était heureux d'être encore là. Entre nous. Ah, et à propos, il désirait que son Sauveur sache que sa vie était très belle depuis. Que cette expérience lui avait appris à profiter de l'instant le plus insignifiant. Qu'il aimerait beaucoup lui faire connaître ses deux enfants. Parce qu'ils étaient aussi un peu à lui. Comment? À qui? À vous, professeur. À vous, à mon Sauveur. Luchino élevait ses deux marmots dans le culte de son Sauveur. «Vous savez comment ils vous appellent, professeur? Oncle Sauveur. Avec respect, bien entendu. Avec énormément de respect. Ça vous ennuie qu'ils vous appellent oncle Sauveur?»

Cette exhibition indécente de mièvrerie, assaisonnée de banalités révoltantes, recommençait tous les 28 août, plus ou moins à huit heures et demie du matin, depuis une quinzaine d'années et, outre qu'elle provoquait chez Leo un agacement proche de la répugnance, elle mettait de plus en plus à rude épreuve sa patience et les fondements sur lesquels reposait l'édifice de l'éducation impeccable qu'il avait reçue. Si bien que l'accueil qu'il réservait à Luchino – condensé glacial d'exaspération et de contrariété – se faisait chaque fois plus hargneux. Mais tant d'impolitesse, bien loin de décourager Luchino, semblait avoir pour effet de le rendre plus insistant et plus entreprenant. Chaque année le même refrain. Chaque année la même invitation presque dans les mêmes termes.

«Pourquoi vous ne venez pas nous voir, professeur? Avec votre dame, bien sûr. Chez nous. À la campagne. Une petite maison. Très petite. Pas grand-chose. Rien de luxueux. Mais une maison heureuse, pleine de braves gens. Il fait frais ici, pas comme en ville où on meurt encore de chaud. Nous avons du bon vin, du vrai. Ma femme est une cuisinière extraordinaire. Et elle a très envie de vous connaître. Et ne parlons pas de mes fils. Pour eux, professeur, vous êtes Dieu.»

Leo, plutôt malhabile à refuser, déclinait toujours l'invitation avec beaucoup de difficulté en inventant des excuses maladroites. Sans réussir à dissimuler aucunement l'irritation que la voix mielleuse de Luchino provoquait en lui. Il trouvait cet homme tellement antipathique. Tout comme il trouvait imbuvables sa collection de lieux communs terre à terre et sa petite famille bucolique. Ses affectations de modestie. Sa rhétorique des choses simples. Sa culture paysanne. Seigneur, Leo aurait voulu hurler. Il sortait chaque fois de ces conversations téléphoniques haletant et furieux. Et chaque fois il devait aussi encaisser les moqueries de Rachel, qui naturellement avait pris Luchino sous son aile protectrice.

«Tu y as échappé! Cette fois encore tu as réussi à refuser. Qu'est-ce que tu as inventé?

– Laisse tomber. Cette année il était plus insistant que d'habitude, il affine ses techniques de persuasion. Il doit avoir

pris des cours de rhétorique. Très probablement par correspondance.

– Eh, par correspondance, bien sûr. Parce qu'il ne peut pas
se permettre des études régulières. Parce qu'il ne peut pas
aller étudier à la Sorbonne comme notre professeur.

– Qu'est-ce que tu veux dire par là ? Et puis d'abord je n'ai
pas étudié à la Sorbonne.

– Tu as très bien compris ce que je veux dire. C'est ton
point faible. Toute forme de mélancolie te dégoûte. Tu
prends des grands airs de démocrate, tu te gargarises de mots
comme « tolérance », « générosité », mais tu restes toujours un
snob. Tu es bien le fils de ta mère. Tu as des réactions de
classe. La seule différence c'est qu'elle ne se donnait pas la
peine de le cacher.

– Tu te trompes. Tu es injuste. Je n'éprouve aucune haine
préventive, aucune haine de classe vis-à-vis de personne,
encore moins de ce ver rampant.

– Ver rampant ? Et ce n'est pas un réflexe de classe, ça ?

– Non. C'est un jugement de valeur fondé sur l'étude com-
parative d'au moins une douzaine de conversations que j'ai
eues avec ce monsieur. C'est un homme impossible. Sans
parler de ses parents. »

Les parents de Luchino, parlons-en. Dignes de leur fils : un
concentré de mauvaise éducation et de sans-gêne. Leo n'avait
sûrement pas oublié leurs sacrifices offerts au père Pio.
Comment aurait-il pu ? Ils en parlaient sans arrêt.

« Pensez que depuis que notre fils est malade mon mari ne
boit plus une goutte de vin. Pas même au dîner. Un sacrifice
offert au père Pio », lui avait dit un jour la mère de Luchino.

Comment notre irréductible scientiste pouvait-il ne pas être
dégoûté ? Ça n'était pas une question de classe. Leo détestait
ce genre de personnes. Pas moins que les saints et les sacrifices. Il aurait parié toute sa fortune que les parents de

Luchino étaient antisémites. Ils avaient tout pour l'être. Ce recours obsessionnel à la religion. Leur dévotion obscène à des superstitions préhistoriques. Une ferveur religieuse aussi opportuniste. C'était ça leur idée de Dieu? C'est comme ça qu'ils voulaient le rouler? En ne buvant pas de vin? Dieu du ciel, je te jure de renoncer à ma petite goutte et en échange tu m'accordes une grâce. C'est ce qu'ils pensaient? Si Leo avait été Dieu il lui aurait volontiers répondu: «Je me fiche de ton alcoolisme. Tue-toi à l'alcool. Qu'est-ce que tu veux que ça me fasse?»

Dieu n'était malheureusement pas le seul bénéficiaire des hommages des parents de Luchino. Il y avait aussi les dons en nature que ceux-ci apportaient chaque jour au médecin de leur fils unique pour gagner ses bonnes grâces: saucisses, laitages, champignons, œufs, bouteilles de vin en vrac. Bon sang, ils avaient transformé son service en marché. Un jour, quoique poliment, ils les avait rembarrés. On ne fait pas ça dans un hôpital. C'est absurde de venir dans un tel endroit avec autant de victuailles! Leo avait eu quelque temps l'illusion qu'ils avaient assimilé cette petite leçon. Du moins jusqu'à ce qu'il commence à recevoir tous ces dons de la nature chez lui. Comment diable avaient-ils eu son adresse? Comme avaient-ils osé?

Les dernières années c'était toujours Rachel qui avait intercepté ces appels. C'était tout elle de décharger Leo des tâches les plus assommantes. Au début de chaque année, quand elle faisait son «changement d'agenda» (rite très important pour elle), un des premiers rendez-vous à inscrire était celui de Luchino et du 28 août fatidique. Scrupule inutile: elle n'avait pas besoin de consulter son agenda pour savoir, quand à huit heures trente le jour fatal elle répondait au téléphone, que c'était Luchino. Qui d'autre sinon lui? Rachel le traitait avec beaucoup plus de patience et de courtoisie que son mari n'avait jamais réussi à le faire. Elle laissait Luchino parler, exprimer tout son désir de célébrer la grandeur de Leo. Puis Rachel répondait à quelques questions un peu plus précises sur la vie de son Sauveur. Et à la fin elle demandait à Luchino comment allaient ses enfants – le garçon et la fille –, dont bien entendu elle se rappelait le prénom et l'année de naissance. Et après avoir décliné la énième invitation au nom de son mari (malheureusement pris par un congrès à l'étranger ou retenu à l'hôpital par une urgence), se débarrassait du fâcheux avec beaucoup de classe.

«Luchino? Comment as-tu eu ce numéro?» Seule question que Leo soit parvenu à articuler: avec la langue et le palais laborieux et hésitants d'un Français qui doit s'exprimer en anglais.

«Votre dame me l'a donné.» Oui, Luchino était du genre à utiliser des expressions désuètes comme «votre dame». Mais ce ne fut pas ce choix lexical démodé qui frappa Leo au plexus, au point de le forcer à contenir un haut-le-cœur.

«Ma femme te l'a donné? demanda-t-il la bouche de plus en plus sèche.

– Oui, professeur, il y a deux minutes.»

Leo eut ainsi une nouvelle preuve que Rachel était revenue. Et que l'arôme du café (lui au moins) qui avait déclenché son délire métaphysique pompeux n'était pas un rêve.

«Il y a deux minutes», avait dit Luchino. Ce qui signifiait qu'au moins deux minutes avant (ce qui s'était passé depuis, Leo ne pouvait pas le savoir) il avait été présent dans l'esprit de Rachel. Donc, quelques minutes plus tôt, sa femme avait encore eu connaissance du fait que non seulement Leo existait encore quelque part dans l'univers mais qu'il était à l'étage au-dessous, accessible par un simple escalier ou par son téléphone privé. Quelques instants plus tôt Rachel avait parlé de lui à Luchino. Et elle l'avait probablement fait avec naturel. Comme si rien n'avait changé depuis la dernière fois où Luchino avait appelé.

Leo avait alors essayé d'imaginer sa femme, enveloppée dans le peignoir d'été coquin qu'il lui avait offert, tout juste sortie de la douche avec encore le goût du café dans la bouche, répondant au téléphone posé sur la table de nuit de sa chambre (de leur chambre) à l'étage au-dessus. Leo s'était acharné à imaginer une scène aussi banale. Mais il n'avait pas réussi. C'est incroyable comme parfois certaines choses tout à fait naturelles peuvent nous apparaître particulièrement inconcevables.

L'incrédulité de Leo n'était pas très différente de celle d'un adolescent à qui pendant la récréation, alors qu'il traîne dans le long couloir devant les salles de cours, la reine de la classe a dit bonjour, a souri et a eu en plus la sublime gentillesse de se rappeler son nom de baptême. Cet adolescent, au comble de la joie et de l'égarement, ne cesse de se répéter: donc elle sait qui je suis, donc elle sait que j'existe, donc pour elle je ne suis pas un fantôme.

Autrement dit, le même genre de constatations stupéfaites que celles de Leo.

«Vous ne pouvez pas savoir, professeur, comme je suis content de vous entendre. Il y a très longtemps que nous ne nous sommes pas parlé. Tous les ans vous êtes pris. Heureusement que je vous ai trouvé cette fois. Heureusement que vous êtes déjà rentré de vacances, que vous n'êtes pas à un congrès, vous n'êtes pas encore sorti, vous n'êtes pas resté à l'hôpital pour une urgence... »

Leo se demanda si par hasard Luchino faisait de l'ironie. Auquel cas celle-ci aurait été d'une perfidie regrettable. Si Luchino savait ce que traversait Leo, ce qu'il avait traversé cette année (et comment aurait-il pu l'ignorer? qui à l'extérieur l'ignorait?), alors cette ironie était vraiment intolérable: d'une méchanceté répugnante et gratuite.

«Cette fois vous ne m'échappez pas, professeur.

– Non, cette fois je suis là, Luchino.» La voix de Leo exprimait une résignation complète.

«Je suis heureux que vous me répondiez précisément cette fois. Et vous savez pourquoi?

– Non, Luchino, je ne sais pas.

– Parce que j'ai une proposition à vous faire. Une chose à vous demander. Une chose pour laquelle si vous, professeur, nous honoriez de votre présence, ce serait pour nous un merveilleux cadeau.

– De quoi tu parles, Luchino?

– Une idée magnifique, professeur. Et aussi extrêmement originale.

– C'est-à-dire?

– Un prix, professeur.

– Un prix?

– Oui, un prix.

– Quel genre de prix?

– Un prix pour les arts et les sciences.

– Pour les arts et les sciences?

– Pour les arts et les sciences, oui, professeur. Et vous savez comment nous voulons l'appeler?

– Quand tu dis nous, Luchino, de qui parles-tu?

– De moi, de ma famille, des habitants du petit village où j'habite. Nous devons encore en parler au maire, mais c'est une formalité. Nous sommes certains qu'il sera enthousiasmé… Bref, professeur, vous savez à qui nous voulons dédier ce prix?

– Non, Luchino, je n'en ai pas la moindre idée. Mais je peux faire des suppositions. À Garibaldi? Au père Pio? À mère Teresa de Calcutta?

– Non, professeur. Mais à un être humain qui n'a rien à envier aux trois que vous venez de nommer.

– Et c'est?

– Vous, professeur. "Prix Leo Pontecorvo pour les arts et les sciences." »

C'était ce qu'on appelle le comble des combles. Restait pour Leo à déterminer si Luchino atteignait le sommet de la subtilité méchante ou plus banalement celui de la stupidité. Dans cette distinction semblait se jouer le sort de cette conversation, qui ne paraissait pas moins surréelle à Leo que toutes les choses qui lui étaient arrivées les derniers temps. Il en vint un instant à se demander si l'appel de Luchino n'était pas le produit palpable de sa paranoïa. La dernière farce que lui faisait la présence, qui à ce stade exagérait vraiment. Pendant quelques secondes il se vit du dehors parler au téléphone avec un être inexistant créé par une imagination de plus en plus ardemment acharnée. C'était peut-être le dernier acte. Le dernier acte de la persécution. Parce que après le tragique vient toujours le grotesque. Après le drame, il ne reste que la parodie.

« Vous comprendrez, professeur, que maintenant votre présence est indispensable. Que cette fois vous ne pouvez pas me dire non, vous ne pouvez pas vous défiler. J'ai imaginé un bon moyen de vous inviter dans mon village. Nous avons pensé mettre sur pied un comité de jurés et nous aimerions que vous en soyez le président. Un comité très respectable composé de magistrats, de journalistes, mais aussi d'hommes de science comme vous, professeur. Inutile de vous dire que tout conseil que vous voudrez nous donner sera le bienvenu. N'importe lequel. »

Oui, c'était peut-être une blague. Un comité composé de magistrats, de journalistes et d'hommes de science? Ça ne pouvait être qu'une blague, une blague bien orchestrée par un homme qui n'avait jamais fait preuve d'autant de subtilité.

Ou peut-être pas. Ce n'était peut-être pas une plaisanterie. Luchino ne regardait peut-être pas les journaux télévisés. Ou ne les avait pas regardés justement les jours où ils s'étaient déchaînés sur l'affaire Pontecorvo. Luchino ne lisait peut-être pas les journaux non plus. Pourquoi aurait-il dû? Il savait déjà tout ce qu'il y avait à savoir. Pourquoi s'informer sur ce qui se passait dans le monde si la seule part de l'univers qui l'intéressait se trouvait autour de lui, à sa portée? Non, Luchino ne savait peut-être rien. Et les gens de son village non plus. Il se pouvait même que si l'un d'eux avait entendu parler des mois plus tôt de l'affaire de ce médecin pervers, il ait oublié depuis le nom du protagoniste de cette sale histoire. Si bien que lorsque Luchino, un des leurs, si entreprenant, un vrai volcan d'idées, un enthousiaste, avait décidé de donner du lustre à leur bourgade de merde avec un beau prix, et avait pensé lui donner le nom du médecin dont il parlait tout le temps, son sauveur, il n'était sûrement pas venu à l'idée du type que l'identité de l'éminent professeur idolâtré par Luchino puisse coïncider avec celle du médecin pervers.

Enfin, on se moquait de lui ou on parlait sérieusement? Leo ne savait quoi espérer. Une chose est sûre: que Luchino ait su et se soit moqué de lui, ou que Luchino n'ait pas su et ait parlé sérieusement, il n'y avait pas de quoi se réjouir. Luchino enlevait à Leo jusqu'à la satisfaction de considérer sa propre histoire comme quelque chose d'intéressant. Une histoire démentielle, certes, mais au moins symbolique, exemplaire. Une histoire que tout le monde avait en tête et que personne n'oublierait, une nouvelle affaire Dreyfus. Or, l'histoire de Leo, à savoir la succession absurde d'événements qui avait transformé sa vie en cauchemar invivable, devait se prendre tout au plus comme une *tranche de vie** mouvementée qui ne regardait qu'un individu auquel nul ne s'intéressait en dehors des personnes qui y étaient mêlées.

Un fait divers, autant dire la chose la plus insignifiante au monde. Une de ces expériences auxquelles beaucoup de gens sont exposés. Il n'y avait rien de tragique dans son histoire. Rien d'épique dans sa douleur. C'est pourquoi il est plus que probable que si Luchino avait mené son projet à terme personne ne s'y serait opposé. Parce que la déchéance civile de Leo n'était pas assez célèbre pour pouvoir susciter le mépris de quiconque. Dieu du ciel, même ce pour quoi il vivait reclus, ce pour quoi il jeûnait depuis des jours, ce qui le tuait n'avait aucune importance.

Et voilà : la perpétuation de son souvenir terrestre allait être confiée non à la dévotion posthume de sa descendance, mais à un prix minable créé en mémoire d'un Monsieur Personne. Ça, oui, c'était dramatique. Sans doute la chose la plus dramatique de toutes celles qui lui étaient arrivées. Et Leo l'avait ressentie avec une intensité si nette que tout ce qu'il était parvenu à faire après avoir regardé son poignet quelques secondes et constaté qu'il était aussi fin et fragile que celui d'un squelette, avait été de raccrocher au nez de Luchino. Et de laisser le téléphone sonner sans interruption pendant les deux heures suivantes, tandis qu'en contrepoint le grondement d'un orage sec – prélude au véritable orage que tous les êtres vivants au-dehors semblaient appeler de leurs vœux – tirait ses dernières cartouches inutiles.

C'est Telma qui m'a raconté quelques années plus tard – par bribes et morceaux, et non sans réticences philippines, il est vrai – ce qui l'avait poussée ce matin-là de fin août à ouvrir la porte interdite. À violer le royaume du professeur Pontecorvo.

« C'était l'eau, m'a-t-elle dit, toute cette eau. » Effet probable de l'orage d'été – annoncé la veille par tout un après-midi de coups de tonnerre violents et de décharges électriques – qui avait rompu avec fracas, vers huit heures du soir, le siège d'au moins deux mois de chaleur étouffante et mortelle.

Rien d'étonnant, au fond. L'écoulement dans le sous-sol avait toujours laissé à désirer. Les semaines de novembre, notamment, où il pleuvait toujours, il était arrivé que l'eau s'y répande sur le sol. Depuis que les Pontecorvo vivaient là, depuis que la maison avait été construite, ce sol avait été changé ou réparé au moins une douzaine de fois.

Et ça explique pourquoi lorsque Telma, en ouvrant la porte de la cuisine qui donnait sur l'escalier du sous-sol, comme elle le faisait presque tous les matins, s'était aperçue que de la nourriture flottait devant la porte dans une mare profonde de deux ou trois centimètres, elle n'en avait été ni très surprise ni très troublée.

Ça explique aussi pourquoi, fidèle à son zèle domestique, elle était descendue avec un seau et une serpillière et avait nettoyé à fond la bouillie répugnante.

Mais ça explique surtout pourquoi, ayant remis la serpillière dans le seau et vu que de l'eau sale sortait encore sournoisement de sous la porte, elle s'était finalement demandé pourquoi elle n'entendait plus aucun bruit venir de cette pièce secrète.

Telma ma raconté qu'elle avait essayé de frapper, épouvantée. D'abord timidement, puis de plus en plus fort. À la fin elle s'était décidée à accompagner ses coups secs et rythmés d'appels imperceptibles : « Monsieur… Monsieur… » Rien. Puis : « Professeur… Professeur… » Toujours rien : ne venaient de l'intérieur que le silence et une odeur lacustre.

Elle n'avait pas eu le courage d'essayer d'entrer. Elle n'avait pas osé. Après tout, rien ne l'en aurait empêchée. Elle n'avait pas reçu d'ordres dans ce sens. Au bout de tout ce temps personne ne lui avait dit : « Il ne faut pas entrer là, Telma », madame n'avait jamais été aussi explicite. Même si ça ne voulait rien dire, vu que madame Rachel ne te disait jamais de faire les choses. Elle s'attendait à ce que tu les fasses. Elle devait posséder une sorte de pouvoir télépathique, cette femme, ou plutôt c'était toi, pour la comprendre, qui devait l'avoir. La télépathie était le moyen par lequel madame parvenait à communiquer à tous les membres de la famille (Telma y compris) ce qu'il fallait et ne fallait pas faire. Et s'il y avait un ordre qui, depuis l'été précédent, tout en n'ayant jamais été exprimé, avait paru parfaitement clair à tout le monde, c'était qu'il ne fallait pas entrer là. Le sous-sol était hors limites, territoire ennemi.

Telma aimait se sentir de la famille. Bien qu'elle n'ait pas été au service des Pontecorvo depuis très longtemps, et qu'elle ait remplacé Carmen (la nounou historique des garçons, dont on ne sait pourquoi personne ne parlait jamais), elle avait été accueillie avec beaucoup de naturel. Et ça n'allait pas de soi, pensait Telma, pour une femme – plus une jeune fille depuis pas mal de temps – catapultée en Italie sans pouvoir articuler un mot d'italien et n'en connaissant qu'un ou deux en anglais ; une femme de trente-sept ans, pas belle, trop petite, et d'une timidité maladive, née et grandie dans un petit village arriéré de l'intérieur, à une centaine de kilomètres de Manille, dont la réputation et l'économie reposaient sur la densité exorbitante de poules au kilomètre carré. Un village où les femmes se brisaient les reins sur l'aire et où les hommes passaient leur temps à se soûler et à fumer. Une odeur terrible que celle dans laquelle Telma avait grandi et à laquelle elle s'était si docilement accoutumée.

Une odeur dont elle n'avait compris l'horreur qu'en la comparant rétrospectivement avec celle enivrante qui l'avait accueillie à son arrivée à l'Olgiata. Un endroit qui avait un parfum de paradis en toutes saisons. L'été, de faux jasmin, de poussière, de chlore et d'herbe fraîchement coupée. En automne, en revanche, un parfum humide de mousse et de champignons se mêlait aux effluves craquants de feuilles mortes ; l'hiver, c'était l'odeur de grillé des chaudières lancées à plein régime et des cheminées allumées qui devenait le maître. Et au printemps, eh bien, au printemps, c'était difficile de comprendre ce parfum, mais si facile de s'en laisser envahir : jasmin, héliotrope, lavande… C'était magnifique de vivre là, de se réveiller le matin et de se coucher le soir, même si c'était loin de tout.

En particulier de la place à l'autre bout de la ville où chaque dimanche, avant la sainte messe, se réunissait une bonne partie de la communauté philippine de Rome. Pauvre femme, les trois bus qu'elle devait prendre pour arriver au lieu de rencontre lui prenaient presque une heure et quart. Mais c'est en échangeant des opinions avec ses concitoyens, compagnons de travail et d'infortune, qu'elle avait compris combien, tout compte fait, elle aimait travailler pour les Pontecorvo. C'est en parlant avec ses amis et collègues qu'elle avait compris combien elle avait eu de la chance, au fond.

Certes, les Pontecorvo avaient des tas de défauts. Ils étaient bizarres, exigeants, et ils étaient juifs. Et ça, surtout, c'était une chose insolite. Jamais elle n'avait même supposé qu'il existait au monde des individus qui ne croyaient pas en Jésus-Christ, qui ne fêtaient ni Noël ni Pâques (ou du moins pas ceux qu'il fallait). Et ce n'était pas sans surprise que chaque année, aux fêtes d'obligation, Telma aidait Rachel à préparer la maison selon les règles et à cuisiner ces plats typiques, pas toujours appétissants. Et pourtant, cette question-là, le judaïsme, n'était pas un grand problème chez les Pontecorvo. Telma avait une amie qui travaillait dans une famille où la dame, juive dévote, lui avait interdit d'accrocher le crucifix dans sa propre chambre. Madame Rachel, elle, ne se serait pas permis une telle arrogance. Jamais de la vie.

415

Les Pontecorvo n'étaient jamais impolis, ils n'avaient jamais de crises d'hystérie, ne faisaient jamais d'excès. Ils ne vous accusaient pas de fautes que vous n'aviez pas commises. Ce qui était une chance. Il y avait des fous partout. Surtout les dames qui s'ennuyaient, celles-là, oui, elles étaient imprévisibles. On avait raconté à Telma certains exploits de ces dames et notamment de leurs enfants. Scènes, brimades, insultes… Mais pas les fils Pontecorvo. Ils étaient gentils, presque affectueux. Madame Rachel, ce chef d'orchestre, les avait bien élevés. Elle ne voulait pas que ses garçons jouent au ballon aux heures chaudes de l'après-midi quand elle allait se reposer. Elle les grondait s'ils lui donnaient un ordre avec brusquerie et sans ajouter «merci» ou «s'il vous plaît».

Mon Dieu, madame Rachel. Telma adorait cette femme. À une époque elle lui avait prêté de l'argent, une belle somme, pour qu'elle l'envoie aux Philippines parce que le toit de la maison où habitaient ses quatre frères bons à rien avait été littéralement arraché par un cyclone de la mousson. Sans parler du jour où Jasmine, la jeune cousine indisciplinée de Telma, avait été surprise à voler dans le portefeuille de son patron. Eh bien, non seulement Rachel avait convaincu la patronne de Jasmine de ne pas la dénoncer, en remboursant de sa poche et jusqu'au dernier centime l'argent volé, mais elle avait même permis à Jasmine de s'installer quelque temps chez les Pontecorvo.

Non, madame Rachel ne ressemblait en rien à toutes les autres dames qui fréquentaient régulièrement les Pontecorvo, ni à celles pour qui ses amies et ses cousines travaillaient. Madame Rachel n'était pas une oisive. Elle ne se réveillait pas à dix heures le matin avec un mal de tête et de mauvaise humeur. Quand Telma se levait elle la trouvait déjà là, dans la cuisine, en train de siroter son café dans un petit verre. Elle s'organisait. Notait ce qu'il fallait faire dans la journée. Rachel

lui disait des phrases telles que : « J'ai l'impression qu'aujour-
d'hui aussi c'est à moi de porter la casquette de taxi. » Phrases
sibyllines dont Telma avait du mal à deviner le sens. Si bien
qu'elle se bornait à sourire, en se gardant bien de répondre
ou de faire des commentaires. Finalement elle déchargeait
madame des tâches immédiates : une assiette qu'elle lavait, un
verre qu'elle essuyait, une cafetière qu'elle remplissait. Telma
la remplaçait et madame la laissait faire.

La remarque sur le taxi se rapportait peut-être à la
journée de Rachel, qui allait être entièrement consacrée à
promener des gens dans la ville. Il fallait accompagner ses
fils en classe, aller les rechercher, les emmener à la piscine,
au court de tennis, chez le dentiste, chez l'oculiste ; il y avait
les courses au marché, l'assurance, la banque, le notaire.
Il y avait les chaussures à emporter chez le cordonnier. Il
fallait aller tenir compagnie à la vieille tante atteinte de
démence sénile, qui prenait toujours Rachel pour une
voleuse et l'accablait d'insultes épouvantables. Mais ces
longues pérégrinations à travers la ville étaient au service
d'un mari qui, lorsqu'il rentrait le soir de son travail, devait
être comblé. Par exemple, chaque fois que le professeur
revenait à Rome après un voyage, Rachel chargeait Telma de
préparer du bouillon à la viande pour qu'il se restaure. Le
professeur désirait aussi que les draps et les serviettes soient
changés presque tous les jours. Le professeur, qui n'avait pas
du tout l'air d'un homme sévère, était plutôt maniaque
quant à la nourriture. Le soir il voulait un bon repas. Et si
par hasard ce jour-là la viande séchée et la saucisse d'oie
n'étaient pas assez relevées, ou si les tomates n'avaient pas
assez de goût, ou si les pâtes étaient trop cuites… eh bien,
il ne vous l'envoyait pas dire.

Voilà pourquoi la dernière année la vie de madame avait
paru tellement chamboulée aux yeux de Telma. Quelque

chose de terrible était arrivé à cette famille. Quelque chose dont tout le monde parlait. Quelque chose que Telma avait préféré repousser en ne répondant pas aux provocations de ses amies au courant. Quelque chose qui avait révolutionné de façon imprévisible la gestion du *ménage* tout entière. Un beau jour le professeur était allé se cacher dans le sous-sol. Et Telma n'avait pas compris s'il l'avait fait de lui-même ou s'il y avait été forcé. Elle s'était rappelé quand une épidémie de méningite s'était déclarée dans son village et que tout d'un coup les vieillards et les enfants avaient disparu des rues, tous confinés à la maison.

La police était venue deux fois, elle avait tout mis sens dessus dessous, et Telma avait été épouvantée. Un matin, en rangeant la chambre de madame, Telma s'était aperçue que les vêtements du professeur avaient disparu. Et pas seulement les vêtements: toute référence ordinaire à son existence s'était volatilisée. Qu'est-ce qui s'était passé? Qu'est-ce que le professeur avait fait? Telma avait du mal à croire que cet homme si beau et si gentil, qui, Dieu sait pourquoi, s'adressait toujours à elle en anglais, cet homme qui respirait l'autorité par tous les pores, cet homme qui avait une façon de vivre si simple et si élégante, avait fait quelque chose de si terrible. Bien que Telma ait été habituée à s'occuper de ce qui la regardait, bien que son italien n'ait pas été assez élaboré pour lui permettre de comprendre toutes les nuances des conversations à table entre la mère et les fils, malgré ça, à plusieurs reprises, en servant ou en desservant, elle avait compris que le professeur n'avait pas été banni seulement de la vie de ses proches, mais aussi de leurs conversations. Et ça l'avait horriblement effrayée.

Voilà pourquoi à présent, tandis que l'eau continuait d'affluer de sous la porte, Telma ne savait que faire. Elle hésitait entre ouvrir, aller appeler madame, ou, comme toutes les autres fois, laisser courir. Ne pas s'en occuper.

Elle avait fini par se décider. Elle était allée chercher quelqu'un. Le salon paraissait désespérément nu. Au début de l'été, comme tous les ans, il avait perdu les tapis et les rideaux qui le garnissaient le reste de l'année. Septembre serait là dans quelques jours. Après l'orage catastrophique de la veille, si semblable à ceux qui sévissaient dans son pays, l'air s'était rafraîchi. Il n'y avait plus beaucoup de moustiques. Très bientôt la maison serait envahie par les mouches, mais pour le moment elle était vide d'insectes. Et pas seulement d'insectes. Il n'y avait personne.

Telma avait jeté un coup d'œil dans le jardin. Dans la cuisine. Dans la salle à manger. Puis elle s'était armée de courage et était entrée dans la zone de nuit de la maison où étaient la chambre de madame, celle des garçons et la chambre d'amis. Si le vent n'avait pas dispersé des pages de journal partout, la chambre de madame aurait paru comme toujours d'une rigueur de marbre.

On ne pouvait pas en dire autant de celle de Filippo et Samuel à côté. Telma avait ouvert la porte après avoir frappé longuement. Elle avait toujours peur de les trouver nus. Quand elle s'était finalement décidée à ouvrir, elle avait été assaillie par l'odeur et le désordre habituels. Filippo et Semi venaient à peine de rentrer de vacances d'études en Angleterre. Cette année-là madame n'était pas partie au bord de la mer, elle était allée quelques semaines chez sa vieille tante pour prendre soin d'elle. En tout cas madame Rachel avait fait en sorte que ses fils ne perdent pas l'habitude de leurs vacances d'études. Ils étaient revenus à la ville, amaigris et surexcités comme toujours. Leurs valises étaient par terre, mal défaites, pleines de maillots de corps sales, de chaussettes dépareillées, de chaussures de sport déformées. Il y avait trois serviettes et un peignoir jetés sur la chaise. Un tas de disques probablement achetés en Angleterre. L'état de la salle de

419

bains n'était pas moins désastreux. On aurait dit que les garçons avaient décidé qu'il valait mieux prendre son bain hors de la baignoire que dedans.

Alors Telma s'était sentie vraiment désespérée. Elle s'était sentie abandonnée. Elle était retournée dans le jardin décidée à appeler quelqu'un, mais il n'y avait personne. En geignant toute seule elle avait descendu une nouvelle fois l'escalier qui menait au sous-sol. La situation avait empiré, si c'était possible, ce qui avait incité Telma à essayer de nouveau : elle avait frappé, frappé, de plus en plus fort. À un moment elle avait eu l'impression que quelque chose remuait de l'autre côté de la porte, mais c'était sans doute le vent.

Finalement, bravant l'interdiction, torturée par l'angoisse, en continuant d'invoquer le Seigneur comme si lui seul pouvait lui donner de la force et lui pardonner en même temps sa violation, elle avait essayé d'ouvrir la porte, convaincue de la trouver fermée à clé.

Elle était ouverte.

La pièce était un véritable marécage. L'odeur devait être celle d'humidité et de moisi que Telma avait appris à connaître dans les rizières de son lointain pays.

Le corps du professeur était là, sur le sol, la figure et la poitrine plongées dans le marais dont n'émergeait qu'un dos étroit, tout semblable à celui d'un alligator aux aguets.

Même si je crains que cette dernière similitude ne soit à mettre à mon compte. Certainement pas à celui de Telma qui, étant donné les circonstances, n'avait rien trouvé de mieux que de pousser le cri classique, strident et horrifié, dont abusent les films policiers du monde entier.

Et tandis que Telma ne cesse de hurler, je me demande si maintenant que Leo n'est plus là le monde n'est pas devenu un meilleur endroit. Maintenant que la faute a été vaincue. Et avec elle le vice, la corruption, le narcissisme, le délit. Sans

parler de la légèreté, de la sottise, de l'optimisme irresponsable, de la confiance inébranlable dans la bienveillance du
destin. Bon, les choses iront sûrement mieux à présent.

Oui, je sais, je fais de l'ironie. Et de la facile, à bon marché.
Je le fais pour que comprenne qui doit. Parce que c'est à vous
que j'en veux. Toc, toc, vous m'entendez? À vous, oui: les trois
habitants vertueux et intransigeants de l'étage au-dessus. Les
gardiens incorruptibles de la moralité publique, qui l'ont
laissé pourrir là-dessous. C'est vrai, c'est vrai, j'en conviens,
Leo a mis un peu trop longtemps à mourir. Mais maintenant
que c'est enfin chose faite, c'est à vous de nettoyer et de payer
la note.

Remerciements

Tout d'abord, mes remerciements vont à Marilena Rossi pour son extraordinaire compétence et pour son dévouement à la cause.

Je remercie le professeur Luca Cordero pour l'entretien qu'il m'a accordé au sujet de la cancérologie pédiatrique.

Je remercie Giovanna Ichino et Antonello Patanè pour leurs conseils sur la procédure pénale en vigueur au moment des faits.

Enfin je remercie Simone, qui m'a fourni la logistique de ce roman et du prochain, et Saverio, qui m'a suivi pas à pas.

Au catalogue,
dans la collection «Littérature»

Catalin Dorian Florescu, *Le Masseur aveugle*
Ernest J. Gaines, *Autobiographie de Miss Jane Pittman*
Ernest J. Gaines, *Colère en Louisiane*
Ernest J. Gaines, *D'amour et de poussière*
Ernest J. Gaines, *Dites-leur que je suis un homme*
Ernest J. Gaines, *Mozart est un joueur de blues*
Ernest J. Gaines, *Par la petite porte*
Ernest J. Gaines, *Une longue journée de novembre*
François Garcia, *Jours de marché*
Carlos Gamerro, *Tout ou presque sur Ezcurra*
Fabrizio Gatti, *Bilal sur la route des clandestins*
Dan Gearino, *J'ai tout entendu*
Dan Gearino, *De toutes pièces*
Fabio Geda, *Dans la mer il y a des crocodiles*
Lesley Glaister, *Fastoche*
Lesley Glaister, *Blue*
Michel Goujon, *La Madrague*
Alexandre Gouzou, *J'aurais voulu que tout soit autrement*
Seth Greenland, *Mister Bones*
Seth Greenland, *Un patron modèle*
Raúl Guerra Garrido, *Doux objet d'amour*
Raúl Guerra Garrido, *Tant d'innocents*
Eddy L. Harris, *Jupiter et moi*
Eddy L. Harris, *Paris en noir et black*
Bertina Henrichs, *La Joueuse d'échecs*
Barbara Honigmann, *Un amour fait de rien*
Barbara Honigmann, *Très affectueusement*
Norma Huidobro, *Le Lieu perdu*
Henry James, *L'Américain*
Henry James, *La Mort du lion*
Henry James, *Portrait de femme*
Henry James, *Washington Square*
Alter Kacyzne, *Contes d'hiver et d'autres saisons*
Inaam Kachachi, *Si je t'oublie, Bagdad*

Itzhak Orpaz, *Une marche étroite*
Markus Orths, *Femme de chambre*
Markus Orths, *Second roman*
P. M. Pasinetti, *Demain tout à coup*
P. M. Pasinetti, *De Venise à Venise*
P. M. Pasinetti, *Partition vénitienne*
P. M. Pasinetti, *Petites Vénitiennes compliquées*
Alessandro Piperno, *Avec les pires intentions*
Alessandro Piperno, *Persécution*
Qiu Xiaolong, *Cité de la Poussière Rouge*
Paolo Repetti, *Journal d'un hypocondriaque*
Hernán Ronsino, *Dernier train pour Buenos Aires*
Yoïne Rosenfeld, *Ce sont des choses qui arrivent*
Lionel Saulaün, *Le Retour de Jim Lamar*
Lore Segal, *Du thé pour Lorry*
Lore Segal, *Son premier Américain*
Jim Shepard, *Project X*
Zalman Shnéour, *Oncle Uri et les siens*
Sholem Aleikhem, *Contes ferroviaires*
Sholem Aleikhem, *La peste soit de l'Amérique*
Israël Joshua Singer, *Argile*
Andrzej Szczypiorski, *Nuit, jour et nuit*
Andrzej Szczypiorski, *Autoportrait avec femme*
Andrzej Szczypiorski, *Jeu avec le feu*
Oser Warszawski, *On ne peut pas se plaindre*
Teddy Wayne, *Kapitoil*
Alison Wong, *Les Amants papillons*
Aaron Zeitlin, *Terre brûlante*